天河伝説殺人事件

内田康夫

角川文庫
20890

目次

プロローグ

お手伝いの須美子《すみこ》が呼びに来た時、浅見光彦《あさみみつひこ》はダイニングルームでただ一人、遅い朝食のトーストをパクついていた。

「坊っちゃま、大奥様がお呼びですよ」

浅見は一瞬、喉《のど》にパンの耳が支《つか》えた。

「何の用だろう？」

「さあ、存じませんけど、きちんとして来るようにとおっしゃってました」

「きちんとして……」

浅見はいやな予感がした。また何かバレたか――と、あれこれ思い浮かべてみたが、ここのところは浅見家の名を汚すような、さしたるミスは犯していないはずであった。

「とにかく行ってみるか」

紅茶で口をゆすいでから、立ち上がった。

須美子は「汚い」と露骨にいやな顔をしてから、「セーターにパン屑《くず》がいっぱいついていますよ」と言った。

「あ、ありがとう」

浅見はパタパタと胸をはたいた。

「あーあ、しようがないわねえ、さっきお掃除したばっかりなのに」

「悪い悪い」

「それから、どうでもいいですけど、口の脇にジャムがついてますよ」

「どうもどうも」

まったく口うるさい女だが、浅見は感謝しなければならない存在だと認めている。

ダイニングルームを出かかる浅見を追い掛けるように、須美子は言った。

「大奥様は応接間ですよ」

「応接間？　じゃあ、お客か？」

「ええ、三宅《みやけ》様です」

「なんだ、失《う》せにけりの三宅老か。また縁談かな？」

浅見はいっぺんに気が重くなった。客が三宅だと、また話が長くなりそうだ。

「失せにけり」は能《のう》・謡曲《ようきょく》のフィナーレにつきもののような決まり文句である。三宅が帰ると、思わずほっとして「失せにけり」と謡《うた》いたくなる。それがそのままニックネームになった。躾《しつけ》の厳しい母親の雪江《ゆきえ》未亡人も、このニックネームだけは気に入って、三宅が帰ったあと、「やれやれ、やっと失せにけりだわ」などと使っている。

三宅譲典《じょうすけ》は浅見の父親が存命中、謡《うたい》と仕舞《しまい》の仲間であった人物で、東京帝国大学時代からの親友といっていい。

「きみのおやじさんが首席で、私はビリだったよ」

そう言うのが口癖だ。映画、演劇、落語、謡曲と道楽ばかり多くて、大学の成績はさっぱりだったが、そのお蔭《かげ》で自ら芸能関係の評論を書き、ことに能楽の世界ではちょっとうるさい「顔」だそうだ。

自分が劣等生だったせいか、浅見家の不出来な次男坊が気に入って、しきりに縁談を運んでくる。

浅見も、三宅には父親に似た親近感を抱いていて、そういうお節介にも、それほどいやな気はしない。

無造作に分けた、厚みのある白髪。グレーのスーツに、ちょっと濃いめの紺地に赤い斜線をほどよくあしらったネクタイ。まったく、いくつになっても青年のような洒落《しゃれ》っ気の抜けない人だ。

「いらっしゃい」

浅見が入ってゆくと、三宅はソファーに深ぶかと身を委《ゆだ》ねたまま、屈託のない笑顔を向けて「今日は縁談じゃないよ」と機先を制した。

「それは残念です」

「そうかね、じゃあ、今度は縁談を持って来ようか」

「いえ、それには及びません」

「ははは、どうも敬遠されるなあ。しかし、そろそろ身を固めてもらわないと、おふくろさんはご心配でしょう」

雪江のほうに視線を送った。

「いいえ、この子にはもうサジを投げておりますから」

雪江は微笑を浮かべて、ほんの少し頭を下げてから、ジロリと浅見を睨《にら》んだ。折角、縁談を持って来てくださるのに、何ていう言い種《ぐさ》です——という目だ。

「あの、そうしますと、ご用件は?」

浅見は慌てて三宅に言った。

「ああ、じつはね、きみに仕事をお願いしたいのだが、引き受けてもらえるかな」

「仕事といいますと?」

「旅行関係の出版をしているところからの話なんだけれどね、謡曲の舞台になっている史蹟《しせき》めぐりの本を出したいというのだ。早い話、旅行ブームにあやかって、目先の変わった本を作ろうということだね。私に依頼があったのだが、この歳ではちょっときつくてね。それに、いまさら老人の視点で書いたって、どうせロクなものにはならんだろうからと思って、ふときみのことを考えついたというわけだよ。どうかね、お願いできるかな」

「はあ、それはありがたい話ですけど、しかし、僕は謡曲のほうはあまり詳しくありませんが」

「なに、詳しい必要はないさ。要するにそういう場所へ行って、観光ガイドブックを書けばいいのだから。それに、きみのおやじさんはずっと謡をやっていたのだから、門前のなんとかで、少しは知識はあるのだろう？」

「はあ、それはまあ、『失せにけり』ぐらいのことなら……」

「光彦」

雪江は目を三角にしたが、当の三宅には、雪江がなぜ叱ったのか、まるで通じない。

「それじゃ、やってくれるね。先方にもすでに伝えてある。車も時間もたっぷりある、有能なライターだと紹介しておいた」

「ははは、有能なライターに時間がたっぷりあるというのは、少し矛盾しています」

「なるほど、それもそうかな」

三宅は大きな口を開けて豪快に笑ったが、雪江は、偉大なるヒマ人の息子に眉《まゆ》をひそめながら、仕方なく「ほほほ」と笑った。


「まったく、あの子には困ったもので」

浅見が部屋を出て行ったあとで、雪江は赤面しながらこぼした。

「世間でいわれているのとは逆に賢兄愚弟《けんけいぐてい》とでも申しますのでしょうか。その典型のようなものですもの、世間さまはきっとお笑いになっているのでしょうねえ」

「そんなことはありませんよ」

三宅はソファーに凭《もた》れていた上半身を、グッと乗り出して、真顔で反論した。

「それは、ご長男の陽一郎《よういちろう》君は警察庁刑事局長という、押しも押されもしないエリートですが、光彦君には光彦君のよさがありますぞ。第一に彼の感性の豊かさと、人間的な優しさは得がたいものです」

「そうおっしゃってくださると、少しは慰めにはなりますけれど」

「いやいや、私はおべんちゃらで言っているのではないですからな。光彦君は浅見――ご主人の、というより、あなたのいいところを受け継いだと見ておるのだが、違いますか？」

「わたくしのですか？　まあ、わたくしが光彦に似ておりますでしょうか？」

「ははは、何だかお気に召さないようなおっしゃり方ですな。しかし、光彦君の繊細な感性は、まさにあなたの芸術的な才能を受け継いだものだと思っておりますよ」

「まあ、そうでしょうかしらねえ」

雪江は「芸術的な才能」と言われて、相好を崩した。雪江は少女時代から歌やダンスの才能があったし、中年過ぎてから始めた絵画でも、かなり評判がいい。その部分を擽《くすぐ》られると、他愛なく喜んでしまう。

「しかし、光彦君は早く嫁を貰《もら》うべきでしょうなあ。その点だけが問題です」

「でもねえ、あの子を貰ってくださるようなお嫁さんがいらっしゃるかしら？」

「ははは、貰うのは光彦君のほうでしょう」

「いいえ、光彦にはそんな大それた力量はございませんわよ」

「やれやれ、どうもあなたは手きびしいことをおっしゃる……そうですなあ、あのお嬢さんなんかはどうかな」

「どちらのお嬢様ですの？」

「水上家《みずかみけ》の秀美《ひでみ》さんです」

「水上様とおっしゃると？」

「ほら、水上流宗家《すいじょうりゅうそうけ》の水上家ですよ」

「まさか、ご冗談を、ほほほ……」

「いや、冗談ではありませんよ。あのお嬢さんも二十三か四か、そのくらいになったんじゃないかな？　そろそろ急がないといけないお年頃でしょう」

「それはそうでしょうけれど、いくらなんでも、水上流ご宗家のお嬢様と、うちの光彦とでは、月とスッポン、提灯《ちょうちん》に釣り鐘ですわよ」

「そんなことはありませんて……そうそう、釣り鐘で思い出しましたが、いかがですか、十一月の追善能《ついぜんのう》に出掛けてみませんか」

「追善能っておっしゃると、和春《かずはる》さんの追善ですの？」

「そうです、七回忌だそうです」

「早いですわねえ、もうそんなになりますかしら」

水上家の嫡男・水上和春が四十三歳の若さで急死してから、すでに六年の歳月が流れたということか。

「しかし、今回の追善能は、どうやら宗家の引退表明になるのではないかと思えるフシがあります」

「まあ、そうですの？　ご宗家が引退なさるのですか？」

「ええ、どうやらそのつもりのようです」

「そうですの……」

雪江は感慨無量だった。夫の秀一《しゅういち》と三宅が年に何度か、宗家の和憲《かずのり》じきじきに指導を受けていた日々のことを想った。

「でも、ご宗家は一昨年、古稀《こき》のお祝いをなさったばかりではなかったかしら？　年齢的にはまだ充分、舞台の務まるお歳かと思っておりましたのに」

知人が第一線を退くことを見たり聞いたりするのは、自分の老いを知ることであって、一抹の寂しさを禁じ得ない。

「ご本人はまだ正式に発表したわけではありませんがね。しかし、周辺の噂から推察すると、それとなく引退の準備を始めているのは確かなようですよ。それに、今度の番組が『二人静《ふたりしずか》』ですからね」

三宅は言った。

「それ、どういうことですの？」

「宗家が『二人静』を舞うというのは、引退の表明でもあると、私は考えているのですよ」

「ああ、そういうことですの」

雪江も三宅の言うとおりかもしれないと思った。

能の『二人静』は静御前《しずかごぜん》の霊魂が菜摘女《なつみ》に乗り移り、二人の静御前がまったく同じ扮装《ふんそう》で同じ舞《まい》を舞うという物語だ。一子相伝――という意味あいを含んでいると想像することもできる。

「そうすると、ツレは和鷹《かずたか》さんがお務めになりますの？」

雪江は訊《き》いた。『二人静』の「ツレ」とは菜摘女を指す。それに対して「シテ」は静御前の亡霊。シテはもちろん主役だが、ツレもほぼ同等の技量と風格を備えた演者によらなければならない重要な役柄である。

水上和憲が引退能を舞うといい、しかも『二人静』だというのなら、シテは和憲、ツレは当然、水上家唯一の男子である和鷹が務めるであろうと思う。

「いや、それがどうも、そうでないらしいのですな。まあその、背丈の違いということもあるし……」

三宅は妙に歯切れの悪い口調で言った。

「まさか、秀美さんがツレを務めるということじゃないでしょうね？」

雪江はふと気になって、言った。

「いや、どうもそのまさからしい」

「まあ……それじゃ、和鷹さんの立つ瀬がないではありませんの」

「そうとも言えませんよ。和鷹さんはキリで『道成寺《どうじょうじ》』をなさるのです」

「ああ、そういうことですの」

それならば立派に名目は立つ。

とはいえ、宗家が最後の舞台に『二人静』を選んだというのは、背丈の違いすぎる和鷹が相手役を務められないことは、最初から分かりきっているだけに、なんとなく、和鷹を疎外したような印象は拭《ぬぐ》えない。

「どうです、追善能、出掛けてみませんか」

三宅はもろもろの意味を込めて、誘った。

「そうですわねえ、じゃあ、切符お願いしようかしら。和鷹さんの『道成寺』、拝見したいし……」

雪江はわざと、『道成寺』のほうに魅《ひ》かれるような言い方をした。

第一章　五十鈴《いすず》を持っていた男

1

その男の「死」は東京新宿の高層ビルの前で、衆人環視の中で起こった。

十月も中旬を過ぎると、夕暮れの訪れが早い。その日は朝から天気がよく、退社時刻の午後五時を過ぎても、まだ上空にはたっぷり明るさが残っていたけれど、高層ビルの谷間には、もうねずみ色の夕方の気配が漂って、勤め帰りの人々の足を急がせる。

その男には連れはなかった。背中を少し屈《かが》めぎみに、そそくさとした足取りでビルの中から現れ、石畳の広場を横切り、ビルの敷地のはずれにある階段に足を踏み出した。階段は二十人程度なら、横一列に並べるほど幅の広いものだが、高さはわずか五段しかない。ここから先はビルの敷地であることを示す、境界線の役割を果しているのかもしれない。

少なくとも階段の上までは、その男は、三々五々、家路を急ぐ人々の中の一人のように見えた。

だが、階段に第一歩を踏み出したところで、男はふいに胸の真ん中辺りを押さえて立ち止まった。後から来た若いサラリーマンがあやうく突き当たりそうになったくらいだから、いかにも唐突な停止だった。

男は流れる人波に逆らう一本の動かない棒杭《ぼうぐい》のように佇立《ちょりつ》していた。通行する人々にとっては、邪魔な存在だったにちがいない。脇を避けて通る彼等の、露骨に非難を込めた視線がいくつも男につきささった。

その悪意に満ちた視線の矢に射殺されでもしたように、男は苦痛に歪《ゆが》む顔で天を仰いだかと思うと、次の瞬間、崩れるように人波の底に沈み込んだ。

男の体は階段を転がり落ちた。オレンジとアイボリーの市松模様に敷かれた舗道まで転がって、無様に仰向《あおむ》けに倒れ、そのまま動かなくなった。

眼は驚いたように見開かれ、口は何かを訴えるようにカッと開かれていた。

男が倒れた時、掌《て》に抱かれていた桐《きり》の箱が投げ出され、階段の下まで飛んでいった。はずみで箱の蓋《ふた》がはずれ、中から飛び出した金属製の物体が、「リリーン　リリーン」という美しい音を響かせながら、舗道を五十センチばかり転がった。

「キャーッ」とか「ワーッ」とかいう叫びが周囲で起きた。

人波はサッと引いて、男の周囲に輪を作った。輪は幾重《いくえ》にも重なり、さらにその外側を通りがかった者が、次々に立ち止まり、輪の中心に何があるのか覗《のぞ》き込もうとする。

前列の野次馬《やじうま》の中には、男の不気味な様子から、一歩でも遠ざかろうとする者もいるし、後ろからはもっと中へ行こうとする者もいる。そういう野次馬同士のあいだで、押したり押されたりの騒ぎが始まった。

これだけの人が周囲にいるというのに、とっさに駆け寄って助け起こそうとするような、勇気のある人間は滅多にいないものらしい。男はずいぶん長いこと、路上に放置されたままになっていた。

それでもようやく、恐る恐る近寄った若い男がいた。

「死んでる！」

その男が叫び、反射的に身を退かせた。

「うっそー……」

背後の女性が半分、笑いかけた顔を強張《こわば》らせて、言った。テレビのビックリカメラだとか、変わり者のパフォーマンスが、むやみやたら人を驚かせて喜ぶ、困った風潮がある。彼女もまた、単純にひっかかって、笑い物にされることを警戒していた。

「いや、ほんとに死んでるよ」

若い男はもういちど近づいて、断言した。それでようやく、いたずらではないことが、野次馬どもにも分かったらしい。

「救急車だ」「いや、一一〇番しろ」

いろいろな叫びが飛び交い、何人かの人間が、いま出てきたばかりのビルの中へ走り込んで行った。

階段の下の男はピクリとも動かなかった。死はまさに突然、男を襲い、決定的なものであったようだ。

救急車が到着するまで、ものの五分間程度であったろう。しかし、近くで男の死に顔を見ている者にとっては、おそろしく長い時間が経過したように思えた。

救急隊員がすぐに男の死を確認した。変死者の処理となると、もはや警察の管轄に属する。隊員たちはそのままの状態を維持して、パトカーの到着を待った。

パトカーは二分後にやってきた。

警察官は私服が四人と制服が五人。救急隊員の報告を聞くと、死んだ男の周辺には制服の警察官が立って、野次馬を半径五メートルほどの円の外側に下がらせた。

ポッカリあいた空間の舗道に、男の死体と桐の箱と、奇妙な金属製の物体が転がっていた。

「これは?」と、警察官がその物体を指差して、野次馬に訊《き》いた。

「その人の物らしいですよ」

野次馬の群の中から、最前の勇気ある若い男が教えた。

「すると、その人が転んだ時、手の中から落ちたみたいです」

「すると、おたくさん、この人が死ぬところを目撃してたのですか？」

刑事が近づいて訊《たず》ねた。

「ええ、まあ、たまたま通りかかったもんですから」

若い男はいくぶん迷惑げな表情を作って、それでも好奇心のありそうな様子で答えた。

「ほかには、どなたかいらっしゃいませんか？」

「私も見ていました」

「私も」

合計三人の男性と二人の女性が名乗りを上げた。男が倒れた時点では、実際には、周辺に少なくとも十数人はいたはずだが、あとは関わりあいになることを敬遠して、尻込《しりご》みしている。

刑事たちは手分けして、それぞれの目撃者から談話を訊き取りしていた。

救急隊員のリーダーが、警察官の指揮を取っている刑事に近づいて、耳打ちをした。

「あの、この人の死因ですが、毒物によるものである疑いがありますよ」

「ほんとかね？」

刑事は顔色を変えてパトカーに走った。

それから二十分後には、応援の警察官が私服、制服とりまぜて殺到した。鑑識の作業服を着た連中もかなりの数だ。検視官と警察医もむろんいた。

ロープが張りめぐらされ、現場一帯は警察の厳重な管理下におかれた。

死んだ男は地味な紺色のスーツを着ていた。胸の内ポケットに十万円少しが入った財布があり、その中から名刺が十枚出てきた。そのうちの八枚は同じもので、どうやらそれが死んだ男のものらしい。

名刺には「愛知県豊田市《とよた》――」の住所と、「H」という家電メーカーの営業所名、それに「所長代理　川島孝司《かわしまたかし》」という名前が印刷されている。

先程、名乗りを上げた五人の目撃者は、新たにやってきた刑事たちに、さらに詳細な事情聴取をされた上、住所まで控えられた。どの顔も、要領よく逃げた連中を羨《うらや》み、正直に関わりあいになったことを後悔しているような表情を浮かべていた。

死体はやがて運び去られたが、周辺での事情聴取は続いた。

死んだ男がビルの中から出てきたことは、何人かの目撃者の証言を得ることができたので、明らかになっていた。

そして、彼は階段の上までは、こういう運命を予測させるような、何の兆候も見せずにやって来たのだ。そこから一歩、階段を降りかかったところでおかしくなった。

「サドンデスですよ」

ゴルフ好きらしい男が、そういう表現をしてみせた。洒落《しやれ》たことを言ったつもりなのだろうけれど、刑事のひと睨《にら》みを受けて、興醒《きようざ》めした顔になった。

川島という男が、ビルの中のどこで何をしていたのかが、警察がまず最初に特定しなければならない事柄であった。

このビルは地上五十二階、地下四階の巨大高層ビルである。地下四階は動力室など、ビルの管理関係に使用されている。地下二階と三階は駐車場。地下一階には飲食店、理髪店や雑貨店などがある。

地上部分は、一階はロビー、エレベーターホールとサロン、喫茶店。二階に紳士婦人服、皮製品など高級商品を扱う店舗が入っているほかは、三階から上はほとんどがオフィスである。

ただし、五十一階と五十二階には、展望のきく高級レストランやサロン風のバーなどが収まっていた。

一つのビルとはいえ、これだけの巨大さとなると、死んだ男がそれらのどこから現れたかを特定する作業も、なかなか容易なことではない。

まず、オフィス関係に当たったが、すでに退社時刻を過ぎていることもあって、はっきりしたことは分からないが、どうもそれらしい男が立ち寄った形跡はないらしい。

また、飲食関係も、これまたはっきりした回答は得られない。何しろ客の数は多く、しかも雑多だ。それに、単にロビーなどにいて、誰かと会っていたというような人物だとすると、目撃者はいよいよ探しにくい。

その間に、警察は男の所持していた名刺の「H」の豊田営業所に連絡している。

「おたくの会社に川島さんという人はおられますか？」

警察からの問い合わせに対して、最初に電話口に出た若い男は「はい、おりますけんど」と、のんびりした口調で答えたあと、意外なことを言った。

「いま、大阪のほうへ出張しております」

「えっ？　大阪？　東京の間違いじゃないのですか？」

問い合わせした刑事は驚いて訊いた。

「いえ、大阪です」

おかしなことを言うな――と言いたげに、応対する若い男の声はブスッとした感じになった。

「じつはですね、川島孝司さんの名刺を沢山持った男の人が、東京の新宿で亡くなったのですがねえ」

警察官は、一語一語、はっきり区切るように言った。

「はあ？……」

相手も驚いたにちがいない。にわかには信じられない様子だった。

それから「森川《もりかわ》」と名乗る所長が電話口に出た。こっちのほうはさすがに世慣れた、落ち着いた話しぶりだったが、それでも川島の突然の死――しかも、場所が大阪でなく東京であったことに得心がゆくまで、手間がかかった。

数度にわたる遣《や》り取りがあって、ようやく、どうやら警察の言っていることが事実であるらしいと信じてくれた。

「とにかく、身元確認のために、誰か来てもらいたいのですが」

説明に手間どったぶんだけ、警察官はつっけんどんな語調になっていた。

2

森川所長と部下が一名、それに死んだ川島の家族が新宿署に到着したのは、午後十時を少し過ぎた時刻であった。愛知県の豊田市という遠方からやって来たにしては、かなりの速さといっていい。

川島の家族は妻のなみ子、長女の智春《ちはる》、長男の隆夫《たかお》の三人で、遺体との対面の際、なみ子ははじめ、茫然《ぼうぜん》自失の態《てい》だったが、突然遺体の胸にとりすがって、悲鳴のような声で泣いた。それに較《くら》べると、娘と息子は涙は流したものの、存外しっかりと事実を受け留めている様子で、頼もしい感じがした。

新宿署の応接室に五人の関係者を入れ、事情聴取を始めた。

彼らが何よりも驚いたのは、川島の死因が病死でなく、毒物を服用したためであったということだ。

「毒を飲んだのですか？」

五人が五人とも、ほとんどいっせいに、刑事に視線を向け、口走った。

「そんなばかな……」

妻のなみ子がつけ加えた。

「いや、事実です」

刑事は冷ややかに言った。

「ご主人は青酸性の毒物を服用して、死亡したのです」

「でも、主人が自殺するなんて、そんなこと考えられませんよ」

「いや、自殺だとは言っておりません」

「えっ？　じゃあ、他殺……殺されたのですか？」

「その疑いが強いと考えています」

刑事は川島が死亡した時の状況を説明して聞かせた。

「解剖所見では、ご主人はどうやらカプセル入りの毒物を飲まされ、現場にさしかかった時にカプセルが溶け、その場で急死することになった模様です」

「でも、そんな……いったい誰が、どうしてそんなことを？」

「まだ分かっておりません。川島さんが誰と会ったのかも捜査中です」

刑事は川島が持っていた他人の名刺を出した。いずれも名古屋市にある電機関係の会社の人間であった。

「この名刺の人物はご存じですか？」

「ああ、その人はお二人とも名古屋の業者の方で、一昨日、わが社に見えたのですよ」

「そうですか、それでは今日の事件とは無関係ですね。それにしても、誰かに会っているはずなのですがねえ」

刑事はしきりに首をかしげた。

「そのことについてなのですが」

と営業所長が言った。

「昨日の段階では、川島君は大阪に出張すると言っていたのですが、なぜ東京にいたのでしょうか？　そこのところがどうも、よく分かりません」

「そのようですなあ。しかし、分からないのはむしろわれわれの側です。したがって、そういう点について、みなさんからいろいろと事情をお訊《き》きしなければなりません。今夜は東京に泊まっていただくことになります。ご希望ならば、この近所に宿を取って差し上げますが」

「いえ、それはわが社の本社のほうで手配を完了していてくれました」

所長が言った。

「そうでしたね、おたくは本社が東京でしたね。そうしますと、川島さんは本社のほうに立ち寄るとか、何か連絡されたというようなことはなかったのでしょうか？」

「それらしいことは聞いておりません」

所長は憮然《ぶぜん》とした顔で言った。

「ところで、川島さんが亡くなった時、こういうものを所持しておられたのですが」

刑事は例の金属製の物体と桐箱をテーブルに載せた。

「これについては、ご存じですか？」

五人の眼が「物体」に注がれた。しかし、しばらく眺めたあと、それぞれが顔を見合わせて、一様に横に首を振った。

物体は銀色に光っている。全体としては三角形のものだが、三つの突起部分の先端は球形になっていて、中は空洞、しかもその中に小さな金属の玉が入っている。

球形の部分には横一文字に切り込みがつけられ、「物体」を振るとリーンリーンという妙《たえ》なる音がした。

つまり、これはどうやら鈴の一種と考えてよさそうだ。

「鈴ですか?」

音を聞いて、営業所長もそう言った。ほかの全員も同じように思ったらしい。

「そのようですねえ。妙《みょう》な形をしていますが、そうとしか考えられません」

刑事は言って、もう一度、リーンリーンと「鈴」を鳴らした。

「この鈴みたいなものが、何か事件と関係があるのですか?」

所長は訊いた。

「いや、そういうわけではありません。ただ、妙な物だということ以外、べつに怪しむ要素は何もありませんよ」

「パパはお土産にでもするつもりで買ったのじゃないかしら?」

智春が言った。

「しかし、それにしては桐箱を包装紙に包まず、剝《む》き出しの状態で持っておられたというのがですね、ちょっとおかしいわけでして」

刑事はやはり、明敏に不自然さをキャッチしている。

「ご家族の方も、この鈴——みたいなものを見たことはないのですか?」

「ええ、ありません」

智春が代表格で答えた。母親はもう涙のほうは涸《か》れはてたが、ショックで口もきけない様子だ。

それはそうだろう、つい今朝がたまでは元気そのもので、「行ってくるよ」という声もまだ耳に残っているような夫と、変わり果てた姿で対面したのだから。

もっとも、智春だってショックでないわけでも、悲しくないわけでもない。しかし、ここは母親に代わってしっかりと事態を把握しなければならないと、精一杯、気を張っているのだ。

奇妙な形の「鈴」には智春もまったく見憶《みおぼ》えがなかった。第一、これを「鈴」と呼ぶべきなのかどうかさえ、智春には分からない。ただ、振ると鈴のような澄んだ音色が聞こえるから、たぶん鈴なのだろうと推測しているにすぎない。

結局、刑事は諦《あきら》めて、鈴を単なる遺品として、遺族に渡した。

智春は刑事から「鈴」を受け取る時、無意識のうちに捧《ささ》げ持つようにした。そうして、ほんの少し動かしただけで、鈴は妙音を発した。

(ああ、これがパパが最期の瞬間に手にしていた品なのだわ――)という想いが、強く湧いてくる。

握りしめると、まだ父の掌《て》の温《ぬく》もりが伝わってくるような気がして、智春の目から新しい涙が溢《あふ》れてきた。

刑事の質問は、「鈴」から離れ、べつの問題に移っていった。

川島孝司は、いったいどういう理由で、大阪に行くと言っていながら、反対方向の東京に現れたのか？

あのビルに何の用事で訪れたのか？

そこで誰と会ったのか？

いつ、どのような方法で、どういう理由で毒を飲まされたのか？

いくつもの「？」が五人の関係者にぶつけられたが、五人はまるで痴呆《ちほう》のように、質問ごとに「知りません」「分かりません」を繰り返すばかりだ。

その間に、「H」社関係の情報を収集した結果、川島が予定どおり大阪へ行っていたことが分かった。川島は午前八時頃に家を出たあと、新幹線で大阪へ行き、予定どおりに用件を済ませ、昼過ぎには引き上げている——ということだ。どうやらその足で、名古屋を通過して東京へ向かったらしい。

「東京行きのことは聞いてないのですね？」

刑事は森川営業所長に訊いた。

「はい、まったく聞いておりません」

「というと、会社には無断で出張したことになりますな」

「まあ、そうとも言えますが……」

所長は苦い顔をした。

「ところで、大阪へはどんな用件で行ったのですか？」

「じつは、うちの営業所と大阪支店とのあいだで、ちょっとしたトラブルがありまして、その調整に行ってくるというような話をしていました」

「トラブル？　それはどういったことなのですか？」

トラブルと聞いて、刑事はすぐに食いついてきた。

「いや、これは社内的な問題です。事件とは関係ありません」

「関係があるかないかは警察が判断します。とにかく、この際はなんでもいいですよ、事件と関係がなさそうなことでも、トラブルといえるようなものがあるなら、聞かせてください。それとも、秘密にしておかなければならないような問題なのですか？」

「いや、そういうわけではありません」

「だったら教えてくれませんか」

「はあ……」

森川はしぶしぶ言った。

「じつは、大阪支店の営業マンが、うちの管内の問屋さんと接触しまして……つまり、テリトリー外の領域に進出してきたわけです。で、そういうのは同じ社同士といえども、具合が悪いわけでして、その点について、事情をはっきりさせてもらうために出向くと言っていたのです」

「ちょっと待ってください。いまのおっしゃり方だと、所長さんは川島さんが出張したことについて、第三者的な言い方をしているようですが、所長さんがそういう指示を出されたのではないのですか？」

「はあ、私はたしかに所長ではありますが、豊田営業所に着任して日も浅いわけでして、当面、ややこしい問題は、ほとんど川島君に任せておりました」

「そうすると、川島さんは、勤務年数はかなり長いのですか」

「ええ、入社してまもなく、現在の豊田営業所に勤務するようになりました。もともと地元の出身で、人脈も豊富でしたから、おのずから販売力もありましたので、本社も全幅の信頼を置いていたようです。いずれは私に代わって、豊田営業所の所長になるべき人材でした」

「だとすると、そういう信頼を裏切ったりするような、つまりその、会社に対する背信行為をするような人ではなかったということですね？」

「当然です」

所長は家族の手前もあるのか、やや憤然とした演技を見せて、断言した。

3

警察を出ると、森川所長と所員の鈴木《すずき》、それに川島家の三人は新宿のホテルに入った。森川と鈴木、それに智春と母親はそれぞれツインの部屋に入り、隆夫はシングルルームを取った。

警察での事情聴取を終えた頃には、すでに夜は更《ふ》けていた。母親はバスを使う気力もないと言って、早々にベッドに横たわった。智春はシャワーを浴び、ベッドの上で、例の「鈴」を手にして、ぼんやりと眺めた。

見れば見るほど、奇妙な形をした「鈴」であった。

親指と人差し指、中指の三本で、三つの鈴のあいだを結ぶ、やや湾曲したブリッジの部分を摘《つま》むようにして持つと、しっくりと手の中になじむ。それが正しい持ち方なのかどうかは分からないが、そうして持つのが自然なように思えた。

手をほんのわずか動かしただけで、鈴は玄妙な音を出す。三角形をかたちづくる位置関係に何かの仕組みがあるのだろうか。それによって、それぞれの鈴から発する音が、たがいに干渉しあい、微妙なハーモニーを作り出すのかもしれない。

何にせよ、この一風変わった形状に、何らかのいわれがあることだけはたしかにちがいない。

どういうわけだろう、鈴が鳴ると、智春は不思議に安らいだ気分になれた。

それは母親も同じ気持ちらしく、目を閉じたまま、「いい音ねえ」と言った。

「なんだか、死ぬ時にそれを持っていれば極楽へ行けそうな感じだわね」

「いやだ、変なこと言わないでよ」

智春は母を叱った。しかし、心の内では、この鈴を持って死んだ父親は、本当に極楽へ行けたのかもしれない――と、なかば本気で思った。

「パパは、東京で、誰と会ったのかねえ」

ずいぶん時間が経って、もう眠ったものと思った母親が、ふいに言い出した。

「そんなこと、分からないわよ。警察が調べてくれるんじゃない」

「もしかすると、女の人じゃないかねえ」

「ばかなこと言わないでよ」

智春は呆《あき》れたように否定したが、内心、ドキリとした。そういう発想がまるでなかったわけではない。父親は四十九歳。意識したことなどなかったけれど、客観的に見れば、ミドルエイジの魅力を充分に持った、一人の男性にはちがいないのだ。

しかも、会社にも家族にも嘘をついてまで東京に出たということからいって、「出張」の目的がそういう不純なものでなかったとは、断言しきれない。

「あのパパにかぎって、そういうおかしなことはしない人よ」

智春は自分の自信のなさを隠すために、急いで言った。

「そうだわよねえ……そうよねえ」

母親は安心したのか、今度こそ、寝息を立てて眠りに落ちた。

智春は眠れなかった。枕元に置いた「鈴」が視野いっぱいに大きく映っている。それを眺めていると、何かこの世の物ではない、異次元の世界の物体に思えてくる。

(そうか、UFOとそっくりなんだわ——)

智春は気がついた。いや、実際にUFOを見たこともないし、もともとそういうものを信じないタチだが、雑誌やテレビで興味本位に採り上げているUFOの絵とよく似ていると智春は思った。

智春は「ＵＦＯ」を連想したのだが、少し科学的知識がある者なら、それはＵＦＯよりも宇宙ステーションといったほうがピッタリの形状であることに気づくだろう。じつは智春もそう思ったのだ。ただ、彼女の知識ではＵＦＯと宇宙ステーションの区別がつかないだけのことである。

翌朝、智春はホテルのレストランで、弟にその発見を話して聞かせた。

「そんなこと、おれ、気がついていたよ」

弟の隆夫はあっさり言った。

「ＵＦＯじゃなくて、宇宙ステーションみたいな恰好《かっこう》だよね」

「あ、そうか、あれは宇宙ステーションていうのね」

母親は食欲がないと言って、部屋から出てこない。営業所の二人は、少し離れた席で、黙々と食事をしている。その他のホテルの客たちは、楽しそうに談笑している。

「信じられないな」

智春は言った。

「何が？」

「パパがもう、この世にいないっていうことがよ」

「ああ」

隆夫も頷《うなず》いた。

「ずっと、平らな道が続いていると思っていたら、突然、足元に落とし穴があったみたいな感じだよね」

「そうね」

今度は智春が頷いた。なかなかいい譬喩《ひゆ》だと思った。

隆夫は十五歳。まだ中学三年である。智春はまもなく大学を卒業するが、隆夫は高校から大学へと、これからが大変な時期だ。

「これからどうなっていくのかなあ」

智春は心細い口調になった。

「なんとかなるよ。おれ、頑張るからさ」

隆夫はトーストを頰張りながら、言った。声変わりが終わったのは、ついこのあいだみたいに思っていたのに、もう亡き父のあとを継いで、いっぱしの一家の主らしく、責任感を窺《うかが》わせるような口振りである。（へえーっ）と、智春は目を見張って、弟を眺めた。

食事が終わってまもなく、刑事がやって来た。

「必要な調べは完了しましたので、ご遺体のほうは、いつでもお引き取りになって結構です」

司法解剖が終わった――とは言わない。

「ひとまず、ご自宅のほうへ帰られ、葬儀をなさったらいかがでしょうか」

「そうですね、そうさせてもらいましょう」

営業所長が家族を代弁して言った。

「こんな場合ですから、少し慌ただしいようですが、今夜はお通夜、明日、葬儀ということでいかがでしょうかね？」

母親に訊《き》いたが、返事は智春がした。

「はい、それで結構です。お願いします」

「警察のほうに来ていただきたいのですが、事件を聞きつけたマスコミ関係の連中が大勢やってきていますので、遺体搬送車は警察で手配して送り出します。みなさんはご自宅のほうへまっすぐお帰りになったほうがいいでしょう」

「はあ、そうしていただければ助かります」

所長は警察の親切な計らいに感謝した。それは智春たち遺族も同じ気持ちだった。警察なんて、あまり付き合いたくない相手だと思っていたけれど、まんざら悪い連中ではなさそうだ。

営業所の二人と川島家の姉弟は、昼少し前の新幹線に乗った。母親だけは遺体搬送車に添乗して、すでに東名高速道を走っているはずであった。

列車の中で、智春はまた「鈴」を取り出して眺めた。持ち歩く際に音がしないよう、ティッシュペーパーで幾重にもくるんでおいたのを、注意深く広げる。

「ほんとに、見れば見るほど不思議な恰好してるわねえ」

「ああ、変わってるね」

隆夫は姉の手から「鈴」を取った。リリーンという音がびっくりするほど大きく、響きわたった。

車内はそれほど混んでいなかったけれど、いくつかの視線がこっちに向けられた。姉と弟は首をすくめ、小さくなった。

「珍しいものをお持ちですねえ」

斜め前隣のシートにいた紳士が、にこやかに振り返って、言った。

姉弟は顔を見合わせた。

「ご信仰ですか?」

紳士は言葉を続けた。

「は?」

智春は彼の言う意味を量りかねて、首を傾げるようにした。

「いや、天河《てんかわ》神社をご信仰かと思ったものだから……そうすると、あなたは芸能関係の方ではないのですか?」

智春の顔を見つめている。

「芸能関係?……いいえ、とんでもない」

智春は、もし父親のことがなければ、思わず吹き出すところだった。

「いや、これは失礼」

紳士は詫《わ》びを言い、「女優さんかと思ったものですから」と付け加えてから、元の姿勢に戻った。

姉弟はまた顔を見合わせた。紳士の言ったことが、何のことやらさっぱり分からなかった。ただし、「女優さんかと思った」という部分だけは克明に記憶された。

「女優かよ、この顔が」

隆夫は姉をからかって、智春の脇腹をつっ突いた。父親の死という悲しい現実を忘れようとして、はしゃいでみせているようにも思えた。

「ばかっ……」

智春は小さく弟を叱ったが、紳士が言ったもう一つの言葉のほうが気になった。

――テンカワ神社――

紳士はそう言ったのだ。「テンカワ」は「天川」と書くのだろうか。いずれにしてもそういう名前の神社があるらしい。

――ご信仰ですか？――

とも言った。そうすると、この「鈴」はその神社に関係があるのだろうか？

智春は立って行って、紳士に声をかけた。

「あの、ちょっとお訊きしますが」

「はい？」

「この鈴ですけど、そのテンカワとかいう神社と関係があるのですか？」

「ああ、それじゃ、そのことを知らないで、鈴を持っているのですか」

紳士は呆《あき》れたような笑顔を見せて、

「そうですよ、その鈴は『五十鈴《いすず》』といって、元来、天河神社のご神体なのです。天にサンズイの河を書いて天河神社。あなたがお持ちのはまあ、それをかたどったレプリカというべきものでしょう。一般にお守りとして売られているのは、ずっと小さいミニチュアサイズですが、それは大型だし銀製だし、特別に製《つく》られたものと考えられますね」

「天河神社というのは、どこにあるのでしょうか？」

「奈良県です。奈良県の吉野《よしの》の奥ですよ」

「奈良県……」

「古来、芸能の神様として知られているのですが、ご存じないですか？」

「ええ、知りません。はじめて聞きました」

「そうすると、その鈴は？……」

紳士は怪訝《けげん》そうな顔になった。天河神社の所在どころか、名前さえ知らないような娘が、天河神社の特製のお守りを持っていることに疑問を感じたのだろう。

「ある人からもらったのですけど、詳しい説明を聞かなかったのです」

智春は慌てて言い訳をして、お辞儀をすると、自分の席に戻った。

「どういうことかしら？」

智春は弟の顔を見ながら、言った。

「パパがそんな、天河神社だとか、そういうところへ行ったって話、聞いたことがないわよね」

「うん。第一、もし家の中で持っていれば、この音だもの、気がつくに決まっているじゃないか」

「そうよね……だとすると、誰かにもらったっていうことか」

「ああ、それも、昨日だね」

姉弟はギョッとして、たがいの顔を見た。

「じゃあ、もしかすると、これをくれた人が……」

犯人——と言いそうになって、智春は口を閉ざした。

第二章　『道成寺《どうじょうじ》』の鐘の中で

1

和鷹はその朝、珍しく起き抜けにシャワーを浴びた。それも、水のままで浴びた。

「気分爽快《そうかい》だな」

言葉どおり、爽《さわ》やかな表情で食卓についた時、秀美は兄が今日の舞台に、なみなみならぬ意欲を燃やしていると感じた。きちんと七・三に分けた髪型。生《き》なりの、ざっくり編んだセーターの襟元をひきしめる、白地に紺のストライプが入ったワイシャツ。見慣れているはずなのに、今朝はまぶしいほどの兄であった。

「朝から張り切って、舞台までに疲れちゃうわよ」

秀美は兄のためにコーヒーを注《つ》いで上げながら、言った。

追善能《ついぜんのう》の開演は午後一時、和鷹の『道成寺』は番組の最後だから、おそらく四時近くになりそうだ。

「宗家《そうけ》はまだ？」

和鷹はコーヒーに口をつけた恰好《かっこう》で、目を奥の方角に向けて、訊《き》いた。

「お祖父《じい》様は仏間にいらっしゃるのじゃないかしら」

「ああ、そうか。僕もお父様にお線香を上げてこなくちゃいけなかったかな」

「あとでいいんでしょう、出がけでも」

「うん、そうだね」

しばらく、会話が途切《とぎ》れた。テーブルについているのは、兄と妹だけだ。母親の菜津《なつ》美《み》も祖父の支度に掛かり切りなのだろう。

「昨夜遅く、宗家に呼ばれて、蛇《じゃ》の面を許されたよ」

和鷹は厳しい目をして言った。

「僕は般若《はんにゃ》をつけるつもりだったのだけど、宗家は蛇の面にしろとおっしゃる」

「蛇の面て、あの雨降らしの面のこと？」

「うん、そうだ」

「雨降らしの面」と異名のある蛇の面は、室町《むろまち》時代の作と伝えられ、どういうわけか、その面を使うと必ず雨が降ると言われる。

その形相のあまりの恐ろしさに、太閤秀吉《たいこうひでよし》がお留《と》め面にせよと命じたという言い伝えもあるほどの傑作だ。

古来、「雨降らしの面」は、水上流宗家が『道成寺』を舞う時にのみ着用する習わしになっている。しかし、実際に用いられることは無いに等しい。文化遺産的価値の高い

「お留め面」であることもその一因だが、『道成寺』それ自体が動きの激しい曲目で、老齢の宗家和憲が存分に演じきるには、ややハードなこともあると言われる。それを和鷹は、宗家の口から着用を許された。そのことの持つ意味は大きい。

「ほんと、おめでとう」

秀美は思わず口走るように言った。

「ありがとう」

和鷹は眩《まぶ》しそうに妹を見たが、それほど嬉《うれ》しい顔つきではなかった。

「僕にはちょっと荷が重すぎると、お断りを言ったのだけどね」

「どうして？　そんなの余計な謙遜《けんそん》だわ。お兄様のそういうところがいけないのよ」

秀美はつい、兄を叱るような強い口調になった。和鷹が無用の謙遜をしたい気持ちは、秀美にも分からないではなかった。だからこそ、もどかしい想いが突き上げてくるのかもしれない。

水上和鷹は宗家・水上和憲の息子・和春のただ一人の男子である。つまり御曹司《おんぞうし》だ。色白の細面、憂いを帯びた切れ長の目、まるで平安朝の貴族を想わせるような風貌《ふうぼう》に、若い女性ばかりでなく、雪江のような年代のひとや男性たちの中にも、幅広く崇拝者がいるという。それなのに、いわゆる御曹司らしい、物怖《ものお》じしない風格だとか、押し出しのよさだとかいったものに欠ける。むしろ、どことなくいじけたような、時には卑屈に近い控えめな様子さえ窺《うかが》えるのである。

そういう和鷹の性格は、彼が自分の出生の秘密を知った時から始まった。

和鷹と秀美の父・水上和春は六年前に心臓の発作で急死した。まだ四十三歳という若さであった。

和春には男女一人ずつの子がいる。長男は和鷹、長女は秀美である。

しかし、和鷹は戸籍上は水上和春の長男と記載されているが、和春と菜津美夫人のあいだに生まれた子ではない。

和春と菜津美が結婚した七か月後に、和春がそれまで付き合っていた女性が男子を出産した。それが和鷹である。

和春の急死によって、水上宗家の血を引く唯一の男子である和鷹が、ゆくゆくは水上流宗家の名を継ぐのは当然のことと、世間一般では考えられた。

ところが最近になって、宗家の内部事情に詳しい関係者のあいだで、後継者問題をめぐって、やがて水上家ではひと波瀾《はらん》ありそうだ——という噂がひそかに囁《ささや》かれていた。

和春・菜津美夫妻には男子はなかったものの、秀美という娘がある。この秀美の存在が、彼女の成長とともに大きくクローズアップされてきたのだ。

菜津美未亡人はもちろんだが、宗家の和憲がほとんど溺愛《できあい》といっていいほど秀美に愛情を注いでいる。だから、水上流三十代目は秀美が継ぐことになる可能性がある——というのが噂の内容だ。

能楽の家元を女性が継ぐということは、どの流派にもいまだかつてない。まあ、常識的には秀美に婿を取るということになるのだろう。しかし、ことによると、そういう慣例も無視して、何が何でも秀美本人を跡継ぎにしてしまうことだって、考えられなくはない——と、まことしやかに囁く者もいた。

噂は元来、無責任なものだが、この場合はまんざら根拠のないことではなかった。それは何よりも、水上秀美のたぐいまれと言っていい、能楽の資質にある。事実、血筋というのだろうか、秀美は天性の才能に恵まれ、謡《うた》うことも舞うことも、ひょっとすると和鷹を凌駕《りょうが》するのではないかと評判されるようになっていた。

能の舞には男と女のハンディはかなりあるものとされている。仕舞《しまい》程度のことは女性でもそれなりにさまになるが、シテを務めるとなると、体格的にも迫力の点からいっても、男性にはかなり見劣りがする。

しかし秀美は和鷹よりは僅《わず》かに足りないものの、一六四センチの身長がある。肩幅も女性としてはガッチリしたタイプだ。

元来がアルト系の声で、謡《うたい》も堂々としていて、並み居る弟子たちの誰にもひけをとらない。

何よりも舞のセンスが優れていた。これはやはり天賦の才というしかないだろう。事実、秀美の舞は和憲や和春がことさら依怙贔屓《えこひいき》して、懇切に教えたというわけではなく、いわば幼い時からの見よう見真似で会得した面が多いというのだから驚く。

「秀美はうまいね」

祖父の和憲や、生前の父親に稽古《けいこ》をつけてもらったあとなど、和鷹が感心して言うほどであった。二人は異母兄妹だが、生まれて間もない頃から一緒に育てられたから、表面上は本当の兄妹と変わりない。

「ほんと？　お兄様にそう言ってもらえるなら、ほんとにいいセンいってるのかもね」

秀美は褒められると、素直に喜んだ。その頃は、彼女自身にはプロとして舞台に立つなどという意識はなかったから、気楽に舞えるのだし、それがまたのびやかな芸に結びついていた。

高校三年の終わり近くまではそんな状態だった。高校はいわゆるお嬢さん学校といわれる『S女子学院』で、秀美は高校を出たらそのまま、エスカレーター式に大学部まで進むつもりだった。

その矢先、秋が深まろうとする台風の夜、父親の和春が急逝《きゅうせい》した。

和春の突然の死は、水上家にさまざまな波紋を生じさせることになった。秀美にとっても、一生を左右するような変化をもたらしたのである。

「おまえ、芸大へ行きなさい」

新しい年の初めに、祖父の和憲は自室に秀美を呼び入れて、そう命じた。これまで稽古をつけた時でさえ、秀美だけにはいつも柔和な和憲が見せたこともないようなきびしい様子だった。

「芸大？　どういうことですか？」

秀美はびっくりして訊き返した。両親にはもちろん、宗家である祖父に対しては、これっぽっちも逆らうような言動をすることは許されない——というのが、昔からの水上家の家風だけれど、今度ばかりは素直に聞いていられない気がした。

「音楽部で能楽の勉強をしなさい」

「能楽？　どうしてですか？」

「どうして？　何を言っておるんじゃ。能楽師の娘が能楽を学ぶのに何の不思議もないじゃろうが」

「でも、私はフランス語のほうをやりたいって思っているんです。それに能楽はお祖父様やお兄様に教えていただけるじゃありませんか。お兄様だって、大学になんか行かないで、お祖父様とお父様に教わったのでしょう？」

「いや、これからの指導者は、狭い知識だけでなく、広い視野に立つことが必要になってくるはずじゃ」

「指導者だなんて、そんな難しいこと……」

「とにかく、いいからそうしなさい」

祖父は鷹《たか》のように鋭い眼をして、言った。

その瞬間、秀美は（もしや——）と思い当たった。祖父が孫の和鷹をあまり好きでないらしいことは、秀美にもうすうす察しがついていた。

和春の妻——つまり秀美の母親・菜津美は、和春よりもむしろ祖父の和憲のほうが気に入って、息子の嫁にしたという経緯《いきさつ》があったらしい。

ところが、菜津美には男子が生まれずに、外の女性に唯一の男子が誕生した。

思えば、その時から和鷹の悲劇は始まっていたのだ。

「お祖父《じい》様はそうおっしゃるけれど、私には指導者になれるような、そんな立派な才能はありませんよ」

もし、自分が祖父の思いどおりに能楽の道に進めば、必ず、水上家の跡継ぎ問題に波瀾を招くであろうことを、賢明にも、秀美は察知していた。

「そんなことはない。おまえは和春以上の天与の才能に恵まれている。その才能をあたら埋もれさせてしまうべきではないのだ。とにかく芸大に進みなさい。いいね」

和憲は断定的に言った。

結局、秀美は祖父の言うがままに芸大に進学し、邦楽科で能楽を専攻した。

和春の七回忌に和憲が追善能を催すと言い出したのは、秀美が芸大の大学院で修士課程を終えた祝いの席でのことだった。

そこには水上宗家一門の主だった者が、ほとんど勢揃いしていたといっていい。もちろん、和鷹もいたし、菜津美未亡人も、秀美も同席していた。

「それはよろしいですなあ」

分家筋の長老の一人である高崎義則《たかさきよしのり》が言った。

「まだ半年以上もありますから、盛大な会を準備できるでしょう」

「うん」

和憲は満足そうに頷《うなず》いて、

「番組は、『二人静』がいいだろう」

と言った。

誰も異論を唱える者はいない。『二人静』はストーリー性には乏しいが、静御前の亡霊が現れるという哀切な背景を持ちながらも、華麗《かれい》で優雅な演目である。

能楽の演目には、シテ（主役）の役柄《やくがら》「神」「男」「女」「狂」「鬼」に応じ、大別して五つのタイプがある。

神――『脇能《わきのう》（神事物）』
鶴亀《つるかめ》、高砂《たかさご》、養老《ようろう》などの法楽物《ほうらくもの》
男――『二番目物（修羅物《しゅらもの》）』
敦盛《あつもり》、清経《きよつね》などのように、修羅道《しゅらどう》に落ちた武将の幽霊が、旅僧の回向《えこう》によって成仏《じょうぶつ》するというパターン
女――『三番目物（鬘物《かずらもの》）』
羽衣《はごろも》、井筒《いづつ》、二人静など、王朝文学の女性の恋物語を優美に舞う
狂――『四番目物（現在物、狂物《くるいもの》）』
安宅《あたか》、道成寺、蝉丸《せみまる》などのような現実（といっても多分に伝説的だが）の事

件に取材したもの

鬼――『五番目物（切能《きりのう》、鬼畜物《きちくもの》）』鞍馬天狗《くらまてんぐ》、紅葉狩《もみじが》り、羅生門《らしょうもん》など、伝説上の鬼畜退治《たいじ》や調伏《ちょうぶく》を扱ったもの

『二人静』は三番目物の中でも、とりわけ華麗な演目といっていい。

物語の筋は次のようなものだ。

吉野・勝手《かつて》神社の七草神事に供える若菜を摘みに出た乙女は、帰り道に﨟《ろう》たけた女に出会った。女は「吉野の社家のひとびとに、私の霊を弔ってくださるようお伝えください」と頼む。乙女は驚き怖れながら、「あなたのお名前は？」と問う。女は名乗る代わりに、「もし、このことを疑う者がいれば、私はあなたにとり憑《つ》いて、名を名乗るでしょう」と言って消えてしまう。菜摘みの乙女は急ぎ帰り、神主にこのことを伝え、「まるで嘘のような話です」と言ったとたん、物狂おしい様子になって、「私は判官殿のお供をして吉野まで参った静です」と言う。

静にとり憑かれた乙女が、神主に頼んで、宝蔵にある昔の装束を出してもらい、それを着ると、本物の静御前の霊が現れ、乙女とともに舞いはじめる。

この二人揃っての舞が『二人静』の圧巻である。二人の静は一挙手一投足にいたるまで、同じ動作で舞わなければならない。

したがって、シテとツレは背恰好《せかっこう》もタイプも同じ、舞の癖も同じであることが望まし

いわけだ。

高崎老人は、そのことを気にした。

「宗家と和鷹さんの組合せですと、いくぶん不釣り合いかと思いますが」

控え目な言い方をしているが、実際には、いくぶんどころか、まったく不釣り合いだ。和鷹は一七二センチの上背だが、和憲は一六三センチ。年齢的にいっても、舞のスジからいっても、バランスがよくないのは歴然としている。

「ツレは秀美がやればよい」

和憲は事も無げに言った。

「えっ？　秀美さんが？」

当の秀美も驚いたが、居並ぶ連中が「あっ」と思った。

「秀美ならわしと背恰好も同じようなものだし、舞もそれほどいかつくはならないだろう」

「それはそうですが、では和鷹さんはどうなさるおつもりですか？」

さすがに、温厚な高崎老人も、和鷹の立場を思って、それは承服しがたい——という言い方をした。和鷹は俯《うつむ》き、一門の者たちのあいだに気まずい空気が流れた。

秀美は震えるような想いで、祖父の非情を睨《にら》みつけた。その視線の先で、和憲はさりげなく言った。

「いや、和鷹には『道成寺』をやってもらう」

「なるほど、『道成寺』ですか。それは結構なことですなあ」

高崎老人は芝居がかって膝《ひざ》を叩《たた》き、感服してみせた。全員がホッと胸を撫《な》で下ろし、秀美も祖父の深慮に思いが及ばなかった自分の浅はかさを恥じた。

秋の追善能の演目が『二人静』と『道成寺』に決まったのは、そういう経緯によっていた。

2

追善能が行われた当日は、東京地方はよく晴れ、休日のせいか、スモッグもなく美しい秋空であった。

「雨降らしのジンクスは破れたわね」

玄関を出たところで空を見上げ、秀美は兄の幸運を祝って、晴れやかに言った。

「うん」

和鷹も素直に笑顔を見せた。「雨降らしの面」は桐箱《きりばこ》に入れ風呂敷《ふろしき》に包んで、和鷹の胸に抱えられている。

門内にハイヤーが二台待っていた。一台は宗家のためのもので、兄妹よりやや後れて菜津美未亡人と、もう一人、広島《ひろしま》という分家の若い者を供に連れて出る。

和鷹と秀美の兄妹だけを乗せたハイヤーは、ひと足先に渋谷南平台《しぶやなんぺいだい》の能楽堂へ向かった。

演能の日は、男子も女子も袴《はかま》を着用して楽屋入りすること――というのが水上家の仕《し》来《きた》りになっている。まだ若いハイヤーの運転手は、和鷹はともかく、女性の袴姿を見て目を丸くしていた。ひょっとすると宝塚と間違えたかもしれない。

まだ開演まではたっぷり時間があるというのに、能楽堂が近づくにつれ、秀美は緊張感が高まるのを覚えた。こんなことは秀美には珍しい。

『二人静』のツレは、秀美にとっては初めてといっていい大役である。演じることそれ自体には自信があっても、宗家の舞と較べて、あまりにも見劣りするようでは困る。自分だけの恥にとどまらず、孫娘をツレに選んだ宗家の名を汚すことにもなるからだ。

「うまく出来ればいいのだけど」

秀美はいくぶん甘える気持ちもあって、兄に不安を洩《も》らした。

「秀美なら大丈夫だよ」

和鷹は妹の肩を叩いて、励ました。

「宗家が秀美を選んだのは、それだけの理由があってのことだろうからね」

「そうかしら」

秀美は首を傾げた。

「やっぱり、ツレはお兄様になさればよかったのよ」

「いや、僕はだめさ。身長が釣り合わないし、それに……」

言いかけて、やめた。

「それに、何なの？」

秀美は気になって、訊《き》いた。和鷹は言い淀《よど》んでから、

「宗家は、僕が嫌いなんだ」

「そんな……」

秀美は非難する目を和鷹に向けた。

和鷹は祖父のことを「宗家」と呼ぶ。妹の秀美が「お祖父《じい》様」と呼ぶのとでは、はっきり一線を画した立場をとっている。

何も知らない頃は、秀美は兄のそういう態度は、芸道に対する厳しい姿勢から出ているものとばかり思っていたのだが、事情を知るようになってから、和鷹が「宗家」と呼ぶたびに、寂しい気持ちになる。

「そんなことないわ。お祖父様は、お兄様に道成寺をお譲りになったじゃないの」

「ああ、それは表面だけを見ればたしかにそうだけれどね。しかし、宗家にしてみれば、二人静を演じることによって、秀美への愛情のほうがはるかに大きいことを示したい気持ちなのさ」

「それはお兄様の僻《ひが》みよ」

「僻みか……」

和鷹は苦笑した。

「たしかに、僕は僻み根性の塊りみたいなものかもしれない。小さい頃からずうっと、僕は違うんだ、みにくいアヒルの子なんだって意識していたのだから」

「そうなの？　そんなに、小さい頃から、そういう……そのこと、気にしていたの？」

「そりゃそうさ」

「じゃあ、私はばかだったのね。ちっとも知らなくて、我《わ》が儘《まま》ばっかり言って」

その我が儘を、いつだって嫌な顔ひとつしないで聞いてくれたのは、和鷹にそういう負い目のような意識があったせいなのか――。

「いや、秀美だけが僕にとっては救いだったのかもしれないよ」

和鷹は優しく言った。

「少なくとも、秀美だけは分け隔てなく、僕を認めてくれていたのだからね」

「あたりまえだわ、そんなこと」

秀美は憤然とした口調になった。

しばらく会話が途絶えた。休日の道路はふだんと違うところが渋滞していて、車の進行が停《と》まった。

やがて車が走り出すのと一緒に、秀美は少しトーンを抑えて言った。

「一つだけ、いつも気になっていることがあるのだけど、訊いてもいいかしら?」

「ん? 何だい?」

「怒らないって約束して」

「何だ、ずいぶん大袈裟《おおげさ》だな。いいよ、何を訊かれても怒らないよ」

「ほんとにほんとね? それじゃ、訊くけど……あの、お兄様の本当のお母様は、どこにいらっしゃるの?」

「…………」

和鷹は顔色を変えて、黙ってしまった。

「やっぱり……」

秀美は悄気《しょげ》た。

「訊いてはいけなかったのよね。ごめんなさい」

「いや、いいんだ、怒ってはいない」

和鷹は呟《つぶや》くように言った。いったんは強張《こわば》ったかに見えた表情も、すぐに平静を取り戻していた。

「母のことは、何ひとつとして僕は知らないんだよ。名前も、どこの人間なのかも」

「えっ？　ほんとに？」

「ああ、ほんとだよ。誰に訊いても教えてくれない」

戸籍上は和鷹は和春・菜津美夫妻の実子ということになっている。秀美が、長いこと、そういう複雑な事情のあることを知らなかったのは、そのためなのだ。

「ただ、お父様が、おまえが一人前になったら教えてやるとおっしゃっていたのだけれど、そのまま亡くなってしまった」

と和鷹は言った。

「でも、誰かが知っていることは、たしかなのでしょう？」

「ああ、たぶんね。お母様はどうか分からないけれど、宗家《そうけ》は知ってると思うよ。もしかすると、高崎の大叔父《おおおじ》さんだって知ってるかもしれない」

「だったら、早く訊かないと、永久に分からないままになってしまうわ」

宗家も大叔父の高崎義則も高齢である。秘密を抱えたまま、あの世に行ってしまったら――と、秀美は思った。

「そうなったらそうなったで、僕は構わないと思っている。僕は知らなくても、母は僕のことを知っていてくれるのだしね。もしかすると、いつも僕の舞を観にきてくれているかもしれない。そう思うだけで、何か満ち足りた気分になってくるんだ」

「可哀相なお兄様」

秀美は溜《た》め息《いき》をついた。

「ははは、そんな、可哀相はないだろう」

和鷹は笑った。

「生まれはどうであれ、僕は水上流宗家の家に育って、ゆくゆくは家元の地位を約束されているのだからね。こんなに恵まれた人生なんて、そうザラにはないと思って、天に感謝しているよ」

兄が本気でそう思っているのかどうか、秀美には判断がつかない。たった二つ違いの兄だけれど、子供の頃から精神的な重荷を背負っているのだから、苦労の度合いには天地の開きがある。

「私、たとえどんなことがあろうとも、お兄様の力になってあげるわ」

秀美はきっぱり言った。祖父も母も、それに、分家の誰であろうと、庶子であるという理由で和鷹を軽んじるようなことがあれば、断固として兄の味方になろう——と、心底、秀美は思うのだった。

唇を真一文字に結んだ妹の横顔を、和鷹は気弱い微笑を浮かべて見つめていた。

3

たっぷりゆとりを見て出掛けたつもりだったのに、雪江が能楽堂についたのは、開演まで十分少ししか余裕がなかった。能楽堂前の広場は人波で混雑していて、前方へ進むのにもひと苦労であった。

入り口のところに三宅が迎えに出ていて、こっちこっちと手招いた。

「いい席を取っておきましたよ」

自慢げに言って、先に立って歩いた。どういうわけか、この能楽堂では予約席の制度がなく、早い者勝ちに席が決まってゆく。

昔の、本来の能楽堂は、当然のことながら建物それ自体が能楽堂であったのだが、現在の能楽堂はコンクリートの近代的なビルの中の大ホールに、特別な形態を備えた「舞台」として、能楽堂を再現したものが多い。ここも例外ではなかった。

一般の大ホールと変わらないような客席の正面に、能楽堂そっくりの、屋根つきの舞台が建っている。左端の揚《あ》げ幕から橋懸《はしがかり》を渡り、舞台にいたるまでの能楽堂の形式が、そのままステージになっている。古来は屋外にあった本物の能楽堂の前半分が、そのまま舞台として再現されていると思えば、だいたい間違いない。

こういう形式のステージであることは、能楽という舞台芸術に、芝居や歌舞伎などとはまったく異なった、一種、不可思議な雰囲気を醸し出す効果になっている。

というわけで、能楽のステージは橋懸から本舞台までを入れると、およそ三十メートルに及ぶ横長のステージである。そして、右端は謡方《うたいかた》の席で終わっている。

つまり、本舞台はホール正面の右端に偏ってあるわけだ。

したがって、いわゆる「カブリッキ」はホール中央ではなく、右端寄りの部分になり、そこを中心に「いい席」が決まってゆく。

三宅はそこに自分と雪江の席を確保しておいてくれた。

この日は宗家と孫娘の『二人静』と、御曹司が難曲中の難曲といわれる『道成寺』を舞うというので、能楽堂は満席の状態だった。入りきれない客が表で係員と押し問答していたほどだ。雪江は三宅の努力に大いに感謝した。

雪江たちのいるブロックの最前列には、水上家の関係者が席を占めている。渋い藤色の紋付に黒帯姿の菜津美未亡人が立っていて、新しく入ってきた客の中に親しい顔を見つけると、丁寧にお辞儀を送る。雪江にも親しげな笑顔を向け、たぶん「ようこそお越しくださいました」とでも言っているのだろう、唇を動かしながら会釈をした。

ホールを見渡すと、客のほとんどは中年以上である。女性のほうがやや多いかと思えるけれど、男の客も少なくない。

若い客は少なく、もっとも下でも十五、六歳、さすがに幼児連れの客はいなかった。

何人かの顔見知りもいて、雪江は挨拶《あいさつ》を交わした。そういう珍しい顔に出会うのも、観能の楽しみの一つであった。

最初、高崎義則が『頼政《よりまさ》』を舞った。分家の長老ということもあるのだが、本来からいえば、頼政は宗家が舞うべき、格調の高い番組である。

頼政とはヌエ退治で知られる源三位《げんざんみ》頼政のことで、頼政は宇治平等院《うじびょうどういん》の合戦に敗れ自害し果てた。しかし、その幽魂は成仏できずにさまよっている。旅の僧の前に姿を現した頼政の亡霊は往時の合戦の模様を語り、涙を新たにするのである。旅僧は頼政のために祈り、頼政の霊は僧の回向《えこう》を感謝しながら消えてゆく。まことに追善能に相応《ふさわ》しく、しかも難曲中の難曲といわれる演目である。それを分家筋に譲ってまで、和憲が秀美との『二人静』を舞いたかったというのはよくよくのことだ。

それだけに、この日の『二人静』は絶品であった。宗家のシテはむろんのこと、秀美のツレもみごとな出来映えで、観客を魅了しないではおかなかった。

「宗家は、やはり、秀美さんへの想い入れを断ち切ることができないのですな」

三宅が雪江に囁《ささや》いた。

二人の静御前が寸分の狂いもなく、息のあった舞を見せるクライマックスに入ると、緊迫した雰囲気がホールにみちみちた。

宗家が若やいだ艶《つや》のある舞を見せれば、秀美は若さをオブラートに包んだような、円熟した観さえある舞を見せた。

二人の静が橋懸に消える前から、自然発生的にホールに拍手が沸いた。

幽玄を貴ぶ能楽で、こんなふうに拍手が沸くのは珍しいことだし、あまり歓迎されないのだが、そういう仕来りを超越して、観客は宗家と孫娘の舞に堪能《たんのう》したのである。

十五分の中入りがあった。第二部は門下の四人による仕舞から始まった。仕舞というのは、能楽のサワリの部分を直面《ひためん》で舞うものである。若い門人たちの修業の成果を披露するのと同時に、観客を次の番組に誘う先触れの役割を果たす効果がある。

仕舞を終えた四人と謡方がいったん退場し、舞台がカラになった。

客席にはひとしきりしわぶきなどが起こり、本日最大の演《だ》し物に期待する雰囲気が整ってきた。

4

『道成寺』は他の番組と異なって、能が始まる前に鐘を吊《つ》るす作業がある。前にも述べたように、『道成寺』は分類すると「四番目物」「狂物《くるいもの》」「現在物」に入る。しかし、一般的には番組の最後――キリ――に行われるのがふつうだ。

いわゆる「切能《きりのう》」というのは「五番目物」「鬼畜物《きちくもの》」のことを指す。なぜ最後に演じるかというと、その代表的な『土蜘蛛《つちぐも》』を例に取ると分かり易い。

『土蜘蛛』はその名のとおり、土蜘蛛の化身が登場するオカルト劇である。クライマックスになると、土蜘蛛は三度から五度にわたって蜘蛛の糸を投げかける。その結果、舞台は惨憺《さんたん》たる状態になって、もし、そのあとに番組を控えているとなると、観客の前で掃除をしなければならないわけだ。

そういうわけで、作り物や仕掛けを必要とする演目は最後に「キリ」として行うことになる。

この『道成寺』もまた、大掛かりな仕掛けが施される番組の一つだ。

予鈴が鳴るわけでもなく、舞台の背景に描かれた松の木の、少し右にある切戸《きりど》から、いきなり、舞台に紋付袴《もんつきはかま》姿の男たちがゾロゾロと現れた。囃子方《はやしかた》と地謡《じうたい》、それに後見《こうけん》の人々である。全部で十四人、三間四方の舞台が狭く感じられる。

それぞれが所定の位置に座を占めると、楽屋に通じる揚げ幕が上がり、四人の男が橋懸に吊り鐘を運び出した。

吊り鐘は長い棒にぶら下がっている。三宅の説明によると、鐘の重量は六十キロ近くあるそうだ。鐘の丈が高いので、男たちは精一杯両手を伸ばし、棒を高々と差し上げている。なかなか楽な作業ではなさそうだ。

男たちは舞台のほぼ中央に鐘を下ろし、鐘を天井に吊るす作業にかかる。

鐘にグルグル巻きにした黒い綱を解き、例の長い棒の一本の先に綱を巻きつけて、天井の環《わ》に引っ掛ける。環は客席からは見えないようになっているので、あたかも天井の梁《はり》に綱をかけたように見える。

　綱の先は右手奥の柱、下から五十センチばかりのところに取りつけた環に通して、後見の若い者が四人がかりで綱を引き、舞台の床上、約二メートルの高さの位置まで鐘を吊り上げる。

　こうして舞台の準備は整えられたというわけだ。

　舞台の人の動きがピタリと停まると、いよいよ開演。揚げ幕が上がり、三人の僧が五メートルほどずつの間隔をあけて、しずしずと現れる。

　先頭を歩くのがワキの道成寺の住僧で、直面である。金入角帽子《すんぼうし》、襟は浅黄《あさぎ》、白綾白《しろあやしろ》大口《おおくち》、紫水衣《みずごろも》、白無地腰帯《こしおび》、小刀、金無地扇、苛高数珠《いらたかじゅず》――というのが流儀の装束になっているが、素人が見る分にはそんな細かい部分にまでは目が行き届かない。

　あとの二人はワキツレの若い従僧である。住僧とそれほど違った服装ではないけれど、まあ、いくぶん簡略なものかな――と感じる程度の差はある。

　住僧は、新しい鐘が出来たので、それにちなんだ鐘供養を営むという口上を述べる。そして二人の能力《のうりき》（労務に携わる身分の低い僧）を呼び、この鐘の供養はある事情があって女人禁制であるから、充分に注意するように、と命じる。

「畏《かしこ》まって候」といった応酬《おうしゅう》があり、五人の出演者はそれぞれ所定の位置に坐《すわ》り、舞台に静寂が漂う。

　舞台上の実際の状況からいうと、鐘と人びととの距離は一、二メートルしか離れていないのだが、物語の筋では、彼等はまったく離れた場所にいることになっている。そういう約束事は、能ではいろんな場面で付き物になっている。

それからまもなく、横笛の音に誘われるように、前シテの白拍子《しらびょうし》がやって来る。前シテの面《おもて》は「近江女《おうみおんな》」、優しく寂しげな風情のある面である。

橋懸の中ほどで、「これはこの国の傍らに住む白拍子にて候」と自己紹介をし、道成寺で鐘供養があるというので、行ってみるところだ――と説明を加える。

「行ってみる」と言ってから到着するまではほんのわずかだが、これも約束事の一つであって、彼女はあくまでも遠路はるばるやって来たことになっている。

ところが、来てみると、能力がいて、「ここは女人禁制だ」と言う。

白拍子がせっかく来たのだから――と迫ると、能力は折れて、それではひとさしだけならば舞ってよろしいと許可を与える。ずいぶん無責任のようだが、まあ、見て見ぬふりをして通行を許可した――といったところなのだろう。

やれ嬉《うれ》しやとばかりに、白拍子は舞台の奥に行き、後見に手伝ってもらって、烏帽子《えぼし》、舞姿に扮装《ふんそう》を凝らして、いよいよ舞を始めるのである。

舞は、はじめのうちは極端に動きの少ない、ほとんど静止状態で、それが舞台に緊迫した空気を漲《みなぎ》らせる。

やがてゆっくりと動き始めるのだが、時折、獲物を狙う豹《ひょう》を思わせる、ハッとするような奇怪な所作を見せて、この白拍子が只者《ただもの》ではないことを予感させる。曲と動作はしだいに早く、荒々しくなってゆく。

この時の舞と、小鼓《こつづみ》を中心にした乱拍子の囃子とのかけ合いが『道成寺』中の圧巻である。静から動へとはげしく変化する舞の中で、白拍子はやがて邪悪な本性を見せて、鐘の中へと飛び上がる。同時に吊り鐘が轟音《ごうおん》とともに落下し、白拍子をすっぽりと隠してしまう。

舞台の上には住僧や従僧、それに能力など、五人の出演者が出ているのだが、前述したような約束事によって、白拍子が舞を舞うところはもちろん、鐘が落ちる現場は誰も見ていなかった――という設定になっている。

能力の二人は轟音に驚いてひっくり返る所作を見せる。これからの二人の遣《や》り取りは狂言風《きょうげんふう》になり、「なんだなんだ……」といった騒ぎを表現する。

やがて鐘の落ちたことを住僧に知らせに行き、住僧が能力に「だから言わないことではない」といった叱責《しっせき》を加える。そして、女人禁制と言った理由について、長々と昔語りをするのである。

『道成寺』の物語は安珍《あんちん》・清姫《きよひめ》の物語があまりにもポピュラーだが、それは歌舞伎のために後年作られたものであって、もともとの原形は宗教的な説話として語られたものだ。能の『道成寺』はその原形から取材したと考えていい。

住僧の話す昔語りがそれに近い。それは次のようなものだ。

昔、この辺りに住む真砂《まなご》の荘司《しょうじ》という者に美しい娘がいた。荘司の家には旅の山伏《やまぶし》がしばしば訪れ、宿を借りていた。この山伏はかなりのハンサムであったらしい。荘司は娘が可愛いばっかりに、彼女がまだ幼い頃から、あの山伏どのがおまえの将来の夫になる人である——と冗談半分に言っていた。

娘のほうは、子供心にそれを信じてしまったから、やがて年頃になると、本気で山伏の妻になろうとする。しかし、山伏のほうはそんなことは知らず、ただひたすら修行に励んでいる。そのあげく、ついに我慢がならなくなった娘は、ある夜、山伏の寝室に押し入って、「いつまで放っておくの？」と直談判《じかだんぱん》に及んだ。返答しだいでは、ただではおかない——という迫り方であった。

驚いた山伏は、闇にまぎれて宿を逃げ出してしまう。逃げに逃げて道成寺にやってきて、住僧に匿《かくま》ってくれと頼み込む。住僧はそれではと、鐘の中に隠す。

追ってきた娘は、山伏恋し、憎しの一念がつのって、ついに毒蛇《どくじゃ》に変身し、やがて鐘の中にひそむ山伏に気付いて、鐘にとぐろを巻き、口から炎を出して鐘を焼き溶かしてしまった——という話だ。

鐘楼を再建するにあたっては、そういう過去の因縁があるから、女人を近づけるなと言ったのだ——というわけであった。

それはそれとして、ともかく、落ちた鐘をふたたび鐘楼に吊るし上げようということになる。

三人の僧侶《そうりょ》が声を合わせて祈るうちに、なんとか鐘は引き上げられるのだが、中から現れるのは先刻の美しい白拍子ではなく、邪悪な大蛇の本性を顕《あらわ》した、恐ろしい姿に変身している。

大蛇は鐘から出ると、なおも祟《たた》りを行おうとするのだが、三人の僧侶の必死の祈りによって、ついに「日高《ひだか》の川波深淵《しんねん》に飛んでぞ入りにける……」となる。

これが『道成寺』の全編のおおまかなストーリーである。

『道成寺』の見せ場は、さっきの鐘が落ちるところと、鐘が上がった時に、白拍子が蛇（後シテ）に変身して飛び出すというケレンの場面といっていいだろう。

前シテの白拍子は、狂言や僧侶たちの遣り取りの間を利用して、あらかじめ鐘の中に用意してあった「蛇」の面に付け替え、装束も銀色のウロコ模様のものにあらためる。

蛇の面は、口が耳まで裂《さ》けた恐ろしげなもので、一見した感じは般若《はんにゃ》の面とそっくりである。しかしよく見ると、蛇の口には見るからに邪悪そうな舌があることが分かる。般若には舌はない。それが相違点だ。

和鷹が「最初は般若の面を使うつもりだった」と言っていたのは、蛇面の邪悪さには、「雨降らし」の伝説があるほど、不吉なイメージが伴うからだ。しかし、観客にしてみれば、いわば水上宗家《そうけ》の「秘宝」ともいうべき「雨降らしの面」を目のあたりに出来ることにも、この日の期待が込められている。

この日、鐘入りのシーンまでの和鷹は、観客が圧倒されるほどの迫力に満ちた舞を見せた。ことに白拍子がしだいに邪悪な本性を現すあたりは、悲壮感さえ漂わせて、それだけに、蛇に変身し「雨降らしの面」をつけたあとの舞に、いっそうの期待感が高まったのである。

さて、舞台の上では演技が進行し、僧侶たちの祈りの中、後見たちが綱を引いて、鐘がゆっくりと重たげに上がっていった。

そうして鐘が上がると、間髪《かんはつ》を入れず中から蛇女がスックと立ち上がる——はずであった。

だが、どうしたことか、ウロコ模様の装束に着替えた和鷹は、鐘の下にうずくまったまま、動こうとしない。

いや、正確にいうと、彼は鐘のどこかに身を支えられてしゃがみ込む恰好《かっこう》でいたらしく、鐘が上がった時、その支えを失って、わずかに左のほうにつんのめるように倒れ伏したのであった。

観客のほとんどは、最初、何の疑問も抱かなかった。そういう所作《しょさ》かと思って見ている者もいたし、『道成寺』に通じている者も、これは新しい試みでそうしているのか——と考えていた。

しかし、あまりにも長く静止状態が続くのと、舞台上の出演者たちの異常な様子に気付いて、ようやく、これは何か異変が起きたのだ、と騒ぎ始めた。

ふつうのステージと違って、幕がないだけに、こういう時に能舞台というのは始末が悪い。舞台上の異変も混乱も衆人環視の中に晒《さら》されるわけだ。

ざわめきはたちまちホール全体に広がり、「ウオーン」という異様な響きに聞こえた。

水上和鷹は鐘の真下で、すでにピクリとも動かなかった。

「死んだのか？」という囁《ささや》きが、ざわめきの中で、新しいさざなみが立つように聞こえてくる。

死んだ——。

亡くなった——。

人々は驚きから恐怖、悲しみへとそれぞれがさまざまな想いを込めて、この椿事《ちんじ》を受け止めていた。

舞台の上の人々も、一瞬、凝固したように動きを停めたが、気を取り直した後見が指示して、和鷹の体を運び去るように命じた。若手の謡方が数人がかりで和鷹を持ち上げ、橋懸を楽屋へと急いだ。謡《うたい》で語るなら、「失《う》せにけり、失せにけり……」となるべきところである。

装束はそのままだが、和鷹の顔から、いつのまにか面が取られ、蒼白《そうはく》の顔がチラッと観客に覗《のぞ》けた。手足はもちろん弛緩《しかん》し、眼もうつろ、口もだらしなく開かれて、すでに生命が終わったことを物語っている。

「死んだ」「亡くなった」という声とともに、そこかしこから嗚咽《おえつ》が洩《も》れた。中年の婦人たちが、ハンカチで顔を被《おお》い、太夫《たゆう》の死を嘆き悲しんでいるのだ。

「あんなに素晴らしいお方が……」

そういう声が、嗚咽の合間に聞こえた。若く美しく、将来を嘱望されていた水上流の総帥となるべき人物が、まことにはかなく舞台の露と消えたのである。

5

約五百人収容できる観客席は満員の状態であった。その観客の誰もが、御曹司・和鷹の急死を、かつて彼の父親の和春がそうであったように、心臓の発作などによるものであることを疑わなかった。

いや、観客ばかりではない、水上一門の人々は、舞台にいた者も、楽屋にいた者もそのことを連想したにちがいない。

驚くべきことだが、これほどの大異変でありながら、舞台の上は急速に平静を装いつつあった。やがて鼓の音が「カーン」と響くと、後見が直面《ひためん》で舞台に舞い進んだ。和鷹の代役として大蛇の化身を演じるのである。

三人の僧侶は大蛇の化身に向かって折伏《しゃくぶく》の祈りを突きつける。

「謹請東方青龍清浄《きんぜいとうぼうしょうりゅうしょうじょう》　謹請西方白帝白龍《きんぜいさいほうびゃくだいびゃくりゅう》……」

謡方《うたいかた》が声のかぎりに祈るのが、あたかも和鷹の死を悼む読経のように聞こえ、舞台にも客席にも一種の悲壮感が漲《みなぎ》った。

その中で、菜津美未亡人がゆっくりと立ち上がり、観客の視線を横切る非礼を恥じるように、身をかがめながら、足早に退席していった。蒼白の横顔が印象的だった。

観客たちも席を立ち、右往左往する者はあっても、ホールを出ようとは誰ひとりとして思わない様子だ。「異変」に対して、単なる野次馬《やじうま》根性だけで居残った者もあったかもしれないが、大多数は心から御曹司の死に驚き哀《かな》しんだ。

日頃、動じないことでは、かなり自信のある雪江も、人並みに動揺した。いや、むしろ和鷹の生い立ちなど、裏の事情に通じていただけに、一入《ひとしお》、哀悼《あいとう》の気持ちが強かったともいえる。気丈なはずの彼女の頬に、幾筋もの涙が流れた。

その点、三宅はさすがに評論で身を立ててきた人間らしく、これほどの悲劇的な大異変にも、パニックには陥らなかった。「事故」発生と同時くらいに席を立ち、雪江に「ちょっと状況を見てきます」と言い置いて、楽屋へ急いだ。

三宅ほど素早い対応ではなかったが、ほかにも楽屋へ向かった者は何人かいた。多くは水上宗家と何らかの関係のある親しい人々だったが、その中に二人の医師がいた。たまたまその日、会場には二人の医師が観客として舞台の急変を見ていた。いずれも水上宗家とは直接の交際はないが、分家筋の先生について、謡曲《ようきょく》と仕舞《しまい》を習っている間柄である。その二人が、あい前後して楽屋に向かった。

客席と廊下は騒然としていたが、それとは対照的に、楽屋の中は異様な静寂に包まれていた。

部屋の中央に、座蒲団《ざぶとん》をいくつか並べてベッド代わりにした上に、和鷹の体が仰向《あおむ》けに横たえられていた。まだ後シテの蛇女の装束のままで、身《み》仕舞にさほど乱れのないことが、いっそうあわれを誘った。

その周囲を幾重にも人々が囲んで、さして広くない楽屋は立錐《りっすい》の余地もないほどであった。

和鷹の傍らには和憲と秀美が坐《すわ》っている。

和憲は背筋を伸ばし、膝《ひざ》に拳《こぶし》を置いて、和鷹の死に顔を睨《にら》み据えるようにして、じっと動かない。

秀美は、和鷹の胸にすがり、顔面こそ蒼白だがまだ温《ぬく》もりの残る兄の体をゆするようにして、泣きじゃくっていた。

ほかの一門の人々も、長老から末席の者にいたるまでが、茫然《ぼうぜん》自失の態《てい》で、ある者は坐り、ある者は立ち、それぞれの恰好のまま、凍りついたように動かなかった。中には合掌している者もいた。

この時になって、ようやく菜津美が楽屋に入ってきた。さすがに裾《すそ》が乱れるほど気が急《せ》いていた様子だったが、目に涙はなかった。

人々の視線は菜津美の所作に集まった。誰もが、彼女の置かれている複雑な立場を思っているに違いなかった。

その微妙な雰囲気の中で、菜津美は和鷹が前シテの時に着ていた白拍子の打掛を取って、和鷹の亡骸《なきがら》をそっと覆った。楽屋にほっとしたような空気が流れた。

秀美は周囲の状況など、まったく目に入らない。

けさ、同じ車で楽屋入りした兄が――ついほんの三十分前に白拍子の装束で颯爽《さっそう》と楽屋を出ていった兄が、もう二度と口をきくこともない物体になってしまったことが信じられなくて、彼女は泣くことだけしか、いまは何も思いつかない状態であった。

秀美に誘われるように、すすり泣く声がしだいに大きくなっていった。門下の人々の多くが、和鷹の死に対して、心からの慟哭《どうこく》を抑えることができなかった。

さすがの三宅も楽屋の異様な光景の前に、たじろぐ想いであった。

「ちょっと失礼します」

背後から声をかけられて振り向くと、初老の紳士が立っていた。

「私は医者ですが、ご容体はいかがです？」

「あ、お医者さんですか。どうぞお入りください」

三宅は言い、中へ向けて「お医者さんが見えました」と声をかけた。

群れている人々が左右に分かれ、遺体への道を作った。

しかし、医師は和鷹の死を確認したにすぎなかった。

心臓に耳を当て、瞳孔《どうこう》を調べてから、医師はしばらく心臓にマッサージを加えるなどの努力をしていたが、やがて、遺体を離れて静かに合掌した。

「きれいなお顔をしておられますな」

医師は言った。

舞台を運ばれている際には、口から流れ出ていた涎《よだれ》などが目撃されたのだが、それらはきれいに拭《ぬぐ》い去られて、目も瞼《まぶた》を閉ざされ、一見したところでは、安らかに眠っているような顔であった。

その時、もう一人、観客の中にいた医師がやってきた。人々の背後から覗き込むようにして、「T大学病院の岸野《きしの》です」と名乗り、遺体の傍に近づいた。

最初の医師は「K病院の広田《ひろた》です」と応じて、二人のあいだで名刺が交換された。

岸野は広田より十歳ほど若い。先輩がすでに死を認定しているらしいことを知って、もはや遺体に触れようとはしなかった。

「死因は何でしょうか？」

岸野は広田の意見を訊《き》いた。

「さあ、所見では分かりませんが、やはり心臓の発作でしょうか。しかし、ちょっと疑問な点もあるのですが……」

「といいますと……」

広田は岸野の耳元に口を寄せるようにして小声で言った。

「瞳孔の拡散が異常なほど顕著でしてね。それに、眼瞼結膜《がんけんけつまく》の鬱血《うっけつ》状態の割りに、ほかの表皮部分の鬱血がまったくありません」

「なるほど、そのようですね……ショック死の症状とよく似ているように思えます」

「常識的には、ですね」

広田医師は意味ありげな言い方をした。

岸野は広田の言わんとしていることを汲《く》み取りかねて、首をひねった。

「ちょっと、席を外しませんか」

広田は立って、岸野を誘い、楽屋の外の廊下へ出た。

「解剖してみないと分かりませんがね、私は前にこれとよく似た症状を見たことがあるのですよ」

「はあ……」

「和鷹氏は、ひょっとすると、毒物を服用したのではないかと考えられます」

「毒物？……」

岸野は「毒物」と聞いて、動転した。

「大きな声を出さないで」

広田は急いで岸野を制してから、小声で言った。

「一般的に言って、ストリキニーネとかアコニチンなど、アルカロイド系の毒物を服用した場合には、ああいう症状を呈すと考えられますよ」

「そうなのですか。私は専門外ですので、詳しくは知りませんが……しかし、舞台の上のあの状況では毒物の服用は不可能なのじゃありませんか？」

「いや、そうともかぎらないでしょう。鐘の中にいるあいだなら、何をしているのか、外部から見ることは出来ませんからね」

「もしそれが事実だとしたら、届け出が必要ですね」

「そうですね。ただ……警察沙汰《ざた》にしていいものかどうか……」

広田が楽屋のドアを見返ったのと、宗家の和憲が青い顔をして現れるのとが同時だった。

「恐縮ですが、ちょっとあちらの部屋においで願えませんか」

二人の医師に懇願するように言った。

広田と岸野は顔を見合わせたが、たがいに頷《うなず》きあって、和憲に従った。

楽屋から廊下を十メートルばかり行った、宗家専用の個室に入った。

和憲は二人にソファーをすすめ、自分は立ったままで言った。

「申し訳ありません。お二人のご様子から、つい聞き耳を立てていました。何か和鷹の死因に不審な点があるようですが」

「はあ、じつは広田先生は毒物による中毒死の疑いがあるとおっしゃっているのですよ」

岸野は言いにくそうにしている広田に代わって、ズバリと言った。

「本当ですか？」

和憲はひきつったような表情になった。

「いや、確実にそうだとは言ってませんが、一応ですね、症状がそういう疑いがあるということでして……」

「しかし、和鷹がなぜ……いえ、そういうことはちょっと考えられませんが」

和憲は必死に抵抗しようという構えを見せた。

「それはもちろん、私の診断が完璧《かんぺき》だとは思っていません」

広田医師は、やや鼻白んだ顔になった。

「ただ、この場合、明らかに変死の状態ですからね。一応、多少なりとも疑いがあるならば、警察に届け出るべきなのです」

「警察……」

和憲は自分が窒息死しそうに、ゴクリと音を立てて、唾《つば》を飲み下した。

「そんなことにならないように、なんとかことを穏便《おんびん》にすませられるよう、ご配慮いただくわけにはいきませんでしょうか？　いや、ぜひともそのようにお願いいたします」

言うなり、床にへたり込むと、文字どおりに土下座して平伏した。

「あ、そんな……」

広田も慌ててソファーから飛び下りて、宗家の腕を取り、立ち上がらせた。

宗家は日頃の威厳ある様子を、どこかに置き忘れてきてしまったように、ただの哀れな老人にしか見えなくなっていた。

「お気持ちはよく分かりますよ」

広田は老人を慰めるように言った。

「いや、私が不審を感じたといっても、必ずしもそうだと断定できたわけではないのですからね。ただ、医者の職業上の義務行為として、こういうケースでは届け出の義務があるという、一般論を言っただけです」

「それを何とか穏便にです、穏便にお願いいたしたいのです」

和憲はまた床にひざまずきかける。

「弱りましたなあ……」

広田と岸野は老人の重量を持て余したように、中腰になった恰好《かっこう》で、どうしたものか――と視線を交わした。

「私のほうは、広田先生のように異常に気付いたわけではありませんので、問題は広田先生のご判断しだいということになります」

岸野は言った。半分は逃げ口上だったが、半分は宗家の苦衷を察して、ことを穏便にしてあげようという方向へ、気持ちが向いているのだ。

下駄《げた》を預けられた恰好の広田は災難みたいなものだが、広田にしても、宗家のたっての頼みを無下に断るわけにもいかないという想いは同じだ。それに、モタモタしていれば、救急車がやってきて、死体を運び出してしまうおそれがあった。

いや、実際、その時には救急車が到着して隊員が楽屋に向かっていたのである。その連中が楽屋に入る寸前に、二人の医師は和鷹の遺体の両脇に、まるで悪魔の略奪の手から死者を守るように坐り込んでいた。

「御苦労さん」

救急隊員のリーダーに、広田医師が落ち着いた口調で言った。

「しかし、残念ながらすでに死亡されたあとでした。死因は急性の心筋梗塞《こうそく》ですね。死亡時刻は……」

広田は時計を見て、数分前の時刻を宣言した。それからおもむろに名刺を出し、岸野医師にもそうするように、目顔で合図した。

救急隊員は二人の医師がそれぞれ、大病院のれっきとした医師であることを知って、そのまま引き上げて行った。

表面的には、これで水上宗家《そうけ》の体面は損なわれることなくすんだ。しかし、二人の医師の不自然な動きを知る者には、何か不審なものの気配が感じられた。

三宅ももちろん、その不審に気づいた者の一人であった。

「おかしいですな、どうもおかしい」

客席に戻ると、三宅は小声で雪江に告げた。

「おかしいって、何がです？」

「死因がです。心臓発作ということにしているのですが、はたしてそれが事実なのかどうか、怪しいものです」

三宅は二人の医師が廊下に出て、ヒソヒソ話をしていた様子を怪しんで、ドア近くに立ち、それとなく注意を向けていた。

「その時に、若いほうの医者が『毒物？』と言ったように聞こえたのです」

「毒物？……」

「ええ、そうしたら、そこへ宗家が出ていきまして、何やら秘密めいた談合を始めたのですよ。どうも、印象からいうと、医者は何かの不審を察知して、警察に届けようとしていたのじゃないかと思えるフシが見えたのですがね。ところが、宗家が別室に連れ込んで、ふたたび現れたとたん、医者は、和鷹さんの死因を『心筋梗塞であった』と公式なかたちで発表しているのですよね。ずいぶんあっさりした豹変《ひょうへん》ぶりで、何か裏がありそうな感じでした」

「裏があるって、どういう裏があるとおっしゃるのですか？」

「ああいう状況で死んだ場合、少なくとも変死扱いにして、警察に届けるのが当然でしょう。それを回避するために、宗家が二人の医師に口止めを頼んだのじゃないかっていう気がするのですがね」

三宅は「警察」を強調して言って、警察庁刑事局長の息子を持つ雪江がどう反応するか、興味深そうに待った。

「ですけど……」

と、雪江はしばらく考えてから言った。

「宗家がそうまでして、警察の介入を拒絶したい気持ちは分からないではありませんわね。警察が入れば角が立ちます。マスコミもいろいろ取り沙汰することでしょうし。そのあげく、調べた結果、何でもなかったということですと、宗家にしてみれば、ずいぶん迷惑な話です」

「しかし、もし何でもなくなかったとしたらいかがです？　このまま見過ごしてしまっていいものでしょうか？　水上流の内部には、とかくの噂もないわけではないのですし。

事件性がないとは断言できないと、私などは思いますがねえ」

三宅はわざと、雪江の困惑を承知の上で、意地悪な言い方をしている。

実際、雪江は正義を行うべきか、それとも水上宗家の苦衷を察してやるべきか、二つの選択の狭間《はざま》に立って、苦慮していた。

「こんな時、あの子がいればいいのですけれどねえ……」

なかば独り言を呟《つぶや》いた。

「光彦君のことですかな？」

三宅は待ってましたとばかりに言った。

「ええ、まあそうですけれど」

「お呼びになったらいかがです？　光彦君なら、角が立たずに捜査できるし、それに、なんといっても彼は名探偵ですからね」

「三宅さん」

雪江は眉《まゆ》をひそめて言った。

「あなたがそんなふうに煽《おだ》てるようなことをおっしゃるから、あの子はますます妙なほうへ進んでしまうのですよ」

「そんなことはありませんよ。光彦君は根っからの名探偵の素質に恵まれた天才ですぞ。とにかく、この場には彼が必要です。ぜひ来てもらいましょうよ」

「だめです」

「そんな、あなたの頑固には感心しますが、この際はそんなことを言ってる場合ではないでしょう」

「そうではなく、あの子はいま東京にはおりませんわよ」

「は？……」

ここにいたって、三宅はようやく気がついた。

「あ、そうか、彼はいま関西ですな……」

自分が与えた仕事で、浅見光彦が能楽の史蹟《しせき》めぐりをやっていることを、完全に失念していた。

第三章　吉野《よしの》奥山に消ゆ

1

浅見光彦が東京を発《た》ってから八日目に入った。十一泊十二日の日程だったから、全予定の約三分の二を消化したことになる。

今回ほど充実した仕事はかつて無かった。充実している上に楽しい。

浅見は能楽《のうがく》だの謡曲《ようきょく》だのにそれほど詳しいわけではない。子供の頃、父親やたまに「失《う》せにけり」の三宅が訪れて、飽きもせず「われはこのあたりに住む女にて候」などとやっているのを、まったく無関心に聞いていた程度だ。

しかし、こうやって史蹟をめぐり、それに因《ちな》んだ能謡《のうよう》のストーリーと照らし合わせてみると、歴史や絵空事が現実の世界に繋《つな》がっている面白さを味わうことができる。

たとえば、滋賀県甲賀《こうが》郡にある田村神社などといっても、聞いたこともないし、おそらく、こういうチャンスでもなければ、生涯訪れることもなかっただろうけれど、ここは坂上田村麿《さかのうえのたむらまろ》の武勇の物語を謡《うた》った、『田村』の史蹟である。

また、奈良県天理《てんり》市の在原《ありわら》神社は、もちろん在原業平《なりひら》の史蹟だが、有名な能の『井筒』の舞台でもあった。

前述した『土蜘蛛』は、御所《ごせ》市森脇《もりわき》にある一言主《ひとことぬし》神社が舞台になっている。

そのほか、当然のことながら、能の物語は近畿地方——ことに奈良、京都に取材したものがきわめて多い。オーバーでなく、いたるところが能謡の史蹟といってもいいほどであった。

能の物語は九十パーセント亡霊や幽霊、化け物のたぐいが出てくる、ミステリアスな話ばかりである。しかも、ひとつとして同じ場所を題材に使っていない。つまり、いま風にいえば「トラベルミステリー」といった趣がある。

『能謡史蹟めぐり』という企画を考えた出版社は、なかなか目の付け所がいいと、浅見はあらためて感心したものである。

十一月八日、浅見は吉野に入った。

吉野は歴史の古い土地である。『古事記』や『日本書紀』の応神《おうじん》天皇のあたりから、ぼつぼつ吉野の名が散見する。大化以降には離宮まで出来たという説もある。

「天智十年紀」に「大海人皇子《おおあまのおうじ》が吉野に入って仏道を修行した」という記述がある。壬《じん》申《しん》の乱の際、大海人皇子は大津《おおつ》の宮から僧衣をまとって逃れ、吉野入りした。

大海人皇子はその翌年、吉野で挙兵し近江《おうみ》朝廷を滅ぼして即位し、天武《てんむ》天皇となる。爾来《じらい》、吉野は政治、宗教上の大きな出来事のつど、重要な拠点としてその名を歴史に止《と》めることになる。

国道を右折して吉野川を渡り、七曲《ななま》がりの急坂を登ると吉野山の中心街に入る。窓を開けると、空気がひんやりと感じられた。

十一月も半ば近くともなると、吉野山は早くも冬の気配が漂い、訪れる客の数がめっきり減ってしまうのだそうだ。

吉野山での宿は「桜花壇《さくらかだん》」にせよ――という出版社の指定があった。

桜花壇というのは、吉野では随一といっていい、由緒ある宿だ。

その名前のとおり、この宿の各部屋からは、谷越えの正面に、「中の千本」の桜が、まるでわがもののごとく一望できるという。かつては皇族方が泊まられることでも知られていた宿だそうだ。

桜の時季には、前年からの予約客で一杯になる。浅見のようないちげんの客は、もちろん泊まれっこない。こんな季節はずれでも、料金のことを考えると、ちょっと尻込《しりご》みしたくなる。

その浅見がはじめて吉野を訪れ、いきなり最高の宿に泊まることができるのは、取材という仕事のお蔭《かげ》である。

同じ出版社で出している旅行雑誌に、旅館の紹介記事を書くことで、宿泊費をサービスしてくれるという寸法だ。

話に聞いたとおり、桜花壇はまったくいい宿であった。玄関を入った辺りはいかにも古びた印象だが、部屋の設備は、バス、トイレから空調施設まで、近代的な和風旅館の条件を備えている。それでいて、風雅な趣は損なわれていない。

障子を開けると、広々としたガラス窓のむこうに、桜の山が屏風絵《びょうぶえ》のように展開する。ただし、いまはもちろん桜はすべて枯木である。ところどころに常緑樹がくすんだ色を残しているのが、かえって侘《わび》しいような、冬の風景だ。

「麓《ふもと》とでは三度は違いますねんよ」

お茶を運んできたおばさんがそう言った。巴御前《ともえごぜん》を老けさせたような、見るからに頑丈そうな女で、笑顔を絶やさない代わりに、次から次へと、話題も絶えない賑《にぎ》やかな性格らしい。彼女の話によると、吉野山は雪もけっこう、多いのだそうだ。

あさぼらけ有明の月と見るまでに吉野の里に降れる白雪

浅見は百人一首の中の歌を想起した。吉野を詠《よ》んだ和歌は多く、百人一首にももう一首ある。

み吉野の山の秋風さ夜更《ふ》けてふるさと寒く衣うつなり

季節的には、むしろこの歌のほうがいまの季節を歌ったものかもしれない。いずれにしても、寒さと侘しさを歌ったところが共通しているのは、ことによると、吉野の歴史的な背景のせいなのだろうか。

吉野は古来、花の名所として知られていたと同時に、政変のあるたびごとに、都を追われた人々の屯《たむろ》した場所でもある。

兄頼朝《よりとも》に都を逐《お》われた源義経《みなもとのよしつね》が、静御前や弁慶《べんけい》、佐藤忠信《さとうただのぶ》ほか、わずかな従者とともに逃れてきたのも、ここ吉野であった。

吉野の寺々の宗徒は、はじめ、義経に加担して、一行を匿《かくま》ったのだが、やがて寝返りを打つ者が多くなった。

義経はこれ以上、ここに留まることは不可能と判断した。そして静を京都へ帰らせることにし、かなりの財宝に雑色《ぞうしき》などを数人つけて、別れを告げる。

静は義経と別れたあと、雑色たちに財宝を奪われ、吉野山に捨てられるという悲運に遭う。そうして、あげくのはてには吉野の宗徒に捕らえられ、勝手神社の庭先で悲しみを堪《こら》えて舞を舞う。

この義経と静の悲劇は、史実と虚構をとりまぜて、『吉野静』『二人静』『忠信』など、多くの謡曲に語られている。

また足利尊氏《あしかがたかうじ》に敗れた後醍醐《ごだいご》天皇が南朝を樹立したのも、ここ吉野であった。天皇はこの地で悲運のうちに崩御、あとを継いだ後村上《ごむらかみ》天皇の時に、幕府軍によって吉野は焼かれ、南朝は吉野を逃れて、別の山中に新たに本拠を定める。

したがって、五十七年の南朝の歴史の中で、吉野山に南朝の本拠があったのは、わずか十八年にすぎなかったのだ。

これは浅見にとって、新しい知識であった。何しろ、浅見は南朝はずっと吉野にあったものとばかり思っていたのだから。

それでは、残りの約四十年と、さらにそのあとに続く「後南朝」といわれる、反中央政権が存立されたおよそ八十年のあいだ、その本拠はどこにあったか——という疑問は、もう少し先まで取っておくことにしたい。なぜなら、わが浅見光彦も、この時点では、まだその歴史についてはまったくの無知であるからだ。

浅見は一服すると、すぐに宿を出て、吉野の町を歩いた。とにかく、吉野は能謡史蹟《しせき》の宝庫なのだ。

勝手神社は桜花壇から三分ほどのところにあった。一見したところ、ごくありふれた小さな神社——という印象であった。

総じていえることだけれど、吉野の風物は意外なほど素朴であった。天下に名だたる吉野山だから、さぞかし観光ずれして、俗化しているのではないか——という予想は、いい意味で裏切られた。

例の桜花壇もそうだが、旅館も店も古びた佇《たたず》まいのものが多い。名物や土産物にもそれは共通していた。

吉野の名物はなんといっても「吉野葛《よしのくず》」、そして桜。葛切《くずき》り、桜湯など、原材料をそのまま活かしたもの。花入り羊羹《ようかん》などのようにこの二つを巧みに混交した和菓子など、バラエティにも富んでいる。そして「柿《かき》の葉鮨《はずし》」というのも逸品であった。

そういった物を売る店が、黒光りするような昔ながらの建物であり、大きな暖簾《のれん》などにも、歴史を感じさせる。

吉野には、武蔵坊弁慶《むさしぼう》が拳《こぶし》で五寸釘《くぎ》を打ち込んだという「弁慶力釘」など、あやしげな史蹟もあるけれど、吉野朝廷跡、義経かくれ塔、西行庵《さいぎょうあん》など歴史の温《ぬく》もりが伝わってきそうな、親しみ易い史蹟も多い。

勝手神社の境内で、父親と五、六歳の女の子が遊んでいた。

「パパが昔、ミコちゃんと同じくらいの頃と、ちっとも変わってへん」

そんなことを言っているところをみると、父親はこの土地の出身で、しばらくぶりの帰郷らしい。彼がそう言うのだから、二十数年間、吉野はさしたる変化もなしに過ぎてきたということかもしれない。

空気は冷たいけれど、吉野の山にはどことなく穏やかな気配が漂っている。花の頃はなおさらであろう。忙しい現代人も、ここに来ればきっと、何かほっとするものがあるにちがいない。その昔、源義経や後醍醐天皇が戦い敗れてこの地に逃れた気持ちも分かるような気がする。

浅見は東京生まれで、吉野はもちろん奈良県にも縁故はないが、勝手神社の境内で、独りぼんやりしているだけで、まるで故郷にでもいるような安らぎを覚えた。

2

いつのまにか、親子連れの声が聞こえなくなったので、ふと視線を上げると、勝手神社の階段に、老人が一人、つくねんと坐《すわ》っているのが見えた。

コートを着て、旅行バッグを膝《ひざ》に載せている様子から、旅行者であるらしいことは分かった。

コートの袖《そで》口から黒っぽいスーツと真っ白いワイシャツの袖がのぞいている。しかし、レトロそのもののような中折れ帽子を目深にかぶり、俯《うつむ》きかげんに坐っている姿は、いかにも疲れきったような印象を受けた。

浅見は何となく気になって、老人の傍らに並ぶように坐り、声をかけた。

「ご旅行ですか？」

「ん？」

老人は帽子の庇《ひさし》の下から、チラッとこっちを窺《うかが》ったが、すぐに視線を地面に落とした。その瞬間、面長できりっと引き締まった老人の面差しを、浅見はどこかで見た顔だな──と思った。

「ああ、独り旅ですよ」

老人は言った。

コートの襟を立て、頬の辺りまで埋まっているので、横顔もはっきり見えない。

「吉野は初めてですか？」

浅見はまた訊《き》いた。浅見はどちらかというと内気な性格である。こんなふうに、自分のほうから見ず知らずの他人に声をかけるなどということは、ごく珍しい。

「ああ、初めてですよ」

「いま時分の吉野は静かでいいですね」

「はあ、そういうものでしょうかなあ」

老人から返ってくる言葉は、どこまでもそっけなかった。

(人間嫌いなのかもしれない――)

浅見はそう思って、語りかけるのをやめることにした。

「ロープウェイに乗ってきました」

ふいに、老人は言った。

「上から見ると、吉野の山は一面の桜なのですな」

「ええ、そうですね」

「これが一面の花の季節だと、さぞみごとなものでしょうなあ」

「はあ、そうでしょう」

今度は浅見がそっけなく答えたが、老人には気にならないらしい。

「ここで静御前が舞ったのですなあ」

「ええ」

「こうしていると、静の舞い姿が見えるようではありませんか」

「はあ……」

「もっと早く吉野に来ればよかった」

老人はいよいよ相手を無視した呟《つぶや》きのような口調になった。

「これまで天河《てんかわ》には何度も来ているのに、どうして吉野に立ち寄らなかったのか」

老人の呟きには、自嘲《じちょう》と無念の想いが込められていた。

「テンカワとはどこのことですか？」

浅見は訊いた。どういう字を書くのかさえ知らない。

「ん？」

老人は浅見の存在など、まったく気にしていなかったように、またチラッとこっちを一瞥《いちべつ》して、沈黙した。

浅見も仕方なく、黙りこくった。気詰まりな時間が流れたが、不思議に、浅見は立ち去る気になれないでいた。老人に魅《ひ》かれるというより、見放すことができない、一種の不安のようなものを、無意識のうちに感じているのかもしれない。

「この道をどこまでも行くと、天河に行くはずですよ」

また、忘れたころになって、老人は言い、桜花壇とは反対方向を指差した。

「はあ、そうですか、近いのですか」

「ほっほ、近いといえば、近い」

老人は力感のない笑い方をした。青年の無知を笑うようでもあり、自嘲のようでもあった。

それからゆっくりと立ち上がった。

「ごめん」

顔を逸《そ》らしたまま頭を下げ、浅見に背を向けて歩きだした。疲れているわりには、背筋を真っ直ぐにして歩いてゆく姿は毅然《きぜん》として、なんとも美しい。

「失礼します」

浅見は坐ったまま、見送った。

老人は、「この道を行けば」と指差した方角へ向かった。

その夜の膳《ぜん》に、名物料理の吉野葛鍋《なべ》というのが出た。例のおばさんがつきっきりで給仕をしてくれた。

「お客さんのほかには、若いご夫婦が二組いらっしゃるだけです」

給仕をしながら、おばさんはよく喋《しゃべ》る。自分はもう三十年もここに勤めているとか、息子夫婦がそろそろ引退して、うちに来ないかと言ってくれるとか、いろいろな有名人がお泊まりになるので、楽しいとか……。

少し話題が途切《とぎ》れたかと思ったら、語調を変えて言った。

「そうそう、いまさっき、玄関におかしなお客さんが来ていました。なんでも、お祖父《じい》さんがいてへんようになったからいうて、探してはるんやそうですねん」

「いなくなったって、どういうこと？」

「なんや、よう知りまへんけど、家出しはったんとちがいますやろか。下の駅で聞きはって、ロープウェイに乗って吉野の山に登ったいうことは分かってはるのやそうやけど、ロープウェイで聞いても、タクシー会社に聞いても、お山を降りた様子もないし、どこの旅館を探してもいてへんのやいうて、えろう心配してはりました。もしかすると、自殺の恐れがあるとかいうて……」

浅見はギクリとした。

（あの老人だろうか？――）

「自殺の恐れがあるというのは、どういう理由なのか、言ってました？」

「いいえ、そこまでは言うてはりませんでしたけど」

「その人、東京の人じゃないかな？」

「はい、東京から見えた言うてはりました」

おばさんは怪訝《けげん》そうに浅見を見た。

「そしたら、お客さん、心当たりおますのでっか？」

「いや、そういうわけじゃないけど……ただ、なんとなく、そうじゃないかなと……」

浅見は言いながら、不安になってきた。

「この寒さだと、外をウロついていたら、凍死しちゃうんじゃないかなあ」

「まさか、凍死はせえへん思いますけど……お客さん、ほんまに知ってはるのとちがいますか？」

おばさんは勘がいいらしい。

「うん、じつは、勝手神社でご老人と話したのだけど、ロープウェイで登ってきたと言っていた。しかし、まさかあの人がそうじゃないだろうなあ」

「その人か分かりまへんで。歳はなんぼぐらいの人でしたん？」

「七十ちょっとっていう感じかな」

「それやったら間違いあらしまへんわ」

「そう簡単に断定しないでくださいよ」

「そうかて、もしほんまにその人やったら、はよ知らせてあげたほうがええのんとちがいますやろか」

「知らせるといっても、僕はただ、ロープウェイで来たと聞いただけのことだからねえ。そういう旅行者は沢山いるのだろうし」

「それでも、間違《まちご》うとってもええから、教えてあげたほうがよろしいわ」

「教えるたって、もう帰ってしまったんでしょう？」

「大丈夫、泊まってはる宿が分かってますさかいに。電話はわたしがしてあげます」

おばさんは胸を叩《たた》いて、慌ただしく部屋を出ていった。

3

おばさんはまもなく、ニコニコ顔で戻ってきた。

「お電話したら、喜びはって、すぐに来やはるそうです」

「来るって……まだ食事中なのに」

「かましまへん、食べながらでもよろしゅうおますがな」

「おますがなって言われてもねえ……」

浅見はおちおち食事もしていられない心境であった。

おばさんの言葉どおり、ものの三分も経たないうちに「客」はやってきた。番頭が「お邪魔します」と声をかけ、襖《ふすま》が開いた。

「さあ、どうぞどうぞ」

おばさんは勝手に客を呼び入れている。

客は意外にも若い女性であった。二十歳を少し超えたか——といったところだ。女性としては大柄なほうだろうか。しかし、顔立ちもプロポーションもキリッと引き締まった印象だ。

祖父の家出という「事件」のせいか、顔色は冴《さ》えず、髪の毛のほつれにも気づかないほど、疲労困憊《こんぱい》したように見える。そういうハンディを割り引けば、たぶんふだんの彼女は、相当に美しいにちがいない。

ただしファッションにまで気を配るゆとりがなかったのか、地味なグレーのブレザースーツに黒い丸首セーター姿は、そういうものに疎い浅見の目から見ても、かなり時代遅れな感じだった。

娘は左手に抱えていたコートを廊下に置いて、部屋に入るなり、ピタッと正座して「お邪魔いたします」と額が畳につくほどの礼をした。

胡坐《あぐら》をかいて、あつあつの吉野葛鍋をつついていた浅見は、慌てて坐《すわ》り直して、丹前の前を揃えながら挨拶《あいさつ》を返した。

浅見もいまどきの若い者としては、まあまあ作法の出来たほうだが、客の女性にはかなわないと思った。背筋をすっと伸ばした姿が美しいし、手をついてお辞儀をする所作がまた、あざやかなものであった。

これが武道家同士なら、おそらく「むむ、できるな」といったところだろう。

「私は秀美と申します」

娘は名乗った。浅見もうろたえぎみに「浅見です」と応じながら、「えっ？」と問い返した。

「あの、ヒデミさんというのは苗字《みょうじ》なのですか？」

「いえ」

娘は恐縮して顔を赤くした。

「事情があって、苗字を名乗るわけにはいかないのです。申し訳ありません」

「そうですか。いや、僕のほうはべつにそれでも構いません」

「ありがとうございます。それであの、祖父のことをご存じだそうですが、お教えいただけますでしょうか？」

娘は真っ直ぐに顔を上げて、すがりつくように言った。

「いや、知っているといっても、僕はただ、勝手神社でたまたま会って、少しお喋りをしたというだけで、そのご老人が、はたして、あなたの言うお祖父さんかどうかは分かりませんよ」

「祖父……いえ、そのご老人は、どういう恰好《かっこう》をしておりましたでしょうか？」

「コートを着て……そうそう、いまどき珍しい中折れ帽子を被《かぶ》っていました」

「ああ、それなら間違いなく祖父です」

「しかし、ご老人なら、そういう恰好をしている人は多いかもしれません」

「お喋りをなさったって、どういうことを申しておりましたか？」

「大した話ではないですよ。吉野ははじめてだとか、テンカワには何度も来ているとかですね」

「え？　天河のことを言っていたのですか？」

「ええ、それから静御前の話をしてました。ここで静が舞ったとかですね」

「やっぱりそれ、祖父です……」

娘は溜《た》め息《いき》をついた。安堵《あんど》と不安がこもごも、彼女の胸に疼《うず》いている様子だ。

「それで、祖父はどちらのほうへ参りましたか？」

「テンカワのほうへ行ったのじゃないですかね」

「えっ？　天河へ？」

秀美ばかりか、おばさんまでが、ほとんど同時に言った。

「天川《てんかわ》へ行くって言いはったんでっか？」

おばさんが重ねて訊《き》いた。

「いや、そうはっきり言ったわけじゃないけれど、この道を行くとテンカワに行くと言って、そこのほうへ歩いて行かれましたからね。しかし、はたしてそのテンカワへ行かれたのかどうか、その先のほうは残念ながら見ておりません」

「そうですか……」

娘は唇を嚙《か》んだ。失望感が露《あらわ》に見える。

「失礼ですが、どういうご事情なのか聞かせていただけませんか？」

浅見は訊いた。

「はあ、……でも、それはちょっと申し上げられません」

「しかし、お聞きしたところによると、何でも自殺のおそれがあるとかいうことではありませんか」

「ええ、それは、最悪の場合には、そういうこともあるかと……」

「だったらそんな悠長なことを言っていられないのではありませんか？　警察には届けたのですか？」

「いいえ、警察にはまだです」

「それは妙な話ですねえ」

浅見は眉《まゆ》をひそめて、娘を見つめた。

「自殺のおそれがあると言いながら、警察にも届けず、しかも若いあなたが一人で探しているのですか」

「自殺というのは、私が勝手に考えて、心配しているだけかもしれません」

「ふーん……」

浅見はいよいよ、この娘に興味を抱いた。それにしても、若い女性が一人で大騒ぎをしていて、そのくせ名前も言わず、かたくなに秘密を守ろうとしている事情というのは、いったい何なのだろう？

「お客さん」

おばさんが真剣そのもののような顔で浅見を見て、言った。

「そのおじいさんは、ほんまに天川のほうへ向かって行かれたのでっか？」

「だから、僕ははっきり見ていないと……」

「そうかて、もし天川へ行きはったのやとしたら、大変でんがな」

「どうして？　そもそもテンカワというのはどこなの？」

「それやったら、お客さんは天川のこと、ちっとも知らんのですか？」

「うん、知らない」

「天川いうたら、天川村のことですやろ」

「テンカワって、天の川って書くの？」

「そうです。でも『天川』と三本川で書くと村の名前やけど、『天河』とサンズイの河の字を書くと、天河神社のことになりますな」

「なんだ、ややこしいんだね」

「そうかて、天河神社は天川村にありますさかいに、同じことですわ」

「それで、天川へ行ったのだとすると、どうして大変なの？」

「そらあんた、天川いうたらここから三十キロもおますのでっせ。そんなお年寄りやったら、途中でどうにかなってしまうに決まってますやろが」

「えっ？　三十キロ……」

浅見は絶句した。

「ほんとに、祖父は天河へ向かったのでしょうか？」

秀美は泣き出しそうな顔になった。

「うーん……ともかく、いずれにしても、そういうことだとすると、のんびりしていられないですね。どういう事情か、警察に言えないようなことがあるにしても、ご老人の後を追ったほうがいい。僕の車で追い掛けましょう。その道は車でも行けるのでしょう？」

「そらまあ、あまりええ道ではないですけど、車で行けんことはありません」

おばさんは首をかしげながら、自信なさそうに言った。

「それじゃ、すぐに出掛けましょう。ちょっと着替えますから、玄関で待っていてくれませんか」

「ほんとに……あの、ほんとに行ってくださるのですか？」

秀美ははじめて、心の鎧《よろい》に隙間のようなものを見せた。

「行きますよ、僕にも責任の一端はありますからね。あの時、ご老人の様子になんとなく気になるものを感じたのだから。もう少しお話をお聞きすればよかったのです」

「ありがとうございます」

秀美は礼を言って、急いで部屋を出た。一刻も早く、祖父を追跡したい気持ちがありありと見えた。

4

浅見は着替えを済ませ、玄関へ出てから、あらためて、地図と首っ引きで、番頭とおばさんに天川への道を聞いた。

ところが、地図を見ると、勝手神社のところは三叉路《さんさろ》になっていて、天川へ行くには、桜花壇側から行って、勝手神社を出はずれたところで左へ曲がらなければならない。

しかし、浅見はじつはそこまでは確認していない。浅見が坐《すわ》っていた勝手神社の階段からでは、曲がり角はちょうど死角になっている関係で、あの老人がはたして、「この道を行けば」と指差した天川のほうへ行く道を選んだのか、それとも真っ直ぐ、吉野山の街中を通って、山を下る道を選んだのか、確信は持てなかった。

「もしかすると、真っ直ぐ行かれたのかもしれませんよ」

浅見は秀美を安心させる気持ちもあって、そう言った。

「でも、それならロープウェイかタクシーか、どちらかを使うと思うんです」

「なるほど……しかし、それは天川へ行く場合でも同じことじゃないのですか？」

「ええ、ふつうはそうでしょうけど……ですから、心配なのです」

「それもそうですね」

浅見も秀美の不安が理解できた。たしかに、老人がタクシーを利用しないで、山道を歩いて行くなどというのは、「ふつう」ではない。

「とにかく行ってみますか」

浅見は秀美の腕を把《つか》むようにして、ソアラへ向かった。

「あまりスピード出さんと、気をつけて行きなはれや」

おばさんは心配そうに見送っていた。

吉野山から天川村へ抜ける道は、文字どおりの隘路《あいろ》である。一応、ほとんど舗装されているのだが、屈曲が多く、途中に人家が少なく、真っ暗な道だ。

「お祖父《じい》さんはもっと早くに吉野に来ればよかった、とおっしゃっていましたよ」

浅見は忙しくハンドルを操作しながら、言った。

「天川には、どなたかお知り合いでもいるのですか？」

「いえ、そういうわけではありません」

「しかし、吉野にも寄らないのに、天川には何度も行っているというのは、どういうわけですか？　天川なんて、聞いたことがないのですが、有名なところなんですか？」

「天川村は知られていなくても、天河神社は有名だと思います」

「そうなんですか。すると、あなたもいらっしゃったことがあるのですか？」

「ええ、二度だけ」

「ほう……」

浅見には天河神社なるものがどういうところなのか分からないから、それ以上、どう言っていいのか言葉に窮した。

「天河神社は天河弁才天《べんざいてん》といって、日本三大弁才天の第一位だそうです」

秀美は言った。浅見への感謝が、そういう説明だけでもしなければ申し訳ないという気持ちにさせたようだ。

「天河神社には、ふつうは下市口《しもいちぐち》から行きます。バスで一時間ちょっと、大峰山《おおみねさん》の登山口のほうへ入ったところです」

「大峰山っていうと、山伏《やまぶし》修行で有名な、あの大峰山ですか？」

「そうです」

「日本三大弁天様の第一っていうと、二番目は鎌倉の弁天様ですか？」

「いえ……」

秀美は思わず、笑いを含んだような声を出したが、すぐに、そういう場合ではないと反省して、硬い口調に戻った。

「二番目は厳島《いつくしま》、三番目は竹生島《ちくぶしま》です」

「ああ、そうなの」

浅見は思わぬところで恥をかいた。弁天さまといえば、鎌倉の銭洗《ぜにあら》い弁天しか思い浮かばないというのも、情けない。

行けども行けども暗い道だったが、五キロほど走ったところで沢沿いにポツリポツリと人家があり、三叉路にぶつかった。

地図で見ると、ここはどうやら、下市町の才谷《さいたに》という集落らしい。

「沢を下ると下市町に出ます。そこからも天川へ行く道はありますが、どうします？下市口から行くのが本来のコースなのでしょう？」

「ええ、でも、祖父はこの道を行ったと思います」

秀美は沢を溯《さかのぼ》る方角を指差した。黒滝《くろたき》村を経由する道で、そっちのほうが近道であることはたしかだが、いかにも寂しい山道でもある。

浅見は少したためらったが、結局秀美の指差した方向へ進むことに決めた。

これまでよりもさらに坂も屈曲も多い道になった。もはや「深山幽谷」の雰囲気になってきた。幽霊を大の苦手とする浅見は、独りでは絶対に走りたくないと思った。

しかし、そういう山奥みたいなところにも人家があるから感心してしまう。

「ご老人が勝手神社を出たのが四時頃かな。あれから約三時間……ご老人の足で、せいぜい十キロぐらいがいいところでしょう」

小さな峠を越えたところで、浅見はいったん車を停めて、言った。

積算キロメーターは、桜花壇を出てからすでに十二キロを走ったことを示している。

「祖父は脚は丈夫なほうですから」

秀美は唇を噛《か》み締めるような表情で、言った。

「そうですか、それじゃ、とにかくもう少し行ってみましょうかねえ」

これまでも超安全運転で来たが、浅見はさらにゆっくりと速度を落として、注意深く進んだ。

もっとも、まったく間違えようのない、細い一本道である。道路を歩いている人がいれば、見落とすことはあり得なかった。

「おかしいですね」

十五キロを超えたところで、浅見は車を停止させた。

「こんな遠くまで歩けるとは考えられませんよ。やはりお祖父さんは、吉野山のどこかで泊まられたのでしょう」

秀美は黙って、フロントガラスの向こう側をじっと見つめている。しかし、そこに広がっているのは、ヘッドライトも届かないような深い闇だ。

「どこか、Uターンのできる場所まで行って、引返しましょう」

浅見は車をスタートさせた。道幅は狭いが、ところどころに擦れ違い用に待避場所を作ってある。そこでUターンした。

それにしても、走りだしてまもなく、たった一台の車と擦れ違っただけというのは、この道がいかに利用度の低い道であるかを物語っている。

「もしかすると」と、秀美は沈痛な声で言った。

「祖父は山へ入ったのかもしれません」

「山へ？　というと、どこの山ですか？」

「吉野の奥山です」

「奥山……どの辺りのことですか？　もし心当たりがあるのなら、そこへ行ってみましょう」

「心当たりなんて……」

秀美は悲しい目を浅見に向けた。

「吉野の奥山に心当たりなんか、あるはずがありませんわ」

「しかし……どういう意味なのですか？　どうもよく分からないなあ」

浅見は秀美の言っていることが、さっぱり伝わらないもどかしさで、いくぶんいらいらしはじめていた。

「祖父はきっと、この道を外れて、奥山へ死にに入ったのだと思います」

「えっ？　何ですって？……」

浅見は急ブレーキを踏み、秀美の顔を覗《のぞ》き込んだ。

5

「もしも祖父が死んだら、私が殺したようなものです」

秀美は感情に抑制がきかなくなったのか、顔を覆って嗚咽《おえつ》と一緒に言った。

「死んだとか殺したとか、穏やかじゃありませんね」

浅見はこういう場合にどう対処すればいいのか、困りはてている。ナイトらしく背中でもさすって慰めてあげるのがいいのかもしれないけれど、そういうキザなことには心理的な抵抗を感じてしまうタチだ。

「あなたの言うとおり、本当にお祖父さんが自殺なさるおそれがあるのなら、すぐに警察に届けるべきですよ」

浅見は少し言葉を荒らげて言った。「警察」と聞くと、秀美はビクッとした。

「警察に頼めない理由というのは、いったい何なのですか？」

「体面です」

秀美ははっきり宣言した。いや、まさに臆面《おくめん》もなく——という感じだった。

「体面？」

浅見は呆《あき》れた。

「そんなもの……お祖父さんの命と体面と、どちらが大切なんです？」

「それは、両方ともです。たぶん祖父なら体面を重んじると思いますけど」

「驚いたなあ」

浅見は腹立たしい気持ちになって、車をスタートさせた。

「それに、あなたの言っていることはきわめて矛盾していますよ」

「矛盾?」

今度は秀美のほうが心外そうに、浅見の顔を振り仰いだ。

「そんなことはありません、あなたには私の家の事情がどういうものか、お分かりにならないのです」

「いや、そんなことは関係ありません」

「関係あります、ミズ……いえ、私の家では、体面を損なうことを死ぬより恥ずかしいことだと教えているのです」

「なるほど、いや、それは分からないわけではありませんがね」

浅見はいくぶん和らいだ口調になった。

「それはあなたの言うように、体面を重んじる家風というのもあるかもしれない。ひょっとすると、うちの母なんかも、どちらかといえばそのクチでしょう。しかし、僕が言っている矛盾という意味は、それとは別の観点から言うのです」

「?……」

「あなたはお祖父《じい》さんなら、命よりむしろ体面のほうを大事にするだろうと言いましたよね」

「ええ」

「それだったら、お祖父さんは自殺なんかするはずがないじゃないですか。自殺をすれば当然、警察や世間がその事件を暴き、あなたの家の、まさに体面そのものをズタズタにしてしまうわけですからね」

「あ……」

秀美は小さく叫んだ。

「そうでしょう？　だから矛盾だと言うのです。もし、あなたの言うとおり、お祖父さんが家の体面を重んじる人なら、まず自殺などをするはずがありませんし、自殺をするような人なら、本当は体面なんか気にする人物ではなかったということになりますよ」

浅見が言い切ってから、ずいぶん長いこと秀美は黙っていた。

「そうですね」

やがて、曇った目を洗われたように、爽《さわ》やかな声で言った。

「そうですよね、祖父は自殺なんかするはずがないんですよね。もし身を隠したいのなら、ひっそりと、ただ隠れてしまうにちがいありません」

「そうそう、そうですよ。失《う》せにけり失せにけり——とね」

浅見は笑いを含んだ声で言った。とたんに秀美はキッとなった。

「そういう、茶化すようなことを……」

浅見はまたびっくりさせられた。まったく情緒不安定な娘だ——と思った。

「いや、そんなにムキにならないでください。これは能や謡《うたい》の文句なんですよ。いちばん最後に、消えにけりとか、失せにけりとか謡いながら、登場人物が去ってゆくのです」

「そんなこと知っています」

「あ、そうですか。じゃあ、あなたのお祖父さんも謡をなさるのかな？　僕の父が生前、下手なくせに謡に凝りましてね、休みの日なんか、一日中うなりつづけるのです。それで、最後の『失せにけり、失せにけり』を聞くと、家中、ほっとしたりしましてね」

秀美は黙りこくってしまった。

やれやれ——と浅見はお手上げの気分で、実際にハンドルからちょっと手を離して、そういうポーズを作った。

「お父様の謡のお声、亡くなったあと、懐かしくありませんでしたの？」

怒って、口をきかないつもりかと思った秀美が、ゆっくりとした口調で言った。

「いや、それはもちろん、あなたの言うとおり、懐かしかったですよ。ことに母なんかはその想いが強かったのじゃないかなあ。しばらくは、そら耳のように、父の声がこびりついていたみたいですから」

「そうでしょう……私も父の声が、いまでも耳に残っていて、悲しくなります」

「そうですか、あなたもお父さんが亡くなられたのですか」

「ええ、それに、兄も……」

「そうだったのですか、お兄さんも亡くなられたのですか」

浅見は、秀美が情緒不安定になるのも無理がない——と納得できた。

「それはなんと言っていいものか……どうも僕は、慰めを言うのが下手な人間で」

「いいえ、見ず知らずのあなたに慰めていただこうとは思っていません。それに、こんなど迷惑をかけただけでも申し訳ないと思っているのですから」

「いや、そんなことは気にしないでください。それより、自殺はなさらないにしても、お祖父さんの行方は探さなければならないのでしょう？」

「ええ、それはそうですけど……でも、私にはもうどこを探せばいいのか、ぜんぜん分からなくなりました」

「吉野にいらっしゃったことはどうして分かったのですか？」

「それは、祖父の口癖でしたから……引退したら吉野へ行きたいというのが」

「なるほど……ん？　引退というと、お祖父さんは何をなさっていらしたのですか？」

「それは……ある仕事です」

「どういうお仕事ですか？」

「演劇関係の、です」

「演劇ですか。そうするとテレビなんかにも出ておられたのかな？　いや、勝手神社でチラッとお顔を拝見した時、どこかでお会いしたような気がしたのです」

「それは人違いだと思います。祖父は素顔でテレビに出たことがありませんから」

「じゃあ、舞台の俳優さんですか」

「ええ、まあ……」

秀美はあまりはっきりしたことは言いたくない様子だ。たぶん脇役専門の役者だったのだろう——と浅見は思い、突っ込んだ質問をするのを控えることにした。

ひとまず桜花壇に戻って、秀美は番頭やおばさんに礼を言った。

「そうですか、お祖父さんはいてはらしまへんでしたのか」

おばさんは気の毒そうに言った。

「まあ、そしたら、明日、明るくなってから探しはったらええですわ」

「はい、そうします」

浅見が旅館まで送って行くと言うのを、すぐそこだから——と、秀美は固辞して帰って行った。ついに、最後まで苗字《みょうじ》を名乗らないつもりらしい。浅見もあえて訊《き》き出すことはしなかった。

「そうや、お客さんになんべんも電話が入っておりました」

秀美を見送ってから、おばさんが思い出して言った。

「僕に？　どこから？」

「お宅からやそうです。お母さんとちがいますやろか、お帰りにならはったら、すぐに電話するように言うてはりました」

考えてみると、東京を出て二日目に電話を入れたきりだ。何か急な用事でもできたのだろうか？

浅見は急いで部屋に戻り、自宅のダイヤルを回した。

「光彦、あなたいったい、どこをうろついていたのです？」

お手伝いの須美子が雪江に代わったとたん、いきなり叱られた。

「出先からはこまめに電話するようにと、いつも言っているではありませんか」

「すみません。つい忙しさにとりまぎれてしまいました」

「忙しいといっても、夜中まで働いているわけではないのでしょう。どこに泊まっているのかも分からないようでは、留守を預かる者は困るのです」

「はい、今後は気をつけます。でも、ここにいることがよく分かりましたね？」

「三宅さんから出版社に問い合わせていただいたのです。今夜の桜花壇だけは予約してあるとお聞きして、ようやく摑《つか》まえたけれど、何日もかかったのよ」

「そうだったのですか、三宅さんにもよろしくお詫《わ》びしておいてください。ではお休みなさい」

「お待ちなさい！　あなたがどこにいるか確かめるために、わざわざ電話したわけではありませんよ」

「あ、そうなのですか」

「当たり前です」

「では、何かご用ですか？」

「水上様のことで、あなたに頼みがあるのです」

「水上さんといいますと？」

「決まっているでしょう、水上流ご宗家《そうけ》の水上様ですよ」

「ああ、能《のう》のですか」

「そうです。じつはね、水上様のご長男がお亡くなりになったのです」

「えっ？　ご長男ていうと、まだ若いんじゃありませんか？」

「そうですよ、二十六歳だそうです。舞台で、道成寺を演じていらっしゃった最中に亡くなりました」

「じゃあ、やっぱり心臓ですか？　たしか、おやじさんも心臓疾患でしたね？」

「一応そういうことになっています」

「一応というと、本当は違うのですか？」

「分かりません」

「なるほど、それを僕に調べろとおっしゃるのですね？」

「まあね、それもありますけど、それだけではないのです。じつは、そのご葬儀のあと、ご宗家が失踪《しっそう》なさいました」

「宗家が失踪？……」

浅見は「あっ」と声を出した。

「そうか、あれが宗家だったのか……」

「何をうろたえているのです？」

雪江は叱ったが、浅見はかえって急《せ》きこんで言った。

「水上さんのところには娘さんがいましたよね？」

「お嬢様はいらっしゃいますよ」

「その子、秀美さんていいませんか？」

「そうですよ、秀美さんですよ。三宅さんがね、あなたにどうかとおっしゃってましたけど、光彦にはもったいなさすぎます……でも、いまは秀美さんのことを話しているのではありません」

「いえ、そうじゃなくて、会ったのです」

「まあ、いつのまに……光彦、あなたは秀美さんとお付き合いしているのですか？　油断のならない子だこと」

「違いますよ、ここで会ったのです。吉野でですね、ついさっきまで一緒だったのです。お祖父《じい》さんの行方を探して……僕がですね、勝手神社でお祖父さん——水上さんの宗家と会っていたのですよ」

混乱しながら、浅見はことのしだいを話して聞かせた。さすがの雪江も仰天して、「まあ、まあ」の連続であった。

「そういうことだったのですか、それじゃ彼女が家の体面だとか言うのも当然ですね。警察にも届けられなかったわけです。しかし、いったい宗家は吉野に何をしに来て、どこにいるのでしょうかねえ？」

「何を呑気《のんき》なことを言っているのです」

雪江は驚愕《きょうがく》から覚めて、カミナリを落とした。

「考えている場合ではないでしょう。すぐに秀美さんのところに行って、善後策を講じなさい。すぐにです」

「分かりました、ではまた連絡します」

浅見は電話を切って、おばさんに秀美の泊まっている宿を聞くために、ダイヤル9を回した。

第四章　霊気満つる谷

1

川島智春は近鉄吉野線を下市口駅で降りて、駅前から出るバスに乗った。

乗客は十数人。ほとんどがおたがいに顔見知りらしい老人とおばさんばかりで、土地訛《なま》りの強い言葉で、彼らだけに通じる話に花を咲かせている。

旅行者らしい客は、智春ともう一人、前のほうの席に坐《すわ》っている若い女性が、もしかするとそうかな――というだけだ。季節はずれのウィークデーは、いつもこんな状態なのかもしれない。

地図の上で見るかぎりでは、愛知県の豊田市からそれほど遠いわけではないけれど、智春にとって、こんなに長い距離を独りで旅するのははじめての経験であった。

見知らぬ人の中にいる時間が長ければ長いほど、孤独感とともに使命感のようなものがひしひしと迫ってくる。

（私は必ず、パパの死の謎を解いてみせるわ――）

智春は、目は窓外を流れる風景に向けながら、心の奥では絶えずその決意を確かめていた。

父・川島孝司の事件を扱っている警察の動きは、遺族にとって、ことに智春のように気の強い娘にとってはまだるっこしくてならなかった。

父の葬儀の跡片付けも終わらないというのに、東京から何度も刑事がやってきて、父親の日常のことや交友関係などについてしつこいくらい聞いてゆく。

ことに女性関係のことを、母親に向かって根掘り葉掘り訊《き》き質《ただ》すのは、娘にとってやりきれないことであった。

「うちの主人にかぎって、そういう女の人がいるはずはありません」

母親はそのつど、きっぱりと言うのだが、またしばらくすると、蒸し返すようにその質問を持ち出す。

「こんなことを言っては失礼かもしれませんがね、われわれの経験から言うと、どこの奥さんも、自分のご亭主だけはと信じているものなのですよ。しかし、木仏金仏石仏みたいな人が、思いもよらないような女性と付き合っていたりしましてねえ」

刑事は父親の東京行きを、浮気旅行と限定したいらしい。「事件のかげに女あり」というのが、彼の信念になっているみたいだ。

智春は刑事に、父親が持っていたという、例の三角形の奇妙な鈴を見せた。

「この鈴をうちの中で父が持っているのを見たことがないんですよね。おそらくあの日、東京で会った誰かに貰《もら》ったものだと思います。その人物がもしかしたら犯人なのではないでしょうか？」

刑事は鈴をひねくり回していたが、「分かりました」と言ったきり、すぐに鈴を返して寄越した。はたして真剣にその鈴を手掛かりに捜査を進める気があるのかないのか、はっきりした態度を示さなかった。

――その鈴は五十鈴《いすず》といって、天河神社の御神体ですよ――

新幹線の中で会った紳士の言った言葉が、智春の頭から離れない。

「とにかく、パパが鈴を貰った人物が誰にせよ、この鈴が天河神社っていうところから出発していることはたしかなんだから、天河神社へ行ってみるしかないわ」

智春は主張した。

「そうだよな」

弟は同調したが、母親はかぶりを振った。

「やめなさいよ、そんな危ない真似は」

「どうして？　何が危ないのよ」

「何がって、だって智春、パパは殺されたのよ。相手は殺人犯なのよ」

「ばかねえ、天河神社に犯人がいるわけじゃないでしょう」

「だったらおまえ、天河神社とかいうところへ行ったって、しようがないじゃないか」

「しようがないかどうか、行ってみなきゃ分からないわよ」

「そういうのは警察に任せておけばいいでしょう」

「だめよ、警察なんか天河神社に行くかどうかも分からないもの」

「それは行っても無駄だからでしょう」

「だからァ、無駄かどうかだって、行ってみなきゃ分からないって言ってるじゃない」

いつまで議論しても、同じことの繰り返しみたいなものだった。

母親が危惧《きぐ》する気持ちも分からないではない。父親が死んで……それもおそらくは殺されて、その上、さらに恐ろしいことにでもなったら、気が狂ってしまうかもしれない。

「大丈夫よ。少なくとも、私には殺されるような理由はないもの」

「じゃあ、あれかい？　パパには殺される理由があったって言うの？」

「そういう意味で言ったわけじゃないわよ。ただものの たとえよ」

しかし、現実に父親は殺されたのだ。殺されるには殺されるだけの理由や動機があったに違いない。

それとも、人違いか何か、まったくいわれのない殺人だったのだろうか？

そういえば動機なき殺人だとか、通り魔だとか、理由もなしに無差別に人を殺したりする人間だっている世の中だ。

（でも――）と智春は、ただ一つの事実だけは、父親の殺される「条件」であり得ることを認めないわけにはいかなかった。

それは、「大阪へ行く」とだけ言って家を出た父親が、会社にも家族にも何の説明もなく、まったく逆方向の東京へ行ったことだ。

（どういうことだったのだろう？——）

いくら考えても分からない。東京へ行くなら行くで、当然、ひと言ぐらい断りを言うはずではないか。何か緊急の用件が生じたとかいう理由があれば、なおのことである。

そのことは、会社にとっても川島家の者にとっても、じつは重大な意味を持つ。もし出張中に事件に遭遇したのであれば、川島孝司の死は労災認定がなされ、それなりの補償を受ける可能性がある。しかし、大阪出張の延長上とも言える、いわば勤務時間中に会社に無断で東京へ行ったとなると、話は違ってくる。むしろ、会社に対する何らかの背信行為と見なすことさえありうるのだ。

「こんなことは考えたくないのですが、川島さんは、よその会社にスカウトされていて、その打ち合わせか何かで、密《ひそ》かに東京へ行ったのではないかと……」

新任の営業所長は警察に対してそういう憶測を洩《も》らしたそうだ。父親の部下で、家族とも親しくしている水沢《みずさわ》という青年が、憤慨しながらそう教えてくれた。

「パパがそんなことをするはずがないじゃないの」

智春はもちろん、母親もさすがに怒った。怒ると同時に、情けなくて涙が出た。

「こうなったら、何がなんでもパパの汚名を雪《そそ》がなくちゃ……」

智春の決意はますます固まるばかりだし、母親の反対する姿勢も軟化した。

天河神社というのは、奈良県吉野郡天川村にあることは分かったが、旅行ガイドブックで調べても、天河神社のことはあまり詳しく出ていない。人文社が発行している「観光と旅」に次のように紹介されていた。

天河神社
天ノ川《てんのかわ》の東岸に、山を背にして社殿が建つ。天河弁財天社《べんざいてんしゃ》ともいい、役行者《えんのぎょうじゃ》が感得した弁財天を祀《まつ》ったのに始まるという。また弘法大師《こうぼうだいし》空海《くうかい》の大峰修行の根拠地《こんきょち》であったとも伝え、修験道《しゅげんどう》の隆盛とともに栄えた古社である。
社宝に、室町期以降の能面《のうめん》三十一面、能衣装《のういしょう》三十点、小道具十六点、文書百二十点があり、一括《いっかつ》して能楽《のうがく》関係資料として県の文化財に指定されている。能面の中には、永享《えいきょう》二年、観世元雅《かんぜもとまさ》が納めた面もある。

新幹線の紳士は「芸能の神様」とか言っていた。能面を納めたのは、そういうことからきているのだろう。観世が能の流派であることぐらい、智春だって知っている。天川村は地図を見ても想像がつくくらい、山奥である。大峰山に近いのだから、自然の条件は厳しいにちがいない。
智春はとにかく、冬が来る前に行かなければならないと思った。
バスはクネクネと曲がる細い道を、谷の中に誘いこまれるように進んで行く。片側が崖《がけ》、片側が谷の道がどこまでも続いた。

結構、車の行き来があって、そのつどバスか先方の車かが停車し、相互に譲りあいながら擦れ違う。

途中には長いトンネルもあった。よくもこんな山奥に舗装道路があり、人家があるものだ——とつくづく感心させられる。トンネルや舗装道路が出来る前は、いったいどれほど難渋したことだろう。それでも、その当時から人は住んでいたわけだ。

川合《かわあい》というバス停が終点で、そこまで乗った客は五人だけだった。

智春が席を立って、ドアに近づくと、前の席にいた旅行者らしい女性も立って、バスを降りて行った。

その女性はバスを降りると、さらにその先のほうへズンズン歩いて行く。いかにも物慣れた様子だ。ひょっとすると、地元の住人なのかもしれない。

「あの、ちょっとお訊《き》きしますけど、この道は天河神社へ行くんですか？」

智春は小走りに追いかけて、訊いてみた。

女性は振り返った。智春より少し年長か、もしかすると同じくらいかもしれない。無造作に束ねたようなヘアスタイルも、ポロセーターの上にローズピンクのトレーナー、それにジーパンにスニーカーというラフな恰好《かっこう》も、あまりにもさりげなさすぎる。どうやら、お洒落《しゃれ》にはまったく構わない性格のようだ。

それに較べたら、自分のほうがずっと都会的なセンスを感じさせるわ——と智春は思った。白い襟足を覗《のぞ》かせた、モスグリーンのVネックセーターにタータンチェックのキュロットスカート——といういでたちは、首の長さや脚の長さを、充分に意識したファッションであった。

「ええ、そうですよ。私も天河神社まで行くところです」

女性は西のほう——九州辺りの訛《なま》りのあるアクセントで言った。

「あ、ほんとですか？　でしたら、私も一緒に行っていいですか？　はじめてなもんで、分からないいんです」

「ええ、どうぞ」

「あなたは詳しいみたいですね」

「まあ……私はこれで八度目ですから」

「八度目？……」

智春は感嘆というより、呆《あき》れたような声を出した。

「そんなに何度も訪れるほど、いいところなんですか？」

「ええ、それはまあ……」

女性は歩きだしながら、照れたように答えた。独り旅をしているくらいだから、あまり人付き合いが好きではない性格なのかもしれない。

「あ、私、川島っていいます。川島智春。智恵の智に春って書きます。愛知県の豊田っていうところから来ました」

智春は名乗った。

「私は須佐千代栄《すさちよえ》、須藤の須に佐藤の佐。それに千代に栄えるって書きます」

「珍しい名前ですね」

「ええ、千代栄なんて、オバンみたいでしょう。須佐っていうのも珍しいですけど」

「どこからいらしたんですか？」

「熊本です」

「熊本……ずいぶん遠いところから来たんですねえ」

「ええ、でも、同じ日本の中です」

「それはまあそうですけれど」

智春は思わず笑ってしまった。

「でもよかったわ、須佐さんみたいに詳しい人とお知り合いになれて」

「べつに詳しくなくても、天河神社のよさはすぐに体験できますよ」

「そうなんですか？　でも、私はぜんぜん宗教心がないですから」

「私だってはじめはそうでした。それに、天河って、宗教じゃないみたいなんです。なんとなく、居心地がいいっていうか、そういうのってあるでしょう？　それなんです。それで何度でも来たくなるんです」

千代栄はかなりの健脚らしく、どんどん歩く。それでも三十分は優に越えた。

「こんなに歩くんですか？」

「ええ、ほんとはすぐ近くまでバスが来るんですけど、いまの時季は川合までなんですよね。でも、もうすぐ、ほら、あそこです」

須佐千代栄は顔を上げて、行く手に見える黒ぐろとした杉木立の杜《もり》を指差した。

2

川島智春が天河神社を知らなかったように、一般の人間が天河神社も天川も知らなくて不思議はない。旅行好きの浅見光彦だって、知らなかったほどだ。旅行案内書にもあまり詳しく書かれていないというのは、つまりポピュラーな観光地ではないからだ。

天川は十津川《とつかわ》の上流である。十津川はやがて熊野川《くまのがわ》になる——といえば、ようやくイメージが湧いてくるだろうか。

天川村付近はかつて大峰山修行のための、登山コースのひとつとして開かれたと言われている。天川の源流は大峰山系の主峰山上ケ岳《さんじょうたけ》・弥山《みせん》で、弥山は、現在でも山伏修験《しゅげん》道《どう》のメッカである。

天河神社の成立は、多くの社寺の由来がそうであるように、伝説の霧に包まれている。開祖は役行者（役小角《おづぬ》）といわれ、役行者がこの地に来て、大峰山の修験道場を開き、弥山で国家鎮護《ちんご》の神を祈禱《きとう》した際、最初に出現したのが弁才天《べんざいてん》であった。弁才天は女性であるために、これを天川に祀《まつ》り、つぎに出現した蔵王権現《ざおうごんげん》を山上ケ岳の本尊に祀ったのだそうだ。天河神社のことを「大峯《おおみね》本宮」と別称するのはそこからきているという。

役行者は空海とならぶ超人であった。いまでいうなら、さしずめ「エスパー」だ。空海・弘法大師の史蹟《しせき》がどこへ行ってもあるように、役行者のそれも、ちょっと興味を持って調べれば、あなたの身近なところにも、必ずあるに違いない。

とはいうものの、役行者伝説というのは全国いたるところにあって、論理的な根拠としては説得力に欠ける。

もう一つ、空海が高野山《こうやさん》を開く直前の三年間、ここを根拠地に大峰修行をした際、琵琶山白飯寺妙音院《びわさんはくはんじみょうおんいん》と号する、七堂伽藍《がらん》を建立《こんりゅう》したのだともいわれるが、これも信憑性《しんぴょうせい》に欠ける。

史実性がはっきりしているのは、醍醐《だいご》天皇（八八五―九三〇）の頃、僧正聖宝《そうじょうしょうぼう》（理源《りげん》大師）が大峰中興開山となったというあたりからで、聖宝が住んでいたのが現在の天河神社ではなかったか――ということらしい。

中世の頃は京都の貴族や僧侶《そうりょ》のあいだで、浄土《じょうど》思想が盛んだった。その対象として大峰山系が存在したことは想像に難くない。大和《やまと》の南に千メートル級の山々に囲まれてある天川の地は、まさに下界と隔絶された異次元の世界という印象を与えたのであろう。

それは現代にも通じることだ。

吉野・下市口から登ってきて、峠を潜《くぐ》る長いトンネルを抜けた瞬間、明らかに外界と違った空気を感得することができる。

それは、いってみれば「山気」というべきものだろう、急峻《きゅうしゅん》な山の中の盆地には、当然のように冷気が沈澱《ちんでん》するだろうし、鬱蒼《うっそう》と繁る杉木立の呼吸する空気が、都会のそれと同じであろうはずもない。そして何よりも圧倒的な静寂である。

天河神社を信じる人々は、そういう気配をひっくるめて、「気」と呼んでいる。

「天河の気に触れるだけで、たとえようもない安らぎを感じるのよね」

須佐千代栄はそう言った。

天河神社は朱塗りの大鳥居《おおとりい》をくぐったところから境内になっている。しかし、「天河の気」はそういう小さく限られた地域に存在するのではなく、天川の谷間全体にある。天河神社でメディテーション（瞑想《めいそう》）に耽《ふけ》り、あるいは宮司が祝詞《のりと》を上げることによって、それを凝縮させて感得することができるのだと説明している。

正直なところ、智春には千代栄の言っていることがよく分からなかった。空気が違うのは当たり前のような気がするし、それをことさらに宗教的な意味あいで捉《とら》えてありがたがるのは、一種の思いこみでしかないのじゃないかな——と思ったりした。

鳥居をくぐると、砂利を敷きつめた境内の道である。そのあたりから音楽が聞こえはじめた。

「あれは何かしら？」

雅楽《ががく》とも違う、むしろシンセサイザー系統の電子的な合成音だ。本来なら、そういう音は神社やお寺のイメージとはかけ離れた音楽のように思えるのだが、奇妙に、周辺の状況にマッチしている。

「宮下富実夫《みやしたふみお》っていう人が作曲した曲です」

千代栄は言った。さすがに過去七度も来たことがあるだけに、天河神社のことは何でも知っているような口振りだ。

「あれ、シンセの音みたいですね？」

「ええそう、たぶんシンセシンセか何か、そういう楽器を使っているはずですよ」

「なんだか由緒ある神社とはそぐわないみたいですけど」

「そんなことないんじゃない？　シンセどころか、ここの宮司さんはＵＦＯを何度も見たことがあるそうですよ」

「ＵＦＯを？」

「弥山ていう山があるのですけど、そこの頂上付近がＵＦＯとコンタクトできる特殊な空間らしいのです。宮司さんだけではなく、よそから来た人も何人も見たそうですよ」

「はあ……」

智春は消化不良を起こしそうだった。そのテの話はあまり信じる気にはなれない。

社殿の前に着くと、千代栄は手を洗い、口を漱《すす》いでから、きちんと柏手《かしわで》を打って、拝礼をした。智春は見様見真似でそれらしくしてみたけれど、なんとなく違和感があって、なじめない。しかし、千代栄の真面目《まじめ》くさった仕種《しぐさ》をおかしいとは思わなかった。

境内に、茶店の縁台のようなものが並んでいて、そこに何人かの先客がいた。

思い思いに、社殿のほうに向かって坐《すわ》り、じっと考えごとをしているような様子だ。

千代栄もそこへ行くらしい。智春は慌てて彼女のあとに従った。

「ほら、こうしていると、気持ちが落ち着いてくるでしょう」

二人並んで縁台に坐ると、千代栄は智春に小声で囁《ささや》いた。

「そうですね、ほっとするみたい」

智春もそう応じたが、ずいぶん歩いたのだもの、ほっとするのは当然だわ——という気がしないでもなかった。

三十分ほどもそうしていただろうか。千代栄はようやく瞑想を解いて立ち上がった。

社殿の脇に社務所がある。建物の角のところが広く窓を開けて、お守りやお札などを売っている。千代栄がそこに顔を見せると、巫女《みこ》姿の女性が懐かしそうに声をかけた。

「あら千代栄さん、来てたの?」

「ええ、いま着いたところ」

「ほんと、今度はいつまでいるの?」

「分からない、四、五日か、場合によったら一週間ぐらいいるかもしれない」

「じゃあ会社はサボリ?」

「そう、半年分まとめて休むの」

「お友達?」

千代栄の後ろにいる智春を見て、訊《き》いている。

「うん、バスでね、一緒になって。川島さんていうの、川島智春さん。この人はね正木《まさき》楠枝《くすえ》さん。ほんとは宮崎の人で、私みたいに、一年に二、三度お参りに来てたんだけど、とうとう居ついてしまったの」

「そうなんですか」

智春はまた驚いてしまった。やはり、人間をそこまで惹《ひ》きつける何かが、ここにはあるということなのだろうか。

正木楠枝の背後を、いそがしく行き交う若い神職たちが、千代栄に気づいて「やあ」と声をかけてゆく。

「こんにちは」

千代栄もそのつど、笑顔で挨拶《あいさつ》をかえした。その様子から察すると、天河神社で千代栄はかなりの「顔」らしい。

「惜しかったわね、昨日まで潮恵津子《うしおえつこ》さんが滞在してたのよ」

楠枝はテレビドラマで活躍している、有名な美人アクション女優の名前を言った。

「ほんと、会いたかったなあ……でも、明日から三日間、薪能《たきぎのう》があるでしょう？　それに合わせてスケジュールを樹《た》てて来たのよ」

「ああ、そうだったの。だけど、今年の薪能はちょっと寂しくなるみたい」

「どうして？」

「ほら、このあいだ水上和鷹さんが亡くなったでしょう」

「えっ？　うっそ……」

「あら、知らなかったの？　舞台で『道成寺』を舞っている時ですって。心臓の発作らしいのよね」

「ほんと？……信じられない、あんなにすてきな人がもうこの世にいないなんて……」

能役者の突然の死に、千代栄はよほどショックだったらしい。しかし、智春にとっては、能のことには関心がなかったし、なんだか話題の外に置かれているような、宙ぶらりんの状態であった。

仕方なく、そこに広げられているお守りやお札を覗《のぞ》いていた。

ご本尊の弁才天は芸能の神様というだけあって、お守りやお札にもどことなく華やかさが感じられる。

ちょっと見ただけでも、並んでいる品物がふつうの神社やお寺とは少し違うような印象を受けた。

お札やお守りのスペースと同じくらいの面積に、いろいろな書物やカセットテープが並べられてある。祝詞か何かのテープかと思って、目を近づけると、テープには『アスカ』『サイレントエコー』等々、変わったタイトルがつけられている。

「ああ、そのテープはね、いま流れている音楽が録音されているのよ」

千代栄が気づいて、教えてくれた。

「あ、これ……」

智春は『天河』というタイトルの本を手に取った。一辺が約十五センチほどの正方形の本である。その本の表紙にあのトライアングルみたいな形をした、金色の鈴の写真が載っていた。

「五十鈴《いすず》だわ……」

智春は呟《つぶや》いた。気がつくと、売り場にはごく小さな、三センチ角ぐらいの五十鈴に鎖をつけて、ブローチのようにしたお守りが並んでいた。やはりあの新幹線の紳士が言ったのは事実だったのだ。

「あら、川島さん、五十鈴のことを知ってたの？」

千代栄がびっくりして言った。

「ええ、ちょっと」

「そうなの、五十鈴を知っていて、天河神社のこと知らないなんて、珍しいひとねえ」

千代栄は笑いを含んだ、急に親しそうな口調になっていた。

「知ってはいるんですけど、どうして五十鈴っていうのかとか、そういうことは知らないんですよね」

「ああ、それはね、この鈴の中には五十人の神様がいらっしゃるっていうことから、そう呼ぶのよ」

「五十人の神様っていうと？」

「イロハニホヘト……アイウエオでもいいけど、五十音の一つ一つに、神様が宿っていらっしゃるっていう考え方ね。ほら『言霊《ことだま》』っていうでしょう」

「そうなんですか……でも、不思議な形をしてますねえ。はじめ、これが鈴だっていうこと、気がつかなかったくらいです」

「この三角形にも意味があるのよ。三つの鈴から出る音が、それぞれ干渉しあって、パワーを産み出すの」

千代栄は小さな五十鈴のお守りの一つを手に取った。

「このお守りはご本尊の五十鈴のミニチュアなのよ。ご本尊のはもっとずうっと大きくて青銅製だし、これはちょっと小さいけど、いつも身につけていると、気持ちが落ち着くの。ひとつ買って帰ったら？」

「私、持っているんです」

「あ、そうなの。じゃあ、誰かのお土産か何か？」

「そうじゃないんですけど……ここにあります」

智春はバッグの中から、布にくるんだ五十鈴を出した。

「あらっ……」

千代栄はまた驚きの声を発した。

「これ、大きいほうね。ううん、大きいほうの中でも、特別に大きいんじゃないかな」

何も知らないはずの智春が、その特製の五十鈴を持っていることが不思議でならないらしく、ちょっと眉《まゆ》をひそめるようにして訊いた。

「その鈴、どこで、誰にもらったの？」

「父が持っていたものです」

「お父さんが？　お父さんは天河神社の信者の方なの？」

「いいえ、違うんじゃないかしら、誰かにもらったのだと思います」

「そうなの……あら、思いますって、お父さんに訊いてみれば分かるじゃない」

「父は亡くなったんです」

「え？　あ、ほんと……ごめんなさい、知らなかったものだから」

「いいえ、いいんです」

「でも、変だわ。その大きさの鈴は、あまりたくさん作られていないはずなんですよ。信者でもないお父さんが、どうしてその鈴を持っていたのかしら？」

「ですから、誰かにもらったのでは……」

「それもおかしいのよねえ。信者なら、その鈴を簡単に人に上げたりしないはずですもの」

「そうなんですか……」

智春は深刻な表情になっていた。もし千代栄の言うとおりだとすると、この鈴を手にした人物はごく限られることになる。

「この鈴が、もともと誰のものだったかを調べることは出来るのでしょうか？」

「えっ？　どういうこと、それ？」

「この鈴を持っていた人を探したいのです」

千代栄はじっと智春の顔を見つめた。

それからふと思い出したように言った。

「そうそう、今夜の泊まるところはどこか、決まっているの？」

「まだ決めてないんです。もしかしたら、吉野へでも行って泊まろうかと思ったものだから。天川には旅館はあるのですか？」

「あるわよ。私は天川に泊まります。そんなに立派じゃないけれど、民宿みたいなところに泊まるの」

「そこ、ご一緒してもいいかしら？」

「それはいいと思うわ。もしよければそうしなさいよ」

「そうします。ああよかった」

宿が決まれば、あとはゆっくり目的のことだけを考えればいい。

「じゃあ、これからいったん、宿に入りましょうか」

千代栄は言った。むろん智春に異存はなかった。

3

民宿と旅館の中間みたいな宿は、天河神社のすぐ近く、いわば参道の脇のようなところにあった。

「いらっしゃい、しばらくやねえ」

ふっくらした顔のおばさんが、大きな声で出迎えた。

「急にお友達と一緒になったのだけど、構わないかな？」

「ああ、そりゃ構わないどころやないわ。同じ部屋でいいのでしょう？　だったらうちは大歓迎ですよ」

部屋に落ち着いて、お茶とお菓子でくつろぐと、智春はさすがに旅の疲れを感じた。

「ちょっと横になっていいかしら？」

「どうぞどうぞ。でも風邪ひかないように、掛け蒲団《ぶとん》だけでも掛けなさい」

千代栄は言って、自分で押し入れから蒲団を出してきてくれた。

「どうもありがとう」

智春はついさっき知り合ったばかりの女性と、こんなふうに一つ部屋で泊まることになった不思議さを思った。

（こういうのが天河神社のよさなのかもしれない――）

天井を見つめながら、思った。

「ねえ川島さん」

千代栄が言った。

「あなたいま、何かとても思いつめていることがあるんじゃない？」

「えっ？……」

智春は言い当てられて、ドキリとした。

「もし間違っていたらごめんなさい。もしかすると、あなたは死ぬほど強く、何かを突き詰めているんじゃないかしら。私はそう感じたんだけど」

「ええ、そうです」

智春は天井を見たまま、答えた。

「私、父を殺した犯人を探しているんです」

「えっ？　お父さんを殺した……じゃあ、あなたのお父さん、亡くなったっていうの、それ、誰かに殺されたの？」

「そうなんです、先月、東京で」

「そうだったの……」

「父が殺された時、この五十鈴《いすず》を持っていたんですよね。でも、この鈴を父が持っているなんて、家の誰も、母も私も弟も知らなかったんです。だから、きっと犯人を探す手掛かりになると思って、とにかく鈴の出発点だった天河神社に行ってみようと思って」

「それで、天河神社に来たの……驚いたなあ。そういう目的で天河神社を訪れる人なんて、いまだかつてなかったわね、きっと」

「これからだって、たぶんないと思います」

智春は微笑んだ顔を千代栄に向けた。

「そうね」

千代栄は、真剣な顔で頷《うなず》いた。

「でも、その五十鈴を持っていた人物が殺人の犯人だなんて、ショックだわねえ。天河神社の信者の中に、殺人犯がいるっていうことですものねえ」

「あ、でも、そう思っているのは私たち、家族だけで、警察はそんなふうには思っていないみたいですから」

「そうだといいんだけれど……でも、あなたの疑惑が正しいかもしれないっていう、そういう確率もあるわけでしょう」

「それはそうですけど、そういうことをどうすれば確かめられるのか、素人には分からないんですよね」

「さっき言ったみたいに、その大きさの鈴を持っている人は、一般の信者ではないはずだから、案外見つけられるかもしれないわ」

千代栄は思索的な目を、どこか遠いところへ向けて、言った。

そのあと、智春は夕食までのあいだ、少しまどろんだ。須佐千代栄はいつのまにか出掛けていたらしい。

気配で目を覚ますと、窓明かりが消えていて、真っ暗な部屋にパッと電気が点《つ》いた。

「よく眠っていたわね」

トレーナーを脱ぎながら、千代栄は横になっている智春を覗《のぞ》き込むようにして言った。

「御飯のあとでお客さんが来るの、詳しい人だから、五十鈴のことなんか、いろいろお話を聞くといいわ」

「じゃあ、わざわざ頼みに行ってくださったの？　すみません」

智春は千代栄がそこまでしてくれるとは想像もしていなかっただけに、他人の親切が身にしみて嬉《うれ》しかった。

それから交代でお風呂《ふろ》に入って、丹前に着替え、夕餉《ゆうげ》の席についた。

食事は椅子式の食堂ですることになっている。お客は智春たちのほかには、三人連れの中年の女性グループがいるだけだった。テーブルは一つ置いた隣だったけれど、内容がはっきり聞き取れないほど、小さな声で話している。もしかすると、何かわけありの人たちなのかな――と思えるほどだった。

もっとも、智春と千代栄もそうそう大きな声で喋《しゃべ》ったりはしない。天河は静寂を尊び、音に敏感な人々のオアシスなのである。そういうきまりがあるわけでもないだろうけれど、はじめての智春でさえ、なんとなくその雰囲気に同化してしまったらしい。

食事は精進料理みたいなものばかりかと、いささか心配していたが、そんなことはなかった。考えてみると、ひとつ山を越せば南紀の海岸に出るのだ。けっこう海の味も豊富にある。

独り旅で、おやつなんかも食べる機会がなかっただけに、智春は空腹だった。

「あなたって、よく食べるひとなのね」

千代栄は智春の健啖《けんたん》ぶりに驚いていた。

「もしよかったら、私のお刺身も食べて。目下、ダイエット中なの」

食事がすんで部屋に戻ってまもなく、千代栄の言っていた「お客」が来た。見るからに真面目そうな初老の男性で、髪の毛は胡麻塩《ごましお》、もみあげから顎《あご》にかけて、白いものの混じった髭《ひげ》を生やしている。

「福本《ふくもと》さんです」

千代栄が智春に紹介した。

「天河神社の社務所にいらっしゃって、お守りやお札の手配なんかを取り仕切ってる方なのよ」

「よろしくお願いします、川島智春です。わざわざ来ていただいて、すみません」

智春は福本と千代栄の両方に感謝をこめて頭を下げた。

「いやいや、すぐそこに住んでおるので、ついでに寄らせてもらっただけです。それより、須佐さんに聞いたのやが、何か、お父さんがその、殺されなさったそうですな」

福本は沈痛そのもののような表情で、気の毒そうに言った。

「それで、天河神社の五十鈴が犯人を探す手掛かりになっているとか」

「ええ、でも、それは私の思いつきで、本当にそうなのか、分からないのです」

「とにかく、鈴を拝見しましょうか」

智春が鈴を出して渡すと、福本は厳しい目になった。

「ほう、この鈴ですか……」

「やっぱり、特別な鈴でしょう？」

千代栄が脇から気がかりそうに訊《き》いた。

「そうですな、この大きな鈴は芸能関係の、それも一流の人たちがお参りに見えた時だけにお渡ししている、特別な鈴ですよ」

「たとえば女優さんとか、テレビタレントとかですか？」

「そういう人もいますが、どちらかというと、歌舞伎、能楽といった、日本古来の芸能関係の人が多いですな。天河神社には観世元雅が納めた能面など、貴重な文化財があるくらいですので、能楽関係の人たちはことに信仰が篤《あつ》いのです。そういう人たちだけに、いわば限定してお渡ししているのです。ほら、ここのところに、通し番号の刻印が打ってあるでしょう」

福本は三つの鈴を繋《つな》いでいるブリッジの一か所を指差した。たしかに、そこには数字が刻んである。

「これより小型の鈴には、番号などは打っておりません。あくまでも、この鈴を持つに相応《ふさわ》しい人物のための、はなはだ稀少《きしよう》価値の高い五十鈴なのです」

「じゃあ、その通し番号を照合すれば、誰の手に渡ったものか、分かりますね」

「まあそうですな。ただし、最初に持っていた人から、さらにほかの人に渡ってしまっていたということもあるでしょうがね」

福本は用心深い言い方をした。

「それでも、とにかく最初の人が誰なのか、調べていただけないでしょうか？」

千代栄は智春のために、身を低くして頼んでくれている。

「そうですな……」

福本はしばらく考え込んだ。相手はいわばＶＩＰといってもいい、有力な信者である。その中から、ひょっとすると殺人犯かもしれないという疑惑をもって、ある人物を特定するという作業が、はたして許されるものかどうか、悩んだにちがいない。

「調べるにしても、あくまでも、単に鈴を最初にお渡しした人が誰か——ということだけですよ。どういう人物であったとしても、この天河神社の信者である以上、その人が恐ろしい殺人事件の犯人であるなどとは、絶対に考えられませんからな」

深刻な顔つきで言った。

「はい、それで結構です」

智春が言い、千代栄がそれをバックアップするように、深く頭を下げた。

4

福本が帰って行ったのと入れ代わるように、宿のおばさんが夜具をのべにきた。

「なんぞありましたんかいな？　福本さんがえろう難しい顔をしてからに、こっちが話しかけても上の空やったけど」

「ええ、ちょっとお願いごとをしたもんで、責任を感じておられるのだと思います」

千代栄が言った。

「お願いいうて、何ですの？　婿さんでも頼みましたんか？」

「それだったらいいのだけれど」

「そうや、千代栄ちゃんも、のんびりしとったらあきまへんで。もうそろそろ大台に載ってしまうんとちがう？」

「そう、さ来年です」

千代栄は悪びれずに言った。

「えっ？　須佐さんて、もうそんな……あの、さ来年は三十に？……」

智春はびっくりして、千代栄があまり喜びそうにない質問をしてしまった。

「そうよ、オバンなの」

「うそみたい。私と同じくらいかと思っていたんですよね」

「まさか、あなた、二十一でしょう？」

「そうですけど、あら、どうして分かったんですか？」

「なんとなくね、そういう勘ていうのかな、分かるのよ」

「やっぱり天河神社のお蔭《かげ》ですか？」

「さあどうかしら、違うみたい。ずっと前からそういう変な才能があったから」

「そうやねえ、千代栄ちゃんは、ここにはじめて来た時から、ちょっと変わってはるなあ思いましたんよ」

おばさんが証明した。

「当たり前やけど、いまよりずうっと若《わこ》うて、あれは何年前やったかしらねえ」

「七年前かな……あら、そうだわ、あなたと同じ歳の時かもしれない」

「そうなんですか……」

不思議といえば不思議なことだ——と智春は偶然の一致に驚いた。

その夜、枕を並べて寝ながら、二人はさまざまなことを語り合った。千代栄がじつは七つも年長だったことを知って、智春は気楽にものが言えるようになった。

話せば話すほど、千代栄は深い知識や、豊かな感性の持ち主であることが、少しずつ分かってくる。稚《おさな》く見えたのは、まるで化粧っ気がないような、構わない外見からそう感じるだけだ。人間がいかに外見や言動だけで相手を判断してしまうか——という、いい見本だと、智春は自戒する気持ちになった。

翌朝、六時ちょうどに、二人は天河神社に詣《もう》でた。「あなたは寝ていなさい」と千代栄は言ったのだが、智春もついて行った。

さすがに山の朝は冷え込みがきつい。霜が降りるのではないかとさえ思える寒さだ。境内には神職の人たちはもちろん、一般の参拝者たちを含めて、三、四十人の人が集まっていた。

人々は紫色に明け初めたばかりの空に向かって立ち、右手に五十鈴《いすず》をうち振って、リーンリーンという音を響かせながら、朗々と祝詞《のりと》を捧《ささ》げる。

それはたとえようもなく不可思議な光景であった。五十鈴の音と朗詠の声が周囲の峰々にこだまし、相互に干渉しあい、人の心に滲《し》み入り、震わせる。

朝の「礼拝」は三十分ばかりで終わった。太陽はまだ見えないが、ようやく明るくなった空に杉木立や山の稜線《りょうせん》がくっきりとシルエットを描いていた。

「どうだった、感想は」

千代栄は白い息と一緒に言った。

「すばらしかった」

智春は溜《た》めていた感動を、そのまま声にして出した。

「でしょう、私が病み付きになるの、分かるでしょう」

「ええ」

人々は三々五々、参道を帰ってゆく。その中に福本の姿を見つけて、千代栄は駆け寄った。

「昨夜はどうもありがとうございました」

「ああ、いや」

福本は悩ましげな顔をした。調べ物の約束をしたことを、少し後悔している様子だ。

「面倒なお願いして、すみません」

千代栄はすぐに福本の気持ちを察して、謝った。

「まあねえ、正直言って気が重いのだが、仕方ないでしょう」

福本は苦笑して、

「あとで、またお宮のほうへ来ますな？　その時までに、なんとか調べときます」

「じゃあ、十時頃、お邪魔します」

千代栄と智春は福本に最敬礼して、宿の前で別れた。

約束どおり十時に行くと、福本はお客が来ているとのことだった。

「なんだか、刑事さんみたいでしたよ」

お守り売り場の巫女《みこ》さんが、こっそり教えてくれた。

「刑事？……」

智春は、ほとんど本能的にいやな予感がした。

十分ほど待って、社務所の奥から二人の男が出てきた。その後ろには福本がつき従っている。早朝会った時よりいっそう難しい表情であった。

二人の男は福本に挨拶《あいさつ》をして、社務所の玄関を出てきた。その一人のほうの顔を見て、智春は「あっ」と言った。男は新宿署で事情聴取をした刑事だった。

ほぼ同時に刑事もこっちを見て、大きな口を開けた。

「あ、あんた、川島さんの……」

それから立ち止まって、福本と智春の顔を見比べながら、「そうか、やっぱりあんただったのか」と言った。

「しようがないなあ、あんた、こんなところまで来て、何か調べようっていうのかい？そういうことは警察に任せておきなさい。素人がウロウロ動き回るのは危険だし、われわれとしても迷惑なのですよ」

「そんな、ご迷惑をかけるようなことはしていません」

「現に迷惑をかけているじゃないですか。こちらの福本さんも、えらいことを頼まれたと言って、弱っておられたですよ」

「いや、そんなことはありません」

福本は慌てて刑事を制した。

「ははは、まあいいでしょう。とにかく、お嬢さんは帰りなさい。捜査のほうは警察がちゃんとやっているのだから」

憎たらしい言い方だったが、警察がちゃんとやっていることは、智春も認めないわけにいかなかった。一見、何もしないように思えた彼らが、こうして調べるべきことは調べているのだ。

「じゃあ、あの、五十鈴の持ち主は分かったのですか？」

智春は訊《き》いた。

「ん？　ああ、まあ、そういうことは教えるわけにいかんのですよ」

刑事は「ダメダメ」と手を振って、福本にも「いいですね」と念押しをして引き上げて行った。

「刑事さんもやっぱり五十鈴の持ち主のことを訊きに来たのでしょう？」

千代栄が智春の代わりに訊いてくれた。

「まあそういうことやが、しかし、困ったですなあ」

福本は胡麻塩頭《ごましおあたま》を抱えるような恰好《かっこう》をして見せた。

「いったい誰だったのですか？　鈴の持ち主は」

「うーん……言ってはいかん、と言われておるのでねえ」

「でもお訊きしたのはこちらのほうが先なんですから」

千代栄は理屈にも何にもならないことを言っている。福本も当惑しきって、苦笑した。

「しかし、言えば、あんた、先方さんへ押しかけて行くのとちがいますか？」

智春のほうを窺《うかが》うように見て、言った。

「いいえ、そんなこと……」

智春は強く否定して、

「じゃあ、その、五十鈴の本当の持ち主は、ちゃんと存在するのですね？」

「そら、いてます。いてますが、大変なお方ですさかいな」

「有名な人なんですか？」

「ああ、有名ですな。ただ有名なばかりでなく、芸術祭の奨励賞をいただくような、えらいお人です」

「どなたなんですか？　教えてください」

「そう訊かれても、答えたらあかんと言われましたのでなあ……」

福本はそっぽを向いて、謎めいたことを言った。

「今夜の薪能に、お孫さんが来られへんようになったお方がいてはりますなあ」

そのひと言を残して、そそくさと社務所の中へ戻って行った。

「どういうことかしら？」

智春は千代栄を振り返って、訊いた。

「今夜の薪能に来られなくなったって言ったら、昨日お話しした水上和鷹さんのことじゃないかしら。亡くなった和鷹さんがお孫さんということは、つまり、水上和鷹さんのお祖父《じい》さんでしょう。ええと、たしか水上和憲さんていったと思うけど」

「能のひとですか……」

智春は首をひねった。

「あなたのお父さんは能とか謡《うたい》とか、やってなかった？」

「いいえ、そんなのやっているなんて、見たことも聞いたこともありません」

「そうなの……じゃあ、いったいあの五十鈴は、どういう経路であなたのお父さんの手に渡ったのかしら？」

二人は顔を見合わせて、しばらく佇《たたず》んでいた。しかし、そんな謎がすぐに解けるはずもない。

どちらからともなく、二人は旅館への道を歩きだした。俯《うつむ》きぎみにゆっくり歩を運びながら、千代栄は心配そうに訊いた。

「あなた、どうするの？　まだあの五十鈴《いすず》の持ち主のこと、追い掛けるつもり？」

「そうするしかないと思います」

「でも、刑事は危険だって言ってたわよ」

「危険はないと思うんです。だって、その水上さんとかいう能の人、もうおじいさんなんでしょう。だったら、その人が犯人じゃないと思うし。その人に訊けば、鈴がどういうルートで父に渡ったかが分かるのですから」

「そう言うけど、水上宗家《そうけ》といったら、大変な名門よ。ちょっとやそっとじゃ近づくことも出来ないと思うけど」

「そうですよねえ……」

能楽師の家——しかもその頂点に立つ人物の家なんて、智春には想像もつかない。

「それに、能楽の世界には厳しい掟《おきて》だとか、しがらみだとかいうのがあって、それこそ、陰謀渦巻くようなことだって起こり得るのかもしれない。早い話、観世元雅がそうだったのですもの」

「その人も殺されたんですか？」

「そうじゃないけど、でも、殺されたも同然の目に遭ったのよ」

「そうなんですか。観世元雅って、天河神社に能の面を奉納した人でしたよね」

「そう、世阿《ぜあ》弥《み》の子で、当然、観世流の総帥になるべき人物だったの。ところが、元雅の従兄弟《いとこ》にあたる音阿弥《おんあみ》という人を、将軍・足利義教《あしかがよしのり》が寵愛《ちょうあい》して、邪魔者の叔父《おじ》・世阿弥を佐渡《さど》に流し、その一族を迫害したのね。それで、元雅は失意のうちに都を去って、途中、天河神社に能面を奉納したあと、伊勢《いせ》の北畠《きたばたけ》氏のところに落ちのびて、その地で死んでしまったの」

「じゃあ、水上家の中でも、そういうなんていうのか、勢力争いみたいなのがあるのでしょうか？」

「かもしれないわね。だって、和鷹さんもこんなに早死にしたし、和鷹さんのお父さんも四十何歳かで、急死しているのよ。なんだか怪しいって、考えれば考えられないこともないでしょう」

「でも、それにしたって、そういう世界と父がどうして結びつくのかしら？」

「お父さんは、ほんとに能や謡の世界とは関係なかったの？」

「ええ、ぜんぜん。会社の宴会なんかで、カラオケは少しぐらい歌ったかもしれないけど、それだって自宅では滅多に歌を歌うのを聞いたことがないくらい音痴でしたもの。謡だって、音痴じゃだめなんでしょう？」

「だと思うけど……私もあまり詳しくはないのよね。ただ、何年だか前の薪能で和鷹さんの舞を見て、それからすてきだなあって憧《あこが》れて……でも、その和鷹さんも亡くなってしまったのねえ」

その舞姿を思い出したのか、千代栄は急にしんみりとして、言葉をとぎらせた。

「ひょっとすると、千代栄さんは、その和鷹さんという人を愛していたんじゃありませんか？」

智春はふと思いついて、言った。

「えっ？　私が？　まさか……ただ憧れていただけよ。天河では一つの世界の空気に浸って、同じ人間同士っていう感じだったけど、もともとは遠い世界の人だもの」

「じゃあ、この天河に来ている時は、そういうお付き合いもできるっていうことなんでしょう？」

「え？　それは……まあ、そういうこともあるかもしれないけど……」

智春の鋭い突っ込みに、千代栄は彼女としてははじめて、動揺を見せた。

（何かあったのじゃないかしら——）

智春はいっそう、その想いを強くした。自分と千代栄のことを考えても、天河では人間と人間を隔てる垣根《かきね》が無くなるのかもしれない。そう思えた。

第五章　悲劇の連鎖

1

浅見と水上秀美の「捜査」は朝食がすんでまもなく、始まった。

といっても、和憲がどこに潜んでいるのか、まったく見当がつかない。とにかく吉野のどこかにいることだけは間違いない——という、一種の信念のようなものだけで、二人は行動するしかないのだ。

旅館は、昨日のうちに秀美がひととおり探し終えている。とはいっても、はたして完《かん》璧《ぺき》であったかどうかは疑問だ。

水上和憲はもちろん偽名を使って宿泊しているだろう。秀美自身、「吉田《よしだ》秀美」という偽名を使って宿泊しているのである。

「こっちに、嘘の名前を言っているっていう後ろめたさがあるでしょう。そういうのって、何となく相手の方にも分かるらしいんです。ですから、ちゃんと答えてくださらないところもあって当然だと思います。桜花壇のおばさんみたいな親切な人ばかりじゃありませんもの」

秀美は言った。

昨夜、浅見が訪ねて行って、「あなたは水上秀美さんだったのですね」と言った時、秀美は一瞬、息を止めるほどびっくりした。ついさっき別れたばかりの浅見が、なぜ自分の名前を知り得たか？——という気持ちだったにちがいない。

浅見は母親からの電話のことを言い、三宅譲典の名前を出した。

「そうだったのですか、浅見さんて、三宅さんのお知り合いの、あの浅見さんだったのですか」

秀美は直接には浅見家を知らないが、三宅と祖父の会話の中で、しばしば浅見の父の話が出ているのを聞いている。話に聞く「浅見氏」は、水上家にとっての恩人だったらしいことも知っていた。

浅見の父親は大蔵省の局長までいって、次官になる寸前、惜しくも早世した。戦後の一時期、それまでのパトロンだった華族や財閥の瓦解《がかい》によって、能楽界は苦しい時代を迎えた。当時、まだ一主計官でしかなかった若き浅見秀一は、明日の糧さえ不安なほどの疲弊にあえぐ能楽界のために、国が手厚い保護の手を差しのべるべきであると主張した。

一億の国民が、食うや食わずの混乱した世相の中で、浅見主計官の主張は省内でも完全に無視された。上司は「頭がおかしいのじゃないか」とさえ言った。

「いまはとにかく、アメリカさんの言うとおり、民主主義の方向に走っていればいいんだ。日本古来の文化なんか、軍国主義の影のように思われている。能なんてものはきみ、それこそ封建思想と皇国史観の幽霊みたいに言われかねないぞ」

「いいえ、お言葉ですが、こういう時代だからこそ、能楽や歌舞伎を大事にしなければならないと思うのです。進駐軍の言うがままに従って、伝統文化を守らないでいれば、日本の主体性そのものが滅亡します」

「冗談じゃない、そういう古い伝統を一掃しようというのが、彼らの方針だよ。だいたい、能なんていうやつは鬼女が出てきたり、武将の幽霊が刀を振り回したり、要するに戦い敗れた者の怨念《おんねん》がテーマになっているのだろう？　いわばアメリカに負けた日本人の怨《うら》みを見せつけるようなものじゃないか。そんなのを許すわけがない」

「いや、能は本来、日本人の情緒的な特性を表現したものです。つまり、能楽の神髄は日本人特有の諦観《ていかん》であり優しさなのです」

浅見主計官は熱弁を揮《ふる》った。しかし、いくら説得しても、省内ではまったく相手にもされなかった。

浅見秀一は、当時、連合軍司令部の情報宣伝担当官と接触のあった三宅譲典を通じて、進駐軍の高級将校たちのための「慰安の夕べ」を催し、そこで能楽を観せることを実現させたのである。

その時の太夫《たゆう》を務めたのが、やはり同じ年代の若い宗家《そうけ》・水上和憲だった。

その話を、浅見は三宅の昔語りで聞いた。父親はそういう、自分の手柄話のようなものは、いっさいしない男であった。

「まったく、骨のある、偉いやつだったのだよ、きみのおやじさんは」

三宅は、五十歳を超えたばかりの若さで逝《い》ってしまった畏友《いゆう》の話をするたびに、目を潤ませる。

もっとも、浅見にしてみれば、父親の偉かった話を聞くたびに、「それに引き換え、おまえさんは……」と比較されるような、居心地の悪さを味わうことになるのだが……。

ともあれ、浅見の素性を知って、秀美はようやく纏《まと》っていた鎧《よろい》をすべて脱ぎ捨てた。

そうして、追善能《ついぜんのう》の舞台で兄・和鷹を襲った突然の死から、祖父の失踪《しっそう》に到るまでの水上家の不幸な事態について、あらましを語った。

「お兄さんの死因は何だったのですか？」

「心臓の発作でした」

秀美は何の疑いもなく、言った。浅見が母親から聞いたニュアンスとでは、彼女の認識はかなりかけ離れているらしい。しかし浅見は、それ以上は秀美を追及することはしなかった。

浅見は提案した。

「手はじめに、吉野の食べ物屋さんを聞いて回りましょう」

「どこに泊まられたか、それとも吉野山を下りてしまわれたかは分かりませんが、いずれにしてもお腹が空《す》けば、何かを召し上がらないわけにはいかなかったでしょうからね」

「ああ、そういえばそうですね、食べ物屋さんに立ち寄った可能性のほうが強いですね。それに、あんなに吉野に来たかった祖父ですもの、吉野の名物を何か、食べたに決まってます」

しかし、浅見の折角の思いつきも、なかなか成果が上がりそうになかった。

前にも書いたように、吉野には名物の吉野葛《くず》を材料にした食べ物が多い。それも、あまり仰々しい店構えではなく、ほんの茶店程度のささやかな店がほとんどだ。

一軒あたりのお客の数など、季節はずれのこの時期には大したものとも思えない。もし秀美の祖父らしい老人が訪れていれば、たぶん店の人間が憶《おぼ》えていないはずはないと考えられる。

だが、どこの店に訊《き》いても、それらしい老人のことは知らない——という答えが返ってきた。

中には、「いろんなお客さんが来てはるから、そういうおじいさんがいてはったかどうか、はっきり分かりまへんなあ」と言うところもあったが、中折れ帽子の老人というのは、かなり目立つ恰好《かっこう》である。それが記憶にないというのは、やはり来なかったものと思うほかはないだろう。

効率を上げるために、浅見と秀美は手分けして、浅見が道路の右側、秀美が左側の店を当たって歩いた。午前中には吉野山上にある街の、それらしい名物を食べさせる店は網羅し終えた。

結果は収穫ゼロ。

「だめみたいですね」

秀美の表情に疲労感が漂っていた。一人で祖父の後を追って歩き回ったのだもの、いくら若いとはいえ、緊張と落胆の繰り返しは秀美にはかなりの重圧となっているに違いない。

いったん桜花壇に引き上げて、昼食を取ることにした。帰りがけに柿《かき》の葉鮨《はずし》を買ってきたのだが、秀美にはまるで食欲がなかった。旅館のおばさんが「お吸い物をどうぞ」と、サービスに運んできてくれた時には、秀美は窓辺の椅子に坐《すわ》って、ぐったりと、向かい側の花も緑もない桜の山を眺めていた。

「だいぶんお疲れになったようですなあ」

おばさんは気の毒そうに言った。

「やっぱり見つかりませんのか？」

「うん、まだまだ。だけど始めたばかりですからね。午後からは名物料理の店だけでなく、喫茶店や土産物店にも当たってみるつもりです」

浅見はわざと陽気に言った。

「もういいんです」

秀美はポツリと呟《つぶや》いた。それから、やや語気を強めて、「きっともう、だめです」と続けた。

「だめいうて、何がだめですの？」

おばさんは不安そうな声になった。

「やっぱり、祖父は山に……」

「秀美さん！」

浅見は思わず叱った。

「つまらないことは考えないほうがいい」

それからおばさんに向けて、

「このあと、このお嬢さんを休ませて上げてください。午後は僕だけで調べに行ってきますから」

「そうですなあ、それがよろしいわ。だいぶん疲れてはる様子でんものなあ」

おばさんは、任せておきなさい──と言うように、胸を叩《たた》いてみせた。

2

浅見が出掛けたあと、おばさんは浅見の部屋に蒲団《ふとん》を敷いてくれた。

「少しお休みになるとええのですよ。クヨクヨ考えてばかりいたら、ええことありませんからね」

おばさんは浴衣《ゆかた》を置いていってくれたが、秀美は衣服のまま、横になった。いくら留守だとはいっても、男性の泊まっている部屋で浴衣に着替えて眠るわけにはいかない。横になったものの、すぐには眠れそうになかった。

秀美は自宅に電話を入れた。電話口には広島が出た。分家筋の若い内弟子で、宗家の付き人を務めていた。

「お母様に代わって」

秀美は言った。

「はい、あの、奥様もお電話をお待ちになっておられました」

広島は急いで菜津美を呼んできた。

「ああ秀美、あなた宿をチェックアウトしたの？　さっき電話したら、もうご出発になりましたって言ってたけど」

「ええ、あの旅館は、朝お電話したあと、すぐ出たの。あの、何か、お祖父《じい》様からご連絡が入ったの？」

「いいえ、まだ……それより秀美、さっき、警察の人が見えたのよ」

「警察が？」

「ええ、お祖父様はどちらかって」

「えっ？　お祖父様のことで来たの？」

「そうよ。あなた、まさかお祖父様のことを、警察にお話ししたりしていないでしょうね？」

「もちろん話してないわ。でも、警察が何でお祖父様のことを知っているのかしら?」

「いいえ、お祖父様が家出なさったことを知っているわけではないらしいわ。ただ、お祖父様に大至急、お訊きしたいことがあるとか言ってたの」

「何なのかしら?」

「何なのか分からないけれど、私は嘘をつくわけにいかないし、和鷹の突然の不幸に、身心ともに疲れたので、気分転換に吉野に参りましたと申し上げたの」

「あら、吉野にって、お母様はそう言ってしまったの?」

「だって、秀美がそう言ってたじゃないの。お祖父様は吉野へいらしたって」

「それは、たぶん——という意味だわ。現に、ずいぶん探したのに、まだお祖父様の居所が分からないのよ」

「でも、吉野山のロープウェイにお乗りになったことはたしかなのでしょう?」

「それはたしかみたいだけど」

「でしたら、やっぱり吉野じゃないの」

「そうだと思うけど……でも、警察が何の用事なのかなあ?……」

秀美は心配になってきた。もしかすると自分が昨日、祖父は自殺するかもしれないなどと、あちこちで言って歩いたのが、警察に伝わったせいなのだろうか——と思った。

しかし、「水上」の名前を言ったわけでもないし、そんなことは考えられない。

「何だかよく分からないけど、秀美、ひょっとすると警察は吉野のほうへ行くかもしれないわよ。面倒なことにならないといいのだけれど……」

「大丈夫よ、お祖父様は自殺なさったりするはずがないもの」

「ばかねえ、そんな縁起でもないこと、言わないで。それより秀美、警察なんかに関わらないうちに、早く帰っていらっしゃい」

「大丈夫よ、それは心配ないわ。警察は私のことなんか知らないもの。でも、なるべく早く引き上げる」

そう言って電話を切った。

大丈夫——と言ったものの、秀美は不安がつのった。

（あのひと、早く戻ってきてくれればいいのに——）

浅見光彦という、少しトウの立った青年の面影を、心の中に浮かべた。坊っちゃん坊っちゃんした、ちょっと頼りない感じさえする浅見のことが、なんだかとても懐かしく思えてきた。

ところが、ちょうどその頃、その浅見は災難に遭遇していた。

3

驚いたことに、吉野山には数多くの食べ物屋はあるのに、純粋に喫茶店またはスナックと呼べるような店は、たったの二軒しかないのであった。

その一軒の「弁慶《べんけい》」という店で、浅見はコーヒー一杯で少し長居して、女性の経営者と話し込んだ。といっても、水上宗家《そうけ》の消息が摑《つか》めたわけではない。「弁慶」のママはそういうお客はなかった——と言っている。

浅見はママが興に乗って喋《しゃべ》るのをいいことに、吉野という土地柄や、そこに住む人々の様子などを知ろうと思ったのだ。

関西の人たちは、関東の人間と比べると、あけすけにものを喋ってくれるらしい。自分の身の上話など、関東では、よほど気を許した間柄でもなければ、滅多にしないものである。

しかし、桜花壇のおばさんがそうであったように、ここのママさんも、少し会話がほつれてくるにつれて、浅見が訊《き》いてもいないのに、自分の半生について、あれこれ語ってくれた。

「なんやかやあったけど、いまは結構、幸せみたいやね」

ママはあっけらかんとした口調で言った。

若い頃、結婚が破綻《はたん》して、それ以来男性不信になったこと。親兄弟に反対されながら、自分ひとり、吉野山に住みついて、この店を経営するようになったこと。最近になって、十いくつだか年上の、妻子のある実業家と男と女の関係になったけれど、べつに結婚を願ってなんかいないこと……。

「独りでやって行くんやと腹をくくってしもうたら、結婚やとか子育てやとかいうのんは、なんや知らん、ややこしゅう思えてきたんよね。ううん、私ばっかしと違うのんよ。

私の親しゅうしてる学校の先生かて独りやけど、仕事する上ではそのほうがかえってええ、言うてますのんよ。子供らにも、自分の子ォのつもりで気を入れることが出来るそうですねん。ほんまの子ォがいてたら、そうはいきまへんものなァ」

そのくせ、浅見がまだ独身だと知ると、そらいかんわ——と断定した。

「男はんは結婚したらよろしいがな。ううん、せなあかんな。いまの世の中、まだまだ男社会ですやろ。男はんは女房子供を養っていけるけど、女はそうはいきまへんものな。結婚して、子供を養うのんは、男はんの義務と違いまっか？」

ひどい論理だが、妙に説得力があった。妻子を養う甲斐性《かいしょう》のとぼしい浅見には、耳の痛い話だった。

その「弁慶」を出て、次のスナックに向かって歩きだした浅見の耳に、「あっ、あの人でんがな」という声が聞こえた。

なぜか浅見は自分のことのように思えて、何気なく声のした方角を振り向いた。

午前中に「聞き込み」をした柿《かき》の葉鮨《はずし》の店の亭主が、こっちを指差している。その脇には二人の目付きの鋭い男が立っていた。

(刑事——)

浅見はピンときた。

柿の葉鮨の亭主はバツの悪そうな顔をして、無意識のようにペコリと頭を下げて寄越したが、同時に二人の男が大股《おおまた》で歩いてくる。

（まずいな——）

浅見は本能的に思って、さり気ない様子を装うと、彼らに背を見せて、少し早足になった。しかし、まさか駆け出すわけにはいかない。二人の男も走りはしなかったが、浅見が駆け出せば追ってきただろう。

走らなくても、まもなく二人の男は浅見に追いついた。

「ちょっとすみません」

男の一人が声をかけた。

浅見は自分のことか？　という顔を作って立ち止まった。

「僕ですか？」

「そう、あんたですよ」

黒っぽい手帳を見せたのは、四十歳ぐらいの、浅見より少し背が低い、そのかわり肩幅のがっちりした、見るからに強そうな男だ。もう一人はまだ若い、おそらく二十代だろう。頬に赤みのさした、少年の面差しが残る顔立ちの男だった。

「ちょっと訊きたいことがあるのですが」

二人は浅見の前後を挟むように立って、ごく自然に、道路端に誘導した。

「何でしょうか？」

「おたくさん、どちらから来ました？」

「東京のほうからです」

「東京のほうって、どこです？」

「北区です」

「北区のどこです？」

浅見は面倒くさくなって、多少、早口で西ケ原《にしがはら》三丁目の住所を言った。

「名前は？」

「浅見といいます」

「浅見は浅い深いの浅に見るですね？　下の名前は？」

「光彦です」

「光るに彦ですか。いい名前だなあ」

口ではそう言いながら、（キザな名前をつけやがって——）という顔であった。

「失礼ですが、何か身分証明書のようなものをお持ちですか？　免許証でも何でもいいですがね」

浅見は仕方なく免許証を出した。刑事は浅見が言った住所と免許証を照合してから言った。

「ところであんた、朝から人を探して歩いているそうじゃないですか」

刑事は言った。

「ええ、ちょっとですね。知り合いの老人がこっちのほうに来たっていうもので、もしかしたら会えないかなと思って、あちこちで訊いてみたんですが、なかなか会えそうにありませんね。吉野はこれで、結構広いみたいです」

「その相手の老人の名前は？」

「いや、もういいのです」

「あんたはよくても、こっちは知りたいのですよ。名前は何ていう人です？」

「吉田さんです」

「吉田、誰ですか？」

「吉田隆之《たかゆき》さんです」

「住所は？」

「いや、もういいのですよ。警察に探していただくようなことではありませんから」

「住所はと訊いているのです」

「だから、もういいと……先を急ぎますから、これで失礼」

浅見は軽くお辞儀をして、クルリと向きを変えた。その目の前に若いほうの刑事が立ち塞《ふさ》がった。

「警察の捜査に協力していただきたいのですが」

若い刑事は自然体で立って、浅見の出方に対して、いつでも対応できるように身構えている。

「捜査といいますと、何の捜査ですか？」

「ある殺人事件に関する捜査です」

「殺人？……」

浅見はギョッとした。すると、母親の雪江が電話で、水上和鷹の死因を言い淀《よど》んでいたのは、和鷹の死に「殺人」の疑惑があったためなのか。

しかも、警察が「殺人事件」と断定し、和鷹の祖父・和憲を追っているとなると……。

（そうか――）

浅見はいろいろなことが分かりかけてきたような気がした。秀美が身分をひた隠しに隠していること。祖父が自殺する可能性があるとか、それは自分のせいだとか、異常にヒステリックになっていること。それらはすべて「殺人事件」を背景に置いて眺めれば、納得がゆく。

（水上和憲が殺人事件の容疑者として追われているとなると、これは滅多なことは喋れないぞ――）

浅見は刑事の顔を見つめながら、目まぐるしく頭を回転させて、おもむろに言った。

「殺人て、誰が殺されたのですか？」

「そんなことはあんたに言う必要はありませんな」

背後から年配の刑事が言った。若い刑事が「殺人事件」と言ったことだけでも、まずい――と思っているらしい。（余計なこと言うな）という眼くばせを飛ばした。

「しかし、僕は殺人事件になんか関係ありませんよ」

「そうでしょうな。いや、そんなことはわれわれは言ってはおりませんよ」

語るに落ちる――と言いたそうに、刑事はニヤリと笑った。

「じゃあ、僕に何を訊《き》こうというのですか？」

「だから、あんたが探している老人のことを訊いているのです」

「そんなこと、刑事さんに話す必要はないでしょう」

「いや、話してもらわないと困りますな」

「なぜですか？　なぜ僕なんかにそういう事件のことを訊きたがるのですか？　そのご老人――吉田隆之さんだって、そんな事件には関係ないのですよ」

「われわれはですな」

刑事は面白がってでもいるかのように、言った。

「何もあんたに殺人事件のことを訊こうと言っているのではない。ただ、あんたの探している吉田とかいう老人の住所を教えてくれと言っているのですがね」

「だから、それはもういいと言っているでしょう。僕はあなた方に吉田さんの住所を話す必要もないし、勝手に話していい権利もありません」

「いや、この場合は権利ではなく、義務と言ってもらいたいですな。善良な市民は、すべからく、警察の捜査活動には協力的であっていただかなければなりません」

「それは警察としての願望でしょう。答えるか答えないかは、市民の自由意志に基づくものであるはずです」

「そういう理屈は、警察に行ってから喋《しゃべ》ってもらうということになりますがねえ。それでもよろしいですか？」

「冗談じゃありませんよ」

浅見は眉《まゆ》をひそめた。

「僕が警察に行かなければならない、どのような理由があると言うのですか？」

「それはこっちで言いたい台詞《せりふ》ですな。あんたが、その吉田老人の住所を言えない理由はどこにあるのかね」

「それは言えない理由でなく、言わない権利ですよ」

「どうしてもと言うのなら、ひとつ警察に来ていただきましょうか。こんなところで話を訊くわけにはいきませんからね」

「警察にといっても、刑事さんたちは東京のほうの警察でしょう？」

「よく分かりますな」

「地元の警察でないことくらい、誰だって分かりますよ。僕は仕事で吉野に来ているのだし、まだ何日かかけて、よその土地を回らなければならないのです。東京へはまだしばらく戻りませんよ」

「ははは、何も東京の警察に行こうと言っているわけではない。地元署でゆっくりお話をお聞きしようと言っているのです。さあ、それじゃ、とにかく行きましょうや。すぐそこにパトカーを待たせてあるし」

「断りますよ」

「ほう？」

刑事はジロリと、鋭い眼で睨《にら》んだ。

「抵抗しても無駄ですがねえ。最悪、緊急逮捕という手段もあるのですからな。手錠をかけられるのは、あんただって、あまり嬉《うれ》しくはないでしょうが」

「当たり前ですよ」

「だったら素直に来てくれませんか。いや、その前に、さっきこっちが訊いたことに素直に答えてくれるというのなら、また話はべつですがね」

「分かりましたよ。それじゃ言います」

浅見は「吉田隆之」の出鱈目《でたらめ》な住所を言った。

「そうですか、ここに間違いなく住んでいるのですな？」

「ええ、そうですよ。じゃあ、僕はこれで失礼します」

「そうはいきませんよ。あんたが嘘をついているとは思わないが、一応確認しますからね、しばらく待っていてくださいや」

若い刑事が走って行った。待機しているパトカーから地元署経由で東京の所轄にでも照会しようというのだろう。

「われわれもパトカーの傍で待つことにしましょうか」

残ったほうの刑事もそう言って、浅見の背中を軽く押してから、相棒の後を追うように歩きだした。

（まずいな――）

浅見はいよいよ窮地に陥ることを覚悟した。贋《にせ》の名前、贋の住所を言ったことで、刑事の心証は悪くなる一方だろう。

ただ、意外だったのは、刑事が秀美の存在に気付いた様子がないことである。

もし、道路の両側の店を交互に当たって、聞き込みをしていれば、当然、若い女性が祖父の行方を尋ね歩いていたことを知るはずだろう。

それにもかかわらず、彼らが秀美に気付いていないというのは、おそらく、刑事が吉野山での聞き込み捜査を始めてすぐに、浅見が柿《かき》の葉鮨《はずし》の店先を通りかかったために違いない。

そういう意味からいえば、自分が警察に捕まったことは、秀美の「逃走」にとっては幸運だったのかもしれない――と浅見は考えることにした。

また、早晩、秀美のことも彼らはキャッチすることになるだろう。しかしそれはなるべく遅らせたほうがいい。警察が祖父を追っていて、しかも殺人の嫌疑がかけられているなどということを聞いたら、秀美は茫然《ぼうぜん》自失して、何を口走るか分からない。

問題は、浅見が時間稼ぎをしているあいだに、秀美がさっさと吉野山から逃げ出してくれるかどうかだ。

（なんとか、彼女にこの状況を伝える方法がないかな――）

浅見は刑事とアベックで歩きながら、しきりにそのことばかりを考えていた。

パトカーはなんと、勝手神社の前に停めてあった。中に制服の警察官が二人いる。若い刑事は助手席で無線のマイクを握り、連絡していたが、浅見たちがそこに到着するのと同時に、颯爽《さっそう》としてドアの外に出た。

「所轄で調べましたがね、あんたの言っていた住所には、吉田なる人物は存在しないようですよ。嘘をついてもらっちゃ困るねえ」

「おかしいですね、何かの間違いじゃありませんか？」

浅見はとぼけてみせた。

「間違いかどうか、警察で調べましょうや」

背後の刑事が、トンと背中を押した。

4

パトカーは山を下り吉野川を渡って、吉野町の中心街に入った。町のほぼ中央に吉野警察署がある。吉野山一帯はこの警察の管轄下にあるのだそうだ。

吉野署は警察署としてはそう大きくない。署員はせいぜい四十人足らず。しかもその内の十二名は十二か所の駐在所に分散しているから、署内はガラーンとしたものだ。擦れ違う署員は軽く頭を下げて、東京の警視庁から来た刑事に対して、一応の敬意を払っている様子に見えた。

刑事課と鑑識課をひとつにして「捜査・鑑識課」というのがあるけれど、五名と一名、合計六名の小世帯だ。その捜査・鑑識課の隣にある取調室に入ると、刑事は浅見にそっけなく顎《あご》をしゃくって、椅子に坐《すわ》るようにと言った。

刑事は二人とも名乗りはしないが、パトカーの中の会話から、中年のズングリした刑事は瀬田《せた》という部長刑事、若いほうは森本《もりもと》というヒラの刑事らしいことが分かっていた。

「あんた、ええと、浅見さんだったか。最初に言っとくがね、警察をナメてもらっちゃ困るんだよね」

瀬田部長刑事が浅見の向かいの椅子に坐って、ダミ声を作って、言った。

「べつに僕は警察をナメたりはしません」

「そうかね、それなら話は早い。おたがい忙しい体なんだからさ、ひとつ素直に喋ってもらいましょうや」

取調室の隅では、森本刑事がメモの態勢に入っている。

「じゃあまず、職業から聞きましょうか。職業は何をしてます？」

「フリーのルポライターです」

「ルポライターか、つまり、例のＦＦだか何だかいうやつの、誰と誰がくっついたとか離れたとかいう、ああいう取材をしているのかね？」

「いえ、僕はああいうたぐいのものは手がけていません」

「というと、どういうたぐいのものを手がけているのかね」

「まあ、これといって決まっていません。仕事があれば何でもしますが、ただし、ああいうのだけは断ることにしているのです」

「良心的なルポライターというわけですか。その良心的な人が、どうして嘘をついたのかねえ」

「いや、嘘をついたわけじゃありませんよ。何かの間違いか、そうでなければ、たまたま僕の記憶が違っていたということなのでしょう」

「なるほど、記憶違いか……それじゃしようがないですなあ。今度は間違えないように答えてもらいたいのだが、あんたが探していた老人は、何ていう名前です？」

「ですから吉田さんですよ、吉田隆之さんです」

これは知人にそういう名前の人物がいるから、間違えようがない。

「住所は？」

「さっき言った所です。しかし、それは僕の記憶違いだったようですが」

「念のため、もう一度言ってくれませんか」

「何度訊《き》かれても、同じですよ」

「それでもいいから、もう一度言ってみてくださいや」

瀬田部長刑事は机の上に低く身を乗り出すと、浅見の顔を下から舐《な》め上げるように見て、ニヤリと笑った。

浅見もそれに応《こた》えて、同じようにニヤリと笑い返した。内心、やられた――と思った。瀬田はこっちが二度と同じ住所を言えないのを承知の上で訊いているのだ。

「どうしました？」

瀬田は催促した。浅見はさっき言った住所を、うろ憶《おぼ》えながら繰り返した。

「ほほう、妙ですなあ、さっきは三丁目三十四番地と言ったのに、今度は二丁目三十二番地ですか。どっちが正しいのです？」

「あ、さっきはそう言いました？　じゃあ、たぶんそっちが間違いです。どうもすみませんでした」

「いやいや、いいのですよ。勘違いというのは誰にもあるものですからね」

瀬田は森本刑事に、東京に連絡して再度確認を依頼するよう、指示した。

森本は連絡に行って、すぐに戻ってきた。

「これが送られてきていました」

何やら、ファックスで送られてきたデータらしきものを持っていて、瀬田に渡した。

「ふーん、浅見さん、あんた、交通違反はチョコチョコあるようだが、べつに前科もないし、経歴はきれいなもんじゃないの」

瀬田はサーッとメモを読み下し、意外そうな顔で言った。

「当たり前ですよ、僕は真面目《まじめ》で小心かつ善良な市民ですからね」

浅見はせいぜい愛想のいい笑顔をつくろって、答えた。もっとも、顔では笑っているが、内心は穏やかでない。

浅見が何より恐れるのは、自分の素性をつつかれることだ。明治維新以来、つねに日本のエスタブリッシュメントであった浅見家の一員が、警察の留置場にいるような仕儀になっては、はなはだ具合が悪い。

「あなたには、いまさら大きなことを期待しようとは思いませんけれど、せめて浅見家の恥になるようなことだけはしないでちょうだい。いいわね光彦」

ふた言めにはそう言う雪江夫亡人の顔が、出来の悪い次男坊の脳裏を去来する。そのたびに、愛想笑いを浮かべた浅見の頬の筋肉は、ヒクヒクと痙攣《けいれん》するのである。

吉野署の刑事が東京への問い合わせ結果を伝えにきた。当然のことながら、浅見の言った住所はまたも出鱈目《でたらめ》だった。

「また嘘だったようですな」

瀬田は怒るどころか、むしろ嬉《うれ》しそうに言った。

「これであんたを疑う根拠は立派に揃ったということになるなあ」

「それは論理的ではありませんよ。単に僕の記憶が間違っているのが、いよいよはっきりしたというだけのことですから」

「まあ何とでも言っているがいい。要するにわれわれとしては、あんたがちゃんと思い出してくれるまで、気長に待たせてもらうことにしますよ」

「それは迷惑ですねえ、僕の仕事のほうはどうなるのです? こんなひどいことをされたら、僕のほうで警察を、業務妨害で訴えなければならなくなります」

「面白いですなあ、やってみたらどうです」

「ではそうさせてもらいます」

浅見は席を立って、ドアに向かった。

またしても、若い森本刑事が、ドアの前に立ち塞《ふさ》がった。

「どいてくれませんか」

森本刑事はニヤニヤ笑うだけで、動こうとしない。浅見が横を擦り抜けようとすると、そっちへ移動した。必然的に、浅見の腕が森本の胸の辺りを払いのけようとして、接触した。とたんに、森本は「ウッ」とうめいて、右脇腹を押さえた。

「浅見光彦、公務執行妨害ならびに傷害の容疑で現行犯逮捕する」

瀬田が背後から怒鳴った。

「冗談じゃないですよ。僕は軽く触っただけです。傷害なんか起こるはずがないじゃないですか」

「そういうことは、あとで医師の診断をまって判断すればいい。とにかく公務の執行を妨害しようとした事実は認められるのだから、同容疑で勾留《こうりゅう》する。森本君、手錠をかけたまえ」

「はい」

森本刑事は傷の痛みもなんのその、サッと手錠を出して浅見の手首に嵌《は》めた。あざやかなお手並みであった。

「ちょっと、待ってくださいよ」

浅見は情けない声を発した。

「こんな無茶をやって、許されると思っているのですか？」

「無茶はあんたのほうだろう。こっちが事情聴取をしているのに、突然、逃走しようとしたのだからな」

「逃走じゃないですよ。単に自分の仕事をしようとしただけじゃないですか」

「いや、本官にはそうは見えなかったな。あんたは事情聴取を避けるために逃走しようとした。しかも、二度にわたる虚偽の申し立てをしたことから類推して、証拠を湮滅《いんめつ》する可能性が充分認められた。よって森本巡査があんたの逃走を阻止しようとしたのに対して、同巡査の左胸部を殴打、約一週間の打撲傷を与えたと考えられる。どうかね、勾留すべき根拠は充分あると思うがね」

「分かりましたよ、仕事のほうは諦《あきら》めます。その代わり、手錠は外してくれませんか」

浅見は観念して元の席に戻った。

「そうそう、そういうふうに分かってもらえれば問題ないのだ」

瀬田は森本に合図して、手錠を外させた。

「さて、改めて訊くが、あんたの探していた老人の氏名ならびに住所は？」

「その前に刑事さん、いったいその老人が何をしたのか、それを教えてくれませんか。そうでなければ、僕のほうも素直には喋《しゃべ》りませんよ」

浅見は腕組みをして、意志の強固なことを示した。

「またかね……あんたも相当な強情だな」

瀬田は呆《あき》れ顔で言った。

「まあしかし、いいだろう。さっき、森本君がチョコッと口を辷《すべ》らせてしまったことだしな。とにかく、ある殺人事件に関する参考人として、大至急、その老人の行方を知りたいのだ」

「それは分かりましたけど、その殺人事件というのはどういう事件なのか教えてくださいよ」

「うーん……まあ、それもいいだろう。すでに新聞やテレビでも報道しているのだからな。先月、新宿のオフィス街の路上で起きた殺人事件だが、あんたも知っているだろう？」

「えっ？　新宿ですか……」

浅見は完全に意表を衝《つ》かれた。

「そういえば、そんな事件がありましたね。たしか、高層ビルから出てきた男の人が、突然倒れて死亡したとかいう、あの事件でしょう？」

「そうだよ、その事件だ」

「その事件と僕が探しているご老人と、どういう関係があるのですか？」

「そんなことは言うわけにはいかんよ、それより、あんたの探している老人の名前を言ってもらおうか」

「いいでしょう、言いますよ。水上和憲さんという人です」

「そうらみろ、やっぱりそうじゃないか」

瀬田は勝ち誇《ほこ》ったように言ったが、浅見も負けずに元気よく言った。

「じゃあ、刑事さんたちが探しているのも、水上さんだったのですか？」

「そうだ、水上和憲氏だ」

「それならそうと早く言ってくれればよかったのに」

「なにーッ」

瀬田は頭にきたらしい。

「そういうことを……よくも、いけしゃあしゃあと……それじゃ訊くが、あんたが水上老人を探していた理由は何かね？」

「それはですね、ある人に頼まれたからですよ」

「ある人？　ある人とは何者かね」

「まあ、水上さんのお身内の人とだけ言っておきましょうか。とにかく、その人が、ご老人が独りで吉野へ行ったので、心配だから探してもらいたいというので、それで探していたところですよ。いや、これは本当のことです。じつは、水上さんの跡継ぎの方が急死されましてね、ご老人はかなりショックだったらしいのです。それで、フラッと家を出られたものだから、お宅の方々は心配されたのじゃないですかね？　とにかく、そういうわけですから、僕はそっちの事件のことは何も知りませんよ」

瀬田部長刑事はまだ不満そうだったが、浅見の言ったことは、基本的には嘘でないことを認めたらしい。それはおそらく水上和憲の留守宅での事情聴取の様子と合致したためだろう。

「そういうことだったら、何でもっと早く正直に言わなかったのかね、そうしていればあんたもわれわれも……」

文句を垂れようとした時、突然、警察署の内外が騒然としてきた。廊下を走る足音、何か叫ぶ声、サイレンを鳴らして出動するパトカー……。

「何かあったらしいな」

瀬田は言葉をとぎらせて、不安そうに眉《まゆ》をひそめた。

取調室だけがやけにシーンと静まり返って、周辺から取り残されたような不気味さが漂う。その中で、東京から来た二人の刑事と浅見が、外の気配に聞き耳を立てた。

ドカドカという足音が取調室の前にさしかかった時、瀬田がドアを開けた。

「何かあったのですか？」

「あ、そのことでお知らせにきたのです」

署員が瀬田の耳に口を寄せて、何事か囁《ささや》いた。

「何ですと？」

瀬田はキッとした目で浅見を振り返った。少し芽生えかけていた友好的ムードなど、かけらもない、怖い顔であった。

それから瀬田は署員に向き直って言った。

「あんた、すまないが、その男を留置しておいてくれませんか」

「分かりました」

署員が頷《うなず》くと、瀬田は森本に向けて「行くぞ」と怒鳴った。森本はわけも分からないまま、瀬田のあとに従った。

「何があったのです？」

浅見は署員に訊いた。

「いいから、留置場にきてもらおうかな」

「冗談じゃない。僕はたったいま、帰っていいことになったところですよ」

「いや、状況が変わったんや」

署員はブスッとした顔で言った。強張《こわば》った表情であった。

浅見はピンときた。まさか――と思ったことを口走った。

「まさか、水上老人が死んだのじゃないでしょうね？」

「ん？……」

署員はギクリとして、浅見に身構えた。

「やっぱしあんた、知っとったんか」

「………」

浅見は絶望的に沈黙した。

5

歌書よりも軍書に悲し吉野山

古来、幾百幾千とも知れぬ歌人や文学者によって詠《うた》われてきた吉野山だが、そういう詩歌をいくつ集めてみても、この美しい土地を背景に繰り広げられた戦いの歴史が描き出した「滅びの美学」を凌駕《りょうが》することはできないという。

それほどに、吉野山には歴史の哀歓が色濃く投影されている。ことに、南朝の衰亡や源義経と静の別離など、歴史上の悲劇を伝える物語が多い。

ところで、義経が吉野宗徒に追われて逃げたコースとほぼ重なっているのが、「上の千本」を縫うようにゆく「吉野・大峰ドライブウェイ」である。

その終点は金峰《きんぷ》神社で、この神社には吉野総地主神が祀《まつ》られている。

金峰神社社務所の裏手に「義経かくれ塔」というのがある。NHKの大河ドラマにも描かれた、義経主従の吉野脱出劇最後の舞台になったところだ。迫りくる追手から逃れるために、佐藤忠信が独り残って奮戦した話で知られる。

金峰神社までは車で行けるが、ここから先「奥の千本」から大峰山へ行く道は女人禁制ならぬ、車の入れない山道で、いまでも山伏修行の入山口だし、大峰山登山ルートのひとつになっている。

水上和憲の遺体が発見されたのは、吉野・大峰ドライブウェイの道路脇の崖《がけ》である。

ドライブウェイといっても、この道は車をビュンビュン、快適に飛ばすというわけにはいかない細い道路だ。おまけに九十九折《つづら》りの山道で、ひとつ運転を誤れば大事故につながりかねない。

その道路脇の急斜面に、水上老人の遺体は転落し、桜の古木の根方にひっかかって止まっていた。

発見者は地元のタクシー運転手で、麓《ふもと》の吉野駅から金峰神社までお客を案内してゆく途中だった。いわば観光タクシーだから、先を急ぐでもなく、下から順に「吉野神宮」「蔵王堂」「勝手神社」などを説明しながらのんびり登ってきた。

吉野・大峰ドライブウェイにかかって、この辺り一帯が「上の千本」といって、花の時季にはもっとも美しい——などと言って、何気なく崖の中腹を見た時、死体に気付いた。最初、運転手は誰かがあやまって崖を転落したものと思ったそうだ。上から見たのでは、生死のほどもさだかではなかったが、かなりの急勾配《きゅうこうばい》だったし、確かめに行くのも危険な場所だ。

ともかく自分ひとりではどうしようもないので、お客に了解してもらって、いったん吉野山の駐在所に引き返し、通報した。

駐在の巡査は現場に赴き、町の連中に手伝ってもらって、崖を降り、「転落者」がすでに死亡していることを確認した。

駐在巡査は、東京から来た刑事が、「水上」という老人を探していることを知っていたから、ひょっとすると——と思って死体の洋服のポケットをまさぐってみると、名刺入れがあった。そして案の定、老人は水上和憲であった。

駐在の報告で本署は大騒ぎになった。

東京から来た二人の刑事が現場に到着した時点では、すでに現場一帯は警察の管理下に置かれ、交通が遮断されていた。金峰神社へ行く道は二つあって、吉野・大峰ドライブウェイを通行止めにしても、観光シーズンでもないこの時期、実質的には支障をきたすことはない。

水上老人の死体から少し離れたところに、缶ジュースが落ちていて、缶から老人の指紋が採取された。

さらに、道路端から死体のあった場所まで、明らかに転がり落ちたと見られる痕跡《こんせき》があった。死体の手指の爪には泥や枯れ草の繊維が入っていて、それは道路脇の地面に残された引っ掻《か》き傷とも一致するところから、死にいたる直前、老人は本能的に転落を免れようとして、地面にしがみついていた状態が想像された。

駐在の報告では「老人は転落死した模様」ということだったのだが、老人には、転落の際に受けたとみられる擦過傷などがあった程度で、死亡原因になるほどひどい打撲痕や出血があった形跡はなかった。

死後経過時間が長いのと、気温の影響を考慮して、死亡推定時刻は昨夜の九時から十二時頃までのあいだ——とやや幅が広かった。

「死因は何だろう？」

「特徴的には、なんとなく青酸みたいな感じだが、口中はびらんしていないし……」

現場で検視に当たった捜査員も警察医も首をひねった。

「新宿のケースと同じだな」

瀬田部長刑事は森本刑事に言った。

「すると、やはりカプセルで服毒したものでしょうか？」

「たぶんそうだろう」

後の解剖で、瀬田のこの推測は裏付けられることになる。水上和憲の死因は青酸性の毒物による中毒死と判定された。しかも、食道までの段階では毒物の効果は見られず、胃の下部に到って爆発的にびらんが発生している。さらに、胃の中からほんのわずかだが、カプセルの残滓《ざんし》が検出された。

その状況は、まさに新宿の高層ビル前で起きた、川島孝司の事件の場合と酷似していたのである。

東京の水上家には瀬田が吉野署に引き上げてから連絡した。

「えっ、宗家が？……」

電話を受けた青年は驚愕《きょうがく》のために口もきけない状態になった。

代わって電話口に出た菜津美も絶句した。

「そういうわけですから、大至急、ご遺族の方にこちらに来てもらいたいのですがね」

瀬田は励ますように、わざと乱暴な口調で言った。

「はい、すぐに参ります」

菜津美は答え、それから「はっ」と気付いて、言った。

「あの、じつは、娘が――秀美という娘が吉野へ行っているはずなのですが」

「え？　娘さんが？　お祖父《じい》さんと一緒にですか？」

「いいえ、そうではなく、祖父の行く先がたぶん吉野だろうということで、探しに参ったのです」

「それはいつのことです？」

「はあ、一昨日ですが……」

「しかし、午前中に捜査員がお宅にお邪魔した時には、娘さんのことは言わなかったのじゃないですか？　自分は何も聞いておりませんがねえ」

「はあ、その時は、はっきりそちらに参ったかどうか分からなかったものですから……」

「まあいいでしょう。で、娘さんは吉野のどこにいるのです？」

「それが、昨日までは泊まっている旅館が分かっていたのですけれど、いまはどこにおりますものやら……いずれ連絡は入ると存じますが」

「そうですか……分かりました、こっちで調べてみましょう。もし連絡があったら、吉野警察署のほうに連絡してくれるよう、言ってください。あ、そうそう、それから、ちょっとお訊《き》きしますが、お宅ではお祖父さんの行方を探すために、誰かに依頼したようなことはありますか」

「いいえ、そんな、依頼どころか、今度のことは外部の方にはどなたにも話しておりません」

「なるほど、そうでしょうな」

あの野郎——と瀬田は思いながら電話を切った。

第六章　留置人・浅見光彦

1

留置場からは、外界の様子は一切、見ることができない。浅見は警察の中の微《かす》かな動きでもキャッチしようと、臆病《おくびょう》なウサギのように耳をそばだてていた。

おそらく吉野署のほぼ四分の三は出動したにちがいない。ひと騒ぎが終わったあとは、反動的に静まり返って、何の物音もしなくなっていた。

その異様な静かさが一時間も続いただろうか。

それから、ポツリポツリと捜査員が引き上げてきたり、ふたたび出て行ったりの、慌ただしい気配になった。

変死事件に対する措置は、もちろんそれが殺人であるか、自殺であるか、それとも単なる変死にすぎないかによって異なるが、多くの場合は、現場で即断できないので、大事をとって最大限の陣容で臨むことになる。

ことに屋外での事件については、遺留物等の捜索には人海戦術が必要なので、機動捜索隊員などの応援を求めることになる。

おそらく、いま進行しつつある動きは、解剖結果などで、事件の性質を特定するまでの前段階といったところだろう。

このあと、もし殺人事件と特定されるようなことになるやいなや、捜査本部を開設したり、下市署など、隣接する警察署や奈良県警からの応援を要請するといった大騒ぎが始まる。

（さて、どっちに転ぶのかな——）

浅見は鉄格子を睨《にら》んで、刻々進展しつつあるであろう、外の状況に思いを巡らせた。

とはいっても、いまはこうしてじっと待つしか、ほかにすることもない。

気になるのは水上秀美のことである。事件のことはすでに東京の水上家には連絡ずみだろうか？　秀美もそのことを知ったのだろうか？

しかし、秀美が祖父の死を知らされたとしたら、浅見がこんなところに閉じ込められているのに、何の連絡もないというのはおかしい。

彼女はまだ何も知っていないな——と浅見は思った。おそらく秀美はまだ桜花壇の部屋で休んでいるにちがいない。水上老人の死が街の噂になり、桜花壇に伝わるまで、どれくらいの時間がかかるものか。それとも、テレビのニュースで流されるほうが早いのか。

いずれにしても、そのことを知った時の秀美の動揺が、浅見には気掛かりだった。

留置場に入って約二時間経過した頃、瀬田部長刑事が、森本刑事と制服の警察官二名を従えてやってきた。ドカドカという靴音からいっても、この男の意気が大いに上がっている気配は感じられた。

「おい、取調室に戻るぞ」

わめくように言って、自分はさっさと行ってしまった。残った森本と制服が浅見を囲むようにして取調室に向かう。手錠こそ掛けないが、逃走されることを極度に警戒しているらしい。

「なんだか、まるで殺人犯みたいですね」

浅見が冗談を言っても、ニコリともしなかった。

その理由はすぐに分かった。瀬田は浅見光彦なる人物を、本気で殺人の容疑者として調べるつもりなのだ。

「あんた、水上家に和憲氏を探すよう、依頼されたと言ったが、そういう事実はないじゃないか。そろそろ出鱈目《でたらめ》を言うのはやめにしたらどうだ」

瀬田はまず、比較的、穏やかな口調で尋問を開始した。

「僕は水上家に依頼されたとは言っていませんよ」

浅見は言った。

「またそういう嘘をつく。あんた、水上さんに頼まれたって、そう言っただろうに」

「いえ違います。お身内の方に頼まれた――と言ったのです」

「同じことじゃないか」

「違いますよ、かなりニュアンスは違うと思いますがねえ」

「いいかげんにしろ！」

瀬田は怒鳴った。

「じゃあ、水上さんの身内の、誰に頼まれたって言うんだ」

「それは言えませんよ。依頼人の秘密は守らなければなりません」

「ばかやろう、弁護士みたいなことを言うんじゃないよ。たかがルポライターのくせしやがって」

「ひどい言い方ですね。僕としては、たかがルポライター、されどルポライターと言いたいですよ」

「ふざけたことを言うんじゃないよ」

瀬田は威丈高に言ってから、急に身をかがめて言った。

「ところであんた、家族は？」

「家族は……僕はまだ独身です」

浅見はいやな予感を抱いて、オズオズと答えた。

「ふーん、そうなの、三十三にもなって、まだ独身かね」

瀬田は浅見の微妙な変化を見逃さない。興味深そうな眼を斜めにして、こっちを見ながら言った。

「そうです」

「そうすると何かね、その北区西ヶ原の住所に、独りで住んでいるってわけかね？」

「いや、そういうわけではありませんが」

「じゃあ、下宿か？」

「まあ、そんなところです」

「そんなところとはどういう意味だい？」

「居候みたいなものです」

「ということは、親戚《しんせき》か何かか？」

「まあ、そうですね」

「どういう親戚だ？」

「どういうと言いますと？」

「だからだな、近い親戚とか遠い親戚とか、いろいろあるだろうが」

「どちらかといえば、近い親戚ということになるでしょうか」

「この野郎、はっきりしねえな」

瀬田は「おい」と森本に顎《あご》をしゃくった。

「本庁に連絡して、こいつの身元を洗ってもらってくれや」

「いや、それはやめてくださいよ」

浅見は制止した。

「その家の者には関係ないのですから」

「おまえがちゃんと答えてりゃ、こっちだってそんな面倒はしたくないさ」

浅見に対する瀬田の呼び方は「ばかやろう」「この野郎」「こいつ」そして、「あんた」がとうとう「おまえ」に降格した。

「分かりましたよ、ちゃんと答えますから、その家には連絡しないでくれませんか」

浅見は弱りはてて、懇願調で頼んだ。

「もう遅いんだよ」

瀬田は「ふふん」と、小気味よさそうに鼻先で笑い、もう一度、森本に合図した。

だが、森本が心得て取調室を出かかったところへ、吉野署の刑事がやってきた。

「水上さんの孫娘というのが出頭してきましたが」

「なに？　そうですか」

瀬田は立って、森本に浅見の身柄《みがら》を確保しておくようにと頼むと、早足で刑事のあとに続いた。

2

秀美は自分が発狂しないでいるのが不思議な気さえした。

桜花壇のおばさんが部屋に飛び込んで来た時、秀美はまだ眠りこけていた。浅見が出掛けて行って、しばらくは寝つけないでいたけれど、それでもかれこれ三時間ほどは眠ったことになる。

「お嬢さん、いま、ちょっと気になる噂を聞きましたのやけど……」

蒲団《ふとん》の上に半身を起こした秀美に、おばさんはやや躊躇《ためら》いがちに言った。

「この先のドライブウェイで、おじいさんが亡くなってはったいうのです」

「えっ？　祖父が？……」

「いいえ、お嬢さんのお祖父《じい》さんかどうか分からしまへんけどな、それでもちょっと気ィになったもんやさかい……」

「それ、祖父かもしれません」

「まさか思いますけんどなあ……もし心配やったら、東京のお宅のほうに連絡なさったらどうでっしゃろ」

「そうですね、そうします」

秀美は声が震えてきた。

床の間の電話機に這《は》うように寄って、受話器を握った。

自宅の番号をダイヤルすると、また若い広島が出て、「あっ、お嬢様」と叫び、「奥様、お嬢様からお電話です」と呼んだ。ほとんど間を置かずに、菜津美が代わった。

「秀美、大変、お祖父様がお亡くなりになったらしいのよ」

「えっ？　じゃあ、やっぱり……」

「やっぱりって、あなた、知ってるの？」

「ええ、いま、旅館の人が、もしかするとそうじゃないかって……」

「旅館て、じゃあ、また旅館に戻ったの？　だったら連絡しなきゃだめじゃないの」

「違うの、べつの旅館なの、桜花壇て……そんなことより、ほんとなの？　ほんとにお祖父様なの？」

「ええ、警察からの電話で、お祖父様の名刺を沢山持っているって……それに服装が、間違いないらしいのよ。それでね、これから斉藤《さいとう》と友井《ともい》を連れてそっちへ向かいます」

「そっちって、吉野に来るの？」

「そうですよ、吉野警察署に来るようにって……あなたもそっちへ行きなさい。こっちはこれから行っても夜遅くになるでしょうから、それまで一人で……大丈夫ね？」

「ええ、なんとか頑張るわ。それに、あの、ちょうど浅見さんのご子息さんがこちらにいらしていて、いろいろお力になってくださるから」

「浅見さんて、あのお祖父様がお世話になった、浅見さん？」

「ええ、偶然お会いしたの」

「だったら、たしかご子息は警察庁の偉い方だとか……」

「ああ、その方じゃなくて、弟さんのほうみたい」

「そうなの……でも、とにかく浅見さんのご子息なら、きっと頼りになる方だわ、それじゃ、くれぐれもよろしくお願いしてね。いいわね、しっかりしてちょうだい」

「はい、お母様こそね」

健気《けなげ》に言ったものの、電話を切ったとたん、秀美はクラクラッとなった。

違いない。

「あっ、大丈夫でっか？」

おばさんが慌てて抱きとめてくれなければ、坐《すわ》ったままの恰好《かっこう》で、畳に倒れていたに違いない。

「あの方――浅見さんはまだかしら」

「ほんま、遅うおますなあ……」

おばさんは時計をみて、腰を浮かせた。

「これだけの騒ぎになっているのやさかい、吉野山にいてはるのやったら、気ィつかんはずない、思いますけどなあ」

浅見の帰りを待つべきかどうか、秀美は迷った。

「勝手に動いて、ご心配おかけするかもしれないけど、私、とにかく警察に行ってみようと思います」

「そうですなあ、そうなさったほうがよろしゅうおますな。そしたら、番頭はんに送って差し上げるよう、頼みますさかいに」

番頭の運転する車で、秀美は吉野警察署まで送ってもらった。電話のあと、ずっと体の震えが止まらない。警察署の玄関前に到着した時には、全身が凍りついてしまうのではないかと思うほど、寒気がしていた。

番頭が一緒に警察に入って、受付の職員に秀美のことを説明してくれた。番頭は好人物で、「一緒にいてましょうか？」と言ってくれたのだが、秀美は「大丈夫です」と手を振った。笑顔をつくろったつもりだが、それは表情になったかどうか、自信がなかった。

署長室の中の応接セットに案内された。署長は事件現場に行っていて留守だったが、そういう事情は秀美は知らない。

まもなく中年の私服の男がやってきた。

「水上さんのお嬢さんだそうですね」

「はい」

「私は東京新宿署の瀬田という者です」

「あの、祖父はどちらに？……」

「ああ、いまは病院のほうですが」

「病院？　じゃあ、祖父はまだ？……」

「あ、いや、そうではなく、司法解剖をしましたので」

「解剖……」

秀美は血の気の引いた顔を、さらに青ざめさせた。

「あ、これはお嬢さんには刺激が強すぎたですかな」

「いいえ、大丈夫です」

秀美は自分を励ますように、「大丈夫」を繰り返した。

「お母さんに聞いたのですが、あなたは吉野におられたのだそうですね」

「はい、たまたま……」

「偶然ではないのでしょう？　お祖父さんを探しに来ていたのでしょう？　お母さんはそう言ってましたよ」

「ええ、まあそうです」

「ところで、あなたは浅見という人物を知りませんか？」

「浅見さん？　知ってますけど。じゃあ、浅見さんから連絡が入ったのですか？」

「いや、浅見はいま、留置場にいますよ」

「留置場に？」

秀美は啞然《あぜん》とした。警察に捕まっていたのでは、帰ってこないはずだ。

「どうして？　浅見さん、何かなさったのですか？」

「まだ取調べ中ですがね、一応、あなたのお祖父さんを殺害した疑いがあります」

「まさか……」

「いや、分かりませんよ。浅見はあなたのお祖父さんを追って吉野に来たと考えられるのです。しかも、言動に不審な点が多い。水上家にお祖父さんを探してくれるよう、依頼されたとか、出鱈目《でたらめ》なことばっかり言っておるのです」

「それ、出鱈目じゃありません。私が頼んだのですもの」

「ん？　ほんとですか？」

「ええ、本当です。一緒に探していただいたりしていました」

「いや、それだって、怪しいものです。実際には、一緒に探すふりをしていたのかもしれない」

「そんなことはありませんよ。だって、浅見さんのお兄様は警察の方ですもの」

「警察の？……」

瀬田部長刑事は苦い顔をした。

「ほう、浅見の兄は警察官ですか。まあ、しかし、兄が警察官だからといって、弟が真《ま》面目《じめ》な人間であるという保証はありませんからねえ。で、どこの警察ですか？　その浅見の兄の勤務先は」

「どこって、東京です」

「東京のどこの警察署ですか？　本庁——警視庁ではないのでしょうな」

「そうじゃなくて……私は警察のことはよく知りませんけれど、ふつうのお巡《まわ》りさんではないみたいです」

「ふつうのお巡りさんではない——というと、警部補だとか、警部だとか、警視……そういう階級ですか？」

「いいえ、ですから、そういう階級のない人だと思うのですけど」

「階級がなければヒラの巡査……」

「違うのです、もっと偉い人です」

「じゃあ、警視正《せい》？　まさか警視総監ということはないでしょう」

瀬田は不謹慎にも、あやうく笑い出しそうになった。

「そうじゃありません」

秀美は焦《じ》れた。

「そうじゃなくて、事務関係の警察の人がいるでしょう」

「事務関係？……ああ、あんたの言ってるのは、警察庁のことですか？」

「そうなのかもしれません」

秀美は曖昧《あいまい》に答えた。警察の階級だとか、職制だとかいうものがどういうものなのか、本当のところ、秀美はさっぱり分からない。いや、秀美にかぎらず、一般の市民は警察官の階級がどうなっているのかすら、ほとんど知らなくて当たり前なのだ。たとえば「部長刑事」と「刑事部長」とがゴッチャになっていたりする。ミステリーファンの中にすら、「部長刑事」のほうが「刑事部長」より偉いと思っている人だって、少なくない。

警察官の階級は、下から「巡査」「巡査長」「巡査部長」「警部補」「警部」「警視」「警視正」「警視長」「警視監」ときて、最高位は「警視総監」――つまり警視庁のボスである。

テレビドラマなどで「デカ長」というのは、いわゆる「部長刑事」のことで、正確にいうと「刑事課に所属する巡査部長」だ。

それに対して、「刑事部長」となると、警視庁や道府県警察本部の刑事部の長という職制上の名称であり、階級はふつう警視長が任官される。部長刑事から見ると、雲の上のひとということになる。また、刑事課長というのは、警察署の刑事課の長で、その警察署の規模によってマチマチだが、階級は警視から警視正までというのがふつうだ。

ちなみに道府県警察本部の本部長は、一般的には警視監が務める。その中で出世コースに乗った幸運な者が、選ばれて警視総監になるというわけだ。目玉のギョロッとした警視総監が参議院議員になったように、警察組織の一つの頂点に立つ男である。

一つの頂点——という言い方をしたのは、警察組織にはもう一つのピラミッドがあるからだ。それが秀美の言葉を借りていうなら「警察の事務関係」を司《つかさど》る官庁で「警察庁」と呼ばれる。

「そうか、浅見の兄というのは、警察庁の人間なのですな？」

瀬田はようやく気がついた。

「警察庁で何をしているのかな？　どこの所属か分かればいいのだが、警察庁ったって、人間が多いですからなあ」

「でも、浅見さんのお兄様なら誰だって知ってらっしゃるんじゃありません？　テレビにもよくお出になってるし」

「テレビに？　まさか警察の人間がテレビに出演するわけがないでしょう」

「そんなことはありませんわ。国会中継の時に、予算委員会なんかで、政府側の答弁によくお立ちになりますもの」

「政府側の答弁……」

瀬田はあっけに取られた。まだ暖房は入っていない部屋は、夕方になって寒いくらいだが、額に汗が滲《にじ》んできた。

「あの、浅見……さんのお兄さんというのはですね、もしかして、浅見刑事局長のことですか？」

「ああ、そうですそうです、刑事局長っていうんでしたね」

秀美はやっと話が通じて、ほっとした。それに引き替え、瀬田はこの信じられない苦境から、どう脱出すればいいのか、エドモン・ダンテスが巌窟《がんくつ》の牢獄《ろうごく》から脱出する方法を考えた時のように、絶望的に思い悩んでいた。

3

「ははは、浅見さん、どうもあなた、お人が悪いですなあ……」

瀬田部長刑事が、いかにもわざとらしい大きな声で、そう言いながら取調室に戻ってきたとき、浅見はもう何が起こったか察してしまった。しかし、瀬田のこの変貌《へんぼう》ぶりは、森本刑事には、下手くそな田舎芝居か、それとも瀬田の頭がおかしくなったようにしか見えなかったに違いない。

相棒の困惑を意識して、瀬田はわが身に降りかかった不幸な事態を解説するために、言葉を続けた。

「どうもねえ、浅見さんのお兄上が警察庁の浅見刑事局長さんだなんて……そういうことは早くおっしゃってくださらないと、どうもその、われわれのような下っ端は立つ瀬がありませんよ」

瀬田は言いながら、最後にはなかば本気で、恨めしそうな顔になった。森本刑事は「ゲッ」という表情を見せた。

「いえ、兄は兄、僕は僕ですから……」

浅見は浅見で、精一杯、身を縮めるようにしながら、頭を下げた。

「またまた、そういうその、なんですな、本官を困らせるようなことは、もうおっしゃらないでいただきたいものですなあ」

瀬田はドアを大きく開けて、まるでドアボーイのような仕種《しぐさ》をした。

「さあ、どうぞ署長室のほうにお越しください。もう、ここの署長さんも戻られる頃だそうですから」

「いや、僕はここのほうが居心地がいいのですが」

「お願いしますよ、もうこのへんで勘弁してくださいよ」

瀬田はとうとう溜《た》め息《いき》をついた。

「それにです、あちらに水上さんのお孫さん――ええと、秀美さんといいましたっけか――お嬢さんも来てますしね」

「あ、そうだったのですか。分かりました。ではお言葉に甘えて、出させていただきます」

浅見は瀬田の憂鬱《ゆううつ》がそのまま感染したように、およそ精彩のない顔つきで、取調室を出た。

署長室には現場から戻ったばかりの吉野署の署長が、ドアのところまで出て待ち構えていた。浅見にしてみれば、その向こう側にいる水上秀美のことが気になって仕方がないというのに、署長は通せんぼうをするガキ大将のように、浅見の前に立ちはだかった。

「いやあ、どうもどうも、浅見刑事局長さんの弟さんやそうですなあ。署長の田中《たなか》です。ずっとこちらに見えておられたそうやが、そういうこととはちっとも知らんかったもので、失礼をいたしました」

署長は「知らなかった」ことを強調している。

「とんでもありません。お詫《わ》びしなければならないのは僕のほうです。瀬田さんの尋問に対して、頑強に黙秘していたのは僕なのですから……それであの、このことはですね、兄や、とくに母には内密にお願いできますでしょうか？」

「は？　はいはい、もちろんそれはこちらもお願いしたいところですさかいな。そうでっしゃろな、瀬田さん」

署長は、この疫病神を運んできた東京の部長刑事をジロリと睨《にら》んだ。

「は、もちろんであります」

「そういうわけですさかい、浅見さん、なにぶんご内聞にということで、おたがいの意見の一致を見たと、まあそのようなわけですかな。ははは……」

「はあ、そのようですね」

浅見も署長に付き合って、わずかに笑ってみせると、署長の脇を擦り抜けて、秀美に近寄った。

「どうも、最悪のことになったようで……」

言いかける浅見の顔を見上げたとたん、秀美の眼から大粒の涙がこぼれ落ちた。いままで堪えていた悲しみとショックとが、そのまま涙になって溢《あふ》れ出したように、声も立てず、秀美は泣いていた。

秀美が無意識に、浅見の胸の陰に隠れるようなポーズを取っているので、浅見は自然、俯《うつむ》いた秀美の両肩を、左右の手で支えるように抱いて、慰める恰好《かっこう》になった。

「お祖父《じい》さんのご遺体とは、もう対面なさったのですか?」

「いいえ、まだです」

「そうですか、それじゃ僕も一緒に参りましょう」

言って、浅見は瀬田を振り返った。

「あの、ご案内をお願いできますか?」

「はいはい、すぐにご案内しましょう」

瀬田を差し置いて、田中署長が答えた。

浅見と秀美を乗せた車の助手席には署長が同乗して、瀬田と森本はべつのパトカーに乗った。署長は警察庁のおエライさんの弟に、何がなんでも心証をよくしておこうという気になっている。

奈良県で発生した死亡事件の司法解剖は、ふつう橿原《かしはら》市にある奈良県立医科大学の法医学教室で行われる。吉野からは、決して近い距離ではないが、パトカーはサイレンを鳴らしっぱなしでつっ走った。

街を走るサイレンの音はしょっちゅう聞いているけれど、音源に身を置くことは、あまり経験できないし、したくないものだ。秀美はまるで自分の発している悲鳴が、暗闇を駆けてゆくように聞こえて、ほんとうに錯乱してしまいそうな気がした。

病院の長く冷たい廊下を、白衣を着た青年のあとについて歩いた。

霊安室に入り、青年が遺体の上に掛けられた白い布をめくる、その瞬間まで、秀美はもしかして——という、一縷《いちる》の望みを捨ててはいなかった。

しかし、目を閉じ仰向《あおむ》いたまま動かない、灰色にくすんだ老人の顔は、まぎれもなく祖父のものであった。

秀美は今度こそ、声をあげて泣いた。その肩を押さえながら、浅見もポロポロと涙を流していた。

水上和憲と浅見は昨日、偶然、勝手神社で言葉を交わしたものの、それまでは写真で顔を見たことがあるかもしれないけれど、直接には面識はない。ただ、和憲がかつて父親の能謡の師匠であったことを知っている程度だ。

それだけの間柄だけれど、浅見は和憲の死によって、父親のイメージが投影されていた大切なスクリーンを、また一つ失った想いがした。

父親は浅見がまだ中学生の頃に死んだ。もう二十年も前のことである。正直いって、父親のことについては、浅見は厳格だったという記憶ばかりが先に立って、その人間像はひどく曖昧《あいまい》にしか摑《つか》めていなかった。

父親のことは、母や兄、三宅、そしてばあやなどから聞く思い出ばなしを通じて、いつのまにか、あたかも自分の体験のように認識されている部分がほとんどであった。

偉大な父親、偉大な兄、そして矮小《わいしょう》な自分——という図式が、つねに浅見の脳裏に焼きついていて、それを打破することなど、思いもよらなかった。

父親が死んだとき、浅見は泣かなかった。突然の死——ということもあったのかもしれないが、なぜか涙が出なかった。

母親は、人前で泣くなどというのは、きわめてはしたない——と思っている女だから、涙を浮かべたとしても、声をあげて泣くことはしない。

兄の陽一郎もそうだ。その頃は兄は東大を首席で卒業して、すでに警察の幹部候補として入庁していた。父親の死によって、浅見家を背負って立たなければならない重圧を前に、泣くどころではなかったのかもしれない。

二人の妹のうち上の妹の佑子《ゆうこ》だけが心置きなく泣いていた。下の妹の佐和子《さわこ》は幼い頃から男の子のように気が強く、声をあげて泣くことはなかった。浅見も佐和子と同様、そうやって素直に泣くことのできる佑子を、不思議そうに傍観していただけであった。

浅見が父親のために泣いたのは、ずっと後になってからだ。三宅に就職の世話を頼みに行って、夕食に鰻《うなぎ》を御馳走《ごちそう》になった時、三宅の口から父親の言葉を聞かされた。

「そういえば、きみのおやじさんは、きみを尊敬していたっけな」

三宅はそう言った。

「尊敬——ですか？」

浅見は聞き間違いかと思った。

「ああそうだよ、尊敬していたのだと私は思う。おやじさんは、『光彦には、おれや陽一郎にはない才能がある』と言っていた」

それを聞いたとたん、浅見は癌を宣告された小心な男のようなショックを感じた。生きるということの偉大さを知ったと言ってもいいかもしれない。

兄と違い、三流大学をやっとこ卒業したものの、就職もままならない——という最悪の時期であった。コンプレックスの塊りのように、生涯、役立たずだと思っていた自分を「才能がある」と認め、期待してくれた人間が、少なくとも一人はいたという事実が、浅見を感動させた。

しかも、その「一人」があの、コンプレックスの原因そのもののような存在である父親であったのだ。

浅見は鰻をつつきながら、ポロポロと涙をこぼした。父親のためにではなく、ついさっきまでかわいそうだった自分のために泣いていた。

水上秀美の慟哭《どうこく》する姿に、浅見は妹の佑子の姿をダブらせていた。ただひたすら、純粋に悲しみ、泣けるというのは女性の——それも若い女性の特権なのかもしれない。

佑子も秀美のように美しく、頭のいい女性だった。その佑子は大学の卒業を目前にした前の年の秋、広島県で死んだ。(その妹の死がきっかけで、浅見光彦という探偵が生まれた事件のことは『後鳥羽伝説殺人事件』で紹介されている)

浅見は家族の死という大事件のたびに、それを踏み台のようにして、ひと回りもふた回りも大きくなってきた。

家族とはそういうものかもしれない。父親は息子に乗り越えられるために存在するというが、兄弟だってそうだ。兄弟は生まれて最初に遭遇するライバル同士なのである。

かつての大家族時代には、子供はまず家庭の中で兄弟との戦いに慣れ、それから外に出て、近所や学校で新しい敵に遭遇する。一人っ子の家庭では、そういう前哨戦《ぜんしょうせん》がないまま、いきなり外敵と戦うケースが多い。だから、いじめや喧嘩《けんか》で受けるダメージも大きいというわけだ。

水上秀美は、兄の死につづいて、いままた祖父の死に出会った。いずれも突然の、しかも異常な死にざまである。心の備えもなかった秀美に、いま出来ることといえば、そうやって泣くことしかないのだろう。

霊安室を出て、病院の長い廊下を歩くあいだも、秀美は放心状態であった。しかし、そうやって自分の心を、外界から切り離しておける状態は、そう長くは続かなかった。

ロビーに出たとたん、いきなりフラッシュが光った。

同時に、三人の男がマイクをつきつけるようにして、迫ってきた。

「水上さんのお嬢さんですね、ご宗家が亡くなったそうですが、お話を聞かせてくれませんか」

先頭にいた署長が「だめだ、だめだ」と押し退けるようにしたが、効き目はなかった。三人は署長の肩越しにマイクを差し出し、秀美の返事を求めた。

「宗家が自殺した理由は何ですか？」

「やはり、和鷹さんの急死がショックだったのですか？」

「亡くなったお祖父《じい》さんに向かって、いま何を言ってあげたいですか？」

「まず理由を聞かせてくれませんか」

次々に質問が浴びせられた。

病院のロビーである。幸い、外来の時刻を過ぎているとはいえ、周辺には入院患者や見舞い客たちが大勢いる。フラッシュが光ったので、何事か？――と集まってくる者もあった。

「だめだよあんたたち。記者会見なら警察のほうでするから」

署長はしきりに制止した。その姿に向けて、またフラッシュが光る。

「そう言わないで、ひと言だけ聞かせてくださいよ。署長でもいいですよ。そもそも、水上氏の自殺の原因は何だったのです？」

「祖父は……」秀美は呟《つぶや》いた。

「祖父は自殺なんかしていません」

「えっ、自殺していない？　しかし死んだんでしょう？　さっき服毒死って聞いたけど、違うの？」

「でも、祖父は自殺したりしません」

「へえ、自殺じゃないとすると、殺されたってわけ？」

「そうです、祖父は殺されたのです」

「ほう、穏やかじゃないですねえ」

三人の記者はますます気負い立った。

「署長、どうなんです？　お嬢さんはああ言ってるけど、ほんとに他殺の疑いがあるのですか？」

「そういうのは現段階では、まだ答えられませんな」

署長は苦い顔をして、「あなたも余計なことは言わないほうがよろしい」と、秀美を窘《たしな》めた。

「でも、祖父の名誉のためにもはっきりしておきたいのです」

秀美は頑強に言い張った。

「ほう、お祖父さんの名誉のためですか」

記者は飢えたハマチが餌を待っていたように、秀美の発した文句に飛びついてきた。

「それはどういう意味です？」

「殺されたのだと言うからには、犯人の心当たりがあるのですか？」

「いや、自殺と名誉の関係のほうを先に聞こうよ」

記者同士で言い争っている。

署長に加えて、瀬田と森本も前に出て、三人を押し退け、退路を開いた。浅見は秀美を抱えるようにして玄関を走り抜け、署長の車に飛び込んだ。

4

夕闇が迫る中を、一行が吉野警察署に戻った時点では、すでに現場の実況検分と、周辺での聞き込み捜査は一応完了していた。解剖所見と併せて、初期のデータはほぼ出揃ったことになる。

浅見と秀美は応接室に案内され、そこでコーヒーを供されながら、事情聴取を受けることになった。

「さっきは突発的な状況であったさかいに、やむを得んことやったが、新聞記者だのマスコミの連中に対して、ああいう発言は控えていただかな、あきまへんな」

署長は秀美に釘《くぎ》を刺した。

「でも、祖父は自殺なんかじゃありませんから」

「いや、そういうことはですな、これから警察が捜査して決めることですさかい」

「そうおっしゃるけれど、あの人たちはまるで、祖父の死は自殺だというふうに決めつけているみたいだったではありませんか。それは警察がそういう発表をなさったからなのでしょう？」

「ん？……」

署長はたじろいだ。

「いや、そらまあ、警察が公式に発表したわけではありませんが、ニュアンスとして、そんなふうに伝わったちゅうことはあるかもしれまへん」

「でも、それでは困るのです。そんなデマがテレビや新聞で流されて、水上流の宗家《そうけ》が自殺するような人間だと思われては、祖父の名誉が失墜《しっつい》します。そんなことになるくらいなら、むしろ、祖父は殺されたのだと発表していただきたいのです」

「そんな無茶な……」

署長は手を焼いたように、肩をすくめてみせた。

「じつはですね」と浅見が言った。

「宗家が自殺をなさるような方ではないと言ったのは、僕なのです」

「浅見さんが？」

署長はしようがない——と言いたげだ。

「ええ、水上さんが家を出られた時、秀美さんは、お祖父さんが自殺されるのではないかと心配なさって、それで水上さんの後を追って吉野に来られたのです。しかし、水上宗家のお人柄から考えて、水上流の名を汚すようなことはなさらないと思って、僕は秀美さんにそう言いました。それはいまでも間違っていないと思いますよ」

「しかしですなあ、そういう重大な判断は、簡単に下せるものではありまへんで」

「それは充分、分かります。最終的には警察のご判断を待つしかありませんが、ただ、客観的にはそういった見方があることを勘案して判断材料にしてください。秀美さんも、それでいいですね？」

「ええ……浅見さんがそうおっしゃるのでしたら」

浅見を除く三人の男たちは、やれやれ——というように、顔を見合わせた。内心、美しい女性に全幅の信頼を寄せられている、このハンサムな青年を小憎らしく思っているのかもしれない。

「ところで署長さん、現段階では、警察の判断はどちらなのですか？」

浅見はあらためて訊《き》いた。

「うーん……正直申し上げて、まだどちらとも判断しかねとる、いうのが実情ですな。遺体の発見された状況も、いずれとも断定しかねますし、また、考え方ひとつで、どちらとも断定出来ると言うてええのです。そうでっしゃろ、瀬田さん」

一応、東京の刑事の顔を立てている。

「はあ、自分もそう思います。一つの仮説としては、水上和憲さんはあの場所まで歩いてきて、カプセル入りの毒物を缶コーヒーで服用、毒の効果が顕《あらわ》れるまで待っていたと考えられます。また、べつの見方をするならば、何者かが水上さんを車であの場所まで運び、車内で他の薬と偽って、同様手段で毒物を飲ませ、効果が出た時点で、崖下《がけした》に突き落としたとも考えられるわけです。共通していえることは、手指の爪で地面を引っ掻《か》いた形跡等があることから見て、崖上の道路から転落する時点では、水上さんは生きていたということです」

秀美が瞬間、顔を伏せたが、瀬田はそれを無視して言った。

「しかも、後者のような方法で殺害されたのであるとすれば、東京新宿で起きた事件の場合と、きわめてよく似た手口であり、同一犯人による犯行と見ることも可能です」

「そうそう」

浅見は思い出して、言った。

「瀬田さんたちが水上さんを追って吉野に来たのには、どういう背景があるのですか？　つまりですね、水上さんと東京の事件とのあいだには、どういう関係があったのでしょうか？」

「うーん……それを話すのは、いろいろ問題があるのですが……」

瀬田はしばらく逡巡《しゅんじゅん》してから、諦《あきら》めたように言った。

「じつはですね、東京の事件の際、被害者が妙な恰好《かっこう》をした鈴を持っていたのです」

瀬田は胸の内ポケットから一葉の写真を取り出した。

「ああ、それやったら天河神社の鈴やおまへんか」

署長が写真を覗《のぞ》き込んで、言った。

「えっ、天河神社？……」

浅見は秀美と顔を見合わせた。瀬田は感心した口調で言った。

「そうです天河神社です。すると、浅見さんも天河神社をご存じだったのですか、さすがですなあ、自分はまったく聞いたこともなかったのですがねえ」

「いや、それは僕だって同じです。こちらの秀美さんに教えてもらったところなのです。日本三大弁才天の第一位なのだそうですね。僕は弁天様といえば、鎌倉の銭洗い弁天しか知らなかったのですから」

「あはははは、銭洗い弁天はいい。浅見さんも結構、おかしなことを言いますねえ」

瀬田は嬉《うれ》しくなって、つい大声で笑ってから、周囲が白けているのに気付いて、「失礼」と悄気《しょげ》込んだ。

「そらまあ、私かてここに勤務してから知ったようなもんですけどな」

署長が気まずい空気をとりつくろうように言った。

「ここら辺りに住んでおる者なら、知らん者はおらんでしょうがなあ」

「それで、天河神社の鈴とおっしゃったのは、どういうことなのですか？」

浅見は瀬田に、催促するように訊いた。

「自分もはじめて知ったのですが、この妙な恰好の鈴が、天河神社のお守りだというのですよ」

瀬田は、天河神社の特別製五十鈴《いすず》のいわれと、その鈴が元来、水上和憲の所有物であったことを話した。

「それは私も見たことがあります」

瀬田の解説が終わるのを待って、秀美が言った。

「ずうっと小さい頃でしたから、はっきりとは憶《おぼ》えていないのですけど。たしか、鈴を私が玩具《おもちゃ》に欲しがって、叱られた記憶があります」

「つまり、お祖父《じい》さんにとっては、大事な品だったわけでしょうね」

「そうだと思いますけど、でもなんて言って叱られたのかは、はっきりしません」

「しかし、その鈴をなぜ、新宿の事件の被害者が持っていたのでしょうか？」

「そこなのですよ浅見さん」

瀬田がようやく、わが意を得たり――と言わんばかりに、身を乗り出した。

「じつはですね、自分と森本君は、鈴のことを調べるために天河神社に行ったのですよ。そうしたら、そこに被害者の娘さんが来ておりましてね。なんと、鈴の持ち主を探そうとしておったのです。そのおかげで、われわれは、鈴に打ってある刻印から、鈴の持ち主が水上さんであることをキャッチできたわけでして、その点は非常に幸運であったと思っております。それはともかく、それでは鈴の持ち主である水上さんから事情を聞いてもらおうと、東京の捜査本部に連絡したところ、水上さんは家を出ているというのです。しかもなんと、すぐ隣の吉野に向かったらしいというのでしょう。これはまたツイてると思って……」

言いながら、瀬田は秀美の存在を思い出して、慌てて口を押さえた。

「なるほど、そういうことだったのですか。道理でタイミングがいいと思いました」

浅見は苦笑しながら、質問の矛先を署長に向けた。

「ところで、吉野山の事件現場ですが、道路脇ということでしたね？」

「そうです、吉野・大峰ドライブウェイいう道の脇です」

「その道を水上さんが歩いて現場まで行かれたとすると、当然、車と擦れ違ったでしょうし、目撃者がいたと思われるのですが、その点はいかがでしょうか？」

「いや、それがですな、目下のところまったく目撃者が出てまへんのや。もっとも、あの道はいま時分の季節やと、夜間はほとんど車も通らなくなるさかいに、目撃者が出ない可能性もないわけではない、ということも出来ますがね」

「それにしても、水上さんが吉野に来られたのは昨日の午後、まだ日の高いうちですから、亡くなるまでのあいだ、吉野山かその付近のどこかにおられたことはたしかです。それに、かりにそのドライブウェイは交通量が皆無《かいむ》だったとしても、そこへ行くまでのあいだは吉野山の街中を通って行くわけで、まったく目撃されないということは、まずあり得ないと思うのですよね」

「そらまあ、浅見さんの言われるとおりですなあ。瀬田さんも含めて、警察としては事件が発生する前から、吉野山上一帯で聞き込みをしているわけですが、浅見さんが水上さんを見送ったという勝手神社から先、ご老人らしい人物を目撃したいう情報がまったく得られんいうのも、ほんまに奇妙な話でして。正直なところ、これがもし浅見さんでなければ、ほんまに勝手神社にいてはったのかどうか、作りばなしやないかと疑いたいところかもしれまへんな」

「一つ考えられることは」

と浅見は言った。

「ご老人は中折れ帽子を被《かぶ》っておられた——という点なのですが。それがきわめて特徴的であるために、目撃者がいないというのは不思議に思われているわけです。しかし、もしご老人がたまたま帽子を脱いでしまっていたとすると、かえって、それを特徴として聞き込みをしたことが裏目に出たという可能性もありますね」

「なるほど、それもおっしゃるとおりですな。そうなってくると、これまでの聞き込み作業が空振りに終わったとしても、不思議はないいうことになるかもしれまへんな」

署長も眉《まゆ》をひそめるようにして、頷《うなず》いた。

中折れ帽子というのは、いまどき、かなり珍しいファッションであり、人目につきそうだ。しかし、帽子を被っていない老人ということなら、珍しくも何ともない。もともと、吉野はどちらかといえば老人の客が多いところなのだ。

「まあしかし、いずれにしてもです、いま、わが署の刑事諸君が捜査会議を行って、データを詰めている段階です。まもなくその結果が出ることやさかい、もうちょっと待ってとってくれまへんか」

しかし、結果はあまりパッとしたものではなかった。第一回目の捜査会議の結論は、自殺・他殺の両面で捜査を継続する——というものであった。

5

水上家の人々が東京の自宅を四時頃に出たとしても、吉野警察署に到着するのは、おそらく十一時頃になるだろう――ということで、浅見と秀美はいったん桜花壇に引き上げることになった。

東京から愛車ソアラで来ているというのに、またしてもパトカーで送ってもらわなければならないというのが情けない。

「疲れたでしょう」

浅見はグッタリしている秀美を労《いたわ》った。

「ええ、でも浅見さんこそ、災難でしたから、ずいぶんお疲れでしょう？」

「正直なところ、いささか参ったかな……いや、あなたのせいじゃないから、気にしないでください。運の悪い時というのは、何もかもが、悪いほうへ悪いほうへと動いてゆくものだから」

「ほんとですねえ……」

秀美は背凭《せもた》れに身を預けて、しみじみと言った。

「兄が亡くなってから、舞台は悪いほうにばっかり回ってゆくみたいです。この先、今度はどういう出来事が起きるのか、そら恐ろしいような気がします」

「そんなふうに悲観的に考えるのはよくないなあ」

浅見は兄が妹を諭すように言った。

「でも、ほんとにそうなんですもの。浅見さんが祖父は自殺しないっておっしゃったけど、警察の言うことをそのまま聞くと、自殺みたいに思えるし。何が真実なのか、分からなくなってきます」

「警察がどう言おうと……」

と浅見はバックミラーの中の巡査の目を気にしながら、小声で言った。

「お祖父さんは殺害されたのですよ」

「どうしてですか？　どうしてそんなにはっきりと断言できるのですか？」

「それは……それは、まず第一には、あなたが言ったように、宗家《そうけ》であるお祖父さんが、水上流の体面を傷つけるようなことをなさるはずがないからです。あなただって、自分がお祖父さんになったつもりで考えてごらんなさい。苦しいから、つらいからといって、自殺なんかしますか？」

「でも、私は自信がなくなりました」

「そんなことでどうするのです」

浅見は叱った。

「あなたはやがて、水上宗家の後継者になる人なのですよ」

「そんな……嘘ですよ、そんなことあり得ません」

「どうしてですか、お話を聞いたかぎりでは、あなた以外、水上家には宗家を継ぐべき人はいないじゃないですか」

「そんな単純なものではありませんもの。分家の人たちだっているし。それに、私は女ですし」

「女性が宗家を継いではいけないという決まりがあるのですか？」

「さあ、どうかしら？……でも、少なくとも、いままではそういう例はないと思います」

「前例はなくても、昔ならともかく、いまの世の中で女性を差別するようなことはないはずですよ。それに、秀美さんは堂々としているし、男性に負けない能を演じられるひとだと思うな。少なくとも、僕なんかよりはるかに立派だし、それでいて優雅さがあります」

「まあ……」

秀美は呆《あき》れた目で浅見を見つめてから、思わず白い歯を見せて笑ってしまった。笑いながら、ふっと涙ぐんだ。

浅見は窓の外に視線を向けて、秀美の涙に気付かないふりを装った。

「この事件……というのは、お祖父《じい》さんの事件だけではなく、新宿で起きた殺人事件のことも含めて、ずいぶん沢山の謎が出揃ったという感じがします。今日、分かっただけでも抱えきれないほどだ」

浅見は訥々《とつとつ》と、言葉を区切るような言い方をしている。

「お祖父さんの鈴を、なぜ新宿事件の被害者が持っていたのかということなんか、想像すら出来ないような謎ですよね。しかし、僕には、それらの謎のどれよりも分からない謎が一つあるのです」

秀美は浅見の言葉に惹《ひ》かれて、不思議そうな目を向けた。

「僕が勝手神社でお祖父さんとお会いした時ですが、ほんの少し言葉を交わした中で、お祖父さんはこんなことをおっしゃっていたのです。『もっと早く吉野に来ればよかった』とね。天河神社には何度も行っているのに、吉野山には登ったことがない。そのことをとても悔いておられるご様子でした」

「でも、そのことがどうして謎になるのですか？」

「秀美さんはそうは思いませんか？」

「ええ、べつに？……」

「しかし、折角ここまで来ていながら、花の吉野山に登ったことがないというのは、少しおかしいとは思いませんか？　それも何度となく機会がありながら、ですよ」

「…………」

「お祖父さんは、勝手神社の階段に坐《すわ》って、『ここで静御前が舞ったのですなあ』と、しみじみ言われた。勝手神社ばかりでなく、吉野山は能謡史蹟《しせき》の宝庫です。まったく素人の僕でさえ、昔に想いを馳《は》せて感動することばかりだというのに、ご本職の、しかも宗家である方がなぜ——とは思いませんか？」

「ええ、そう言われてみると、そんな気もしてきますけれど……」

秀美は不安そうな目の色になった。

車はいつのまにか吉野山にかかって、じきに桜花壇の前に着いた。

浅見がパトカーから降りる姿を見て、まるで新婚亭主の帰りを待ち焦がれていたように、おばさんが飛び出してきた。

「どないしやはりました？　パトカーなんぞで帰ってみえて……」

言いながら、続いて降りてくる秀美を見て、威勢のいい口調が止まった。

「やっぱり、祖父でした」

秀美はまずその報告をした。

「そうでしたん……まあ、なんちゅうたらええのやろ……」

おばさんはもう、半泣きの顔である。

「とにかく中に入りましょう。それに、軽く食事もしたいし」

浅見は言った。

「そうでっか、御飯、まだでしたんか。さあさあ、どうぞお入りくださいや。すぐに御飯のお支度しますさかいにな」

「私は食欲がありませんから」

秀美が断った。

「何をおっしゃいますやら、そんなこと言うてたらあきまへん。少しでもええさかいに、お腹になんぞ入れなんだら、体が持ちしまへんで」

浅見はちょっぴり感動した。吉野山に来て感じた安らぎは、風景ののどけさからくるものかと思っていたのだが、人の気持ちの優しさが空気のように漂っているせいかもしれない——と思った。

南朝の後村上天皇を追い出したり、源義経を襲ったり、静を辱《はずかし》めたりした吉野山の宗徒は、あれは本来の吉野の里人ではなかったにちがいない。

吉野の里人はあくまでも穏和で、戦い敗れた者に優しかったのだろう。そうして南朝を迎え、義経を匿《かくま》った——。

とはいえ、その優しさが吉野本来のすがたであるとしても、宗徒に追われたり襲われたりした人々にしてみれば、その猛々《たけだけ》しさもまた吉野の実像として、おぞましいものに映ったはずである。

春爛漫《らんまん》の花の色も吉野なら、冬ざれの険しい山道も吉野なのである。それはまるで、能の前シテと後シテの対比そっくりだ。優美な女性が蛇になり鬼になる。人間の二面性といってもいいかもしれない。

部屋に戻り、縁側の椅子に寛《くつろ》いで脚をのばしながら、秀美は窓のむこうの、一面の闇の奥をぼんやりと眺めていた。ふだんは、男勝りの強さを見せるはずの彼女の顔に、陰《いん》鬱《うつ》な疲労感が滲《にじ》み出ている。

その秀美の姿にオーバーラップして、浅見は勝手神社で会った時の、それこそ戦い敗れ、疲れ果てたような水上和憲の姿を思い浮かべた。

「宗家は——あなたのお祖父さんは、安らぎを求めて吉野山に登ったのだと思います」

浅見はその感想を口にした。

「それなのに、こういうことになって……妙な言い方だけれど、きっと、お祖父さんは亡くなる寸前、吉野山に裏切られたみたいな気がしたでしょうね」

「裏切られた……」

秀美は闇を見つめた姿勢のまま、浅見の言葉を反芻《はんすう》した。

「そうですね、こうして真っ暗な吉野山を見ていると、闇の底に何か悪意の塊りのようなものが潜んでいて、突然、襲いかかってきそうな気がします。美しい花にはトゲがあるっていいますけど、ほんとなのかもしれませんわね」

「僕は、能の前シテと後シテを連想しましたよ」

「ああ……」

秀美は大きく頷《うなず》いた。

「そうだわ、ほんと、『道成寺』の前シテと後シテの変化を……」

言いかけた言葉が途切れた。浅見は彼女の横顔を見つめて、その続きを待った。

秀美はじっとおし黙って、何かを模索している。ひょっとすると、言いかけたことを忘れてしまったのでは？——と思えるほどの沈黙のあとに、言った。

「兄は、『道成寺』の後シテになったとたん、亡くなったんです」

「えっ？……」

「雨降らしの面をつけて……そういえば、どうしてお祖父様は、あの日、雨降らしの面をつけさせたのかしら？」

浅見には秀美の言っている言葉の意味が、まったく分からない。秀美も浅見を意識していない、ほとんど独り言のような語り口調になっていた。

「まさか……そんなことが……」

「秀美さん、どうしたのですか？　雨降らしの面がどうしたとかいうのは、それは何のことなのですか？」

浅見は急《せ》きこんで言った。

秀美は物憂《ものう》げに、ゆっくりと振り返った。

「浅見さん、祖父はやっぱり自殺したのかもしれません」

「えっ？　どうしてですか？」

「祖父は、きっと、兄を殺したのです」

「なんですって？」

「兄を殺して、私に宗家《そうけ》を継がせたかったにちがいありません」

「そんな……何を言い出すのです」

「そうなんです、きっとそうです。祖父は私のために兄を殺したんだわ」

秀美は眼を異様に大きく見開いて、椅子から立ち上がった。

「かわいそうなお兄様……」

秀美の唇が醜く歪《ゆが》んで、ふいに涙があふれ出た。

秀美はその涙を拭《ぬぐ》おうともせず、死にかけた蛾《が》が明かりを求めるような頼りない足取りで部屋に入り、そのままドアに向かおうとした。

第七章　雨降らしの面

1

川島智春が水上和憲の死を知ったのは、午後六時半頃のことであった。

夕食のテーブルについて、さて箸《はし》を取ろうという時、天河神社の福本が訪ねて来た。

民宿のおばさんが食堂のドアから顔を覗《のぞ》かせて、「福本さんやけど」と言っている背後から、福本本人がもう顔を出して、それも、血相を変えて——という感じで「ちょっと」と手招きした。

「たった今、連絡してくれた人がおったのやけど」

智春と須佐千代栄が食堂の外に出ると、福本は声をひそめるようにして、早口でそう言った。

「じつは、水上和憲さんが死にはったそうです」

「えっ?……」

智春と千代栄は同時に叫んで、顔を見合わせた。

「ほんとですか？」

千代栄はつづけて訊《き》いた。

「ああ、ほんまです……しかし、そうや、いきなりそう言うても、そちらのお嬢さんには何のことやら分からしまへんやろな。じつは、水上和憲さんいうのは……」

「あ、そのことでしたら、私から彼女に説明してあります」

千代栄が言った。

「福本さんがヒントを言ってくださったので、鈴の持ち主はたぶん水上和鷹さんのお祖《じ》父《い》さんじゃないかって」

「ああ、そうやったですか。はっきり言わんかったが、やっぱし分かってもらえましたか。いや、そのとおりです。あの鈴の番号は水上和憲さんの番号でした」

「それで、水上さんが亡くなったっていうのは、いったいどういうことなのですか？」

「私もたった今、連絡をもらったので、詳しいことは知りませんがね。亡くなったんは昨日の夜やそうです、それも、吉野の奥山で死にはったそうです」

「吉野で？　じゃあ、すぐ近くじゃないですか」

千代栄は引きつったような顔になった。

「死因は何だったのですか？　やっぱり心臓麻痺《まひ》か何かですか？」

和鷹の死因を連想して、そう言った。

「いや、それがどうも病死ではないらしいのですな」

「病死でないって、じゃあ、あの、自殺ですか?」

千代栄も智春も、跡継ぎである和鷹の死を嘆いたあげくの自殺――と連想した。

「たぶんそうやないかと思うが、警察はひょっとすると殺人の疑いもあるとして、捜査を始めたらしいのです。そろそろニュースにも流れると思いますがな」

千代栄は反射的に身を翻すと、食堂のテレビのスイッチを入れた。ちょうど民放のニュースが始まったところだった。

テレビは最初、日米貿易摩擦が緊迫した情勢であることを伝えてから、アナウンサーの語調が変わった。

――次のニュースです。能楽の家元のひとつである水上流宗家《そうけ》の水上和憲さん七十二歳が、今日の午後、奈良県の吉野山で変死体で発見されました。

今日、午後三時頃、奈良県吉野郡吉野町のタクシー運転手江川道雄《えがわみちお》さん三十一歳が、吉野山の吉野・大峰ドライブウェイを走っていて、崖《がけ》の途中に転落している男の人を見つけ警察に届け出ました。

警察で調べたところ、この男の人は東京都世田谷《せたがや》区の能楽《のうがく》師水上和憲さん七十二歳で、発見した時には、すでに死後十数時間を経過しており、死亡推定時刻は昨夜の午後九時から深夜の十二時にかけてと考えられます。

死因は青酸性毒物の服用によるものと見られ、警察では現在、自殺他殺両面で捜査を進めております。

亡くなった水上和憲さんは能楽の水上流家元二十九代当主で、昨年度の芸術祭奨励賞を受賞している、いわば能楽界の指導者的存在でした。

家族や関係者の話によると、水上家では先頃、和憲さんの孫にあたる、跡継ぎの水上和鷹さんが舞台で急死するという不幸があったばかりで、和憲さんはそのことをたいへん悲しんでおり、三日前に家を出たきり、姿が見えなくなっていたことから、心配していた矢先の出来事でした。

水上さんの突然の死に、水上流一門の人々や能楽関係者は、大きなショックを受けております。


ニュースはこのあと、暮色と憂色の漂う水上家門前からの生中継に切り替わり、水上一門を代表するかたちで、高崎義則老人のコメントを流している。高崎老人は涙を浮かべた目を天に向けながら、しきりに「信じられない」を繰り返していた。

食堂には昨日から泊まっている中年女性の三人連れのほかに、今日の薪能《たきぎのう》を観ようとやって来た若い女性が二人いて、智春と千代栄、福本の異常な様子につられるように、テレビの画面に見入っている。

「どういうことかしら……」

智春は呟《つぶや》いた。

「やっぱし、テレビが言っているように、和鷹さんが急死したことが原因じゃないでしょうかなあ」

福本は吐息と一緒に、痛ましそうにそう言った。

「どうなるのかしら」

智春は、放心したように呟いた。

「どうなる——って？」

千代栄が振り向いて、低い声で訊いた。

「私の父のこと……そっちのほうはどういうことになるのかしら？」

福本と千代栄はチラッと目を見交わして、眉《まゆ》をひそめた。

「その話はあとで」

千代栄は小声で言って、「さあ、食事にしましょう」と智春の肩を叩《たた》いた。

福本もひとまず引き上げて行った。

テーブルについたものの、智春は食事どころではない心持ちだった。

水上和憲は、智春の父が最期の瞬間に持っていた「五十鈴《いすず》」の、本来の持ち主だった人物だ。その和憲の死は、父の死の真相を探るための、いちばん重要な手掛かりが失われたことを意味する。

「ねえ千代栄さん、水上和憲さんの死は父の事件と、何か関係があるのかしら？」

智春は囁《ささや》くように、すがるように言った。

「さあ……」

「和鷹さんが亡くなったことを悲しんで——っていうことだそうだけれど、ひょっとすると、父の事件のことが自殺の原因になっている可能性だって、考えられなくもないと思うんですけど」

「しいっ……」

千代栄は唇に指を当て、さりげなく焼き魚をつつきながら、言った。

「とにかく、もっと状況がはっきりしてこなければ、何がどうなっているのか、分からないわよ」

それからは会話が途切れた。しかし、二人の胸の中では、それぞれの事件に対する思いが去来していた。

食堂を出て、部屋に引き上げてから、智春は心を決めたような、きっぱりした口調で、千代栄に言った。

「明日、吉野山へ行ってみます」

「吉野っていうと、死体のあった場所へ行くつもり？」

「ううん、警察へ行くの」

「警察……」

「たぶん、吉野警察署に行けば、東京から来ていた刑事にも会えると思うんですよね。もしかすると、水上家の人たちだってやって来ているかもしれないでしょう。そうすれば、あの五十鈴のことだって、何か詳しい事情が聞けるかもしれないし」

「そうねえ……」

千代栄は首を横に振った。

「正直言って、私には、こういう場合どうすればいいのか、まるで見当がつかないわ」

「須佐さんは気にしないでください。何かが分かったら、連絡しますから」

智春はむしろ慰めるように言った。

それから二人は薪能を観に出掛けた。気温はいちだんと下がって、トレーナーの下にセーターを着こんできたのに、それでも、凍りつきそうな寒さを防ぎきれない。

おまけに、天河神社の境内には、冷たく濃密な夜霧が立ちこめていた。

「この霧は天川の谷から昇ってくるの。谷の水より、気温のほうがグンと冷えているのね。つまり、冬が近いっていうこと」

須佐千代栄が解説した。この霧がやがて雪になって、天川郷を真っ白に埋める日も、そう遠くないそうだ。

その寒さのせいか、薪能の観客は意外なほど少なかった。境内の中央には、休憩用と瞑想《めいそう》用を兼ねた床几《しょうぎ》が並べられてあるのだけれど、人々は暖かさを求めて、篝火《かがりび》の近くにばかり屯《たむろ》している。

智春と千代栄は観客の疎《まば》らな真ん中辺の床几に寒々と腰を下ろした。

「本来は、薪能は神事《しんじ》であって、観客を動員するのが目的ではないの。だから誰もいなくても奉納されるんですって」

　千代栄はそう言うが、門外漢の智春にしてみれば、折角の催しに客が少ないというのは、人ごとながら寂しい。

「やっぱり、水上和鷹さんというスターを欠いたことが、影響しているんじゃないのかしら」

　智春が言うと、千代栄は「そうかもしれない」と、寂しそうな顔をした。

　水上和鷹の急死というアクシデントによって、能の演者は他家から、若手の代役が駆けつけていた。技術的なことはともかく、水上和鷹をお目当てにしていたファンにしてみれば、やはり物足りなさはあるだろう。

　とはいえ、能楽に興味があるどころか、ただの一度も見たことのない智春にとっても、この夜の薪能は素晴らしかった。

　神楽殿《かぐらでん》を望む境内の一角を囲むように、あかあかと篝火が燃え、一切の人工的な照明を拒否した中で、能が演じられた。

　この夜、奉納されたのは『国栖《くず》』、吉野ゆかりの能であった。

『国栖』のストーリーは、壬申の乱の際、浄御原《きよみはら》天皇（天武天皇）が大友皇子《おおとものおうじ》に追われて吉野の山奥に逃れた故事に取材したものである。

　吉野川の急流を船で下ってくる老夫婦（尉《じょう》と姥《うば》）が、わが家の辺りに紫雲が漂っているのを見て、高貴なお方がいるのではないかと驚く。

家に帰ってみると、案の定、そこには王冠を戴《いただ》いた浄御原天皇とその一行が屯していた。天皇のために、姥は摘んだばかりの芹菜《せりな》を、尉は釣ったばかりの鮎《あゆ》を焼いて供える。吉野川を「菜《な》摘《つ》みの川」と呼び、鮎を「吉野の国栖魚」と別称するのは、この故事から出ているという。

尉は天皇のために鮎を用いて、行く末の吉であることを占う。

ところがこの時、追手が襲ってきた。尉はとっさに船の中に天皇を隠し、追手に対して激しい気迫をもって立ち向かい、追い払う。

やがて夜も更け、老夫婦が姿を消すと、美しい天女が現れて舞を舞う。それにひかれるように吉野の神々も来臨し、さらには蔵王権現までが姿を見せ、天武の御代《みよ》の万歳と国土安泰を誓う。天皇の一行を救った老夫婦は、じつはこの神々の化身《けしん》であったのだ。

以上のような物語で、スケールも大きく、神事能としてはきわめて相応《ふさわ》しい。能の終演とオーバーラップするように、例の電子音楽が流れ出して、夢幻の雰囲気を醸成したのも、心憎い演出であった。

終演は午後十時を回って、夜気はしんしんと冷たく、霧は衣服を濡《ぬ》らした。

しかし、智春は寒さを厭《いと》う余裕もないほどに、能に魅了され、天河の「気」に満足しきっていた。

2

舞台から人が去り、音楽も止み、やがて境内の人影も消えていった。その中で、智春と千代栄だけが床几に腰を下ろして、じっと動かないでいた。

境内のあちこちにある常夜燈《じょうやとう》が点《とも》され、辺りはいくぶん明るくなった。四辺の篝火もまだ燃え残り、二人の顔をチラチラと赤く染めている。

「こうしていると、天河の夜の中に溶け込んでしまいそうな気持ち」

智春は吐息と一緒に、呟《つぶや》くように言った。

「そう、そう思う？　だったらあなたも天河に受け入れられたんだわ、きっと」

千代栄は「おめでとう」とでも言いたそうな口調で言った。

「あーあ、明日《た》はもう、ここにはいないのねえ」

智春はまた溜め息《いき》をついた。

「また来ればいいじゃない。天河は逃げやしないわ」

「それはそうだけれど、でも、その時もまた須佐さんに会えるかどうか分からないでしょう」

「私に会えなくても、もっとすてきな人にめぐり会えるかもしれない」

「だといいんだけど……でも不思議ねえ、たった三日間のお付き合いなのに、なんだか、須佐さんとはずっと昔からの知り合いみたいな気がします」

「でしょう、それが天河の天河たる所以《ゆえん》なのよね。誰とでも気楽にうち解けるような何かが、ここにはあるのね」

「そのことで、一つだけ訊《き》きたいことがあるんですけど、訊いてもいいですか？」

智春は思いきって言ってみた。

「何？　一つだけって」

「怒らないって約束してください」

「変なひと、怒るわけないじゃないの」

千代栄は篝火の明かりを白い歯に反射させて笑った。

「須佐さんと水上和鷹さんのことですけど、何かあったんじゃないのですか？」

「なあんだ、そのこと……」

千代栄は軽く受け流そうとして、しかし、ふっと顔を曇らせた。

「やっぱりそのこと、訊いちゃいけなかったみたいですね」

「そんなことないわ。でも、もう過ぎたことだし、それに、和鷹さんは亡くなってしまった人ですもの」

「じゃあ、ほんとに何かあったのですか？」

「ええ、夢みたいな話だけど」

「何があったのか、教えてください」

「そんなこと、人に話すようなことじゃないんだけれど」

「でも、やっぱり聞いてみたいんです。ただの野次馬《やじうま》根性っていうんじゃなくて、天河神社では、何か不思議な力が働くっていう、そういうことのひとつの顕《あらわ》れみたいなものが、須佐さんと和鷹さんのあいだにあったような気がして」

「それは否定しないけど、でも、それを証明する片方の人がいなくなってしまった今となっては、私が喋《しゃべ》ったりするのは、欠席裁判みたいで、気が進まないわね」

「欠席裁判……」

智春は思いがけない言葉を聞いて、目を丸くした。

「ということは、水上和鷹さんは悪い人だったのですか？」

「あははは」

千代栄は男のような笑い方をした。

「悪い人だなんて、そんなんじゃないわ。そうじゃなくて、私が言いたいのは、あの夜のことは、もしかするとこっちの思い込みでしかなかったのかもしれないっていうこと。ほんとにね、ほんとに夢みたいな出来事だったし、たとえ事実だったとしても、一方的にこういうことがあったなんて喋っても、信じてもらえない可能性だってあるじゃない」

「そんなことはありませんよ。信じますよ。私は須佐さんの話すことを疑ったりするつもりはないですもの」

「そう……」

千代栄はしばらく考え込んでから、ふいに言った。

「私と水上和鷹さんは、結ばれたの……ううん、結ばれたのだと思うって言うべきかもしれない」

「どういうことですか？」

智春は胸をドキドキさせて、訊いた。

「よく分からないの。さっきも言ったけど、あれがほんとうにあったことなのかどうかがね。比喩《ひゆ》じゃなくて、ほんとに夢でしかなかったのじゃないかっていうふうに思えて、よく分からないの」

千代栄は悲しそうに首を横に振った。

「だって、和鷹さんは私とは住む世界の違う人でしょう。その人と私が愛しあったなんていうことが、信じられるかしら？　たった一夜のアクシデントみたいな出来事だったとしても、現実にあったことなのかどうか、いまでは自信がなくなってしまって……それで、ここに来れば確かめられるかなって、そう思って……そうしたら、和鷹さんが何日も前に亡くなっていたなんて……」

千代栄は絶句した。

能楽名流の御曹司《おんぞうし》とはいえ、まだ家元ではない水上和鷹の死は、テレビでは放送されなかった。しかし、東京の新聞には訃報《ふほう》が出ていた。ひょっとすると、熊本の地方紙にも掲載されたのかもしれないが、彼女は和鷹の死を知らずに天河へ来てしまった。

愛する者の死を悲しむのと同時に、それを知らなかったことへの後ろめたさや屈辱感にも似た想いが、千代栄を辛《つら》くさせているに違いない。

「春の薪能の夜だったの」

千代栄はふたたび話し出した。

「春先の夜は寒いけれど、今夜ほどではなかったわ。それに、これから冬に向かういまと違って、春の夜は、なんていうか、気持ちにも華やぎみたいなものがあるのね。舞台が終わって、観客もみんな帰ったあと、篝火《かがりび》だけの境内に私だけポツンと残っていたの。そう、今夜の私たちみたいにね。どうしてなのか、よく分からないのだけれど、たぶん、私なりに何かの予兆を感じたのじゃないかって、いまでは思っているわ」

そう言った一瞬、千代栄の目の中には、暗い闇の中に激しく燃える篝火が映ったような光が宿った。

「社殿の脇から、スーッと人影が出てきた時は、私は亡霊かと思ったの。能の擦り足のように、音もなく――っていう感じだったし、まるで夢遊病者みたいに頼りない様子だったのね。だけど、不思議に恐ろしいっていう感じはなかった。それに、先方も私がそんなところにいるなんて思ってもいなかったのでしょう、ギクッと足を停めて、それからゆっくり近づいてきて、私が幽霊やキツネの化けたのでもないことを確かめるような目で、じっと見つめていたわ」

「その人が水上和鷹さんだったのですね？」

智春は話の先を催促した。

「ええ、でも、その時は分からなかった。私は舞台でしか和鷹さんを見たことがなかったし、舞台ではいつも面をつけていらしたでしょう。服装だって、ふつうの青年と同じ、ジーパンにラフなブルゾン姿だったの。それで、私もふつうの人に挨拶《あいさつ》するように、こんばんはって言ったら、彼もこんばんはって言って、私と並んで坐《すわ》って、ぼんやり闇を眺めていたわ」

千代栄は話を止めて、じっと空間の一点を見つめつづけた。

智春も同じように黙ったまま、神楽殿《かぐらでん》の奥の闇を見つめていた。たぶん「その夜」の千代栄と水上和鷹がこれとそっくりの状態だったのだろう——と思った。

「突然、『愛してる』っていう声が聞こえたの」

千代栄は低い声で言った。

「ううん、耳で聞いたのじゃなくて、心で聞いたのね。ほら、テレパシーとか、そういうことを言うでしょう。あれみたいなものだと思うのだけれど、私ははじめての経験だから、びっくりして、思わず『えっ？』て訊き返そうとして、だけど、声にはならなかったのね。声にはならなかったけれど、彼には通じたみたい。もう一度『愛してる』って聞こえたのよね。それで私も、心の中で『愛してます』って言って……」

千代栄ははにかんだように俯《うつむ》いた。

またしばらく沈黙が流れた。

「それから、彼は立ち上がって、私の腕をとって……私も立って、一緒に歩いて行って、神楽殿の階段を上がったの」

短く区切り区切り言って、千代栄の言葉は途絶えた。だが、それから先、千代栄と和鷹のあいだにあった出来事は、智春の脳裏に、まるで映画の一場面を見るように、ありありと映し出された。

「床に敷かれた薄縁《うすべり》に、樟脳《しょうのう》の匂いがしていたわ」

千代栄のそのひと言だけが、ひどく印象的であった。

翌朝、智春は九時に宿を発《た》った。

千代栄は川合のバス停まで送ってきてくれた。別れがたい想いが、二人の胸中に行き交っていた。

はるか先の川合のバス停に、三人の客がいるのが見えた。智春と千代栄は、どちらからともなく、少し手前の橋のたもとで足を停めて、天ノ川の急流を見下ろした。

「吉野で何かあったら、また戻って来るのでしょう？」

千代栄は不安そうに訊《き》いた。

「分からない。たぶん戻って来ると思いますけど、でも、この先どうなるのか……もし戻れなかった時のために、一応さよならを言っておきます」

智春はおどけた様子でピョコンと頭を下げたが、顔は笑えなかった。

「昨夜《ゆうべ》のことは、もう言わないで――っていう歌、知ってる？」

千代栄が訊いた。

「ううん、知りません」

「でしょうね。ゆうべの秘密っていう曲で、小川知子《おがわともこ》が唄《うた》っていたの。私が子供の頃、いちばん最初に覚えた歌なんだけれど、いまはその歌の心境ね」

川を見下ろしたままの姿勢で、照れ臭そうに言った。

「分かってます。天河であったことは天河だけで通用すると思ってますから」

智春は快活に言った。

「ありがとう」

千代栄は手を差し延べて、智春の手を握った。

「じゃあ、ここで……また会えることを信じているわ」

「私も」

智春は千代栄の手を握り返した。男っぽく、固く締まった感触であった。

3

菜津美未亡人と、彼女を護《まも》る水上家の人々は、夜中の十二時近くになって、秀美と浅見が待つ桜花壇に到着した。一行は途中、橿原市の病院に寄って、和憲の遺体と対面してきている。

深夜にもかかわらず、宿では、彼らが寛《くつろ》げるようにと、特別に広い部屋と軽い食事を用意してくれた。

浅見光彦もその席に参加して、とりあえずの挨拶を交わすことにした。

度重なるショッキングな出来事と長旅の疲れで、菜津美は憔悴《しょうすい》しきっていた。

出迎えた秀美のほうも、努めて平静を装おうとしてはいるものの、母親以上に憔悴の色を隠せない。先刻の秀美の動揺を見ているだけに、その理由が分からないまま、浅見は彼女の自己抑制の糸が、プッツンと切れてしまいはしないかと、そのことが気掛かりでならなかった。

「こちら、浅見さんです。こんどのことで、いろいろご相談相手になっていただいているの」

秀美が紹介した。

「そうだそうですわねえ、秀美から電話でお聞きしました。ありがとうございます」

菜津美は深々と頭を下げた。

「浅見様のお父様には、宗家《そうけ》も私の亡くなった主人もたいへんお世話いただいたと聞いております。それに、お兄様は警察のお偉い方でいらっしゃいますものね。何かとお力になっていただけるよう、どうぞほんとうに、よろしくお願いいたします」

菜津美は浅見本人よりも、兄・陽一郎の威名に関心があるらしかった。とはいえ、水上家の人々にとって、浅見光彦は、この際、農協のヨーロッパツアーの添乗員ほどには、頼りになる存在であることは間違いない。菜津美はともかくとして、彼女と一緒に来た三人——親戚筋の竹宮雅志《たけみやまさし》と門弟の斉藤と友井——は、すがりつくような視線を浅見に注いでいた。

「浅見さんは警察の人たちのあいだでも有名な、探偵さんなんですよ」

秀美は母親の言い方に、浅見を軽んじるようなニュアンスが籠《こ》められていたことを、敏感に悟って、浅見の肩を持つような説明を加えた。

「まあ、探偵社にお勤めですの?」

菜津美はかえって、やや鼻白んだように言った。彼女には「興信所」だとか「探偵社」だとかいうものに対して、ある種の偏見があるのかもしれない。

「いや、僕はルポライターのようなことをやっているのです」

浅見は苦笑して言った。

「ルポライターと申しますと、あの、テレビで、突撃インタビューとかいうのをなさったりしている、あれでしょうか?」

菜津美の心証はますます悪くなる。

「いえ、あれはレポーターですね」

「では、写真雑誌のほうで?」

「はあ、あれも同業ですが、僕のはずっと地味なもので、たとえば、今回の能謡史蹟《しせき》めぐりですとか、そういうあまりパッとしない……」

言いかけて、浅見は慌てて口を押さえた。

「いえ、能謡そのものはすばらしいのですが、僕のやっているようなものはですね……つまりその、目立たないというか……」

しどろもどろになった。

「はあ……」

菜津美もどう評価していいものか、困惑ぎみのまなざしで、この一見、坊っちゃん坊っちゃんした青年を眺《なが》めている。

「でも、浅見さんは名探偵としてのほうが有名なんですって」

秀美はもどかしい想いを露《あらわ》に、言った。

「名探偵？」

「ほら、シャーロック・ホームズとか、金田《きんだ》一耕助《いちこうすけ》とか……」

「でも秀美、それは小説の世界のことではありませんか」

菜津美は、こんな時に、ばかげたことを言うものではありませんよ——という、苦々しい目付きで、秀美を窘《たしな》めた。

「でも……」

秀美はなおも反発しかけたが、それに被《かぶ》せるように、菜津美が言った。

「それより浅見さん、さっき警察の方が言ってらしたのですけれど、明日の朝、刑事さんがこちらに見えて、いろいろお訊きになりたいことがあるそうです。そういう場合、私どもはどのようにお答えすればよろしいのでしょうか？」

「それは、刑事さんの質問に応じて、ありのままをお話しになればいいと思います」

「ありのままっておっしゃっても、どの程度までお話ししていいものか……正直なことを申し上げますと、なにぶん水上家の体面というものもございます。ことに、宗家があいうことになったというのは、水上家始まって以来の不名誉な出来事ですし、第一、自殺の原因をと訊かれましても、どうお答えしてよいものやら、まったく思い当たることがありません」

「自殺なさったのかどうか、まだはっきりしていないと思いますが」

浅見は、受け取りようによっては、いくぶん冷ややかに聞こえる言い方で言った。

「は？　自殺かどうかって……でも、警察では毒を飲んだと言ってましたが」

「ええ、服毒してらしたことは間違いありません」

「でしたら……」

「お母様、お祖父《じい》様は殺された可能性が強いって、浅見さんはおっしゃってるの」

秀美が脇から言った。

「殺された……ですって？」

菜津美の面上に、たちまち不信感が広がった。

「警察の人は殺されたということは、おっしゃっていませんでしたけれど」

「はあ、警察でも、今のところ、どちらとも断定できないでいるようです」

「でしたら、どうして？……」

「それは……」

浅見は苦笑した。秀美に対してしたのと、同じ解説を繰り返さなければならない。

「今あなたがおっしゃったことが正しければ、そういうことになると思いますが」

「私が？　私が何を申し上げたかしら？」

「自殺を水上家にとって不名誉なことと言われました」

「ええ、そうですわよ」

「ご宗家は、お家の不名誉になるようなことをなさる方でしたか？」

「いいえ、とんでもない……あ、そう……そういうことでしたの」

　菜津美は、自らの矛盾に気付いて、愕然《がくぜん》となった。

「そうですわね、義父《ちち》がそういう不名誉なことをするはずがありませんわね」

　しばらく考え込んでから、顔を上げて言った。

「そうしますと、宗家は何者かに殺されたのでしょうか？」

「はあ、もしあなたや秀美さんの言われたことが正しいとすると、そうなります」

「秀美はどう思って？」

　菜津美は娘の顔を見つめた。

　秀美は母親の視線を避けて、スッと脇を向いた。菜津美は重ねて訊《き》いた。

「お祖父様が自殺なさることはあり得ないわよね」

「ええ……でも、よく分からない」

「分からないって、じゃあ、秀美はお祖父様が自殺したかもしれないって、そう思っているの？」

「そうは思えないけれど……」

「どっちなの？」

「だから、分からないって言うの」

秀美は向き直って、激しい口調で言った。菜津美は驚いて丸く口を開け、一瞬、絶句したほどだった。

「どうしたの、その口のきき方は」

「ごめんなさい」

急いで謝ったが、膝《ひざ》の上に置いた秀美の手は、彼女の興奮を物語って、小刻みに震えていた。

「あの、今夜はお疲れでしょうから、そろそろお寝《やす》みになったほうがいいのではありませんか」

浅見がおそるおそる進言した。

「そうですわね」

さすがに菜津美も秀美の情緒不安定に気付いたらしく、浅見の提案に渡りに舟とばかりに従った。

「明日は浅見さんも警察に付き合っていただけるのですね？」

「ええ、僕に出来ることでしたら、何なりと申しつけてください」

水上母娘は同室におさまり、浅見は自室に、ほかの者もそれぞれの部屋に引き上げた。

すでに午前一時を回り、廊下には冷え冷えとした空気が漂っていた。

寝床に入ってから、浅見はなかなか寝つかれなかった。

寒さのせいだろうか、夜のしじまの奥のほうから、時折、何か枝のはぜるような物音が聞こえた。そのつど、浅見の神経はピクッと痙攣《けいれん》する。

勝手神社の境内で会った水上老人が、吉野奥山で死んでいたという、その情景を想像するだけで、臆病《おくびょう》な浅見は背筋が寒くなる。

取材で吉野山に来て、思いがけない出来事の連続であった。あげくの果て、殺人事件に遭遇したとなると、これはもう、何かの因縁か、前世の悪縁とでもいう以外にない。吉野だとか天川だとかいう土地には、そういう超常的現象が似つかわしいようにさえ思えてくるのだった。

それにしても――と浅見は天井の黒いシミを数えながら考えた。

水上秀美のあの異常な興奮状態は、いったい何を物語っているのだろう。

――祖父はやっぱり自殺したのかもしれません。

――兄を殺して、私に宗家を継がせたかったに違いありません。

――祖父は私のために兄を殺した……。

興奮のあまりとはいえ、秀美はじつに重大な発言をしているのだ。もし、これを警察が聞いたら、さぞかし雀躍《こおど》りして喜ぶに違いない。
いったい、秀美はなぜそんなことを口走ったりしたのだろう？　ただの娘らしい感傷やヒステリー症状から発せられた、無責任な言葉に過ぎない――とは思えない。
（それに――）と浅見は、もう一つの意味不明な言葉を思い出した。

――雨降らしの面。

秀美はそんなことを言っていた。

――雨降らしの面を……どうして、お祖父様は雨降らしの面をつけさせたのかしら？

「雨降らしの面……」
仰向《あおむ》けに寝た恰好《かっこう》で、浅見は声に出して呟《つぶや》いてみた。

4

翌朝、巡査部長の肩書のある刑事が二人、やって来た。一人は気賀沢《きがさわ》という吉野署の刑事だが、もう一人の若いほうは奈良県警から来た刑事で「小西《こにし》」と名乗った。気賀沢の大兵《たいひょう》と対照的に小柄だが、目付きの鋭い、いかにも俊敏そうな男だった。

瀬田たち東京の二人組は来なかった。管轄違いの事件ということで、一応、遠慮しているのだろう——と浅見は思ったのだが、そうでないことが後で分かった。

昨夜の広い部屋を借りて行われた、菜津美や秀美、それに水上一門の人々に対する事情聴取には、浅見も立ち会わせてもらうことができた。

そのことについて、はじめ、刑事は難色を示した。ことに小西刑事は「絶対に困る」と言ったのだが、菜津美のたっての希望があって、老練の気賀沢が署長に相談した結果、OKが出た。「兄の七光《ななひかり》」がものを言ったことは否定できないが、事件そのものが、どうやら自殺と判断できることから、署長は軽く考えたらしい。

事情聴取は主として小西が行うらしい。まず型どおり、水上和憲が吉野山に来た理由から問い質《ただ》した。

「跡継ぎの孫——私の息子の和鷹が急死したことを、ひどく気に病んでおりましたので、やはりそれが原因ではないかと思います」

菜津美は、すでに何度か訊かれ、そのつど答えたのと同じ言葉を繰り返した。

「その際、和憲さんは遺書とか、書き置きのたぐいは残さなかったのですか？」

「はい、何も残しておりませんでした。ですから、私どもといたしましても、よもや自殺などということは考えてもおりませんでしたので……」

菜津美は目頭を押さえた。

菜津美は四十八歳。ふだんは和服姿で通していることが多いのだが、長旅とあって、ライトグレーのツイードのブルゾンスーツを着ている。髪型も化粧も控えめで、能の家元の人間に相応しく、古風な感じだし、疲労のせいもあって、年齢は隠すすべもないけれど、それなりに魅力的な女であった。

おそらく、若い頃は秀美とそっくりの美貌《びぼう》だったにちがいない——と、浅見はひそかに秀美と見比べながら思った。

「毒物を所持していたということについて、何か知りませんか？」

小西刑事は訊いた。

「いいえ、そんなものがあるなどということは、まったく存じておりませんでした」

「吉野にお知り合いはいるのですか？」

「いいえ、おりません」

「和憲さんも、ですか？」

「はい、義父《ちち》はたしか、吉野には一度も参ったことがないはずですから」

「その和憲さんが、なぜ吉野に来たのですかねえ」

「それは、ぜひ行ってみたいと申しておりましたし、吉野には能に関係する史蹟《しせき》が沢山ございます。ことに静御前ゆかりの土地ですから、一度は訪れてみたいと思ったのではないでしょうか」

「なるほど……」

小西は頷《うなず》いたが、すぐに首をひねった。

「自殺の原因に思い当たることがないということだし、遺書もないのですなあ。しかし、和憲さんは毒物を所持していた……となると、あらかじめ自殺の覚悟をしておられたのではないかと思量されるのですがねえ。どうも、その点が矛盾しておりますねえ」

「はあ……」

菜津美は救いを求める目で、浅見を見た。しかし浅見は気付かないふりを装って、黙っていた。口を開けば、どうせ「殺人の疑いが濃厚です」と言わないわけにいかない。それでは、ただでさえ反感を抱いている小西の神経を、逆撫《さかな》でするようなものだ。

「祖父は殺されたのじゃありませんか？」

いきなり、秀美が言った。浅見も含めて、全員がギクリとした目を彼女に向けた。

気賀沢刑事は曖昧《あいまい》な表情を浮かべただけだったが、小西刑事は、きわめて冷ややかな反応を見せた。

「昨日もそのようなことを言われたそうですね。たしか、浅見さんの意見だとか？」

「はあ、まあそうです」

浅見ははじめて口を開いた。

「素人の方がいろいろ推量されるのは勝手ですが、そういうことはわれわれ警察も考えていないわけではありませんのでねえ。いくらお身内に警察幹部の方がおられるにしても、あまり予断めいたことを言われるのは困るのです」

小西は敵意を剝《む》き出しに、そう言った。

「いえ、僕は捜査の妨害をしようなどとは思っていませんから」

浅見は首を竦《すく》めた。

「浅見さんのせいじゃありません」

秀美が不満そうに言った。

「祖父が自殺なんかする人じゃないというのは、私だって母だって同じ意見なんです。自殺なんてみっともないことをすれば、水上家の体面を損なうことぐらい、いくら気持ちが動転していても、祖父には分かり過ぎるくらい分かっていたはずですもの。祖父は絶対に自殺なんかしていません」

強弁する秀美を見て、浅見は痛々しい思いがしてならなかった。秀美は明らかに、祖父の自殺の原因が和鷹を殺害したためである――と思い込み、「自殺」を否定しないと、和憲の「殺人」までも浮かび上がってくると恐れているのだ。

「そう言われても、現場の状況やら、これまで行った事情聴取の結果から言って、自殺の可能性が強いことも事実ですからなあ」

気賀沢刑事が、いささか当惑ぎみに言った。

「どうしても他殺であると言うのなら、それでは逆にお訊《き》きしますが、あなたのお祖父《じい》さん――和憲さんには、誰かに殺されるような理由があったのですか？」

小西のような鋭さと違って、まとわりつくような、ねばっこい口調だ。

「そんなこと……」

秀美は口を尖《とが》らせた。

「そんなこと、分かりません。それを調べるのは警察の役目でしょう」

「ははは、そのとおりですよ。小西さんも言われたように、警察はそういう可能性も勘案しながら捜査を進めております。しかしながら、和憲さんが殺害されたとする状況というのがですね、今までの調べでは、まったく浮かんでこないのです。それで、そのような動機を持つ人物の心当たりがあるのかどうかと、お訊きしたようなわけですが」

「…………」

秀美は口を噤《つぐ》み、母親や一門の人間を見回した。

誰も何も言わず、中には首を横に振る者があった。

「よろしいですかな。和憲さんが殺されたものだと仮定しますと、いわゆる通り魔といった、ゆきずりの殺人でもないし、強盗などでもない。要するに怨恨《えんこん》による犯行と断定せざるを得ないわけであります。しかも、顔見知りの人物による犯行であると考えられる。なぜなら、和憲さんは、カプセル様の容器に入った毒物を飲んでいるし、しかも死体があった現場まで、暴力をもって拉致《らち》された形跡はまったく認められませんのでね。つまり、殺人事件であるとするならば、和憲さんはきわめて友好的な状況のうちに現場まで行き、突然、思いもよらぬ死に襲われた——と、こういうことになるのです。そのためには、犯人の周到な用意がなければならない。通り魔だとか強盗だとかいう、突発的な犯行でないことは明らかであるわけです」

朴訥《ぼくとつ》なゆっくりした語り口だが、なかなか理路整然とした論旨であった。

「いかがでしょうか、そういう親しい間柄の中に、和憲さんを殺害するような人物がおりますか？」

気賀沢に訊かれて、今度は全員が首を横に振った。

「いや、もちろん、みなさんは立場上、誰それとは名指しできないと思います。いずれ警察がそれらしい人物に聞き込みをすることになると思いますが、もしそういう人物の犯行であるならば、第一にそれ相当の動機を持った者でなければならないこと、それにアリバイなどの問題で、かなり該当者の範囲が絞《しぼ》れます。したがって、割と簡単に容疑者の目鼻がつくわけで、そういう危険を冒して、あのような犯罪を実行に移すものかどうか、きわめて疑問と言わざるを得ません」

気賀沢の言葉を受けて、小西が言った。

「どうです？　そういう動機を持つ人物に心当たりはありますか？」

また、全員が首を振った。

「浅見さんはどうです。まだ殺人事件の可能性があると思いますか？」

小西が訊いた。やはり、相当、浅見の存在を意識している。

「はあ……」

浅見は少し躊躇《ためら》ってから、言った。

「殺人事件だという証拠を握っているわけではないですけど、一つだけ非常に気になることはあります」

「何ですか？　また体面問題を言うのじゃないでしょうねえ。そりゃ、水上家というのは立派な家柄であることは確かです。しかし、精神的に追い詰められると、人間というものは、前後の見境がつかなくなるものでもあるわけですよ」

「はあ、そういうものかもしれません。とはいえ、その点については、いろいろな見方があると思いますが……しかし、僕が気にしているのは、それとは別のことなのです」

「何なのですか？」

小西はまるで被疑者に対するような、きつい口調で催促した。

「はあ、そのことは秀美さんにも言ったのですが、つまり、水上和憲さんが、今まで一度も吉野に来たことがないというのがですね、どうしても腑《ふ》に落ちないのです」

二人の刑事は顔を見合わせた。

「どういう意味です？」

小西が訊いた。

「いや、僕も吉野ははじめてなのですが、今回、能や謡曲にまつわる土地を取材して歩いていて、吉野ほど史蹟の豊富な土地はないことを知りました。それなのに、水上流の宗家《そうけ》ともあろう人が、なぜ吉野を訪れなかったのか、そのことがひどく不思議に思えてならないのですよ」

「そんなに不思議なことですかなあ」

気賀沢は得心がいかないらしく、不精髭《ぶしょうひげ》が目立つ顎《あご》の辺りを、しきりに撫でている。

「ええ、不思議に思えました。それに、和憲さんは、すぐこの先の天河神社にはちょくちょくおいでになっていたそうですしね」

「そら天河神社は芸能の神様だから、お参りするのが当然でしょう」

「それにしても、通りすがりのような吉野山に立ち寄らなかったというのは、どう考えても不自然ですよ」

「そうですかなあ……どうなのです？　その点については。吉野山を訪れない理由のようなことを、和憲さんは言っていたことがあるのですか？」

気賀沢は、菜津美やほかの水上家の連中の顔をグルッと見渡した。

「いいえ、そういうことを聞いた記憶はございませんけれど」

菜津美は答え、ほかの者を見返って、「どうなの？」と確かめた。誰もが一様に首を横に振った。

「近くに住んでいる者であっても、かえってなかなか行かないということは、よくあることと違いますかなあ」

気賀沢は言った。

「現に、私など、ここに赴任した頃から、ぜひ一度、天河神社へ行こう行こうと思いながら、三年を経過しようとしております。そろそろ転勤の時期であるし、このぶんだと、結局、行かないままになってしまいそうですからなあ」

「はあ……」

浅見は苦笑した。気賀沢の考え方を覆すほどの根拠があるわけでもなかった。

「かりに、かりにですよ」

と小西が言った。

「さっきも言ったように、水上和憲さんが殺害されたものと仮定すると、その犯人像はきわめて限定されるわけです。しかもですね、ああいう方法で殺すというのがですね、ちょっと考えにくいです。なぜ吉野山でなければならなかったのか、それ自体がおかしい。わざわざ吉野まで追っ掛けて来て殺害しなければならない理由があるとは思えませんからねえ。それに、あの現場を選んだことも説明できにくいでしょう。殺しておいて、死体遺棄だけにあの場所を選んだというのなら納得もできますがね。被害者はあの場所に来るまでは生きていたのです……あ、どうもこれは、みなさんの前で言うのは気がひけるのですが……」

「要するに、刑事さんはどうしても祖父の死が自殺だっていうことをおっしゃりたいのですね？」

秀美が強い口調で言った。浅見は驚きの目で彼女を見た。昨夜は祖父の「自殺」を口走っていた秀美が、そのことをまったく忘れたような口振りであった。

「いや、そうは言っておりません。言ってはおりませんが、いままで説明したような諸般の状況から考えて、その可能性のほうが大きいということをですね……」

小西は苦々しげに言った。なんでこんな小娘なんかに、警察の捜査方針を説明しなければならないのか――と言いたげであった。

「とにかく、当面は自殺他殺両面で捜査を進めるわけですので、みなさんに何か心当たりがあれば、警察に教えていただきたい。よろしいですね」

最後は結論じみて言って、引き上げた。

5

二人の刑事と入れ代わるように、瀬田、森本の東京組の両刑事がやってきた。いや、実際に外のパトカーで待機していて、入れ代わったとしか考えられないようなタイミングであった。

一度、それぞれの部屋に散った水上家の人々と浅見は、ふたたび元の、宿が用意してくれた広い部屋に招集された。

「お疲れのところ恐縮ですが」

瀬田はこの男らしくない低姿勢で言った。

「ちょっと東京の事件について、参考までにお訊《き》きしたいことがありますので、一つご協力ください」

「東京の事件といいますと、何のことでございましょうか?」

菜津美はたちまち警戒して、緊張そのもののように顔を強張《こわば》らせて、訊いた。

「はあ、じつは昨日も東京のお宅のほうへ刑事が伺《うかが》ったと思いますが」

「ええ、お見えになりましたけれど、宗家にお会いになりたいということで、べつに東京の事件というようなことはおっしゃっていませんでしたよ」

「昨日の段階では、ですな。昨日は水上和憲さんからお話を聞くことが目的でありましたから、事件のことは申し上げなかったようなわけであります」

「ですから、その事件というのは何のことですの？」

菜津美は、いかにも神経がピリピリしている様子を見せている。これには瀬田は圧倒されると同時に、疑いを抱いたらしい。

（何をそんなにヒステリックになっているのだろう？――）という目付きで、菜津美を見つめた。その刑事特有の目が、浅見を不安にさせた。

「東京の事件というのは、新宿のオフィス街で人が殺されたという事件のことですよ」

浅見は瀬田の疑惑をはぐらかすために、急いで言った。

「新聞にも出ていましたから、ご存じかと思いますが、川島という愛知県の人が殺された事件です」

「ああ、その事件のことですの」

菜津美の顔から、極度に緊張した表情が一挙に消え失《う》せた。

「その事件でしたら、私もテレビのニュースか新聞か、どちらか忘れましたけれど、存じております。たしか、二週間か二十日ほど前のことではございませんか？」

「ええ、まあそうです」

瀬田は浅見にチラッと視線を送って、つまらなそうに頷《うなず》いた。

（この女、たしかに妙な感じだったのに、余計なことを言いやがる——）

そう言いたそうな感じが、浅見には手に取るように分かる。

「でも、その事件のことが、義父《ちち》とどういう関係がありますの？」

菜津美は平静を取り戻して、逆に質問を発した。

「じつはですね、その事件の被害者が持っていた鈴がありまして」

瀬田はポケットから五十鈴《いすず》の写真を取り出した。

「これと同じような鈴なのですがね、見憶《みおぼ》えはありませんか？」

「あら、それは天河神社の……」

菜津美はごくふつうの反応を見せた。

「そうです、天河神社の『五十鈴』という、いわば御神体になっている鈴のレプリカなのだそうです。事件発生の最初の段階では、われわれはあまり重要視していなかったのですが、あとになって、その鈴がきわめて珍しい物であることが分かりました。つまり、一般的にお守り用に売られているのとは違う、ごく限られた信者だけに授けられる鈴であったのですね。そこで、何かの手掛かりになるのではないかと考えて、天河神社に聞き込みに行ってみたところ、なんとも幸運なことに、その鈴には通し番号の刻印が打ってあって、その番号の持ち主が水上和憲さんであることが分かったのです」

「ええ、おっしゃるとおりでしてよ。たしかに義父は、天河神社からその五十鈴を戴《いただ》いておりました」

菜津美は肯定した。

「でも、その鈴をどうしてその被害者の方が持っていらしたのかしら？」

「そこです」

瀬田はわが意を得たり——というように、膝《ひざ》を叩《たた》いた。

「それですぐに東京に連絡して、水上和憲さんに話を聞くように依頼したというわけなのです。しかし、その時にはすでに和憲さんは吉野に来ておられたのですな。いや、それもまた偶然というべきか、幸運というべきか、不思議なことではありました」

たしかに瀬田は「幸運」であったにちがいない。もし天河神社の福本のところに、川島智春が五十鈴の所有者のことを訊きに行ってなければ、それほどの収穫は無かったはずなのである。しかし当然のことながら、瀬田はその間の事情については口を噤《つぐ》んでいる。

「天河神社の記録によりますと、和憲さんが神社から五十鈴を授かったのは、昭和三十六年だそうです。刻印の番号は００１２。つまり、信者の中でも筆頭とも言っていいような若い番号だったわけです。神社の人の説明によると、水上家は室町時代から天河神社とゆかりのある家柄であって、そういう特別待遇を受けて当然なのだそうですなあ」

瀬田の尊敬の視線を受けて、菜津美は黙って頷いた。無意識に誇らしげな表情になっている。

「となるとです。その鈴は非常に大切なものであるわけで、それほどの鈴がなぜ川島という人間の手に渡っていたのか、そこのところが大きな謎になってきます。いったい、水上和憲さんと川島さんの関係はどのようなものなのか——ということがですな」

瀬田は顔を突き出すようにして訊いた。

「どうです、そのことについて、何かご存じありませんか?」

菜津美は首を振った。

「いいえ、まったく存じません」

「その鈴があることは知っていたと言われましたね?」

「ええ」

「鈴を最後に見たのはいつ頃のことでしたか?」

「さあ……」

菜津美は遠い記憶を呼び起こす目付きになって、秀美を見返った。

「ずいぶん昔のことのような気がします。この子がまだ子供の頃ではなかったかしら」

「それじゃ、私がお祖父《じい》様に叱られた時だわ、きっと」

秀美が言った。

「ほら、鈴をおもちゃ代わりにして遊んでいて、お祖父様に叱られたことがあったの、憶えていない?」

「ああ、そうねえ、そういうこともあったかもしれないわね。でも、はっきりとは憶えていないわ」

「そう？　私はありありと思い出せるほどはっきり憶えているわ」

「だとすると」と瀬田が言った。

「何年ぐらい前ということになりますか？　十年前……いや、もっと前ですかな？」

「たぶん十五、六年前じゃないかと思いますけど」

「ええと、お嬢さんはおいくつでしたかなあ？」

「二十四歳です」

「なるほど……そうすると、八歳か九歳かそこいらの頃ですか。鈴をいたずらしてもおかしくない年頃ではありますなあ」

瀬田は納得したように、何度も頷いてみせた。

「それ以来、鈴を見たことはないのでしょうか？」

「ええ」

秀美と菜津美はほぼ同時に答えて、顔を見合わせた。

「だとしますと、いつ鈴が和憲さんの手元から川島さんのところに渡ったのか、事実上分からないに等しいということですね」

瀬田は溜《た》め息《いき》をついた。

「でも、祖父がそういう、川島さんでしたっけ……あまり親しくない方に、あの大切な鈴を差し上げるかしら？」

秀美は首をひねった。

「いや、上げたかどうかは分かりませんよ。単に預けたのかもしれないし。それに、直接、和憲さんから川島さんに渡ったのかどうかも不明です」

「ああ、そうですわねえ」

そうなるともはやお手上げである。いつ、どんな理由で、どういうルートで、鈴が川島孝司の手に渡ったのか、皆目、見当がつかない。

「はっきり申し上げて」と、瀬田は眉《まゆ》をひそめながら言った。

「和憲さんの死亡原因が、川島さんの場合ときわめてよく似ておりましてねえ、いわゆる手口というヤツがです。もしこれが殺人事件だとすると、同一犯人による犯行という見方もできるわけですよ」

「でも、さっきの刑事さんは、祖父は自殺したのだって主張していました」

秀美は憤懣《ふんまん》やるかたない——という思いを込めて、言った。

「ああ、それはですね、ここの警察はそういう考え方をしているようですが、われわれ警視庁の人間としては、若干、意見を異にしているわけですよ。まあ、二つの考え方があるとご理解いただきたい」

瀬田は憮然《ぶぜん》として言った。いっぺんですむところを、二度に分かれて事情聴取にやってきたのには、そういう理由があったということらしい。

瀬田はその後、水上和憲に怨《うら》みを抱いている者はいないかとか、和憲が死んで得をする人間はいないか——といった、ほとんど前の刑事たちとダブるような質問をした。結局、大した収穫もないまま、そろそろ引き上げるか——という時、部屋に電話がかかってきた。吉野警察署からのものであった。

秀美が電話に出て、すぐに瀬田に受話器を渡した。

「川島さんの娘さんが、ですか？」

瀬田は電話に向けて渋い顔を作り、「ふんふん」と相槌《あいづち》を打っていたが、最後に、煩《わずら》わしそうに「すぐ戻ると伝えてください」と言って、邪険に受話器を置いた。

「噂をすれば何とかというヤツですなあ。例の川島智春さんが吉野署に訪ねて来ているそうですよ」

浅見に言ってから、瀬田は菜津美に訊《き》いた。

「東京で殺された人の娘さんなんですがね、いま電話で聞いただけなので、どういうことかよく分かりませんが、水上家の方に会いたいと言っているそうなのです。どうしましょうかねえ」

「どうしましょうって……そんな、存じ上げない方とお会いしてもしようがありませんわねえ」

菜津美は難色を示した。

「そうですなあ、じゃあ、断っておきましょうか」

瀬田はぜんぜん拘泥《こうでい》しない。

「もしよければ、僕が会いましょうか。構わないでしょう?」

浅見が言った。

「はあ、そりゃ、べつに構いませんが……」

「私もお会いします」

秀美も言った。

「まあいいでしょう。とにかく、どういうことなのか聞いてみて、電話で連絡しますよ。ではこれで」

瀬田と森本刑事は引き上げて行った。

「やれやれ……」

菜津美は刑事の姿が部屋の外に消えるやいなや、ドッと疲れが出たように、溜め息をついた。

「警察もあまりアテにはならないみたいですわねえ。同じ警察の内部で、あんなに意見が違うなんてねえ……そうじゃありません? 浅見さん」

「はあ、たしかに……」

いきなり質問の矛先を向けられ、浅見は慌てた。兄の手前もあって、必ずしも全面的に賛成するわけにはいかないが、一応、同意を示しておいた。

第八章　浅見の「定理」

1

刑事の事情聴取の際には、竹宮やほかの若い二人の門弟は、必要以外にはひと言も喋《しゃべ》ろうとしなかった。菜津美が命じたわけではなく、そういう分《ぶん》を弁《わきま》えたようなところが、彼らにはあるらしい。

浅見は水上母娘の部屋を出て、玄関ロビーを通過するところで、竹宮の肩を叩《たた》いた。

「ちょっとお訊きしたいことがあるのですが、よければ僕の部屋にいらしていただけませんか」

「はあ……」

竹宮は一瞬、警戒した目の色を見せた。

年齢は浅見より少し上ぐらいだろうか。水上家に繋《つな》がる人間らしく、ほかの若い門弟とはひと味ちがう、華《はな》のようなものを感じさせる男だ。選ばれて菜津美の後見《こうけん》のようについてきただけあって、口も堅く、信頼できる人物なのだろう。

妄《みだ》りに質問に答えていいものかどうか、しばらく悩んでいたが、菜津美ですら「お世話になっている」と言っていた浅見である。やがて竹宮は腹を決めたように頷《うなず》いて、浅見のあとについて来た。

部屋に入ると、浅見は備えてある茶道具でお茶を入れた。

竹宮は、まるで周囲にバリヤーを巡らせたような、とっつきにくい緊張した顔で、お茶を啜《すす》った。

「お訊きしたいというのはですね」と浅見は言った。

「秀美さんが『雨降らしの面』ということを言っていたのですが、それは何のことなのですか？」

「ああ、そのことですか」

竹宮はほっと胸を撫《な》で下ろした様子だ。

「雨降らしの面は、水上家に室町時代から伝わる『蛇《じゃ》』の面のことですよ。蛇の面はちょっと見たところは般若《はんにゃ》の面とそっくりですが、般若にはない舌があるのです。で、問題の雨降らしの面という名前の由来ですが、その面を使うと、一天にわかにかき曇って雨が降り出したり、何か不吉な事件が起こるという、古くからの言い伝えがありまして、豊臣《とよとみ》秀吉が使用を禁じた……つまり『お留《と》め面』にしたといういわくつきの面なのです」

「なるほど……そういう言い伝えがあるのに、和鷹さんはその面をつけて『道成寺』の舞台に立ったのですね」

竹宮は仕方なさそうに頷いた。

「『道成寺』のシテは蛇の化身《けしん》ですからね。本来から言うと、当然、蛇の面を使うべきなのです」

「えっ、それじゃ、その雨降らしの面は、これまでにも何度か使ったことがあるのでしょうか？」

「いや、雨降らしの面は『お留め面』ですから、ずっと長いこと使っていなかったと思います。少なくとも、私が知っているかぎりでは、使ったという話を聞いたことがありません。水上家には何百という面が保管されていて、ほとんどの面は、一門の人間であれば、いつか使わせてもらえる可能性があるのですが、雨降らしだけは宗家《そうけ》にしか許されない面なのです。それも、宗家が一生に一度、使うか使わないかだそうです。このあいだの舞台に和鷹さんが使われたのを除くと、私などはたった一度、天河神社で薪能《たきぎのう》を奉納した際に拝見したことがあるだけです」

「天河神社……ですか」

「ええ、その時は宗家――今度亡くなった和憲宗家が『道成寺』を演じたのですが、その時も結局、宗家はふつうの般若面を用いて、雨降らしの面は舞台では使われることなく、観覧に供せられただけでした」

「それはいつのことですか？」

「ええと、あれはたしか五年前頃ではなかったでしょうか……そうですね、若先生が亡くなった翌年のことでしたから」

「そういういわくつきの面を、和鷹さんはあえて使ったのですね？」

「はあ、そうです。しかし、さっきも言ったように、奇怪な言い伝えがあるために、これまでは雨降らしの面を使わず、般若の面で代用していたとはいえ、本来、『道成寺』は蛇の面を使うべき番組ですからね。そういう古い迷信を一掃する意味もあって、和鷹さんはあえて雨降らしの面を使うことにしたのではないかと、私などは思っています」

「秀美さんは、お祖父《じい》さん——和憲さんがそうするように指示したと言ってましたよ」

「はあ、そうですか……いや、そうかもしれませんね。雨降らしの面を着用するのには、まず宗家の許可が必要ですからね」

「そうすると、和憲さんとしては、跡継ぎの和鷹さんに、いわば、それとなく跡目を託す意味あいがあったということでしょうか」

「だと思います。しかし、結果的にそれがよかったかどうか……」

竹宮は沈痛な面持ちになった。

「あの日は雨こそ降りませんでしたが、ああいう悲劇が起こったのですから」

「その時のことですが、どういう状況で亡くなったのか、教えていただけませんか」

浅見は訊《き》いた。

「はあ……」

竹宮は少し躊躇《ためら》ってから、ポツリポツリと思い起こすままを語った。道成寺の鐘供養《かねくよう》にやって来た白拍子《しらびょうし》の女が、怪しい舞を舞いつつ、ついには鐘に飛び込み、鐘が落ちる。その鐘を僧侶《そうりょ》たちが祈りとともに引き上げると、中から蛇《へび》の本性を現した女が飛び出してくる——というストーリーだ。

「しかし、鐘が上がった時には、すでに和鷹さんは亡くなっておられたのです。ウロコ模様の衣装に早変わりして、蛇の面に顔を覆われたまま、息絶えていました」

「死因はたしか心不全だったとか」

「はあ、そのように聞いております」

「しかし、鐘に飛び込むところまではお元気だったのでしょう？」

「はい、元気そのものでした。白拍子の舞のところなど、鬼気迫るというか、とにかく迫力があって、われわれ舞台にいた者でさえ、魅《ひ》きこまれそうな、すばらしい出来映えでした」

「そんなに元気だった和鷹さんが、その直後、倒れられたというのは、ちょっと不自然だとは思いませんでしたか？」

「それはもちろん、信じられない気持ちでした……しかし、そのことが何か？」

竹宮は浅見の質問の趣旨に疑惑を抱いて、不思議そうに問い返した。

「いや、そんなに迫力満点に舞台を務めていた人が、突然、亡くなるような状態というのは、いったいどういうものだろうかと思いましてね」

「それは、そういうことがあっても、まったく不自然ではないと思います。何しろ『道成寺』は激しい番組ですからね。白拍子の舞にしても、かなり体力を消耗する激しい動きですし、ことに面をつけての舞は、素人の方が想像できないほど辛《つら》いものです。額や、時には髪の毛の中から噴き出してくる汗が、面と顔のあいだを流れてきて、語りの時など、口に飛び込んでくるほどです。雨降らしの面のようなすぐれた面になると、皮膚に密着しますからね、それは息が詰まるような思いがするはずですよ、和鷹さんも若さにまかせて、迫力充分に舞ったために、予想以上のエネルギーを消耗したのではないでしょうか」

「そのあげくの心不全ですか……」

浅見は目を瞑《つむ》った。和鷹の舞い姿を想像し、彼が「雨降らしの面」をつけた時の状況を実感しようと、精神を集中させた。

顔面にピタリと張りつくような面――。

吐く息、吸う息もままならない、狭い密室のような面の内側――。

目といわず鼻といわず口といわず、容赦なく流れ落ちる玉のような汗――。

「どうかしましたか？」

ふいに黙りこくった浅見の顔を、しばらく覗《のぞ》き込んでから、竹宮は心配そうに声をかけた。

浅見はようやくわれに返ったように、ほうっと吐息をついた。苦しさのあまり、目に涙があふれていた。

「よほど苦しかったのでしょうねえ」

浅見は言った。

「はあ……しかし、それほど大袈裟《おおげさ》なことではないと思います。いくら名人が彫った面だからといって、所詮《しょせん》は能面ですからね。苦しくて能が演じられなくては何の価値もないことになります」

「そうなのですか？」

浅見は意外そうに訊き直した。

「さっき竹宮さんは、面のせいで亡くなったというようなニュアンスでしたが、そうではなかったのですか？」

「いや、いくらなんでもそれは考えすぎですよ。私は熱演のあまりエネルギーを消耗したのだろうと、そのことを強調したいがために、いささかオーバーに言ってしまったのかもしれないですが、面のせいで亡くなったとは言ってません」

「しかし、現実に、和鷹さんは白拍子の面を雨降らしの面につけ換えたとたん、亡くなったわけですよね」

「それはまあ、そのとおりです。で、それが雨降らしの面であったがために、何かこう因縁めいたものを感じて、薄気味悪く感じたということはあると思いますがね」

「ずいぶん恐ろしい顔だそうですね」

「まあ不気味な面です。毛書きというのですが、額の辺りに描かれている髪の毛のほつれも、じつに邪悪な感じでしてね」

「いちど、ぜひ拝見したいものですねえ。その雨降らしの面ですが、今はどこにあるのですか?」

「は? それはもちろん、水上家の蔵に仕舞ってあると思いますよ」

「竹宮さんはその時、舞台におられたのでしたね」

「ええ、地謡《じうたい》を務めておりました」

「それでは、和鷹さんの異変の一部始終を見ていたのですね」

「まあそうです」

「鐘が上がって、和鷹さんが倒れていた。さあ大変となって、遺体を運び出した」

「そうです」

「その時、面はどうしたのでしょうか?」

「?……」

「和鷹さんは面をつけたまま運ばれたわけではないのでしょう?」

「もちろんはずしたと思いますよ」

「どうだったのですか? たしかにはずしたのかどうか、そのへんのところをはっきり思い出していただきたいのですが」

「それは……いや、たしかにはずしましたよ。和鷹さんの蒼白《そうはく》になった顔を見た記憶がありますからね」

「そうすると、その面は誰が持って行ったのでしょう。それとも、代役を務めた方がつけられたのですか？」

「いや、代役は何もつけない、いわゆる直面《ひためん》で後を引き継ぎますからね……さあ、誰が持って行ったのかな？……」

最後のほうは独り言のように呟《つぶや》いて、考え込んだ。

浅見は粘りづよく竹宮が思い出してくれるのを待った。

「そうだ、あれは義則老人だったかな……そうそう、高崎さんですよ」

竹宮は目を上げて言った。

「高崎さんといいますと？」

「高崎義則さんという、親戚《しんせき》の総代みたいなご老人です。まあ、宗家の子弟やわれわれを含めて、若い連中のお目付け役みたいな、なかなかのうるさがたです。あの日は『頼政』を演じたあと、ずっと楽屋におられたのですが、異変があった時、真先に駆けつけたのが高崎老人だったはずです」

竹宮の脳裏には、その時の情景がしだいに鮮明に浮かび上がってきたらしい。

「そうです、高崎老人が面を外して、若い者に和鷹さんをお運びするよう、指示していました。そのあと、誰かに面を渡したとも思えませんから、おそらくそのまま高崎老人が持って行ったと思いますよ」

言ってから、竹宮は怪訝《けげん》そうに訊いた。

「しかし、その雨降らしの面が何か、今度の事件と関係があるのですか？」

「いえ、そういうわけではありません。ただ、恐ろしい言い伝えのある面を使ったとたん、和鷹さんと和憲さんという、かけがえのない方々が亡くなったというのがですね、いかにもオカルトじみているので、ちょっと気になったものですから……」

浅見は口ごもってから、言いにくそうに訊いた。

「ところで、水上流の宗家《そうけ》である水上家に跡継ぎがいない場合、いったい家元の地位は誰が継ぐことになるのですか？」

とたんに、竹宮はギクッとした。いちばん触れられたくない話題を持ち出された——という反応であった。

「誰が後継者になるのか……それは親族のあいだで話し合って決めることだと思いますが、私は詳しいことは知りません」

「順序からいうと、親戚の中の筆頭の地位にあたる家柄から選ばれるのではありませんか？」

「まあ、そういうことになるでしょうね」

「筆頭の家柄というと、高崎家がそれにあたるのですか？」

竹宮は答える代わりに、浅見の顔をじっと見つめた。

浅見は根気よく、返事を待った。

「それはどういう意味でお訊《き》きになっているのですか？」

竹宮は硬い口調になった。

「いえ、特別な意味はありません」

「しかし、受け取りようによっては、水上家の相次ぐ不幸に、後継者問題が絡んでいるように聞こえるではありませんか」

「なるほど、それはたしかにそのとおりですね。いや、ほんとにそういうことも考えられるかもしれませんねえ」

浅見は平気な顔で言った。

「もしそうだとすると、竹宮さんもご一族ということですから、ひょっとすると順番が回ってくることもあり得るわけですね」

「おかしなことを言わないでください」

竹宮は苦笑——というより、引きつったような笑いを浮かべた。

「私の家は親戚といっても末席のほうですからね、そんなチャンスはまったくありませんん。いや、そんなことより、後継者問題を軽々に口にして欲しくありませんねえ。世間から思わぬ誤解を受ける原因にもなりかねませんから」

竹宮は「よろしいですね」と念を押すと、それを汐《しお》に席を立った。

2

菜津美と竹宮、それに二人の若者は、東京への連絡をすますと、ひと足先に吉野を引き上げて行った。途中、橿原の病院へ寄って和憲の遺体の搬送手続きを取る。今夜は東京の自宅でお通夜。明日が密葬。告別式の日取りや会場の設営など、やらなければいけないことが山積している。

秀美だけが別行動で、浅見とともに吉野警察署に赴き、川島の娘と会ったり、警察での事後処理に当たることになった。

「どうもお世話になりました」

浅見は、桜花壇の玄関先に勢揃いした女将《おかみ》や番頭、それに例のにぎやかなおばさんに挨拶《あいさつ》した。

「いろいろご迷惑をおかけしました」

秀美も丁寧に頭を下げた。

「何をおっしゃいますやら。それよか、ただのお客さんでなく、身内の人みたいな気がして、お帰りになるのんが寂しゅうてかないまへんわ」

女将はそう言ってくれた。

この日は重い曇り空で、午後になってもいっこうに気温が上がらない。浅見と秀美が外に出る頃には、季節風を思わせる冷たい風さえも吹いてきた。

「そろそろ、山奥のほうは雪になるのやろかなあ。お風邪ひかんように、気ィつけてくださいや」

にぎやかなおばさんは、寒そうな顔をして、走り出した車をいつまでも見送っていた。浅見のソアラは人気の疎《まば》らな吉野山の街を、ゆっくりと抜けて行った。狭い道の両側に並ぶ茶店の壁に、「甘酒」「葛湯《くずゆ》」といった、温かそうな品名を書いた真新しい張り紙が目立つ。秋から冬へと季節の移ろいを感じさせる風景だ。

柿《かき》の葉鮨《はずし》の店の前に、浅見を警察にサシた亭主が立っていた。のんびり空を見上げているところに、浅見は車を寄せて停めた。

亭主はお客かと思って、愛想のいい顔をこっちに向けた。

浅見は、ドアを半開きにして外へ片足を踏み出した恰好《かっこう》で、屋根越しに笑顔で声をかけた。

「昨日はどうも」

亭主は一瞬、とまどってから、「あっ」と思い出し、怯《おび》えた表情になった。

しかし、浅見の他意のない笑顔と、助手席に美貌《びぼう》の女性が坐《すわ》っているのを見て、いくらか安心したらしい。「どうも」と曖昧《あいまい》な挨拶で応《こた》え、頭を下げた。

そこへ、すぐ先の「弁慶」の店からママが現れた。こっちの様子に気付いて、「あらあら」と嬌声《きょうせい》を上げ、お辞儀をしながら近づいてきた。浅見も「やあ、どうも」と挨拶を返した。

「そしたらお客さん、釈放されたんやねえ」

ママは嬉《うれ》しそうに言って、柿の葉鮨の亭主に、「ほうれ、私が言うたとおり、やっぱし犯人と違《ちご》うたでしょうが」と詰《なじ》った。

「いや、わしかて犯人やなんて言うてはおらんで」

柿の葉鮨はムキになって抗弁した。

「そらそうやわ。こんなボンボンに人殺しができるはずがないもの」

弁慶のママは助手席の秀美に気付いた。

「いやあ、べっぴんさんやわァ……」

あっけらかんと言ってのけてから、ふと秀美に視線を留めて、首をひねった。

「あら？　こちら、どこぞで会《お》うたことがあるのかしら？」

浅見は車の中に戻りながら、「？」という目で秀美を見た。

秀美は首を横に振って、「知らない」という意思表示をした。

「一昨日《おととい》、彼女もこの辺を歩いているから、その時に顔を見たのじゃないですか」

浅見は秀美とママと、両方に等分に聞こえるように言った。どっちにしても、他人にあまり干渉されるのは、秀美の場合、望ましくないことだろう。

「そうやないわね……」

ママはなおも考えていたが、浅見は構わずサイドブレーキを外して、外の二人に「それじゃあ」と挨拶を送った。

「……ああ、そうや、トシコさんのところで見た写真の……」

ブツブツと呟《つぶや》くようなママの声が聞こえたが、すでに車は走りだしていた。

「さすがに水上家のお嬢さんともなると、雑誌に写真が載ったりもするのですねえ」

「まさか……」

秀美は呆《あき》れたように言った。

「私の写真なんか、雑誌に載るわけがないでしょう。からかわないでください」

「いや、からかってなんかいませんよ。さっきのママ——弁慶っていうスナックのママですが、彼女がそう言ったのを、あなたも聞いていたじゃないですか」

「でも、それは人違いですよ。私の写真がどこかの雑誌に載ったりしたことは一度もありません。いくらぼんやりの私でも、そんなことがあれば、うちの者や、友人の誰かが知らせてくれますもの」

「はあ、それもそうですねえ……」

秀美があまりにも強弁するので、なんだか白けてしまって、浅見はもう、その問題について話すのはやめにした。

吉野署に着くと、瀬田が待ち構えたように現れて、すぐに応接室へ案内した。

そこに若い女性がいた。

「こちらが例の川島さんの娘さんで、ええと、美春《みはる》さんじゃなくて……」

「智春です」

娘は笑いも見せずに言った。

「そうそう、川島智春さん。こちらが水上秀美さんと浅見名探偵」

いくぶん揶揄《やゆ》をこめたような口振りで、紹介した。

「よろしくお願いします」

川島智春は「探偵」という言葉にたじろぐ様子もなく、むしろ積極的に浅見を見つめるようにして頭を下げた。

「じつはですね。川島さんはお父さんの持っていた五十鈴《いすず》のルーツを探るために、天河神社に行って、そこで私と会ったのです。それでもって、五十鈴の元の持ち主が水上和憲さんであることが分かった。そして、さて和憲さんを訪ねようと考えた矢先に今度の事件が発生し、和憲さんが亡くなってしまったというわけです。まあ、なんといっても、亡くなられた水上さんはお気の毒ですが、われわれや川島さんとしても、せっかくの手掛かりを失ってしまって、非常に残念に思っているわけですなあ」

瀬田の説明が終わるのを待って、浅見は訊《き》いた。

「それで、川島さんのお父さんと、水上さんとの関係について、その後、何か判明したのでしょうか？」

「いや、これまでのところ、収穫はまったくのゼロです。亡くなった川島さんは、能や謡《うたい》にはぜんぜん関係がないのだそうですよ」

瀬田が言い、智春もそれを補足するように頷《うなず》いて見せた。

「しかし、水上さんの五十鈴が川島さんの手に渡ったことは事実なのですから、どこかに何らかの接点があったはずですよね」

浅見は言った。

「そりゃそうです。鈴が一人で勝手に歩いて行ったわけではないのですからなあ」

瀬田はあまり上手《うま》くもない冗談を言った。

「ただし、どういう接点があったのかということになると、いろいろな場合が考えられるわけでしてねえ。たとえば、あの鈴が直接、水上さんの手から川島さんの手に渡ったとはかぎらないわけですよ。あいだに仲介者がいたかもしれないし、じつは、とっくに水上さんの手を離れた鈴が、人手から人手へと渡ったあげく、川島さんが手に入れたということだって、あり得ますからな」

「でも、祖父はあの鈴を売るようなことは絶対にしないはずです」

秀美は不満そうに異論を唱えた。

「いや、売らなくても、盗み出された可能性だってあるでしょう」

「そんな……」

今度は智春が非難の声を発した。

「それじゃ、父が鈴を盗んだというんですか？」

「えっ？　いや、そうではなくて、つまり、いったん何者かの手によって盗まれた物が、次々に人手を経て川島さんの所有物になったということを言っているのです」

若い娘は、どうも短絡的で困る――と言いたそうに、瀬田は浅見を見て、ニヤリと苦笑した。

「でも、あの鈴が盗まれたとしたら、大変な騒ぎになったと思うんですよね」

秀美は首をかしげた。

「祖父は子供の私がいたずらしても、ひどく怒ったほどですもの、ずいぶん大切にしていたはずです。その鈴を盗まれたとか、そういう話は聞いたことがありません」

「しかしですねえ、盗まれたことに気付いていなかったということも、考えられるのではありませんか？」

「それは絶対にないとは言いきれませんけど、でも、それにしたって、あんな鈴だけを盗んだりするものかしら？　天河神社の信者にとっては大切な品でも、財産価値としたら、ごくつまらないものでしょうに」

「それはまあ、そのとおりですがねえ」

こうなると瀬田はお手上げだ。

「いかがです、浅見名探偵としては何かご意見はありませんか？」

また、からかい半分の言い方だったが、浅見はニコリともしないで、応えた。

「回答は一つしかありません」

「は？……」

瀬田は最初、聞き間違えたかと思ったらしい。

「えっ？　いま、答えがあると言ったのですか？」

「そうです、ただし一つだけですが」

「そりゃ、答案なんていうものは、二つあるより一つだけのほうがいいに決まっていますよ。しかし、ほんとに答えがあるんですかねえ？」

「ええ、ありますよ。ただ、秀美さんも川島さんも、たとえ僕が、気にそまないことを言っても怒らないで欲しいのですが」

「そうそう」

瀬田は大きく頷いた。

「どうも、われわれの仮説に対して、若いお嬢さんがいちいち目くじらを立てるのでは、なんともやりにくいですからなあ」

「すみませんでした、もう文句をつけたりしません」

秀美も智春も首をすくめるようにして、頭を下げた。

「では言いますが、考え方は一つ、要するにその鈴は、水上和憲さんが自分で持ち出したのでしょうね」

浅見が言い終えたのに、三人はまだその続きがあるものと思って、黙って待っている。

しかし、浅見も彼らと一緒に黙ったままであった。

「ん？　浅見さん、それだけですか？」

瀬田は驚いて訊いた。

ないじゃないですか」

「そりゃ何ですか？　水上和憲さんが持ち出した……だけじゃ、何の説明にもなってい

浅見はすまし顔で言った。

「ええ、それだけです」

二人の女性も、「そうよ、そうよ」というように、頷いている。

「そんなことはありません。売ったのでもなく盗まれたのでもないというのならば、つまり、和憲さん自身が持ち出した……ということ以外には考えられないという、これはいわば定理のようなものです」

「いや、定理か何か知りませんがね、それだけじゃ話はちっとも前進しませんよ」

「そうでしょうか、僕は違うと思いますがねえ。話を前進させるためには、ここの部分をしっかりさせておくことが肝心なのです。あれこれ迷わないで、『鈴は和憲さんが持ち出した』と断定するところから推理を進めてゆく——それが肝心なのですよ。そこから先のこと……たとえば、和憲さんは鈴をいつ、誰に渡したのか、直接、川島さんに渡したのか、それは何が目的だったのか、といった問題は、すべてこの最初の出発点を土台にしてかからなければ、単なる仮説の上の仮説として、きわめて影の薄い論理にしかなり得ないのです。そんなあやふやなものを、真剣に考える気には、誰だってなりませんよね」

「うーん……なるほど、それはまあそのとおりかもしれませんなあ」

瀬田は唇を尖《とが》らせながら、しかし、大きく頷いた。浅見光彦という青年に対して、はじめて、端倪《たんげい》すべからざるものを感じた――という顔であった。

3

もっとも、瀬田が感心したほどには、二人の若い女性は満足した顔ではなかった。それを見てとって、浅見は快活な笑顔を彼女たちに向けた。

「鈴を和憲さんが持ち出したことがはっきりしさえすれば、いろいろな仮説を樹《た》てて、推理の幅を拡げてゆくことができるものなのですよ」

その説明を聞いても、二人は当惑げに顔を見合わせるばかりだ。

考えてみると、これまで二人は、ほとんど会話らしい会話を交わしていない。しかし、そうやって目顔で意思を交わしているうちに、彼女たちのあいだに、いつしか共通の悲劇を背負っている者同士である――という気持ちが通じあった。

「ところで、問題の鈴ですが、川島さんはその鈴をいま、持っているのでしょう？」

浅見は智春に訊《き》いた。

「ええ」

「それ、ちょっと拝見できませんか」

「いいですよ。もともと、この鈴は水上さんのものです。早くお会いして、お返ししなければならないと思っていましたから」

智春は旅行バッグの中から、桐《きり》の箱を取り出した。

浅見はテーブルの上で慎重に箱の蓋《ふた》を取り、紫の布にくるんだ鈴を掌《てのひら》に載せた。手にズッシリと持ち重りのする、冷たい感触と、銀色の鈍い光を湛《たた》えた物体から、リリーンという音がこぼれ出た。

「いい音ですねえ。それになかなかきれいな鈴です。この三角形の奇妙な形は、たぶん音と音の干渉によって効果を出そうという狙いでしょうか」

「ええ、そうです。天河神社で知り合った人が、そう言ってました」

「それは、神社関係の人ですか？」

「いいえ、そうじゃなくて、私と同じように天河を訪れた女性です」

「じゃあ、お友達？」

「いいえ、初対面なんですけど、とても親切で、いろいろ相談に乗ってくれました」

「というと、はじめて会った人に、この鈴を見せたり、いろいろ、打ち明け話をしたのですか？」

少し軽率ではないか――という意味を含ませて、浅見は言った。その意図は智春にも伝わったに違いない。智春は弁解するような口調になった。

「ええ、でも、ほんとにいい人でしたし、それに、彼女から聞いたのですけど、天河っていうのは不思議なところで、人と人とのあいだにある垣根を取り除いてしまうのだそうです。たしかにそういう感じがしました。その人も天河で知り合った男性と……」

言いかけて、智春は慌てて口を噤《つぐ》んだ。考えてみると、目の前にいる水上秀美は、須佐千代栄が「結ばれた」と打ち明けた、あの水上和鷹の妹なのだ。

中途で言葉をとぎらせた智春に、瀬田が興味深そうに訊いた。

「その男性とどうしたのですか？」

「は？　いえ、べつに大したことではないのです」

智春は困った様子を見せた。

「大したことはないって、しかし何があったんです？」

「プライベートなことです」

「つまり、恋人同士になったというわけですかな」

「ええ、まあそうです」

「どの程度の仲になったのかな。たとえばですね……」

「その件はまあいいんじゃないですか」

浅見が脇から制止した。

「それより、この鈴がどうして川島さんの手に渡ったかを考えましょうよ」

「そうですな」

瀬田はつまらなそうに顎《あご》を撫《な》でた。

「まず最初に、和憲さんはその鈴を持ち出して、どうしようとしたのか——です。とにかく和憲さんは鈴を持ち出して、誰かに渡した。それも水上家の人々に知られないように……ですね」

浅見は言って、秀美の反応を見た。秀美は不服そうだったが、黙っていた。

「それでは、和憲さんはなぜ水上家の人に知られないようにしたのか……その答えも簡単です。つまり、知られては具合が悪い相手だったからですよね」

「ははは、そりゃ浅見さん、当たり前じゃないですか」

瀬田は笑ったが、浅見はあくまでも真面目《まじめ》くさって言った。

「その、渡した相手が誰かですが、秀美さんにも思い当たりませんか？」

「ええ、まあ……」

秀美は悩ましそうに眉《まゆ》をひそめた。それは見ようによっては、かすかに思い当たることがあるような印象を与えた。浅見はともかくとして、瀬田にとっては意外な反応だったらしい。すばやく、意味ありげな視線を浅見に飛ばした。

浅見はしかし、何も気付かないふうを装った。

「僕はあまり水上さんのお宅の内部事情を知らないので、いまの段階では、この部分は仮定で言うほかはないのです。ともあれ、和憲さんがご家族の人たちに知られないように、この鈴を持ち出したというのは、よほど、知られては具合の悪い何かの事情があったことだけはたしかなのでしょうね」

「その事情とは、いったいどういうものですかなあ？」

瀬田がもどかしそうに言った。

「一般的に言うなら……」と浅見は苦い顔をして言った。「こういうケースでは、まず女性問題が絡んでいるのが普通でしょうね」

「女性？　なるほど」

瀬田は大きく相槌《あいづち》を打った。

「それはあり得ますなあ。犯罪の陰に女ありですからなあ。そうすると、和憲さんにはひそかに愛人がいたとか……」

「やめてください、そんな不潔な想像は」

秀美はいきり立った。

「祖父はもう七十を超えた老人です」

「困りますねえ、怒らないっていう約束だったじゃないですか」

浅見は窘《たしな》めた。

「でも、祖父のことを……亡くなって、何の反論もできない祖父のことを、そんなふうに一方的に侮辱《ぶじょく》するような言い方をするのは卑怯《ひきょう》です」

「いや、僕は何も、そういう、愛人だとか、そんなことを言っているつもりはありませんよ。瀬田さんも、あまり刺激的なことは言わないようにしてくださいよ」

「しかし、女性が絡んでいるといえば、まず考えられるのは愛人ていうことになるのじゃありませんか？」

「どうしてそうなるのですか？　そうとはかぎらないと思いますがねえ。そうでしょう秀美さん、どうですか？　あなたの考えているのは違う人ですよね？」

「えっ？……ええ……」

秀美は不意を衝《つ》かれて、うろたえ、うろたえながら頷《うなず》いた。

浅見と秀美のあいだで、抜き打ちの刃《やいば》がチャリンと切り結んだような会話だった。

さすがに、瀬田は一瞬、（あれっ？——）という目を浅見に向けた。その瀬田の疑惑が、まだ形を成さないうちに、浅見は素早く言った。

「ともかく、和憲さんがひそかに鈴を渡した相手は女性である——と、これも仮定ではなく、定理として推理を進めようと思うのですが、どうですか？」

浅見の問い掛けに、今度は秀美も反発する気配を見せなかった。

「ところで、今度は鈴を受け取った川島さんの側について考えてみましょう」

浅見は言って、智春に訊いた。

「川島さんのお父さんが鈴を受け取ったのは、十月二十一日……事件の当日であると思って間違いなさそうですね」

「ええ、そうだと思います」

智春はしっかりと頷いた。

「それ以前に、もしこの鈴が父の手元にあれば、家族の者が気付かないはずがありませんから」

「そうですよね。それに、受け取った場所も、たぶんあのビルの中のどこかだったと考えてよさそうです。残る疑問は、なぜ、誰の手から受け取ったかということだけですが、これもすでに女性ということがはっきりしているのだし、警察の組織力をもって捜査を進めれば、簡単に手掛かりが摑《つか》めるにちがいありませんよね」

「簡単……」

瀬田は、とんでもない——というように肩をすぼめた。

「そう簡単に『簡単』だなんていうことを言ってもらいたくないですなあ。捜査本部では連日、何十人もの捜査員を繰り出して、ビルおよびその周辺で聞き込み捜査をやっているのだが、いまだにほとんど収穫がないのですからねえ。まあしかし、そのほうはいずれ何らかの成果が上がるとしても、しかし浅見さん、かりに水上さんが鈴を渡した相手が女性であったとしても、川島さんに鈴が渡るまでのあいだに何人の人物の手を経ているか、また最後に川島さんに手渡した人物が何者かは、容易なことでは特定できんでしょう」

「そんなことはありませんよ」

浅見は背筋を伸ばすようにして、きっぱりと言った。

「というと?」

「あいだに何人もの手を経ているというのがです。あいだには問題の女性一人だけしかいなかったと思いますよ」

「え?……」

瀬田ばかりでなく、三人の目が非難するように浅見に向けられた。

「どういうことですか、それは？」

「どういうって、要するに、水上和憲さんの手から川島さんの手に鈴が渡るあいだには、ただ一人の女性しか介在しなかった——ということです」

「まさか……いや、どうしてそんなことが断言できるのです？」

「それはこの鈴の性格を考えてみれば分かることです」

「鈴の性格？」

「ええ、この鈴はたしかに、なかなか魅力的ではあります。しかし、水上さんや信者にとっては、かけがえのない貴重なものであるけれど、僕のような門外漢にとっては、ただの鈴でしかないわけですよね。子供の頃の秀美さんが玩具《おもちゃ》にしたように、つまり、縁無き衆生《しゅじょう》にとっては何の商品価値もないに等しいということです。水上和憲さんが鈴を与えた……あるいは譲ったか貸したかした相手は、当然、鈴の持っているそういう背景だとか、性格や値打ちを知っている人物でなければなりません」

「うーん、なるほど……」

瀬田は唸《うな》った。

「ということは、受け取った相手もまた天河神社の信者というわけですか」

「いや、この場合は信仰とは直接関係ないような気がします。もしその人物が天河神社の信者で、単に鈴が欲しいということだけなら、直接、天河神社からお守りを戴《いただ》くようにするでしょう」

「じゃあ、いったい何なのです？　なんだって、水上さんは大切な鈴を他人に渡したりしたんです？」

瀬田は焦《じ》れったそうに、早口で言った。

「それはきっと、証《あかし》として渡したのだと、僕は思います」

「アカシ？……」

瀬田はピンとこなかったらしい。

「つまり、何かの契約か、あるいは約束のための証拠として、鈴をその人物に与えたのじゃないかと思うんです」

「契約の証拠、ですか？」

「ええ、ほら、よく天地神明にかけて……とか言うでしょう。そういう誓いを込めて、この鈴は渡されたのだと思うのです」

「ふーん、誓いをねえ……いったい何を誓ったのです？」

「そこまでは知りません」

浅見はケロッと言ってのけた。

瀬田も二人の女性も、欲求不満そのもののような顔になった。

「しかし、浅見さんの言うとおりだとしてですよ、それじゃ、その大切な証拠になる鈴を、その女性はなぜ川島さんに渡してしまったのですかなあ？」

瀬田は訊《き》いた。

「もしこちらの、川島さんのお嬢さんの言うことが正しいとすると、川島さんだって、われわれ同様、この鈴の値打ちを知ってはいなかったと考えられますからねえ。でなければ、歩きながら鈴を取り出したりするはずがないでしょう」

「そうそう、そのことも重要な意味を持っていますよね」

浅見は頷いた。

「たしかに鈴の値打ちを知らなかったということもそうですが、もう一つ、川島さんが鈴を受け取ったのは、あのビルの中であることを裏付けるものです。なぜなら、川島さんは珍しさのあまり、歩きながら鈴を取り出してみようとしているくらいですからね」

「なるほど、そういう考え方もありますかなあ」

瀬田は（ああ言えばこう言う男だな――）と言いたそうに、浅見の顔を眺めた。

「たぶん……」

浅見はしばらく考えてから答えた。

「これは僕の推測ですが、たぶん、川島さんは、ある人物の……つまり、水上さんから鈴を受け取った人物の意を体《たい》して……いわば代理人として行動しようとしていたのではないかと思います。つまりあの時、ビルのどこかでその人物――『X』っていうことにしておきましょうか――から鈴を預かり、それを証拠の品として、『X』の代わりに水上さんのお宅を訪ねるつもりでいたのではないかということです。ことによると、鈴と引き換えに水上さんから何か……たとえばお金を受け取ることになっていたのかもしれません」

「ふーむ……」

瀬田は唸った。

「その『X』なる人物を、浅見さんは女性であると言うのですな」

「そういうことですね」

「しかし、それはかなり大胆な推測ですなあ。第一、かりに浅見さんの言うとおりだとしてですよ、その川島さんを、肝心の仕事を前に毒殺してしまっては、何をやったのか分からないことになるじゃないですか」

「そうです、そのとおりです。そこのところが僕にはどうしても説明がつきません」

浅見は顔をしかめてから、言った。

「ただ、またしても推測で言わせてもらうなら、あれは何かの手違いだったのじゃないかという気がするのですが」

「そんな無茶な……」

瀬田がさらに反論しようとした時、ドアをノックして、森本刑事が入ってきた。

「瀬田さん、ちょっと」

ドアのところまで呼んで、瀬田の耳になにごとかを囁《ささや》いた。瀬田は真剣な顔で聞いていたが、森本の話が終わると、ニヤリと笑ってこっちを向いた。

「浅見さん、いま東京から連絡が入りましてね、川島さんがあの日、会っていた相手の手掛かりが摑《つか》めましたよ。といっても、まだほんの影のようなものですがね。ただし、浅見さんが今言っていたこととは、根本的に違っているようですなあ」

「はあ、そうなのですか……」

浅見は眉《まゆ》をひそめた。

「決定的に違う点は、あの日、川島さんが会っていたのは、どうやら男性のようだったそうですよ。しかも、それは老人……ちょうど水上和憲さんのような感じのご老人らしいということなのです。これはどういうふうに説明するつもりですか？」

瀬田は、まるで弁護士を言い負かした検事のように、肩をそびやかして言った。

4

事件当日、川島孝司と思われる人物を見掛けた——という情報が、ようやく一つ、捜査本部にもたらされたのは、事件から二十日間ほども経過してからであった。

それもじつに意外な場所である。警察は川島が出て来たビルの中と、ビルに出入りする人々を対象に聞き込みをつづけていたのだが、川島が目撃されたのは、なんと、そのビルの隣——といっても、広い通りを隔てた、直線距離でも百メートルは離れている——にあるホテルのロビーだった。

目撃者は事件のあった日、たまたま福岡から上京し、そのホテルに宿泊した、吉川《きっかわ》という会社員である。

吉川はその日の午後二時過ぎに、いったんホテルにチェックインをしてから、川島が出てきた高層ビルの二十一階にある取引先のオフィスを訪れ、商談をすませ、ホテルに引き上げてきた。

ホテルの玄関を入り、エレベーターに乗る前に、ロビーの奥にあるトイレに立ち寄った。そして、トイレを出てロビーを横切ろうとした時に、川島と思われる人物を見たというのである。

ロビーにはソファーや肘掛椅子《ひじかけいす》、テーブルなどが置かれ、軽い飲み物も頼める、ラウンジ風のスペースがある。フロアの通路とは、真鍮《しんちゅう》の柵《さく》に臙脂色《えんじいろ》のビロードのロープを張りめぐらせて区切っただけで、そのオープンな雰囲気がこのホテルのひとつの名物になっている。

吉川が通りかかった時、いちばん奥——つまりもっとも端のトイレ寄りのテーブルを挟んで坐《すわ》っていた男が二人、立ち上がった。

吉川は何の気なしに二人の動きを見ながら、そこを通過した。したがって記憶はひどく曖昧《あいまい》なのだが、二人が中年と老人で、老人は通路側に背を向けていたことと、若いほうの顔が見えたことだけは憶《おぼ》えていた。

もっとも、見えたといっても、それほど特徴のある人物でもなかったし、その気になって見たわけではないから、はっきりした記憶になることはなかった。

吉川の記憶に残ったのは、むしろ、男の持っていた白っぽい木製の箱のほうである。男がいかにも大事そうに両手で抱えるようにしていたのが印象的であった。

翌日の朝、吉川は事件のことをテレビニュースと新聞の記事で見て知ったが、よもやあの時の男が事件の被害者であるとは思ってもみなかった。

そして、その日には吉川は福岡に帰っている。もし、彼がそのまま東京に来なかったなら、事件のこともすっかり忘れてしまったままになっただろう。

吉川がはじめて(もしや?——)と気付いたのは、ふたたび上京して、前回と同じようにホテルに泊まり、問題のビルの取引先を訪れて、担当の人間から、事件の詳しい話を聞かされた時である。

「いやあ、驚きましたよ。少し前を歩いていた男の人が、いきなりひっくり返って、取り落とした桐の箱の中から、おかしな恰好《かっこう》の鈴が転がり出しましてね、リリーンという、なんともいい音で鳴ったのです」

事件当時、たまたま現場を通りかかって、一部始終を目撃していたという、その担当者は、そういう話をしていた。

「桐の箱ですか、まさか、あれじゃないでしょうねえ……」

吉川は妙に気になって、箱の大きさなどを訊いた。

「へえー、吉川さん知ってるんですか? 知ってるんだったら、警察に教えてやったほうがいいですよ」

相手は面白そうに勧めた。警察から、被害者の特徴を書いた手配書が配られ、目撃者が名乗り出てくれるのを待っているらしいということであった。

吉川は大抵の市民がそうであるように、そういった、警察沙汰《ざた》に関わりあうことは望まない性質だが、お顧客《とくい》さんの勧めをもだしがたく、警察に届け出た。そうして、川島の写真を見せられ、ほぼこの人物に間違いない——と言ったのである。

「いや森本君が電話で聞いたところでは、目下のところ、川島さんの相手の人物については、老人らしかったという以外、何も分かっていないのだそうですがね、しかし老人——男の老人であることだけはたしかだそうですよ」

瀬田部長刑事はその点は残念そうだが、とりあえず、浅見の主張した「相手は女性」という定理が覆ったことを喜んでいるのは間違いない。

「そうですか、老人でしたか……」

浅見は腕組みをして考え込んだ。その困った様子を見て、瀬田はますます得意そうである。

「老人となると、水上和憲さんがまず考えられますかなあ。いや、目撃者は水上さんの写真を見ても、その時の老人かどうかは分からないと言ってはいるのですがね」

瀬田は三人の「客」の反応を見るように、言った。浅見は無表情に思案に耽《ふけ》っているが、秀美と智春はそれぞれ衝撃を受けた。

その老人が何者であるにせよ、川島孝司——智春の父親——を殺害した疑いのもっとも濃厚な人物ということになる。それがもし、瀬田が言ったように秀美の祖父であったとしたら……。

秀美も智春も、無意識に、たがいに視線を避けあっていた。

「どうもよく分からないなあ」

浅見はそういう状況には関わりなく、呻吟《しんぎん》したあげく、溜《た》め息《いき》をついた。

「鈴を渡したのが老人だったとはねえ……信じられませんねえ」

「そんなことを言ったって浅見さん、事実そうなのだから仕方ないですよ」

瀬田は浅見の未練を哀れむように言った。

「そうですかねえ……」

浅見は頭を抱えてから、気を取り直して、智春に言った。

「あらためて訊《き》きますけど、お父さんは、それまでに、水上さんのことについては何もおっしゃってなかったのですか？」

「ええ」

「それどころじゃないですよ、浅見さん」

と瀬田が言った。

「川島さんの家族も会社の人たちも、川島さんが東京へ行くことなどまるっきり知らなかったのですからな。川島さんは大阪へ行っているものとばかり思っていたのです」

「えっ？　大阪に？」

浅見は驚いて智春を見た。

「ええ、そうです。大阪の帰りに東京へ行くなんて、ひと言も言っていなかったのです。でも、父が理由もなしに隠したり嘘をつくはずはないんですよね」

智春は悔しそうに、瀬田の横顔を睨《にら》みながら言った。

「たぶん、途中で何かがあって、急に東京へ行くことになったのだと思います」

「なるほど……」

浅見は智春に向いたまま、何かを見届けようという遠い目になった。

「問題は、定理を大切にするかどうかによって変わってきますね」

浅見はぼんやりした表情で、老人のたわごとのようにブツブツと言いながら、俯《うつむ》いて、また思案の中に沈み込んでしまった。

瀬田は（頭がおかしくなったのじゃないか——）と言いたそうな顔で、そういう浅見の顔を覗《のぞ》き込んだ。

五分か六分を経過しただろうか。

「どうやら、少しずつ分かってきたような気がしますよ」

浅見はゆっくり顔を上げて、言った。

「分かったって、何がです？」

「つまり、水上さんと鈴と川島さんとの関係が、です」

「要するに、水上さんが川島さんに鈴を渡したっていうことでしょう？」

「それは僕の定理にはない図式です」

「また定理ですか。それじゃあ、浅見さんは、まだ事件の陰に女ありで行こうっていうんですか？」

「そうです」

「やれやれ」

瀬田は二人の女性に、どうしようもない——というふうに首を振って見せた。

「まあ、浅見さんがどうしてもって言うのなら、私はべつに異論を挟むつもりはありません。名探偵は名探偵の信念に従ってやってください。しかし警察は別の方向で捜査を進展させることになるでしょうな。捜査本部はすでにその老人の洗い出しにかかっているはずですよ」

「それは当然でしょうね。警察の優れたところは、何といっても組織力です。僕たちにはそういう人海戦術が使えませんから、大いに頼りにしていますよ」

浅見は褒めたつもりなのだが、瀬田はなんとなく浮かない顔だ。浅見にそんなふうに言われると、なんだか、「人海戦術」などと、体《てい》よく煽《おだ》てられながら、結局、大掃除をやらされているのではないか——という気がしてきたのだ。

「さて、それではそろそろ失礼しましょうかね」

浅見は立ち上がって秀美に言った。

「えっ？　帰ってもいいんですか？」

秀美は驚いて、浅見を見上げた。

「もちろん構いませんよ。それに、お宅では今夜、お通夜でしょう。水上家の跡継ぎとして、あなたは一刻も早く出席しなければいけないはずです」

「ええ、それはそうですけど……でも、事件のことはどうなるのでしょう？」

「それはまだ分かりません。いろいろと出てきた謎《なぞ》を整理したり、事実関係を確認しなければならないことも沢山あります」

「せめて、祖父の死の真相だけでも分からないのでしょうか？」

「それについては、いまの段階では『水上流宗家《そうけ》は自殺しないというのが、僕の定理である』ということしか言いようがありません。警察の意見は、必ずしも一致しないみたいですしね」

瀬田は不服そうな顔をしているが、秀美は浅見の自信たっぷりの言葉に引きずられるように、立ち上がった。

「あの、私はどうしたらいいのでしょう？」

智春が心細そうに瀬田に訊いた。

「ああ、川島さんもとりあえずお宅に帰って結構です。私のほうには差し当たって訊かなきゃならんこともないし、われわれもじきに東京へ戻りますから」

「もしよければ」と浅見は言った。

「僕と一緒に天河神社に行きませんか」

「天河に？」

「ええ、できれば案内してもらえるとありがたいのですが」

「はあ……」

智春は浅見と秀美の顔を見比べるようにして逡巡《しゅんじゅん》した。

「もし都合が悪ければいいのですよ」

「いえ、そんなことはないのですけど……分かりました、一緒に天河へ行きます」

それじゃ——と、慌ただしく挨拶《あいさつ》を交わして、三人の「客」は瀬田と別れ、吉野署を出た。

車の中で、智春は秀美に五十鈴《いすず》を渡した。

「事件の真相がどういうことであろうと、私たちはおたがいに被害者だと思ってます」

智春は健気《けなげ》に言った。しかし、その言葉の中には、ことによると秀美の祖父が父親を殺した犯人であるのかもしれない——という疑惑が込められているようで、秀美は素直に頷《うなず》くことができない気持ちがした。

近鉄線の駅まではほんのひとっ走りだった。駅前で車を停め、秀美を下ろした。

「明日か明後日《あさって》、お宅にお邪魔します」

浅見は秀美を駅の構内まで送って行って、別れ際に励ますように言った。秀美は改札口を通る時、心細そうに振り返り、伸び上がるようにして浅見に頭を下げた。

「水上さんとご一緒しなくてもよかったんですか？」

車に戻って、吉野の町を走りだすとすぐ、智春が言った。

「ああ、もう大丈夫ですよ。事件のショックから立ち直ったみたいです」

「いえ、そうじゃなくて、浅見さんが私と天河へ行ったりしても構わないのかと思って……」

「あの、浅見さんと水上さんは、あの、恋人同士では……」

「え？　どうしてですか？」

「え？……」

浅見はチラッと助手席の智春に視線を飛ばして、笑いだした。

「僕と彼女とは一昨日《おととい》、はじめて会ったばかりですよ」

「あ、そうなんですか……でも、お二人はずっと一緒だったんでしょう？」

「ははは、困ったなあ。そうか、川島さんの話によると、天河では人間と人間とのあいだにある垣根が無くなってしまうのでしたっけね。しかし、水上さんと僕が会ったのは天河でなく、吉野山でしたからね。残念ながら、あなたが考えるようなロマンスは生まれませんでしたよ」

「すみません、おかしな想像をして。いやらしい女だと思われたでしょうね」

「いや、そんなことはないけれど……そうそう、じつは、さっきはほかに人がいたので訊かなかったのだけど、あなたが天河神社で会ったという女性のこと、それこそロマンスがあったとかいう話。その話をしている時、なんだか言いにくそうにしてましたよね」

町を出はずれるところの信号が赤になり、車が停まった。浅見は智春に視線を向けて言った。

「それがすごく気になっているのです。あれはいったい何だったのですか？」

どんな秘密でも貫いてしまいそうな、それでいて優しい光を湛《たた》えた目であった。その目とまともに見つめあって、智春は思わず頬を染めた。

「あの、その人は須佐千代栄さんというんですけど……」

智春は躊躇《ためら》いながら、話しだした。

「須佐さんは、今年の春、独りで薪能を見にきていて……」

智春の話は途切れがちだ。信号が変わって、車はスタートした。浅見は黙って、智春の話の続きを待った。

千代栄が男性と神楽殿《かぐらでん》で結ばれたところまで話すのに、ずいぶん時間がかかった。

「問題はその男性の名前ですけど……」

またしても智春は言い淀《よど》んだ。

「水上和鷹さん、ですね？」

浅見はズバリと言った。

「えっ？　どうして？……」

「それは、あなたの表情を見れば、だいたいの想像はつきますよ。さっきは秀美さんの前でうっかり言い出しかけて、ずいぶん困った顔をしていましたからね」

「浅見さんはその時、すでに分かっていたんですか？」

「ええ」

浅見はニッコリ笑った。

「その女性……須佐さんでしたか。彼女はまだ天河にいるんですね？」

「ええ、一週間の予定だって言ってましたから……じゃあ、浅見さんは須佐さんに会いに天河へ行くんですか？」

「まあ、それも目的の一つです。しかし、それだけではない。あなたの話を聞いて、僕も天河神社というところを、いちど見ておきたいと思ったのですよ。天河の不思議な雰囲気みたいなものに、ぜひ浸ってみたいと思いましてね」

「そうなんですか……」

智春は胸につかえていたいろいろなことが、いっぺんで無くなったような、ほっとした安堵《あんど》の気分を味わった。

そして、天河に漂う不思議な「気」が、この魅力的な青年とのあいだにある垣根を取り払ってくれればいいのに──と、ひそかに考えていた。

第九章　歴史と奇跡は繰り返す

1

下市町を過ぎて登り坂にかかる。渓谷のV字形が狭くなった頃から、白いものがチラホラ舞い落ちてきた。桜花壇のおばさんが言っていた「天気予報」が的中したらしい。気温もぐんぐん下がって、フロントガラスが曇った。

「昨日の夜はすごい霧だったんです。須佐さんが、霧が雪になって冬が来るって言ってましたけど、このぶんだと、今夜の薪能《たきぎのう》はどうなるのかしら」

智春は心配そうに、谷の上の鈍色《にびいろ》の空を見上げた。

「この程度の雪なら、積もるほどは降らないでしょう」

浅見は楽観的に言った。チェーンを用意してきていないのだから、積もってもらっては困るのだ。

民宿に着いた頃には、天川村は夕暮れの気配であった。

玄関を入ったところで、おばさんの代わりに「はーい」と言って出てきた千代栄とバッタリ顔があった。

「あっ、やっぱり戻って来たのね」

千代栄は満面に喜色を溢《あふ》れさせて、弾んだ声で言った。

「ええ、ちょっとわけがあって……」

智春は申し訳なさそうに言って、後ろを振り向いた。その視線の先で、浅見がペコリと頭を下げた。

「はじめまして、浅見といいます」

「はあ……」

千代栄はお辞儀を返しながら、丸くした目で智春と浅見を交互に見た。

「川島さんに天河神社のよさを聞きまして、どうしても見ておきたくなったのです」

浅見は智春の代わりに説明した。

「ところで、ここには泊めてもらえるのでしょうかねえ」

「はあ、大丈夫だと思いますけど」

千代栄は急いでおばさんを呼んできた。おばさんは新しい客を見て、いきなり「ハンサムやわあ」と大きな声を出した。

「川島さんが連れて来やはったん？」

「ええ」

「へえーっ、そら大したもんやわ」

「おばさん、そんなんじゃないんです」

智春は慌てて手を振った。

「何でもええよって、上がってください。けど、お部屋はべつでっせ」

「きまってますよ、そんなこと」

智春は呆《あき》れて、負けないほどの大声を出してしまった。

おばさんが浅見を部屋に案内して行ったのを見送って、智春も自分たちの部屋に荷物を置きに行った。並んで歩きながら、千代栄は「かっこいい人じゃない」と智春の脇腹をつついた。

「いやだなあ、違うって言ってるのに」

智春は赤くなった。

「そうじゃなくて、吉野警察署で会った人なんですから」

「え？　警察で？」

「そうですよ。東京でフリーのルポライターをやっていて、アルバイトみたいに私立探偵もしているとかいうんです」

「じゃあ、あなたのお父さんの事件や、水上和憲さんの事件のことを？」

「ええ、それで、天河神社に行ってみたいって言うから……」

「そうなの……」

部屋に入って、二人はテーブルを挟んで向かい合いに坐《すわ》った。千代栄は智春のためにお茶を入れてくれた。

「で、どうだったの？　吉野では」

「どうもしませんよ、浅見さんとはほんとに警察で会っただけなんですから」

「えっ？　やだなあ、違うわよ、そうじゃなくて、刑事さんや水上さんのご遺族に会ったのでしょうって訊《き》いているの」

「ああ、そのこと……」

語るに落ちた感じで、千代栄はおかしさを堪《こら》え、智春はいっそう顔が赤くなった。

「会ったけど、でも、まだ何がどうなっているのか分からないみたいなんです。ただ、警察の人は、もしかすると、父に鈴を手渡したのは水上和憲さんじゃないか――っていうような雰囲気でした。もしそうだとすると、水上さんが犯人っていうことになるらしいんですよね」

「まさか……」

「ええ、私もまさかと思うし、浅見さんは、父に鈴を渡したのは女性だって言っているんです」

「えっ？　そんなことが分かるの？　どうして？」

「よく分かりませんけど、それが定理だとか言ってました」

「定理って、あの数学や幾何の定理？」

「ええそうです」

「でも、定理って言ったら、動かせない事実っていうようなことでしょう？　そんなにはっきり断定できるのかしら？」

「浅見さんに言わせると、そうなるのだそうです」

「ふーん、変わった人みたいね」

「そうなんです、ボンボンみたいな感じだけれど、何でも見透してしまうような目をする時があって、ちょっと怖いみたいな……」

「いくつぐらいかしら？」

「さあ、聞かなかったけど、三十歳ぐらいじゃないですか」

「独身？」

「知りません、そんなこと」

「だめねえ、それも聞かなかったの？」

「だって、そういう関係じゃないって言ってるでしょう」

「だからァ、これからそういう関係にならなきゃだめでしょう」

「えーっ、だめですよ、私なんか。それより須佐さんのほうこそ……」

言いかけて、智春はふいに千代栄に嫉妬《しっと》している自分を感じてしまった。

（ばかねえ――）

自分を叱咤《しった》しながら、また顔が赤くなるのを感じた。

その時、ドアがノックされ、浅見の声が聞こえた。

「もしよければ、お話を聞かせていただけませんか」

千代栄は「はーい」と答えて、手を伸ばし、もういちど智春の肩をついてから立ち上がった。

食事時間には少し間があった。浅見と二人の女性は、食堂で、おばさんの入れてくれたあまり美味《おい》しくないコーヒーを飲んだ。

千代栄は根っから人見知りしないタチなのか、それともやはり天河の「気」のせいなのか、初対面の浅見に対して、まるで昔からのボーイフレンドのように親しげに喋《しゃべ》った。

浅見もさすがにルポライターだけあって、話を聞き出すコツを心得ている。ただし、智春が車の中で、「あのことは須佐さんには言わないでください」と釘《くぎ》を刺しているので、水上和鷹の名前を出すことはなかった。

浅見は主として天河神社の話を聞いた。天河神社の由来はもちろん、天川郷そのものの歴史についても、千代栄の知っているかぎりのことを引き出した。

「天川郷は昔、都を追われて吉野に逃れ、さらに吉野山を追われた人々が落ちてきたところだったそうです」

千代栄は驚くほど豊富に、天川や天河神社にまつわる歴史を勉強していて、興味深い話をいくつも語ってくれた。その中でも、南朝《なんちょう》の盛衰に天川が密接に関わりあっていたという事実は、浅見には刮目《かつもく》すべき新知識だった。

後醍醐天皇が吉野に遷幸《せんこう》して樹立された南朝は、天皇の逝去とともに衰微していった。

後村上天皇のときに、有名な四条畷《しじょうなわて》の戦いで楠正行《くすのきまさつら》が戦死、勢いをかって足利勢の高師直《こうのもろなお》が六万の大軍で吉野に攻め寄せた。

以後、南朝の流転の歴史が始まる。

後村上天皇は吉野から撤退、天川を通って紀州有田《きしゆうありた》郡に移った。

後に有田郡も攻められ、ふたたび天川に逃れる。

『太平記』には「天河ノ奥賀名生《あのう》ノ辺ニ御忍候ヘシ」とある。

もしこの時、高師直がそのまま兵を進め、天川を攻めたらどうなっていたか分からないのだが、なぜか高師直はそのまま軍勢を引き返させた。

「それは、天川の郷民たちの反撃を恐れたためなのだそうです」

千代栄はそう説明した。地元民の天皇家に対する忠誠心は旺盛《おうせい》で、さすがの高師直と彼の大軍も、山の地理に詳しい郷民のゲリラ戦法を警戒したらしい。

南朝はいちど北朝と和解して、京都に戻るのだが、後にふたたび決裂、大和《やまと》の南を中心とする、いわゆる「後南朝《ごなんちよう》」を開く。その八十年の歴史のすべてに、天川が関わっていたというのである。

また、天河神社に観世十郎元雅が奉納した「阿古父尉《あこぶじよう》」と呼ばれる面がある。

観世元雅も、父親の世阿弥とともに政変のあおりを食って失脚した悲劇の人であった。

世阿弥・元雅父子は足利将軍・義満《よしみつ》の死と同時に栄華の絶頂から急転、落魄《らくはく》の身となった。足利義教が世阿弥の甥《おい》、元雅には従兄弟《いとこ》にあたる音阿弥を寵愛《ちようあい》し、世阿弥父子を疎《うと》んじたためである。

もっとも、一説によると、世阿弥・元雅父子は南朝に忠誠を誓ったスパイであったともいわれている。足利家に仕えていながら、時折、大和の南にある社寺で演能を催したのは、ひそかに南朝に通じることが目的であった――というのだ。

戦乱の世にあって、どういうわけか能楽師たちは、比較的に自由に往来ができた。そういうところから、彼等の多くは、じつは、いわば「忍びの者」のような役割を果たしていたのではないか――とする説もあるそうだ。

世阿弥は佐渡に流され、元雅は身の危険を感じて伊勢北畠氏を頼って落ちのびる。その途中、元雅は天河神社に立ち寄り、「阿古父尉」の面に万斛《ばんこく》の想いを込めて「所願成就」と書き、奉納した。

その後、元雅は伊勢の地で非業の最期を遂げる。

「毒殺されたという噂もあるそうです」

千代栄は言った。

「毒殺?……」

浅見は連想が走って、思わず智春の顔を見た。智春もむろんそのことを感じたのだろう、反射的に浅見を見返した。

「あっ、変なこと話してしまったわ。ごめんなさい」

千代栄は慌てて、手で口を覆った。

「そんなこと、気にしないでください」

智春は困った顔で言った。

「そうですね、この際は割り切ることにしませんか。それより、毒殺されたというのは、本当のことですか？」

浅見が話のつづきを催促した。

「ええ、そういう話を聞きました。この地方の山奥には、植物の根から猛毒を採集する方法が伝わっていたのだそうです」

「なるほど、そうするとたぶん、アルカロイド系統の毒物ですね」

「何ですか？　そのアルカなんとかっていうのは？」

千代栄が訊《き》いた。

「ほら、狩猟民族が矢毒に使ったといわれる、トリカブトという植物の名前は知っているでしょう。アルカロイドというのは、簡単にいえば、そういう、植物から採取した毒のことです。この付近の山はかつて山伏や行者が闊歩《かっぽ》していたのだから、そういう薬草や毒物についての知識が伝わっていたとしても不思議ではないでしょうね」

そう言いながら、浅見はひそかに「謎」の一つが解けようとしているのを感じていた。

その夜、三人はうち連れて薪能《たきぎのう》を観に出掛けた。気温は低いが、昨夜より空気に湿り気があるのか、肌を刺す——という感じではない。雪も、浅見の予想どおり、降り積もるまでには至らなかった。
この夜の番組は『鵺《ぬえ》』。題名どおり、ずばり鵺の話である。
鵺というのは、顔は猿、胴は狸、尾は蛇、手足は虎——という得体の知れない怪物だ。
世を捨てた旅僧が難波《なにわ》の芦屋《あしや》の里を通りかかり、御堂をかりて一夜の宿とする。
その夜更け、怪しげな舟人がやって来る。舟人は旅僧に、自分は源頼政の矢に射殺《いころ》さ
れた鵺の霊魂であることを告げ、自分のために回向《えこう》をしてくれるように頼む。
旅僧が夢から覚めた想いで読経《どきよう》しているところに、今度は鵺の亡霊が恐ろしい姿で現
れ、頼政に射殺された時の怨《うら》みを物語るのである。
源頼政は鵺を退治した武勇によって、宇治《うじ》大臣頼長《よりなが》に重用されたが、それに引きかえ、
自分は宇治川の流れに沈んで、惨《みじ》めな思いを味わっただけだ——と鵺は訴え、なおなお
回向を頼むと言いつつ消え失せる。
これが『鵺』のストーリーのあらすじである。
記憶のいい読者なら、水上和春の追善能《ついぜんのう》で、高崎義則老人が『頼政』を演じたことを
憶《おぼ》えているだろう。その頼政が、鵺退治で勇名を馳《は》せた「源三位《げんざんみ》頼政」その人である。
史実の中の頼政は、武勇に優れていたばかりでなく、歌人としても、『新古今集』な
どに多くの歌が収録されるなど、よく知られた存在だ。
頼政は保元《ほうげん》の乱の時には後白河《ごしらかわ》天皇方に参じ、平治《へいじ》の乱では同族の源義朝《よしとも》を捨てて、
平清盛《たいらのきよもり》に味方した。その時の働きで従三位《じゆさんみ》という破格の出世を遂げた。なんとなく無

節操な人間のようだが、彼が一人だけ平氏《へいし》についたために、源氏の血筋が残ったということは言えるかもしれない。

しかし、頼政はその後、以仁王《もちひとおう》を奉じて平氏を討とうとして失敗。大和へ逃れる途中、宇治川のほとりで平家の大軍に捕捉《ほそく》され、息子たちや一族のほとんどを討たれ、絶望して自害し果てる。後に以仁王も死ぬが、王の出した令旨《りょうじ》は、やがて木曾《きそ》の義仲《よしなか》、伊豆《いず》の頼朝に届いて、頼政の遺志は遂げられることになった。

謡曲『鵺』では鵺の悲嘆が語られるのだが、その鵺を殺した頼政もまた、謡曲『頼政』の中で身の不運を悲しんでいる。そして、それぞれの物語の主人公が、同じように僧侶《そうりょ》に回向を頼みながら「失《う》せにけり」と消えて行くのである。

この「栄枯盛衰」の無常感、「失せにけり」で象徴される宗教的な諦観《ていかん》は、古来、日本的精神と日本文化の底流をなしているように思える。

〔祇園精舎《ぎおんしょうじゃ》の鐘の声、諸行無常の響きあり〕
〔人間五十年、下天《げてん》のうちを比ぶれば、夢まぼろしのごとくなり〕
〔逢《あ》うは別れのはじめ〕
〔世の中は三日見ぬ間の桜かな〕

どれを取っても栄華の夢のはかなさを言っている言葉ばかりだ。パッと咲いてパッと散る桜を好む国民性は、千年の歴史に裏打ちされているといっていい。

こういう一種の潔《いさぎよ》さは、西洋文化にはない。西洋人はもっとねちっこく、ある意味では狡猾《こうかつ》だ。政治家が汚職をやっても、国民が怒るのはその時だけで、じきに忘れてしまうのも、日本的現象だ。アメリカでは、汚職や女性問題でスキャンダルを起こした政治家はたちどころに失脚する。

「忘却とは忘れ去ることとなり」と、当たり前のような文句を冒頭に言うラジオドラマがあったが、忘れ去ることはむしろ美徳とされていたし、いまでも「サラリと水に流す」大度《たいど》こそが好ましいらしい。大侵略戦争をやってから半世紀も経っていないのに、「西洋の侵略よりはマシだった」などと、堂々と言ってのける大臣がいるくらいだ。

だが、そういう日本人の中にも、受けた恩や怨みを決して忘れはしない——という人間だっていないわけではないのだ。

いや、もしかすると、本当は誰だって心の奥深くに、恩や怨みを仕舞っているものなのかもしれない。忘れたように見えるのは、悲しみのたびに出来た心の襞《ひだ》に、隠されて見えないだけなのかもしれない。

篝火《かがりび》に照らされた舞台で演じられる、華やかな能を見つめながら、浅見の脳裏にはさまざまな想いが浮かんでは消え、浮かんでは消えていった。

2

能が終演しても、浅見はじっと考えごとに耽《ふけ》っていた。夜気はブルゾンの薄い生地を通して、しんしんと寒い。しかし、その寒さをも感じないほど、浅見の脳髄は回転し、熱くなっていた。

　観客はそれほど多くなかった。舞台の余韻に心を残しながらも、人々は闇の中に消えて行った。

　千代栄と智春は立ったが、浅見は依然として床几《しょうぎ》に坐《すわ》ったままだ。

　智春は浅見を見返って、動きを停めた。その時になって、千代栄はようやく浅見の様子に気付いた。

「私、先に帰るから……」

　智春の耳に囁《ささや》くと、千代栄は意味ありげな微笑を見せて去って行った。智春が制止するひまもなかった。

　智春は仕方なく、浅見と並んで坐った。坐ってみて、ふと、この状況が、千代栄と水上和鷹が結ばれた夜のケースとそっくりであることに思い当たった。そう気がついたとたん、篝火のせいばかりでなく、智春の顔はカーッと火照《ほて》った。心臓がドキドキしてきた。見まいとしても、視線は神楽殿《かぐらでん》の方角に向いてしまう。

　千代栄が和鷹と結ばれたという、神楽殿の床には、今夜も樟脳《しょうのう》の匂いのする敷物が延べられているのだろうか？――

　自分のテレパシーが、いまにも浅見の「愛している」という囁きを聞きはしまいか――と、智春は全身全霊を傾けて、霊的な信号をキャッチしようと努めた。

「行きましょう」

ふいに浅見が言った。それはテレパシーではなく、肉声であった。それと同時に、彼の手が智春の腕を摑《つか》んだ。智春が浅見という青年にイメージしていたのとは少し違う、荒々しい仕種《しぐさ》であった。

（来た――）と智春は思った。浅見に誘われるままに立ち上がりながら、反射的に神楽殿の方向に視線を走らせた。

だが、浅見は神楽殿とは逆の方角へ向かって歩きだした。智春の腕を摑んだのも、どうやら、単に暗い道を歩く際の女性に対する思いやりであって、多分に儀礼的な意味あいでそうしているらしかった。

ひょっとすると、そういった行為自体、浅見は無意識に行っているのではないか――と智春には思えた。浅見はむやみに速足で帰路を急いで、とてものこと、智春に対して必要以上の思いやりを尽くしているような気がしなかった。

「ずいぶん急ぐんですね」

智春はつい、不満をそのまま声に出した。

「ええ、時間が遅いですからね、早くしないと夜が更けてしまう」

浅見は分かりきったようなことを言って、いっそう足を速めた。

「私なら平気ですよ。夜はいつも遅いんですから」

「えっ？」

浅見は妙なことを言うな――と智春を見た。その時だけ、少し歩く速度が鈍った。

「いや、都会の人間はそうですが、田舎の人は夜が早いでしょう」

「田舎の人？」

「ええ、僕は福本さんという人の家を訪ねたいのです。家がどこか、民宿で訊《き》けば分かるでしょうね」

「それは、分かると思いますけど……」

なんだ——と智春は落胆し、腕から浅見の手をそっとはずした。もう目の前に宿の明かりが見えていた。

千代栄は二人を見て、「あら？」と怪訝《けげん》そうな顔をした。

「早かったのですね」

「いや、早くはないです」

浅見は急《せ》き込んだ口調で言って、おばさんに福本家の場所を訊いた。福本家はここからほんの数分の所である。

「でも、いまから訪ねるのは、先方に悪いんと違いますかなあ。福本さんは朝、いちばん先に神社に行かなならん人やさかい、もう寝てしまわれたと思いますよ。明日の朝にしやはったほうがよろしいわ」

おばさんは時計を見て、忠告した。まだ十時になったばかりだが、そういうサイクルで生活している家もあるのだろう。

「朝の拝礼に出はったらよろしい」

おばさんはそう勧めた。

「拝礼っていうのは、何時からですか？」

「六時からです」

「六時……」

起床時間が午前九時以降——というのが日課の浅見にとっては気の遠くなるような早朝だ。

「なんとか、努力します」

結局、いずれにしても、福本を訪ねるのは明日の朝ということになった。

「あの、何か思いついたんですか？」

智春はようやく口を挟む間隙《かんげき》を見つけて、浅見に訊いた。

「ええ、ちょっとね……」

浅見は、喋《しゃべ》ってしまうと折角の思いつきが逃げて行く——とでもいうような、曖昧《あいまい》な返事をした。それから、「さあ、早く寝て早く起きるぞ」と弁解がましく言い、そそくさと自室に引き上げた。

「あれから、何もなかったの？」

千代栄は蒲団《ふとん》に入ってから、訊いた。

「もちろんですよ」

智春はムキになって答えた。

「だって、私たち、そういう関係じゃありませんもの」

「あら、私たちの場合だって、そういう関係なんかじゃなかったわ」

千代栄はおかしそうに、笑いを含んだ声で言った。

「それに、あの時、浅見さんは何か思いつめたような顔をしていたし、あなたの雰囲気だって悪くなかったし、間違いなく何か起きる——って思ったんだけどなあ」

「そんなの嘘でしょう。だって、ここに来る前、浅見さんはずっと水上さんのお嬢さんと一緒に行動していたんですよ」

「えっ、水上さんのお嬢さんて……あの、秀美さんと一緒だったの？」

「あ……」

智春は問い返されるまで、水上秀美が和鷹の妹であることを失念していた。

「ええ、そうらしいです」

智春はいまさら話題を変えるわけにもいかず、仕方なしに、水上秀美が行方不明になった祖父の和憲を探しに吉野山に来ていて、そこで浅見と知り合い、一緒に行動していたことを話した。

「やっぱり生まれ育ちっていうのかなあ。秀美さんて美人だし、背がスラッとしていて、品があって、私なんか圧倒されちゃいそうにすてきな人なんですよね」

「そんなことないわよ。あなただってとてもすてきだわ。羨《うらや》ましいくらい」

「そんな……須佐さんのほうがはるかに魅力的ですよ」

「あははは、やめましょう、そんな話。それよか、そうだったの……それで浅見さんは天河神社に来たっていうわけね。そうすると、さっきの様子からいって、何か事件の謎を解く鍵を摑んだのかもしれないわね」

「でも、天河神社に来ただけで、何か分かるものでしょうか？」

「そうねえ、天河は不思議が起きるところですものね」

千代栄は言って、蒲団から半身を出して、枕元のスタンドを消した。

暗くなると、遠い谷川の水音がにわかに高くなったように聞こえる。天川郷はすっぽりと闇に包まれているのだ――という想いがして、しぜん、その風景が心のスクリーンに浮かび上がる。「闇の風景」というのは妙だが、漆黒の中に漆黒の山や森、神社や民家などが、しっかりと形を見せている。

（明日は奇跡が起きるかもしれない――）

闇の奥を見つめながら、智春はひそかに念じた。念じながら、眠りに落ちた。

3

浅見は部屋に入ってすぐ、東京の三宅に電話した。

「夜分どうもすみません」

「何を言ってるんだ、電話してくるのを待っていたんだぞ。それに、たったいま、水上家のお通夜から戻ったところだ。で、どうなった、そっちの状況は？」

三宅は年齢差を感じさせない、まるで兄貴のように若々しい口調で言った。

「詳しいことは東京に戻ってからご報告しますが、水上和憲さんは殺された可能性が強いと思います」

「殺された？……しかし、水上家で聞いたところによると、現地の警察では自殺らしいということを言っているそうじゃないか」

「警察はそうですが、僕の勘では他殺です」

「また、きみの勘がはじまったか。それで、その理由は？」

「水上流宗家《そうけ》ともあろう人物が、自殺みたいなみっともないことをしますか？」

「なるほど、それはいえるね。しかし、これまでに私が知り得た情報からいうと、自殺と判定するのは簡単なようだが、他殺の根拠を説明するのは難しいのじゃないかね」

「そのとおりです。和憲さんが和鷹さんの突然の死にショックを受けていたということもあって、自殺の条件は揃っているというのが警察の見方です」

「そうだろうね。だったら……」

「まあ待ってください。問題はその和鷹さんの死についてですが、じつは、秀美さんが妙なことを口走ったのです」

「妙なこと……とは？」

「和憲さんが和鷹さんを殺して、自殺したのだ――というようなことです」

「…………」

「もしもし、聞いてますか？」

「ん？　ああ、聞いていますよ」

「それでですね、いったい、和鷹さんの死には何か疑惑のようなものはなかったのか、それを知りたいのですが」

「…………」

「三宅さんは母と一緒にその舞台を見ていたのでしょう？」

「うん」

「だったら、和鷹さんが亡くなった時、当然、楽屋へ行かれたはずですよね」

「うん、行ったよ」

「その時の様子を聞かせてもらえませんか」

「そりゃ、まあ、たいへんな騒ぎだった」

「いえ、そんな大雑把《おおざっぱ》な説明でなく、細かい状況を、です」

「なんだ、刑事みたいなことを言うな」

「そうそう、まずはじめに訊《き》きますけど、警察は来なかったのですか？」

「ああ、来なかった」

「やっぱりそうでしたか。いままでに聞いた感じでは、どうも警察沙汰《ざた》になっていないようなので、ひょっとしたらと思っていたのですが……しかし、どうしてですか？　舞台上で急死したのでしょう。明らかに変死じゃないですか。なぜ警察を呼ばなかったのですかねえ？」

「宗家の頼みがあったのだよ」

「宗家が？　和憲さんが警察を呼ぶなど言ったのですか」

「うん、そういうことだね」

「救急車は呼んだのでしょう？」

「ああ、呼んだが、しかし、その時点ではすでに和鷹さんは死亡していた」

「ん？　死亡を確認したのは誰です？」

「それは、もちろん、医者だよ」

「医者？　おかしいですね、その日は休日でしょう？　なのに、お医者さんのほうが救急車より早く到着したのですか？」

「いや、たまたま観客の中に医師が二人来ていたのだ」

「ああ、そうでしたか。そうすると、医師が診断した時は、まだ和鷹さんは生きていたのですね？」

「いや……」

「じゃあ、舞台上ですでに亡くなっていたということですか？」

「そうだ」

「死因は急性の心不全でしたね」

「そうだ」

三宅は極端に言葉を省略している。浅見はその様子に疑惑を覚えた。

（いったい、三宅老は何を隠しているのだろう？――）

しばらく会話が途絶えた。

「もしもし……」

三宅のほうが先に声をかけた。

「はい」

「あ、まだいたか。切れたのかと思った」

「三宅さん、これはおかしいですね」

浅見は暗い声音で言った。

「おかしいって、何が？」

「宗家が警察に伏せるよう頼んだのは、和鷹さんの死因に疑問があったからではありませんか？」

「…………」

「秀美さんが、和鷹さんの死を『祖父が殺した』と口走ったのは、単なるヒステリーといったことではなく、何かそれなりの根拠があったのだと僕は思ったのです。正真正銘、ただの病死ということであれば、いくら悲しみのあまりとはいっても、水上家の令嬢ともあろう人が、ああまで取り乱したりはしないはずです。彼女なりに何かおかしな点に気付いていたからこそ、あんなことを言ったのだと思うのですが」

「光彦君」

三宅は強張《こわば》った口調で言った。

「きみが無茶をしない男だと信じるから言うのだが、じつはたしかにきみの指摘したとおりなのだ。その時、二人の医師のうちの一人が、死因に疑わしい点があると言った。当然、警察に届けて、しかるべき措置を取るのが筋だったわけだが、宗家がそうしないよう、拝み倒したのだ」

「そうすると、本当の死因は何だったのでしょうか？」

「はっきりしたことは、今となっては分からない。私も直接、説明を聞いたわけじゃないから、詳しいことは知らないが、アコニチンがどうしたとか言っているのを、チラッと洩《も》れ聞いた」

「アコニチン……アルカロイド系ですね」

「うん、アルカロイドという単語も出ていたようだな」

「毒殺ですか……」

「いや、念のために言っておくが、それはあくまでもその疑いがある——ということで、事実はどうだか分からないのだからね、軽はずみなことはしないでくれたまえよ」

「分かっています。しかし、もし犯罪が行われたのだとしたら、それなりの処置を取らないといけないでしょう。臭いものにフタをしようとしたから、宗家までが殺されるようなことになったのかもしれません」

「じゃあ、きみはあくまでも和憲さんは殺されたと？……」

「決まっているでしょう。水上宗家が自殺したりしないというのは、これは定理なのですから」

「定理か……」

三宅は呟《つぶや》いたが笑いはしなかった。浅見の考えに同調する気持ちを、ひそかに抱いていることを暗に認めたかたちであった。

「きみの言うことが事実だとすると、誰が何のために……ということになるが」

「そうです、もちろんそれを解明しなければなりません」

「しかし、それを暴いた結果として、水上家が再起不能になるほどのダメージを受ける危険性がありはしないかな」

「それは、事実の内容によりけりです」

「真相がどういうものだろうと、取り返しのつかないスキャンダルであることはたしかだろう」

「それは分かりませんが、その可能性は大きいでしょうね」

「それゆえに、宗家は闇から闇に葬ろうとしたのじゃないか。残された者は……むろんわれわれ門の外の人間としても、その意志を尊重しないわけにはいくまい」

「しかし、そうしたために、宗家自身までがああいう目に遭いました」

「それはまだ、真相がどうか分からないことだろう。きみの主張する定理は、私には理解できないこともないが、しかし、警察が言うように自殺であるのかもしれないのだ」

「自殺ではありませんよ、絶対に」

「ははは、強情だな」

三宅はようやく笑ったが、元気がない。

「とにかく、三宅さんの話を聞いて、僕の考えた定理はますます強固なものになったと思っています」

「ふーん、ということは、事件の真相を見極めたという意味かね？」

「そうまではまだ言い切れませんが、あと少し、事実関係をはっきり把握できれば、推理は完結します」

「つまり、それは、犯人が誰かを指摘できる——ということを言っているのかね？」

「そうです」

「どうしてもそれをやるつもりかい？」

「ええ、どうしてもやらなければならないと思っています」

「誰かが傷つくぞ」

「やむを得ません」

「うーん……」

三宅は唸《うな》った。

「いいだろう、私も正義を貫くこと自体には賛成なのだ。ただし、真相を解明したら、真っ先に私に話してくれないか」

「……………」

「いや、だからといって、きみが正義を行うのを妨害するつもりはないよ。ただ、私もきみのおふくろさんも、警察に通報しなかったという事実を考えた上で、きみの善処を期待している」

「僕の母も、ですか？」

「そうだよ。おふくろさんは、この事実を私の口から聞いた時、陽一郎君にじゃなく、きみに知らせることを黙認している」

「そうですか……」

浅見は愕然《がくぜん》とした。あの母が兄には内緒でことを運んでいるというのは、少なからずショックだった。

電話を切ったあとも、そのことが浅見の胸にしこりのように残った。

冷たい蒲団《ふとん》に潜り込むと、頭が冴《さ》え渡って、つぎからつぎへと思考が回転した。

仰向《あおむ》けに寝ていると、いままでに遭遇し、推理してきたさまざまな謎が、闇の中に現れては消えてゆく。それを、浅見は一つずつ数えるように見据えていた。

追善能《ついぜんのう》の『道成寺』の舞台で起きた、水上和鷹の悲劇的な死。

水上宗家《そうけ》・和憲の失踪《しっそう》と、それにつづく吉野山での奇怪な死。

その二つの死に魁《さきが》けて、新宿の高層ビルの前で起きた川島孝司の「サドンデス」。

川島が持っていた「五十鈴《いすず》」の謎。

川島がホテルのロビーで会っていた老人とは何者なのか。

「雨降らしの面」の謎。

和憲が吉野山を訪れた意味。そしてそれまで一度も訪れなかったことの意味。

秀美が「祖父は兄を殺し、自殺した」と口走ったのはなぜなのか。

そして、もっとも重要な謎は、あの「雨降らしの面」はどこへ行ったのか——ということであった。

竹宮の記憶によると、『道成寺』の舞台から雨降らしの面を運び去ったのは、高崎義則だったという。

はたして、いまでも高崎老人が雨降らしの面を持っているのか……それとも……。

浅見の推理は、最後のハードルにかかっていた。

4

翌朝、浅見は七時半に目覚めた。こんな早朝に、誰にも起こされずに目覚めるのは、浅見としてはごく珍しい。やはり緊張しているせいなのだろう。

起き抜けに吉野警察署に電話してみた。瀬田と森本の二人は、昨夜のうちに東京へ引き上げたということであった。

ついでに吉野山での事件のその後の経過を訊《き》いてみたが、さしたる進展がないのか、それとも口が堅いのか、はっきりした答えは聞けなかった。

食堂の方角から、味噌汁《みそしる》のいい香りが漂ってくる。朝食の準備ができているらしい。浅見は眠そうな顔で部屋を出た。

驚いたことに、泊り客の全員が、とっくに食事をすませてしまったらしい。食堂には、千代栄と智春の二人だけがいて、コーヒーを飲んでいた。

「おはようございます」

智春が元気よく声をかけた。千代栄は年長らしい落ち着きを見せて、アルト系の声で挨拶《あいさつ》した。

「私たち、朝の拝礼に行ってきました。浅見さんも起こして上げようかと思ったんですけど、千代栄さんが止めなさいって言うものだから黙って出掛けました」

「そりゃありがたかったなあ。僕は朝はまるでだめなんです。家にいると、今ごろはまだ夜中ですよ」

「それじゃ、サラリーマンは勤まらないわけですね」

「いや、サラリーマンが勤まらない理由は、寝坊のせいだけではありませんけどね」

「あら、ほかにもあるんですか？」

「うん、要するに落ちこぼれっていうことかな」

「えっ、浅見さんが？　嘘でしょう？」

「ほんとですよ、僕は子供の頃からずっと、だめ人間なのです」

「うっそ……嘘ですよねえ」

　智春は千代栄に同意を求めた。千代栄は「さあ、どうかしら」と首をかしげて、曖昧な笑い方をした。

「あ、そうそう、さっき福本さんにお会いしましたので、あとで浅見さんがお訪ねするっていうこと、お伝えしておきました」

千代栄が思い出して、言った。

「そうですか、どうもありがとう」

浅見は慌ただしく、一人だけの遅い朝食をすませて、天河神社へ向かった。智春も一緒に行きたそうな顔だったが、浅見は誘わなかった。

千代栄は福本に浅見のことを、東京から来たフリーの雑誌記者——というようにふれこんでいた。

「天河神社のことを調べておられるそうですな」

福本は浅見を社務所の客間に案内して、巫女《みこ》さんにお茶を頼んでくれた。

「はあ、今回、『能謡史蹟《しせき》めぐり』という企画の本を出版することになりましたので、とくに観世元雅の故事などを中心に、お話を聞かせていただければと思っております」

浅見はしかつめらしく言った。

福本は疑う様子もなく、観世元雅の話や、それ以前と以後の芸能と天河神社の関わりについて語った。

浅見のほうも真面目《まじめ》にメモを取っている。『能謡史蹟めぐり』の取材というのは、まんざら出鱈目《でたらめ》ではないのだ。

しかし、福本の話はときに専門的すぎて、何度も訊き返さないと理解できない場合があった。ことに面の話になると、猿楽《さるがく》の歴史や、鎌倉、室町、安土桃山時代の文化の形式などから勉強し直さないと、とてものこと、何が何やら分からない。

しかし、浅見は根気よく、熱心に耳を傾けた。その姿勢は福本の目には好ましいものに映ったにちがいない。

ひととおりの解説が終わったところで、浅見はさり気なく訊いた。

「ところで、観世元雅が毒殺されたという話は、あれは事実なのでしょうか？」

「ああ、そういう俗説がありますね」

福本はあっさり言った。

「俗説というと、事実ではないという意味でしょうか？」

「それは分かりません。ただ、元雅が伊勢の北畠家で死んだというのは歴史的事実のようです。北畠家は足利将軍家に対して、ある時期は反発していたかもしれませんが、所詮《しょせん》は抵抗しきれない立場ですからね。将軍家に睨《にら》まれている元雅の処置に困っていたという事情はあったと考えられます」

「そうすると、毒殺もあり得るということですか」

「まあ、そうでしょうね」

「何か、この付近の山で採集される毒草を使ったという説もあるそうですね」

「そのようですが、はっきりしたことは分かりませんよ」

「ところで、先日亡くなった水上和憲さんも、こちらで能を奉納されたそうですね?」

「はい、演じていただきました。あの方も思わぬことになってしまわれて……」

「たしか、五年前でしたか、和春さんの一周忌で能を奉納されたとか」

「そうでした」

「その時、『雨降らしの面』を使ったと聞きましたが」

「いや、当初はそのおつもりのようでした。水上流秘蔵の『雨降らしの面』をつけて演じるという噂で、ずいぶん期待した人も多かったのですが、実際にはべつの面を使われて、『雨降らしの面』は展示しただけです」

「展示、というと、一般の人々も見ることができたのですか」

「もちろんです。あの時は、薪能の当日より三日前から、特別な展示会場を設営してね、ほかの天河社蔵能面と並べて観覧に供しました」

「ほう、そうだったのですか。それじゃ、かなりの賑《にぎ》わいだったでしょうねえ」

「いや、天河神社は宣伝して客寄せするようなことはしませんので、さほどのことはありませんでした。まあ、静かにゆっくり展示品をご覧になっていただけたと思いますよ。実際、何度も足を運ばれた熱心な方もおられたようだし」

「観世元雅が奉納した、有名な『阿古父尉《あこぶじよう》』の面というのも、展示されたのですか？」

浅見は訊いた。

「もちろん展示しました」

「それは今も拝見できるのですか？」

「いや、なにぶん社宝でありまして、いつも公開しているというわけではありません。実物大の写真でよろしければ、お見せできますが……そうそう、それなら面の裏側まで見ることができますよ」

「そうですか、それはありがたい。ぜひ拝見させてください」

福本は「では」と立って行って、写真集を持ってきた。

「これがそうです」

「阿古父尉」の写真は本の真ん中あたり、A４判のページの見開きを使って、右に表面、左に裏面を大きく紹介してある。

阿古父尉の「尉」というのは、「衛門府《えもんふ》」「兵衛府《ひようえふ》」「検非違使《けびいし》」などの判官《ほうがん》のことで、兵隊の位の「尉官《いかん》」にも使われているが、能楽の世界では女性の「姥《うば》」に対する、男性の老人を意味する。阿古父尉は老人の面である。眉間《みけん》や頬の皺《しわ》が深く、眼窩《がんか》が落ちくぼみ、頬の肉の削《そ》げた、死人のように、見るからに精気のない顔であった。

これが傑作なのかどうか、浅見には判断できるほどの審美眼がない。しかし、写真集に掲載されたどの能面にも共通していえることだが、何かしら鬼気迫るような迫力は感じられた。

左ページの写真はことに面白い。能面の裏には観世元雅が奉納の際に書いた直筆がある。「所願円満成就・世阿弥嫡男観世十郎元雅《かず》」などの文字が読める。しかし、面の裏全体に書かれた文字の、鼻と口の辺りが黒く掠れて判読がしにくい。

「ここのところだけ、どうしてこんなに掠れるのでしょうか？」

浅見は写真のその部分を指差して、訊《き》いた。

「ああ、それは、これまでに何度か、実際の演能に使用したための汚れなのです」

福本は言った。

「ほう、この面を実際に使ったのですか」

「使っております。現在でも、年に一度ほどですが、使用する場合があります。そのために、このように墨が滲《にじ》み掠れてしまったのですね」

「こんなに墨が落ちるのでは、能を演じ終えると、顔が真っ黒になるでしょうねえ」

「ははは、面白いことを言われる。まあ顔はともかく、鼻の先と唇と舌が真っ黒になりますね。謡《うた》いながら舞う際に、つい舌で面の裏側を嘗《な》めてしまうそうで」

「はあ……そうすると、あまりきれいなものではありませんね」

「ははは……」

福本は、浅見の無邪気な発想に声を立てて笑った。

福本に丁重に礼を述べ、浅見は文字どおり、翔《と》ぶようにして宿に帰った。

「いかがでした?」

「どうでしたか?」

千代栄と智春は心配していたらしく、浅見の顔を見るなり、異口同音に訊いた。

「収穫ありです。須佐さんに紹介してもらって、ほんとに助かりました」

「収穫って、どんな収穫ですか?」

千代栄が訊いた。

「それはまだ、具体的には分かりません。しかし、いつかきっと、実を結びそうな予感だけは、確かにしました」

浅見はにっこり笑って答え、それから智春に向けて言った。

「さて、われわれもそろそろ引き上げましょうか」

「ええ」

智春は頷《うなず》きながら、無意識に千代栄を気にした。

「私はまだしばらくはここにいます」

千代栄は訊かれる前に言った。弾むような陽気な口調には、どこか、智春と浅見青年とが、「天河の気」に包まれたままであることを願う気持ちが感じられて、智春はわれ知らず赤くなった。

外へ出て天川郷上空を見上げると、昨日とはうって変わって、狭い視野いっぱいに、抜けるような青空が広がっている。ドライブの前途を祝福しているようで、気分がよかった。

淡いブルーのブルゾンを着た浅見と、白いシャツの上に白いカーディガンを羽織った智春は、まるで、ドラマの青春コンビだ。

「このぶんだと、下界はきっと小春日和《こはるびより》でしょうね」

宿の前に見送りに出た千代栄が、そう言って、眩《まぶ》しそうな目で二人を眺めた。その目を見返しながら、智春は今度こそ、ふたたび千代栄と会うことはないだろうな——と思い、その瞬間、たまらない寂寥《せきりょう》に襲われた。

谷沿いの道を下り、トンネルを抜けると、ほんとうに春先のような陽光が、汗ばむほどだった。

「もしよければ、このまま僕の車で行きませんか？」

浅見は智春に言った。

「でも、浅見さんに悪いです」

「なに、どうせ僕もお宅に寄って行こうと思っているのです」

「えっ？　ほんとですか？」

「あははは、そんなに迷惑そうな顔をしないでください」

「迷惑だなんて思ってません」

智春は唇を尖《とが》らせた。

「いや、本当は豊田という町を、いちど見てみたいのですよ。豊田はいわばこの車の生まれ故郷ですからね」

浅見は愛車・ソアラのハンドルを叩《たた》いた。

「ああ、そういえばそうですね……でもほんとに送ってくださるのですか？」

「ええ、よければそうさせてください。それに、真面目な話、あなたのお父さんのことで、いろいろ知りたいこともありますしね」

「そうなんですか……」

智春は不安げな顔になった。

「父のどういうことが知りたいのですか？」

「それはまだ分かりません」

「私で分かることなら、何でもお話ししますけど」

「たぶんあなたの知らない部分でしょう」

「どんなことですか？」

「たとえば、お父さんの女性の知り合いにどういう人がいるか、とかです」

「そんな……父はそういう人じゃありませんよ」

「あははは、あなたがお父さんを信頼している気持ちは分かります。しかし、ほんとうのところは、お父さんしか知らない世界です。いや、それに、何も妙な関係にある女性というわけではなくても、たとえば会社の女性だとか、帰りに一杯やるおでん屋のおばさんだって、みんな知り合いの女性でしょう。それに、小学校の同級生だとか、先生…

…お父さんにだって、いろいろな女性関係があるのですよ」

「そんな……私は真面目に考えているのに……」

「僕だって真面目ですよ。なぜこんなことを考えるかと言うと、お父さんに五十鈴《いすず》を渡したのは女性だというのが、僕の定理だからなのです。しかも、その女性は、お父さんに、誰にも内緒で実際は東京へ向かわせるほどの影響力を持っていなければならない……」

「えっ？……」

智春は驚いて、車が揺れるほど背を反らせて浅見を見た。

「それはどういう意味なのですか？」

「そんなに怖い顔をしないでください」

浅見はチラッと智春の顔に視線を走らせて、笑いながら言った。

「つまり、お父さんはあの日、会社や家族の人には大阪へ行くとだけ言って家を出て、実際には大阪から密《ひそ》かに東京へ行かれたのですよね。最初からそういう計画になっていたのか、それとも、その日に誰かと会って、急に予定を変更されたのかは分かりませんが、とにかくお父さんにそういう、会社やご家族に内緒の行動を取らせた人物がいたということは、まぎれもない事実です。そして、その人物が女性で、その女性の手からお父さんに、問題の五十鈴が渡されたことも、ほぼ間違いない——と僕は考えたのです」

「………」

智春は目にいっぱいの不信感を込めて、浅見の横顔を睨《にら》みつけていた。

第十章　初恋の女《ひと》

1

愛知県豊田市はその名が示すとおり、世界的な自動車メーカー「トヨタ自動車」の本拠地である。もともとの市名は「挙母《ころも》市」といった。昭和三十四年に近隣の町村と合併するのを契機に、市名を改めた。

当然のことながら、市の中軸産業はトヨタ自動車とその関連企業群、およそ千三百社によって成り立っている。

年間工業生産出荷額はおよそ七兆円に達し、これは名古屋市を抜いている。東京、大阪、川崎、横浜などはともかく、三十万足らずの豊田市の人口から考えれば日本一のスケールだ。

浅見はそういう詳しいことは知らなかったが、豊田市について抱いているイメージといえば、やはり自動車産業そのものということになる。濃尾《のうび》平野の東のはずれ近くに立ち並ぶ近代的な工場、テストカーがつっ走る広大なテストコース——といった風景を想像してしまう。それはいわば「鉄とコンクリート」のイメージだ。市民生活そのものが、すべて自動車産業に集約されているような姿といってもよい。

おそらく、日本中の人々がそれに近いイメージを、豊田市に抱いているのではないだろうか。しかし実際には豊田市は緑の豊富な、清楚《せいそ》な都会である。国道一五三号と二四八号が交差する、市の中心部には、トヨタの本社や工場、それに市役所などの施設が集まっているけれど、城跡や古い社寺、遺跡などを包む森がいたるところに散在する。周辺の丘陵地帯には、ゴルフ場が開かれ、その背後には、ちょっとしたハイキングや山登り気分を楽しめる自然遊歩道や渓谷もある。

川島智春の家は名鉄《めいてつ》三河《みかわ》線の若林《わかばやし》駅からほど近いところにあった。建ててから十数年だそうだが、小ぢんまりした二階家である。

智春の母親は事件のショックからようやく立ち直ったらしく、思ったより顔色が明るかった。むしろ娘の身を案じていて、三日ぶりに帰った智春の顔を見るなり、いきなり叱声《しっせい》を浴びせた。

「まったくもう、ほんとに心配ばかりかけるんだから」

智春は詫《わ》びを言う代わりに、背後を振り返って、浅見に「どうぞ」と言った。

「あら、どなたか一緒？」

母親は慌てた。

「失礼します」

浅見は智春に続いて、ドアの陰から姿を見せ、玄関に入った。

「こちら浅見さんておっしゃるの。東京から来た名探偵さんよ」

「探偵？……」

母親は反射的に、夫の無残な死を連想したのだろう、怯《おび》えたような表情を浮かべた。

「いや、探偵というのは趣味で、仕事はルポライターのようなことをやっています」

「パパの事件のこと、いろいろ相談に乗ってくださるっていうことなの」

「事件て、智春、それは警察が……」

「警察なんかに任しておいたら、いつまで経っても犯人が捕まらないわよ。まあいいから、いいから、浅見さんにお願いしましょうよ。あ、ママ、お礼のこと心配しているのね。心配しないでいいの、浅見さんは探偵は趣味だって言ったでしょう」

「そんなこと言ったって、おまえ……」

「いや、ほんとのことですよ。趣味というと聞こえはいいのですが、僕の場合は道楽みたいなものなのです……というと、少し不謹慎に思われるかもしれませんが、決して不《ふ》真面目《まじめ》なわけではありません。真面目な遊び……いや、これもいけませんか」

浅見は当惑したように、頭を掻《か》いた。その仕種《しぐさ》に、母親ははじめて笑顔を見せた。

浅見を応接室に通しておいて、母娘はキッチンでひそひそ話をした。

「ほんとに大丈夫な人なの？」

「大丈夫よ。よく知らないけど、浅見さんのお兄さんは、警察の偉い人みたいだし。それに、若い割にすっごく紳士なの。ちょっと物足りないくらい」

智春は昨夜の天河神社でのことを思い浮かべながら、言った。

「だけど、ウチに来て、何か調べようっていうんじゃないの？　そんなの、私はいやですよ」

「調べるったって、警察みたいにゴツイことはしないわよ。パパの交友関係を知りたいんですって」

智春は「女性の……」という部分を省いて言った。

「面倒なことにならなきゃいいけど」

紅茶とケーキを運んで応接室に戻って来た母親に、浅見は「あの、ご主人にお線香を上げさせていただけますか？」と言った。

仏壇には遺影とまだ新しい位牌《いはい》が置かれ、飾ってある花も新鮮なものだった。

「そうそう、忘れていたけど、あの鈴は持ち主のところに返してきたわ」

浅見が鐘を鳴らすのを聞いて、智春は母親に囁《ささや》いた。

「あら、持ち主が分かったの？」

「うん」

浅見が振り返って、お辞儀をした。母と娘も礼を返した。

「それで、どこの人だったの？」

応接室に戻りながら、母親はもどかしそうに智春に訊《き》いた。

「東京の人で、それも大変な家柄の人だったのよ」

智春は水上和憲のことを話した。鈴の持ち主が能楽の宗家《そうけ》で、しかも、その人が吉野山で変死したという話には、母親は夫の死の時のように驚愕《きょうがく》した。

「何なのそれ？　どういうことなの？」

得体の知れない不気味さを感じて、母親は客の前であることも忘れ、取り乱した。

「ね、びっくりしたでしょう。だから浅見さんにお願いするの。あんまり難解すぎて、警察の手に負えないのよ」

智春は生意気な口調で言った。しかし、母親も今度はそれに文句をつけなかった。ほんとうに智春の言うとおり、わけの分からない事件のように思えてきている。

「でも、何をどうお調べになるのですか？」

浅見に訊いた。

「はあ、僕が知りたいのは、ご主人の交友関係……ことに女性のお知り合いのことなのです」

「女性？」

母親は眉《まゆ》をひそめた。

「心配しないでもいいの。変な関係の女性じゃないんだから」

智春が急いで注釈を加えた。

「会社の女の人とか、学校の同級生とか……そういう人のことよ」

「同級生だったら、鎌谷《かまたに》さんに訊けばいいんじゃないかしら」

「ああそうね、鎌谷さんなら小学校から高校まで、ずっと一緒だったわね」

「いいですね」

浅見は脇《わき》から言った。

「その鎌谷さんという人に、お会いできませんか」

「大丈夫です。会社がここの近くなんです。トヨタの関連会社で、なんとか部長をしてる人なんです。だったら、ママ、すぐに電話してみて」

すでに夕方近かった。鎌谷は会社が終わったら寄ってくれると言い、その言葉どおり、終業時刻から十数分後には、川島家のチャイムを鳴らした。

小柄だが、聡明そうな整った顔立ちの紳士だった。遠近両用の眼鏡がよく似合う。

「失礼ですが、浅見さんは、警察庁の浅見刑事局長のお身内でしょうか？」

挨拶《あいさつ》がすむと、鎌谷は訊いた。

「あ、兄をご存じですか？」

「ほう、そうすると、あなたは弟さんですか。いや、もちろん存じ上げているわけではありませんが……まことに恐縮ですが、知人に警察関係の人間がおるもので、念のために調べさせていただきました。浅見という お名前で警察の偉い方というと、刑事局長さんがそうだと言っておったもので、ひょっとするると……いや、これはどうも失礼なことをいたしました」

「いえ、とんでもない。さすがに川島さんが頼りになさっておられる方です。おそれいりました」

浅見は思ったとおりを言って、頭を下げた。直感的に、この人物は信用できる——と思った。

「ところで、私に川島君の交友関係のことをお訊きになりたいそうですが？」

「ええ、もし出来れば、川島さんがごく親しくしておられた女性のことがお聞きできればと思っています」

「親しいって……」

鎌谷は目を丸くして、川島母娘を顧みた。

「鎌谷さん、いいんですよ、私たちに気を使わなくても」

智春が陽気に言った。

「そうなの……」

鎌谷は苦笑して、言った。

「しかし、気を使うも何も、川島君にはそういう結構な関係の女性はいなかったのですよ。いや、私は彼のプライベートなことは、ひょっとすると奥さん以上によく知っているかもしれないが、彼はまったくの堅物《かたぶつ》でしたからねえ。むしろ私のほうが、彼にそういう意味では迷惑をかけましたよ」

「しかし、奥さん以外に、親しい女性がまったくいなかったということは考えられませんが」

「ん？……」

鎌谷は少し不快そうな表情を見せた。

「そうおっしゃるが、いないものは仕方がありませんな」

「あの、浅見さんはそういう、変な関係の人じゃなくって……」

智春が目敏《めざと》く気付いて、とりなすように言った。

「たとえば、おでん屋のおばさんとか、小学校の同級生だとか、そういう女の人でもっておっしゃっているんです」

「ははは、おでん屋のおばさんはよかったなあ……」

鎌谷は笑った。

「そりゃまあ、小学校はともかく、中学・高校時代には、彼にも人並みに初恋みたいなものがあったけれどねえ。しかし、そんなのはカビの生えたような話だし……」

「そのカビの生《せ》えた女性……いや、昔の初恋の人はどうしているのですか？」

浅見は急き込んで言った。

「さあ、それは分かりませんよ。中学時代までは一緒だったが、高校は女子高へ行ったのじゃなかったかな？　とにかく何十年も昔の話ですからねえ。名前もはっきり憶《おぼ》えていないくらいです。たしか、長岡《ながおか》とかいったと思うが……同窓会名簿でも見れば分かると思いますがねえ」

「ちょっと探してきます」

智春は言って、スカートの裾《すそ》を翻すようにして、部屋を出て行った。

「ははは、いいんですか奥さん。初恋のきみの話をしても」

鎌谷は未亡人を冷やかした。

「いまさらしようがありませんよ。いくら焼き餅《もち》を焼きたくても、あの人はいないんですから」

「はあ……」

冗談を言ったつもりが、しんみりしてしまった。

智春が戻ってきた。

「同窓会名簿は見当たらないけれど、中学校の卒業アルバムがありました。これに載ってますよね」

「ああ、アルバムがあったか。どれどれ」

鎌谷は、智春の手からアルバムを受け取ると、玉手箱の蓋《ふた》を開けるように、いそいそとページを開いた。

写真はやや変色ぎみだったが、保存の状態はよく、小さな顔も、ちゃんと識別可能だった。

「ははは、いたいた、これが川島君、これが私ですよ。この男は出世頭で、いまはトヨタの工場長です。本来なら私なんかペコペコしなきゃいけないのだが、いい男でしてねえ」

鎌谷は懐かしそうに指差して、説明をはじめた。

「それより鎌谷さん、パパの初恋のきみはどの人なんですか?」

「ああ、そうだったな……」

鎌谷は眼鏡を直して、セーラー服の一人を指差した。目鼻立ちのはっきりした、いわゆる美少女タイプだ。

「この人ですよ。ええと、名前はなんていったかな……こっちに印刷されている」

トレーシングペーパーのような紙に氏名が印刷されているのを、写真に重ねた。

「ああ、長原《ながはら》だ長原、長原敏子《としこ》っていったっけ。可愛い女の子で、クラスの中でも倍率が高かったのだが、どういうわけか……というと語弊がありますか。とにかく川島君と仲がよかったですなあ」

鎌谷は三十何年かの昔を偲《しの》ぶ目になっている。

「それで、お二人のあいだはどうなったのですか?」

浅見は鎌谷の回想に水を差した。

「どうなったって……」

鎌谷は驚いた目で、浅見を見つめた。その目が一瞬、焦点を失った。明らかに遠い記憶に視点を定める、心の動きがあった。

「ははは、そんなもの、子供の頃の話ですよ。どうもならんでしょう」

鎌谷は笑い飛ばした。

「そりゃねえ、たしかに高校時代までは、時折、彼女の噂をして、将来は結婚するみたいに意気込んでいたようだが、いつのまにか、そういう話も出なくなりましたねえ。どこかへ引っ越して転校でもしたのか……いずれにしても、それもこれも思春期の淡い夢物語といったところでしょうなあ」

鎌谷はそう結論づけた。

しばらくは白けたような沈黙が漂った。

「さて、それでは私はこれでお役御免でしょうかな。そろそろ帰らないと……」

鎌谷は時計を見た。時刻はすでに夕食どきにかかっている。

「この人の住所は分からないでしょうか？」

浅見が鎌谷を引き止めるように言った。

「さあねえ、私は知らないが……誰か女の子なら知っているかもしれませんね。あるいは高校の同窓会名簿を見れば、住所が記載されているかもしれませんよ。高校はたしか、智春ちゃんと同じところじゃなかったかな」

「明純女子高ですか？」

「ああ、そうそう明純だ明純。この辺りの出来のいい子は、みんなあそこでしょう」

「だったら、私が名簿を持っています」

智春はまた走るようにして同窓会名簿を持ってきた。鎌谷の言う卒業年度の名簿を調べたが、「長原敏子」の名前は無かった。

「おかしいな……やはり中途で転校したか、退学したのかもしれないな」

鎌谷が諦《あきら》めたように言うと、

「また何かお役に立てることがあったら、いつでも言ってくださいよ」

母と娘に等分に言って、立ち上がった。

「前に停まっているのは、浅見さんのソアラですか？　でしたら、恐縮ですが、そこまで送っていただけませんか」

「ああ、いいですよ。僕もそろそろ失礼しなければなりませんから」

浅見も立った。秋の日暮れは早くて、時分どきに、いつまでも上がり込んでいるわけにもいかない。それに、鎌谷が誘ったのには、何か意味があると感じたのだ。

「またお会いできますよね」

智春は車まで送ってきて、名残惜しそうに言った。

「ええ、今度会う時には、きっと犯人が捕まっていますよ」

浅見は力づけるように言ったが、智春はかぶりを振った。

「そんなことはいいんです。そういうことじゃなくても、また来てください」

浅見を見つめる目の奥に、熱く滾《たぎ》るものがあった。

車が走りだすと、まもなく、鎌谷は背後に川島母娘が遠ざかるのを確かめてから、言った。

「じつは、あなたに川島と長原敏子がどうなったかと言われて、ふと思ったのですが、川島は死ぬ少し前、妙なことを言っていたのですよ」

「は？……」

浅見はハンドルを持つ手がおろそかになるほど、緊張した。

「いや、べつにどうということでもないのかもしれませんがね」

浅見の反応が、いささか過剰だったのに気がさしたのか、鎌谷はそう前置きをしてから、言った。

「川島はこう言ったのですよ、『無意味なことをやる楽しみというのも、この世の中にはあるんだな』と、正確ではないですが、概《おおむ》ねそんなようなことでした」

「無意味なこと……とは、どういう意味でしょう？」

「私も、何のことか分からないので、訊《き》いてみました。ゴルフだって、無意味なことと言えば言える……と、そんなような、ごく常識的なことを言ったと思います」

「そうですね、仕事にしろ遊びにしろ、人間の営みすべてが、無意味だと言えば言えるのかもしれませんよね」

「ははは、私もね、それと同じようなことを言ったと思います。恋愛だって、いや、生きること自体が無意味だとかね。ところが、それは違うと言うのです。ゴルフだとかテニスだとか、読書、旅行、すべて目的でないものはないというのです。『おれの言うのは、自分のやっていることが何なのか、それすらも分からないような、完全な無目的、かつ無償の行為なのだ』とか、そういうことを言って、愉快そうに笑うのですよ」

話しながら、鎌谷は「次を右」とか「そこは真っ直ぐ」とかいった調子で、道案内をした。浅見は言われるままに、車を進めた。

「私は少ししゃくに障ったので、そんなふうに、ひけらかして、自分だけ承知して楽しんでいることからして、すでに目的的ではないかって、そう言ってやりました。川島は、それは詭弁《きべん》だと言いましたが、私が気を悪くしているので、いくぶん、ひとりよがりを反省したのか、『しいて言えば、恋心かなあ』と、そう言ったのです」

「恋心？……」

浅見は、ちょっと古風なその言葉のニュアンスを、確かめるように、言った。

「そう、恋心と言いました。その時は私は笑いましたよ。およそ、『恋心』などという言葉は、川島には似合いませんからね。それで、『川島は無菌培養されたような男だから、どこかのホステスにおいしいことを言われたんだろう』みたいなことを言って、冷やかしたのです。川島はニヤニヤ笑いながら、『俗人はその程度のことしか想像できないのかなあ』と、嬉《うれ》しそうに言って、その話はそれっきりになりました。しかし、さっき浅見さんが長原敏子のことを言われた時、ふっとそのことを思い出しましてね。もしかすると、川島の言っていた『恋心』というのは、彼女とのことではないかと、そう思ったのです」

鎌谷は「あ、そこで結構」と言った。

夕暮れの色は濃くなっていたし、少し方角が異なっていたけれど、浅見は周囲の風景に見憶《みおぼ》えがあるように思った。

「あれ？　ここは川島さんのお宅の近くじゃありませんか？」

「ははは、すみません、じつはそこに停まっているのが、私の車なのです」

鎌谷は頭を掻《か》いて、言った。

「ちょっとね、この話は、川島の奥さんには聞かせたくないと思ったものですから、失礼をしました」

「あ、なるほど……」

浅見は苦笑して、ブレーキを踏んだ。

「そうすると、鎌谷さんは、川島さんがあいうことになった事件の背景には、長原さんへの『恋心』が絡んでいると、そう考えておられるのですか？」

浅見は車が完全に停まる前に、言った。

「えっ？　まさか……そんなことは考えてもみませんでしたよ」

鎌谷は驚いて、ドアロックにかけた手の動きを停めた。

「じゃあ、浅見さんはそう考えているのですか？」

振り返って、まったく同じ質問を、鎌谷は返して寄越《よこ》した。

「いえ、そういうわけではありませんが……ただ、もし川島さんが、そういう話をしたのが、あの事件の直前だとすると、タイミング的にいって、何かそういう関連があったのかなと、そんな気がしたものですから」

「なるほど、それは確かにそのとおりですが、しかし、関連があるというと、いったいどういう関連があり得るのです？」

「さあ……そこまでは分かりませんが」

「まさか、殺されたのが無償の行為だなどというわけではないでしょうね？　無償どころか、たいへんな代償です」

「まさか……」

浅見は笑おうとして、表情が強張《こわば》った。

2

鎌谷と別れてまもなく、東名高速道を走りはじめると、浅見は頭の中に芽生えた思考の痼《しこり》のようなものが、どんどん膨らんでくるのを感じた。

『無意味で無目的で無償の行為』

『恋心』

川島が言ったという言葉が、一つ一つ、クッキリと見えている。

考えてみると、人間というものは、生まれ落ちるやいなや、ただひたすら、目的的に生きている。生存競争にうち勝つための、本能がそうさせるとはいえ、ある時、ふと立ち止まり、そういう営みの虚《むな》しさを感じることは誰にもあるのかもしれない。

ことに、川島のような、もっとも「目的的」に生きてきた真面目人間の典型が、ひとたび、そういう思いに取りつかれたとしたら、その虚しさは人一倍のものがあったにちがいない。

無意味、無目的、無償の行為――というのは、川島にとって、宝石のように、というより、悪魔の囁《ささや》きのように、魅力的で新鮮な世界に見えたのではないだろうか。そうして、そういう川島が、現実に『無意味で無目的で無償の行為』をするケースがあるとすれば、その動機には、まさしく『恋心』こそが相応《ふさわ》しい。

「長原敏子か……」

川島の「初恋の君」の名を呟《つぶや》いてみた。その名前に、なんとなく聞き憶《おぼ》えがあるような気がする。もっとも、ありふれた名前ではないかもしれないけれど、さりとて、極端に珍しいというほどの名前でもない。似たような名前に、どこかで出くわしているのかもしれない。

ところで、その女性がはたして、川島に「五十鈴《いすず》」を渡した人物なのだろうか。

川島は彼女を心底から愛していたような、鎌谷の口振りだった。中学から高校を通じて――というのは、男がもっとも純な気持ちで女性を愛せる時期だ。もし、彼女に対するそういう気持ちを、川島が現在まで持ち続けていたとしたら、「五十鈴の女」の第一候補は長原敏子だということになる。

鎌谷や家族の話を総合すると、川島は真面目一徹の男であったらしい。三つ子の魂――というが、おそらく、そういう性格というものは、成人したあとも……いや、中年になろうとも変わらないのではないだろうか。

浅見自身、少年期から今にいたるまで、多少、世渡りが上手《うま》くなったにしても、基本的な感性や性格はほとんど変化していないような気がする。

おとなになればおとなになっただけ、進歩もするし変化もするのがふつうなのかもしれないので、自分のことはあまり敷衍《ふえん》できないけれど、聞いたかぎりでは、川島も自分と同じように、少年の心をそのまま持ち続けた男のように、浅見には思えた。

さて、自分が川島の立場に立ったなら、長原敏子に対する初恋はどうなっていただろう——と、浅見は真剣に考えてみた。

ただし、浅見には初恋と呼べるようなものがあったのか、きわめて曖昧《あいまい》だ。浅見は中学時代に野沢光子《のざわみつこ》という少女と仲がよかった。光子も美少女で、クラスの男子生徒にとってアイドル的存在だったが、並みいる優等生を差し置いて、なぜか浅見だけに気を許しているようなところがあった。クラスメートから「光光コンビ」などとからかわれた、甘酸っぱい思い出がある。

野沢光子は高校は私立の名門女子学園に進んで、それ以後、浅見との交流は途絶えた。当然、お嬢さん学校を出て、エリート商社マンか何かと結婚して……というコースを想像していたのだが、十数年ぶりに再会してみたら、なんと、どういうわけか、浅見と同様の独身を続けていた。

浅見が光子とひょんなことから旧交を温めるようになったきっかけは、彼女の姉が巻

き込まれた、高村光太郎《たかむらこうたろう》の彫刻をめぐる奇怪な事件である。（拙著「『首の女』殺人事件」参照）

浅見も光子も、たがいに独身同士であり、好意を持ちあう同士でありながら、しかし、二人が結婚するという状況は、金輪際、あり得ないような気がする。なぜか――と理由を訊《き》かれても困る。世の中にはそういう男と女の間柄も存在し得るということだ。

もし光子に何かを頼まれたとしたら――と浅見は想定してみた。

（やっぱり自分は彼女のために、何かをしてやることになるだろう――）

死を賭《と》して――といった大袈裟《おおげさ》なことでないかぎり、出来るだけの努力は惜しまないに違いない――と浅見は思う。現にその『首の女』の事件の時には、浅見は躊躇《ちゅうちょ》なくそうしているのである。

それ以外の女性にはどうだろう？

肉親をべつにすれば、赤の他人である女性のために、欲得抜きで努力するようなことは、実際にはほとんどあり得ないだろうな――と浅見は今更のように思った。

真面目人間の川島が、会社や家族にまで嘘をついて尽くす「他人」がいるとすれば、それは「初恋のきみ」・長原敏子以外にはないに違いない。

もっとも、そう思うのは浅見の主観――というより、かなり独断の色が濃い。もともと「水上和憲が自殺などしない」というのも、「川島に鈴を渡したのは女性だ」とする『定理』も、とくに警察など、第三者には評判がいいとは言えないのだ。それに対して、浅見自身、説得力のある説明は出来ない。ほとんど浅見一流の「勘」としか言いようがなかった。

第一、川島が長原敏子という女性に再会したという点からして、いささか飛躍しすぎた仮説と言えなくもない。

それに、もし川島が長原敏子の依頼で東京に行き、五十鈴の受け渡しに関与したのだとすると、ああいう事件があって、川島が死亡したにも拘《かかわ》らず、長原敏子はなぜ警察に出頭しないのか――という疑問が生じることになる。

ただし、もしもその「女性」が事件そのものに深く関わっていたり、ひょっとして犯人か共犯者であったりすれば、事件後に顔を出さないというのは、むしろ当然のことだ。とはいうものの、「女性」が川島を殺さなければならない必然性というのが、浅見にはどうしても思い浮かばない。

（思い違いか――）

さすがの浅見も、しだいに退嬰的《たいえいてき》な気分になっていった。

東京が近づくと、思考はそこから離れ、水上家のことへと移っていった。

現時点で浅見がもっとも関心があるのは、雨降らしの面の所在だ。今のところ、警察はもとより、水上家の関係者の誰ひとりとして、雨降らしの面について、注意を払おうとしていないように見える。

いや、秀美がかすかに疑惑を抱いているように、中には浅見より早く、雨降らしの面の持つ重大な意味について気付いている人物が、いるのかもしれない。

たとえば高崎老人はどうだろう――。

水上和鷹が舞台で倒れた時、高崎老人はいちはやく雨降らしの面を持ち去ったという。それは一見したところ、ごく自然な、当たり前のような措置であったのだろう。なにしろ雨降らしの面は室町時代の作といわれる、水上家にとってはかけがえのない品の一つに違いないのだから。

しかし、高崎老人がもし、雨降らしの面に浅見と同様の疑惑を抱いたものとすると、その臨機の措置も何やら意味ありげに思えてくる。

かりに高崎老人が「秘密」に気付いたとすると、それとほぼ前後して、水上和憲も気付いただろう。和憲が二人の医師に対して、和鷹の死因を伏せておいてくれるよう懇願したという、その理由も説明がつく。

いずれにしても、謎は雨降らしの面に隠されている――と浅見は思った。というより、事件全体の中で、浅見の推論を立証できる「物証」としては、今のところ、わずかに雨降らしの面だけしか無いに等しい。雨降らしの面を見ることによって、浅見の大胆な推論や定理が立証されるかもしれないし、逆に、それこそ砂上の楼閣《ろうかく》のごとくに崩れ去る可能性もある。

ところで、その問題の雨降らしの面は、今どうなっているのだろう。追善能《ついぜんのう》の事件のあと、水上家の倉庫に戻されたのだろうか。そのことに浅見は一抹の危惧《きぐ》を抱いている。

闇はぐんぐん濃くなってゆく。水上家では今ごろ、葬儀を終えたあとの、しめやかでけだるい空気の中で、故人を偲《しの》ぶ宴が開かれているに違いない。

浅見の脳裏には、喪服を纏《まと》って端座する、水上秀美の清楚《せいそ》な姿と白い貌《かお》が浮かんだ。

東京には夜半に着いた。おそるおそるチャイムを鳴らすと、お手伝いの須美子が眠そうな顔で玄関を開けてくれた。出がらしかどうかはともかく、お茶も入れてくれた。

「お風呂《ふろ》、沸かしておきましたよ」

無愛想に言った。

「えっ、ほんと？　ありがとう。やっぱり須美ちゃんは優しいねえ」

「私じゃありません、大奥様がそうおっしゃったんです」

親切だなどと勘違いされては、沽券《こけん》に関わる――と言いたげだ。

「へえー、母さんが？」

浅見は一瞬、自分の耳を疑った。

「お帰り」

背後から声がして、浅見はドキッとした。息子の帰宅を聞きつけて、雪江が出てきたのだ。

「須美ちゃん、ここはもういいわよ、お休みなさい」

須美子を遠ざけてから、息子の前に坐《すわ》って、言った。

「三宅さんから電話がありました」

「はあ……」

「光彦、あなた、水上さんの事件を追及するつもりなの？」

「はあ、そのつもりですが……」

「ですが、どうなの？　はっきりしなさい」

「三宅さんはあまり賛成していませんでした。水上家を傷つけることになると、それに、お母さんにも迷惑が及ぶことを心配しているようです」

「三宅さんやわたくしのことはいいのです。それよりあなた自身の考えを訊いているのです」

「僕はただ、ほんとうのことを知りたいだけです。その結果、水上家が傷つくかどうか、それは分かりませんが」

「傷つくでしょう、たぶん」

「しかし、誰かが犯罪を犯したことだけはたしかなのです。それを放置しておくわけにはいきません」

「つまり、正義を行おうというわけね」

浅見は母親の顔をまともに見た。皮肉かと思ったのだったが、そうではないらしい。真面目くさった目でこっちを見ている。

「真実を明らかにするのが正義であるというのなら、そういうことになります」

少し気張った言い方になった。

「いいでしょう」

雪江は小さく頷《うなず》いた。

「分かりました、存分になさい。ただし、注意しておきますけれど、陽一郎さんを頼ることはいけませんよ。事件の謎を解きたければ、あなた一人の力ですることです」

「もちろん、そのつもりです」

雪江は「お休み」と言って去った。何か横ヤリが入るのかと思っただけに、浅見は拍子抜けがした。三宅から電話があったというから、二人で何かを相談したに違いない。その上での了解となると、一種の重みのようなものが感じられる。

3

水上家は憂愁の気配に包まれていた。

門扉は車で来る浅見のために開かれてはいたが、塀の内側はひっそりと静まり返って、いつもなら時折洩《も》れてくる鼓《つづみ》の音や謡《うたい》の声も聞こえない。

門前を通る一般の通行人さえ、どことなく遠慮がちに見えた。

玄関に出迎えた秀美の目は、浅見の顔を見たとたん、あらたな悲しみを思いついたように、涙を浮かべた。

「吉野ではお世話になりました」

母親の菜津美は丁寧に挨拶《あいさつ》をした。彼女の面窶《おもやつ》れは吉野で会った時よりもいっそう深まったように思えた。昨日が葬儀で、密葬とはいえ会葬者が多く、その接待などで夜が遅かったたせいだろうか。

「その後、何かお分かりになりまして？」

「いえ」

浅見はかぶりを振った。

「まだ捜査は始まったばかりですから」

それからすぐに、本題を切り出した。

「じつは、今日は、雨降らしの面のことで伺いました」

「は？」

「あの、和鷹さんが『道成寺』の舞台でつけておられたという、雨降らしの面ですが、いま、その面はどこにあるのでしょうか？」

菜津美は、浅見の質問の意図が分からず、戸惑った視線を、チラッと秀美に向けてから答えた。

「雨降らしの面でしたら、蔵にしまってあると思いますけど……それが何か？」

「その面を一度、拝見させていただくわけにはいきませんか」

「はあ、それは構いませんけれど」

「だめですよ」

秀美が脇から、強い口調で言った。母親はびっくりして、秀美を見つめた。

「だめです」

秀美はもう一度、重ねて言った。

「なぜですか？」

浅見は訊《き》いた。菜津美も怪訝《けげん》そうに「どうしてなの？」と訊いた。

秀美は理由を言わずに、口をへの字に結んで、黙っている。

「そんなことを言わないで、秀美、浅見さんをご案内して差し上げなさい。斉藤を呼ぶといいわね」

それでも秀美は立ち上がらなかった。それには、浅見よりも菜津美が呆《あき》れた。

語調に怒りが込められた。客の前で醜態《しゅうたい》をさらけ出して――という気持ちが、菜津美の表情を険しくしている。

「どうしたの、秀美」

「はい……分かりました」

秀美はようやく頷いた。思わず「だめ」と口走ってしまったものの、抵抗する理由のないことを認めないわけにいかなかったに違いない。

秀美はインターフォンを使って、門弟の斉藤に蔵を開けるように頼んでから、浅見を先導して蔵へ向かった。

「蔵」といってもせいぜい物置の丈夫なもの――程度の小さなものを浅見は想像していたのだが、廊下を二度曲がって辿《たど》りついた倉庫は、質屋の土蔵よりもはるかに大きかった。屋根が本屋《ほんや》の屋根と一体に繋《つな》がっているので、外部から窺《うかが》い知ることはできないのだが、構造的にはほとんど別の建物のようになっていると考えてよさそうだ。

本屋と蔵との接続部分は、明らかに防火帯と思われるコンクリート床の空間がある。壁も、すべて不燃性の材料を使った建築だ。その向こうに、一間四方の、コンクリートで塗り固めた重い扉があった。

「ずいぶん立派な蔵なんですねえ」

浅見は感心して言った。

「ええ、中には国宝クラスのものがいくつか入っているんです」

秀美はこともなげに言っている。さすがに室町時代から続いている家柄だけのことはある——と、浅見は国宝クラス云々《うんぬん》よりも、その血筋を生きる秀美自身に対して、ちょっと気圧《けお》されるものを感じた。

斉藤青年が鍵《かぎ》を持ってやって来た。ガラガラと重い扉を開けると、その内側に時代劇の牢屋《ろうや》を思わせる、太い白木を枡目《ますめ》に組んだ格子戸がある。それにも厳重に鍵がかかっていた。

「雨降らしの面を出してちょうだい」

秀美は言った。

斉藤は先に蔵に入って、右手奥にある階段を上がって行った。

一階の床はコンクリートの上に分厚い板を張ったものらしい。周囲には天井まで届く桐《きり》の戸棚が設《しつら》えられてある。

「ここはほとんどが衣装棚です、面やお道具類は大抵、上にしまってあります」

秀美が説明した。

フロアの中央にテーブルを挟んで、浅見と秀美は向かい合いに坐《すわ》った。

斉藤が下りてくるまで、そんなに長い時間ではなかったけれど、密室のような中で面と向かい合っているのは、かなり気づまりなものであった。

斉藤が桐の箱を抱えて下りてきて、テーブルの上に載せた。

箱には十文字に紫の紐《ひも》が掛かっている。その結び目の上を和紙でさらに結び、和紙には封印が捺《お》してある。

「雨降らしの面はお留め面ですから、この封印を切るためには、本来は宗家《そうけ》の許可がいるのです」

秀美は言いながら封印を切った。たったそれだけのことだが、彼女は今、水上宗家を継ぐ決意に一歩、近づいたな——と浅見は感じた。

斉藤がものものしい手付きで紫の紐を解き、蓋《ふた》を持ち上げた。

「あら？」

秀美は驚いた。

「中身がないわよ」

「あれ？……」

斉藤が子供っぽい声を発した。

「どうしたんだろ？」

「誰かが出したんじゃないの？」

「いえ、そういうことは聞いていません」

斉藤は首を振った。

「もし出すのなら、管理日誌に記入してあるはずです。それに封印が……」

「変ねえ……」

秀美が浅見を見た目には、こういう奇怪なことが起こることを、漠然と恐れていた――

という気持ちがほの見えていた。

「最後に雨降らしの面を使ったのは、お父さんの追善能の公演があった日、和鷹さんが『道成寺』を演じた時ですね」

浅見は訊いた。

「ええ」

答えながら、秀美の顔から血の気が引いていった。

「その面を蔵に戻したのはどなたですか？」

「私です」

斉藤は青くなっている。

「いつ戻したのですか？」

「追善能が終わったあとです」

「それ以後、ここから面を出したことはないのですね？」

「ええ、ありません。少なくとも、私の知るかぎりではありません」

「あなたの知らない間に、誰かが面を持ち出した可能性はありますか？」

「はあ、それはあります。この鍵は私と友井君の二人が預かって、管理室の金庫の中にしまってありますから、私がいない場合には友井君が取り出すことはできます」

「それじゃ、友井さんを呼んできていただけませんか」

斉藤は友井を呼びに、小走りに去った。斉藤は菜津美にも「異変」を知らせたのだろう。友井と一緒に、菜津美も駆けつけた。

「どういうことなの？」

菜津美は空っぽの箱を覗《のぞ》いて、二人の内弟子に、詰問するように言った。

「さあ……」

斉藤と友井は困惑して、顔を見合わせるだけだ。友井も斉藤と同様、心当たりはまったくないと言う。

「追善能のあと、この面を蔵にしまう際のことを、詳しく話してくれませんか」

浅見が二人に言った。

「あの時は、高崎先生がずっと箱を抱いて帰られて、蔵の中で私に渡されたのです」

「それをそのまま二階にしまったというわけですか」

「はい」

「中を確かめずに？」

「もちろんです。第一、この箱にはすでに封印がされていました」

斉藤は浅見に反発するように、唇を尖《とが》らせて、言った。

「では、その時から空っぽだった可能性はあるわけですね」

「…………」

「どうなの、斉藤さん」

秀美が声をひそめるように、しかし苛立《いらだ》ちを見せて言った。

「はあ、それは、そういう可能性はありますが……でも、まさか……封印がされていましたし」

「封印は当然、ご宗家ご自身がなさるのでしょうね？」

浅見が訊いた。

「はあ、そうです。あの時も、たしか楽屋で、宗家が封印をなさっているのを見たような気がします」

「ほんとうですか？」

「そうおっしゃられると、はっきりそうだと断言はできませんけど……なにしろ、あの時はみんなが右往左往していましたので。しかし、箱にはちゃんと封印されていたのだし、高崎先生も傍で見ておられたし、間違いないと思いますけど」

「高崎さんがいらっしゃったのですね？」

「はあ」

「高崎さんはどちらですか？」

浅見は秀美に言った。

「あの、それじゃ、浅見さんは、雨降らしの面を高崎さんがどうにかなさったと？」

菜津美が慌てて口を挟んだ。

「いえ、それは分かりませんが、一応、いま斉藤さんが言われた状況が間違ってないかどうか、お訊《き》きするだけでも……」

「でも、それはちょっと……ことがことですから、問題が大きくなってしまってはいけません」

それから菜津美は、二人の青年に「あなた方はもういいから」と立ち去らせた。

「浅見さんが雨降らしの面をご覧になりたいっておっしゃったのは、何か理由があってのことでしたのね？」

あらためて訊いた。

「はあ、もちろんそうです」

「何ですの、それは？」

「その前に、なぜ面が消えてしまったのか、それを確かめるのが先です」

「それはたぶん、高崎さんがお持ちになったのでしょう。それ以外には考えられませんもの」

　菜津美は断定的に言った。

「あの二人が嘘を言う理由がありません。それに、面を運び去るチャンスのある者は、ほかにおりません。あの騒ぎの際、舞台から能面を運び去ったのは高崎さんでした。高崎さんが箱を持って行って、宗家《そうけ》に封印をとお願いすれば、宗家が中身を確かめずに封印なさった可能性は充分、ありますもの」

「そうすると、追善能の日、高崎さんは雨降らしの面をひそかに取り出して、箱だけを元に戻させたというわけですね」

　浅見は彼にしては珍しく、粘っこい口調で復唱するように言った。

「ええ、そのとおりだと思います。それで、浅見さんは、高崎さんがそうなさった理由を、どうお考えですの？」

「和鷹さんの死因ですが」

　浅見はそれこそ能面のような顔で言った。

「急性の心不全というのは疑わしいと思いました。いえ、もちろん医師の診断があったことは知っています。しかし、おそらくそれはこちらのお祖父《じい》さん——宗家のご依頼でそうしたのだと思います」

「まさか、あなた……」

　菜津美は言葉が震えた。秀美は何も言わず目を閉じた。その二人の様子を見比べながら、浅見は言った。

「そのまさかです。僕は和鷹さんは毒殺されたと確信しています。じつは、『道成寺』の舞台で亡くなったと聞いた時、僕は漠然と、もしかすると——という気がしました。それが確信になったのは、天河神社で観世元雅が奉納した面の写真を見せてもらった時です。面の裏に書いた文字が掠《かす》れていて、それは唇や舌で嘗《な》めたためだということでした。もし雨降らしの面の裏側に、何かの毒物が塗ってあったなら……と思ったのです。そのことは、僕より早く、秀美さんがお気付きになっていたみたいですね」

「え？……」

菜津美は驚いて、浅見の視線に誘われるように、秀美を見つめた。

「ほんとうなの？　秀美」

「分からないわ。でも、お祖父様がなぜ、お兄様に雨降らしの面をつけるようにおっしゃったのかって考えると……」

「何を言ってるの？　それじゃ秀美、あなたはお祖父様が……まさか、そんなことを考えているのじゃないでしょうね？」

「だって、雨降らしの面をお兄様にお許しになれるのは、お祖父様しかいらっしゃらなかったのよ」

「なんていうことを……どうして……」

菜津美は絶望的な声を上げて、怯《おび》えた目を浅見に向けた。

4

その時、斉藤青年が戻って来た。

「あの、高崎先生がお見えになりました」

緊張のあまり、ひきつったような表情をしている。

「高崎さんが？　それじゃ、たぶん本葬の打ち合わせに見えたのでしょう」

菜津美はむしろ落ち着き払って言ってから、眉《まゆ》をひそめた。

「あなた、うろたえて、余計なことは話さなかったでしょうね？」

「はあ、私は何も……」

「そう、それならいいけれど。いますぐに行きます。昌枝《まさえ》さんに言って、お茶をお出ししておくようにね」

斉藤が立ち去ると、三人はたがいに顔を見合わせた。戸惑いこそあれ、「噂をすれば影とやら」などと、軽いことの言えるような雰囲気ではなかった。

「浅見さん、どうしましょう」

「率直に、雨降らしの面の行方をお訊きになるのがいいと思いますが」

「そうでしょうかしら……でも、そのことを切り出した時の、高崎さんの反応が怖いですわね」

「べつに何もなさらないと思いますが」

「いいえ、そういうことではなく、あの方が何か秘密めいたものをご存じだったらどうしようかしらって、そのことを思うと……」

「もしよろしければ、話のほうは僕に任せていただけませんか」

「任せるっていっても……」

「ご心配なく。僕は警察ではありませんから、無茶なことは言ったりしません」

「そうですわねえ……では、お話のほうは成り行き次第ということとして、浅見さんをどういう方と言ってご紹介すればよろしいのかしら？　まさか探偵さんだなどとは申せませんでしょう？」

「はあ……そうですね。でしたら、秀美さんのボーイフレンドとでもおっしゃっていただきましょうか。ボーイと呼ぶには、ちょっとヒネすぎかもしれませんが」

「まあ……」

菜津美は思わず笑みを浮かべた。この緊迫した状況の中で、よくもそんなジョークが出るものだ――と、なかば感心し、なかば呆《あき》れている顔だ。

応接室に行くまでに、三人の間では了解が成立していた。

高崎老人は母娘に悔やみを述べ、菜津美は高崎に対して、昨日の密葬を取り仕切ってくれたご苦労をねぎらった。

それから浅見が紹介された。

「ほう、これはこれは、なかなか……」

「ボーイフレンド」を「恋人」と受け取ったらしく、高崎老人は意味不明のことを口走った。宗家令嬢の相手として、まずは合格点——といった顔であった。

「高崎さん、ちょうどいいところにいらしていただきました」

菜津美が言った。

「じつは、浅見さんが雨降らしの面をご覧になりたいっておっしゃるものですから、蔵から箱を取り出したのですけれど、驚いたことに中身が空っぽですのよ。ちゃんと封印もされておりましたし、斉藤たちの話ですと、あの日以来、誰も触れた形跡がありませんのに、いったいどういうことでしょうか？」

「ほう……」

老人は一瞬、絶句した。目が落ち着きなくキョトキョトと動いた。高崎は痩《や》せ型で、悲しそうな目をすると、天河神社で見た阿古父尉《あこぶじょう》の面とそっくりな顔になった。

「封印は追善能のあと、宗家自らしているのですけど、宗家は中身まで確かめないまま、封印をなさった可能性がありますわね。それ以後は誰も面を持ち出した形跡がありませんから、あの日、誰かが面を持ち去ったとしか考えられませんわよね」

「いや、これまで一度だって、宗家が中身を見ずに封印をなさったことはありません」

「でも、あの時はふつうの状態ではありませんでしたもの」

「はあ、なるほど、それはまあ、そのとおりでしょうかなあ……」

状況的には、高崎はとぼけているとしか思えないのだが、あからさまにそれを言うわけにはいかない。

「ずいぶん由緒のある面なのだそうですね」

浅見が言った。

「でしたら、警察に届けたほうがいいと思うのですが」

「いや、それはいけませんな」

即座に、高崎が反駁《はんばく》を加えた。間髪《かんはつ》を入れず——という早さであった。顔つきは情けなさそうだが、声はさすが、「ワキの名人」と謳《うた》われる人物だけあって、まさに音吐朗々そのもので、浅見の耳を圧した。

「しかし、重要な宝物なのでしょう？」

浅見は遠慮がちに訊《き》いた。

「それはおっしゃるとおりだが、しかし警察沙汰《ざた》にするのは好ましくありませんな。それでなくても、水上ご宗家は、このところいろいろとございますからな」

「はあ……」

浅見は怪訝《けげん》そうな顔を作って、それとなく菜津美の意向を確かめた。菜津美はかすかに頷《うなず》いて見せた。

「ではどうすればいいとお考えですか？」

浅見はいかにも素人っぽく、素朴な聞き方をした。

「私に心当たりがあります」

「と、おっしゃると、面のありかを知っておられるのですか？」

「ん？　いや、知ってはおりません。知ってはおりませんが、心当たりがですな、若干あるということです」

浅見は迷った、高崎老人の言うとおりにさせていいものかどうか。高崎は現段階ではもっとも疑わしい人物といっていい存在だ。しかし、これ以上の追及を望むとなると、こちらの「探偵」という素性を明らかにしないわけにはいかない。

「それでは、高崎さんにお任せいたしましょう」

菜津美が浅見の迷いを吹き飛ばすように、言った。

「そうしていただきたい」

老人も頭を下げて、そう結論づけた。浅見のつけ入る隙はもはや無かった。

「さて、宗家《そうけ》のご本葬のことで、ご相談があるのですが」

高崎はかたちを正して、菜津美に言った。

「はい、承ります」

菜津美も改まってお辞儀を返した。

「それじゃ秀美、浅見さんをあちらにご案内して、お写真などお見せしてちょうだい」

浅見は胸の中で溜《た》め息《いき》をついた。警察のように捜査権があるわけでもない立場が、これほどもどかしく思えたことはなかった。もしかすると、高崎が和鷹殺害の犯人かもしれないし、吉野山で和憲を殺害した事件にも、この老人が何らかの関わりを持っているのかもしれないのだ。

うわべはどこか頼りなげに見えるけれど、その実、凶暴なものを内に秘めていないとはかぎらない。

浅見は無念と不安を抱きながら、秀美に従って奥の座敷に入った。

「高崎さんは、ほんとうに雨降らしの面の行方をご存じなのかしら？」

秀美は浅見の気持ちを推し量ったように、気兼ねを感じさせる言い方をした。

「知っているでしょうね。いや、それどころか、ご自分で隠し持っている可能性が大きいと僕は思っていますよ」

「でも、高崎さんの顔を見ていると、嘘をついているようには見えませんでしたけど」

「分かりませんよ、それは。あのくらいの年代になると、人間の表情は能面よりも難解です」

「まあ……」

秀美は非難する目で浅見を睨《にら》んだ。

「高崎さんは私の家といちばん近い親類ですのよ。母は血の繋《つな》がりはありませんけど、私にとっては大叔父《おおおじ》に当たります」

「あ、そうでしたね。失礼しました」

「あの大叔父は、幼い頃の私たちをとても可愛がってくれたんです。兄のことも分け隔てなく可愛がって、それで、母なんかとは少し気まずいこともあったようですけど……」

「は？」

浅見は秀美の言葉に引っ掛かった。

「ちょっと待ってください。いま、妙なことを言いましたね」

「妙なことって？」

「お兄さんを分け隔てなくとか、お母さんと気まずくなったとか……それはどういう意味ですか？」

「あら、浅見さんはご存じなかったのですか？　兄のことを」

「ええ、知りません、お兄さんがどうしたのですか？」

「あの……兄は母の子ではないのです」

「えっ？……」

浅見は驚いた。

「お母さんの子でないっていうと？」

「父が、母と結婚する前にお付き合いしていた女性とのあいだに生まれた子なんです」

秀美はひと息で言った。

「そうだったんですか……」

浅見は驚きと同時に、これまでモヤモヤしていたものが、朝霧のようにサーッと晴れてゆくような予感がした。

「そのこと、詳しく話してくれませんか」

「はあ……」

秀美は躊躇《ためら》いながらも、ポツリポツリ、「水上家の醜聞」について語った。

＊

秀美が兄・和鷹の出生の秘密を知ったのは、父が死んだ直後、兄自身の口からその事実を聞かされた時である。

「うそ……」

秀美は呼吸をするのを忘れるほど、はげしいショックを受けた。

「黙っていようかと思っていたのだが、いつか分かってしまうことだからね。他人の口から、おかしな具合に伝わるより、僕が話したほうがいいと思って」

和鷹は優しい目を、かすかに曇らせながら、気の毒そうに言った。

「それに、母親が違ったって、僕たちは兄妹であることに変わりはないのだし」

ほかにもいろいろ、慰めの言葉を言ってくれたと思うのだが、秀美はそれをほとんど思い出せない。ただ取り乱し、とめどなく泣いた記憶ばかりがあった。

何よりも、兄が遠い存在になってしまったことが悲しくてならなかった。生まれてからずっと、頼りにして、甘えて、身も心もすべてさらけ出してきた唯一の男性が、突然、目の前から消えてしまった。

しかし、興奮が通り過ぎて、時間が経過するにつれて、秀美は被害者が自分ではないことに気がついた。

ほんとうに辛《つら》く悲しいのは兄なのだ――と思わないわけにはいかなかった。男だから泣くことはしないけれど、兄がその秘密を知った時、どれほどのショックを受けたことだろう――。

それなのに、兄はこれまで、ただの一度だってその素振りも見せなかった。少なくとも妹に怪しまれるような醜態を見せたことはなかった。じっと耐え、平静を装いつづけていたであろう、その精神力は、いくら男といえ、敬服に値する。

その秘密を知った時から、秀美は兄と自分とが、水上家の中で微妙に差別して扱われているように思えてならなくなった。父親が死んだことによって、その傾向はいっそうはっきりと形を成してゆくようにも思えた。

母親の和鷹に対する態度が、ふつうの「息子」へのものと少し異なって、どことなくよそよそしいのは、宗家の跡継ぎを意識してそうしているのかと、子供の頃からずっと、当然のように思っていたのだけれど、「なさぬ仲」ということを思い合わせれば、なるほどそうだったのか――と頷《うなず》ける。

和鷹に能の稽古《けいこ》をつける祖父・和憲の仕打ちもそうだった。いくら稽古とはいえ、必要以上に厳しすぎるように感じることが、しばしばあった。何も知らないうちなら「愛のムチ」として映ったことが、じつは単なる「イジメ」としか思えなくなった。

妹の自分がそう感じるくらいだから、当の和鷹の感じ方ははるかに強かっただろう。

水上家の中の和鷹は子供のころから、何事にも控え目で、妹の秀美に対しても遠慮がちだった。父親や祖父は、そういう和鷹を歯痒《はがゆ》そうに、「もっと男らしくしろ」と叱った。秀美ですら、幼ごころにそう思うこともあった。

ある日、中学校の帰り道に、秀美が街の不良グループ四人にからまれたことがある。その時、和鷹が飛び込んできて、秀美の前に立ち塞《ふさ》がると、「妹の代わりに僕を殴れ」と叫んだ。不良たちは結局、手を出さずに、悪態を残して立ち去った。

和鷹が口止めしたので、その日の出来事はついに家族の者には語られなかった。いわば武勇伝といってもいい「美談」ですら、黙して語らなかったのも、今にして思うと、和鷹の水上家に対する遠慮がそうさせたに違いない。

秀美は追善能《ついぜんのう》の日の朝、ハイヤーの中で兄が呟《つぶや》くように言った言葉を思い浮かべた。

――小さい頃からずっと、僕は違うんだ、みにくいアヒルの子なんだって意識していた。

――宗家《そうけ》は僕が嫌いなんだ。秀美への愛情のほうがはるかに大きい。

あの日、「雨降らしの面」の着用をゆるされ、水上流宗家への道を委譲されたといってもいい晴れの舞台に向かう車の中で、和鷹はなぜそういう述懐を言ったりしたのだろう。

そのことが秀美には不思議な気がする。

和鷹はその時、「みにくいアヒルの子」に許されるはずのない栄光の舞台が、蜃気楼《しんきろう》のように実体のないものに思えたのではないだろうか。いや、それどころでなく、もしかすると、本能的に死の予感を感じていたのかもしれない。

5

「なるほど、そうだったのですか……」

浅見は秀美の長い話が終わると、当の秀美よりもむしろ、疲れ果てたように溜《た》め息《いき》をついた。

「それであなたは、あの時、吉野で、お祖父《じい》さんがお兄さんを殺したとか、そういうことを言ったのですね」

「ああ、あの時は、私はふつうじゃないくらい、取り乱していましたから……でも、今お話ししたように、祖父が兄を差し置いて、私に宗家を継がせようとしたことは、ほんとうにあったことなのですから」

「いや、それはあなたの思い過ごしかもしれませんよ。現に、お祖父さんは和鷹さんに、言わば一子相伝ともいえる雨降らしの面をお授けになったじゃないですか」

「ですから、それは兄を殺して……」

秀美は焦《じ》れて、思わず叫んだ。

「しいっ！」

浅見は唇に指を立てた。

「声が大きすぎます」

窘《たしな》めておいて、言った。

「お祖父さんがお兄さんを殺害した——などとは不用意に言ってはいけません。第一、お兄さんを殺害しようとするのなら、なにも雨降らしの面である必要はないのでしょう。どんな面だって毒を塗れば、目的は達せられるじゃありませんか」

「それは違いますよ」

秀美は反論した。

「雨降らしの面はお留め面ですもの、事件の前もあとも、祖父の許しがなければ、誰も封印を開けることはできません。ほかの面でしたら、門弟たちや私たちだって、試みに顔に当てたり、手入れをしたりするチャンスがあります。面の内側に毒が塗ってあったりすれば、べつの被害者が出るかもしれませんし、死なないまでも、具合が悪くなったりすれば、怪しまれてしまうでしょう」

「なるほど……」

浅見は言い負けたかたちになった。たしかに秀美の言うとおり、「凶器」に雨降らしの面を選んだ理由は、雨降らしの面が宗家か、宗家の後継者だけが顔につけることを許される——という点にあったに違いない。

それでも浅見は気を取り直して言った。

「雨降らしの面が封印されていたことは分かりました。しかし、封印が解かれて、面が外にある時なら、お祖父さん以外の人が触れることだってできたのではありませんか？」

「それはそうですけど……でも、毒を塗るとか、そういう細工をするチャンスはありませんわ」

「それでは、あらためて訊《き》きますが、あの追善能の日、雨降らしの面の封印を解いたのはどこですか？」

「もちろん能楽堂の楽屋です」

「その時、楽屋には誰と誰がいましたか？」

「封印を解いたのは祖父ですけど、ほかには高崎さんと、それに斉藤、友井など門弟たちがいました。もちろん私も兄もいました」

「そして、そのあと、面はどこに置いたのですか？」

「『道成寺』の鐘の中に仕込みました」

「あ、なるほど、そうでしたね。その作業は誰がやったのですか？」

「斉藤と友井です。ほかの二人の門弟が鐘を支えたりして手伝いました」

「秀美さんはそれをずっと見ていたのですか？」

「ええ、私ばかりでなく、さっき名前を挙げた人たちは、全員がその場にいました。面を鐘のどこに仕込むのかとか、そういう作業はいつでも見られるわけではありませんから、みんなが注目していました。もちろん、毒を塗るなんて、そんなことができる状態ではありません」

秀美の説明を聞きながら、浅見はその時の楽屋の風景を想像した。慌ただしい中にも、厳粛な気配の漂う能楽の楽屋である。

「それから鐘はどうするのですか？」

「担い棒に縛りつけて、出番が来るまで、楽屋に置いてありました」

「そうすると、もうその時点からは、面に細工をするなんていうことはできないわけですよねえ」

浅見はまた溜め息をついた。刀折れ矢尽きた——という感じがした。

「やっぱり祖父がやったことですね」

秀美は浅見が反撃してくれないことを悲しむように、俯《うつむ》いた。

「そんなことはありませんよ、きっと」

浅見は駄々っ子がムキになったように、口を尖《とが》らせた。

「お祖父さんにとっては、和鷹さんもあなたと同じ、可愛いお孫さんであることには変わりはないのでしょう？　しかもたった一人の男の子ですよ。殺したりするはずがないじゃありませんか」

「それは……それはたしかに、理屈から言うとそうかもしれません。でも、事実は事実なんですもの」

「事実かどうか、まだ分かりませんよ。第一、雨降らしの面に毒が塗られているかどうかさえ、まだ確認したわけじゃないのですからね」

「そんな気休めをおっしゃらなくてもいいんです。真相が暴かれても、どうせ祖父は自殺して、誰の手も届かないところへ行ってしまったのですし、警察も捕まえることはできませんもの」

「それは、お祖父さんが犯人である場合はそのとおりですね」

「では浅見さんは、別に犯人がいるっておっしゃるのですか？」

「僕はそう思いますね。お祖父さんが可愛いお孫さんを殺害するという図式がですね、僕にはどうしても理解できない。いや、僕だけじゃなく、警察だってそういう疑いを持つと思いますよ」

「警察が？」

「ええ、ことに、警察は犯罪の動機について、非常に関心を抱くものですからね。和鷹さんが亡くなって、もっとも得をするのは誰か。あるいは、和鷹さんが生きていては具合の悪い人は誰か。和鷹さんをもっとも憎んでいた人は誰か——といったことを徹底的に調べるはずです。お祖父さんがそれらの条件のどれかに適合する人物だとは、僕には思えません」

秀美は目をいっぱいに開けて、浅見を見つめた。ことに、浅見が最後の条件を言った時には、震え上がった。

「兄を憎んでいた人ですって？……そんなこと、きまってます。兄の存在をいちばん憎みつづけてきたのは、母です」

これ以上はない露悪的な口調で、秀美はそう言った。

「お母さんが？……」

浅見は愕然《がくぜん》として表情を強張《こわば》らせた。

「ええ、そうです。浅見さんがおっしゃった、『兄を憎んでいる人物』と言えば、誰よりも母だと思います」

浅見は返す言葉もなかった。

たしかに、秀美の言うとおりかもしれない。もっと前の時点で、和鷹の出生の秘密を知っていれば、浅見だってとっくにそのことに想到しただろう。

「そうだわ……いちばん可哀相なのは、兄でもなければ私でもないんだわ」

秀美はうつろな目になって、何かに取りつかれたように喋《しゃべ》った。

「私は、兄の出生の秘密を知った時から、ずっと、そういう星の下に生まれた兄や、その妹である自分が、この不幸な物語の被害者だと信じ込んでいたんですよね。そして、その被害者意識を胸に秘めて生きてゆくことを、まるで、悲劇のヒロインのように美化して、甘えていたんです。でも、それは違うんですよね。いま浅見さんに言われて気がつきました。本当の被害者は、私なんかより、はるかに、母だったんだわ」

秀美の目から涙が溢《あふ》れた。

浅見も彼女の言っていることを正しいと思うしかなかった。

菜津美が水上家へ嫁《とつ》いで来た時には、すでに和春の子供がべつの女の腹に宿っていた。そのことを知った時の菜津美の驚きと嫉妬《しっと》と悲しみは、たとえようのないものであっただろう。

しかも、彼女の悲劇はその時だけで終わるものではなかったのだ。憎むべき女の産んだ子を、わが子として育てると決まって以来、菜津美には一日たりとも心安らかな日はなかったに違いない。

「母がどんな気持ちだったかを思うと、私は浅見さんがおっしゃった、『兄をもっとも憎んでいた人物』という言葉の重みがいっそう実感を伴ってくるんです」

秀美の顔面から、サーッと血の色が消えてゆくのが分かった。

「兄を殺したのは、母なんですね」

秀美は涙を拭《ぬぐ》って、きっぱりと断言した。

「そんなことを口にしてはいけませんよ」

浅見は痛ましい目で窘《たしな》めた。

「まだ何も分かっていないのですから」

「いいえ、気休めをおっしゃらないでいいんです。母が犯人だって仮定して、これまで起きた事件や出来事を眺めると、私にだっていろいろな謎が解けてくるように思えますもの。……そうだわ、さっき、蔵で、雨降らしの面が消えていたと知った時だって、母の驚きようは、いかにも芝居じみていたような気がしますものね」

「いや、ちょっと待ちなさい。そんなふうに勝手に決めつけるのはよくないですよ」

「いいんです」

秀美は正面に視点を定めて、はっきりした口調で言った。

「私は、兄を殺したのは祖父じゃないか——って思ったんですけど、その図式をそのまま、兄を殺したのは母だ——という図式に置き換えることは可能でしょう？　だって、母なら雨降らしの面に毒を仕込むこともできたに違いありませんもの。母が雨降らしの面を見たいと言えば、祖父はすぐに希望を叶《かな》えたに違いないんですよね。なにしろ母は父よりも祖父に気に入られて、水上家に嫁いできたくらいですもの。それなら、箱の蓋《ふた》に封印がしてあっても不思議はないですよね。そのつど封印を解き、封印をしたとしても、第三者にはその封印がいつ解かれ、いつ封印されたのかは分からないでしょう」

浅見は秀美が喋るに任せているしかなかった。

たしかに秀美の言うとおり、追善能の前に、菜津美が和憲に頼んで雨降らしの面を出してもらい、毒を塗っておく——ということは、少なくとも物理的には可能なことだ。

そして、雨降らしの面の封印が、忠実に守られていたとするなら、和憲が毒を塗ったのでない以上、菜津美以外には犯行のチャンスはないと考えるしかない。

菜津美には、和鷹に対する単純な憎しみばかりでなく、和鷹が宗家《そうけ》を継げば、菜津美自身と娘の秀美の、水上家における身分保証が損なわれる——といった不安があったかもしれない。

宗家・和憲が引退して和鷹が水上家を継ぎ、やがて和憲が死亡したあかつきには、本格的な和鷹の復讐《ふくしゅう》が始まるという怯えがあったとすれば、それは充分、和鷹殺害の動機になり得るだろう。

「あの時」

と、秀美は頬の肉を痙攣《けいれん》させながら、言葉を続けた。

「楽屋にお医者さんが二人いらっしゃったのですけど、そのお二人を、祖父が急いで別の部屋へお連れするのを見たんです。その時はそれほど不自然に思わなかったのですけど、今にして思うと、あれは何か、ことを穏便にすましてもらうよう、頼み込んだのじゃないかっていう気がするんです」

浅見はギクリとした。それは、まさに三宅が言ったことを裏付けるのだ。

「兄が舞台で死んだ時、祖父には何が起きたのか、すぐに分かったに違いありませんよね。それどころか、誰が犯人なのかだって分かったのかもしれない。いいえ、祖父ばかりじゃなく、高崎の大叔父《おおおじ》だって、兄の出生の秘密や母の苦悩と憎しみを知っているんですもの、きっと、もしや――という疑惑が浮かんだはずです」

秀美の心にいったん生まれた疑惑は、どこまでも際限なく広がってゆく様子だった。

浅見は彼女の頭のよさに感嘆しながら、秀美に引きずられるようにして、自分の推理を進めていった。

秀美が言うように、和鷹の死の原因が菜津美によるものではないか――と疑った時、和憲や高崎老人はどう対処するだろう。

高崎老人と和憲の連携プレーで、雨降らしの面が処分された――と考えれば、雨降らしの面の消えた理由も納得できるし、面がどこへ行ったのかも推測できる。

浅見がそう思った時、

「もしかすると、雨降らしの面は、祖父が吉野へ運んだのじゃないかしら？……」

秀美は鋭い視線を空間の一点に据えて、予言者のように言った。

浅見はまたしても驚かされた。

（なんて頭のいい女性だろう――）

「ねえ、浅見さん、そう思いませんか？」

秀美は視線を浅見に向けた。

浅見は返答のしようがなくて、彼女の視線を避けた。

「そうですよ、きっと。祖父は母の代わりに罪を負って死ぬことにしたんです」

秀美はまったく浅見と同じテンポで思考を進めているのだ。

「祖父に聞いたことがあるんですけど、母を息子の嫁に――と思いついたのは祖父だったそうです。祖父は『おまえの親父なんかより、わしのほうが菜津美に惚《ほ》れ込んで、たってと望んで嫁に迎えたんだ』って、そう言っていました。もちろん、兄のことは祖父には何の責任もありませんよね。その時点では父に『隠し子』がいるなんて、誰も知らなかったことなんですもの」

秀美は『隠し子』と言う時に、わずかに顔をしかめた以外、能面のような表情を変えなかった。

「でも、いくら知らなかったことといっても、結果的に、可愛い嫁に、思いもよらぬ屈辱と苦悩を押しつけた事実は事実ですよね。祖父にはその罪の意識があったのじゃないかしら。もしかすると、いつの日にか、今度のような悲劇の起こることを予測していたのかもしれません」

浅見は秀美の話を聞きながら、三宅や雪江が言っていた「水上菜津美評」を思い浮かべていた。彼女に対する世間の評判は概して――というより、きわめて良好なのだそうだ。

菜津美は笑顔を絶やさない女だという。いついかなる場合にも、水上宗家の嫁として、御曹司《おんぞうし》の妻として、にこやかに、優雅に振る舞った。もともと能楽には縁のない家の出だから、もちろん仕舞《しまい》の心得などあるわけもないのに、日常の挙措動作には、まるで能の素養があるかのような、優美な身のこなしが備わっていた。

和憲にとって、菜津美はまさに見込んだとおりのみごとな嫁であったのだ。

その嫁のにこやかな笑顔の裏側に、じつはおぞましいほどの憎悪と怨念《おんねん》がひそんでいたとしても、和憲はそれを許すほかはなかっただろう。

考えてみると、生まれ落ちた時から、能の世界を通じて、女の魔性や二面性をいやというほど学んできた和憲にしてみれば、たとえ菜津美がその魔性の女であったとしても、それほど奇異な感じはしなかったのかもしれない。

「祖父は……」

秀美は浅見の空想をなぞるように、最後の結論を言った。

「祖父は、母の復讐を知っても、それを罰するどころか、母が罪を免れるように、自分のできるかぎりのことを尽くして、そして吉野山に死んだのです。それがきっと、祖父の母に対する……それから、兄に対する……もっと言えば、兄を産んだ実の母親に対する償いだったような気がします」

それから長い沈黙が流れた。遠い稽古場《けいこば》で鼓を打つ音が聞こえる。謡《うたい》の声は聞こえないが、おそらく斉藤や友井など、門弟たちが稽古に励んでいるのだろう。

秀美も浅見も、どこか物憂いその音に耳を傾けながら、今語られたばかりの事件ストーリーを反芻《はんすう》した。

「浅見さん」

秀美は沈黙に耐えられなくなったように、言った。

「どうですか、私の言ったことに間違いないでしょう?」

「さあ……」

浅見は首を振った。

「正直なところ、僕にはよく分かりません」

「そんな……慰めは言っていただかなくていいんです」

秀美はむしろ怒ったような口振りだった。

「いや、そうでなく、ほんとうに僕にはよく分からないのですよ。何か違うような気がするんです」

「違うって、どこが違うんですか？　母が犯人じゃないっていう意味ですか？」

「そうですね、結論的に言えば、そういうことです」

「どうしてですか？　どうしてそう思うんですか？」

「勘ですかねえ……」

浅見は自信なさそうに、下を向いた。

「勘？」

「ええ、勘としか説明できないんですよね」

「そんなの……」

ずるいわ——と言いそうになって、秀美は絶句した。

「よく、ベテラン刑事なんかが、第六感とか言うでしょう。あれみたいなもので、僕はときどき、得体の知れないものを感じることがあるんですよね。論理的には説明できない……たとえば、車を運転していて、横町からヒョイと子供が飛び出しそうな予感がするみたいな……そういうことってあるでしょう。しいて言えば、そういうことかなあ」

「…………」

「ああ、あなたは呆《あき》れ返っていますね。いえ、いいんです、べつに文句を言うつもりはありませんよ。僕だって、さっきの秀美さんの話はほとんど間違っていないって認めているんですから。しかし、どこかが違う、何かが違うような気がするんですよね。あなたの推理は、状況的にはそのとおりだと思うし、お母さんの置かれている立場や、雨降

を取っても、すべてがあなたの論理を裏付けると解釈できることばかりです」

「でしょう？　でしたら……」

「いや、それはそのとおりなのですが、しかし、いま挙げたようなことは、決定的な証明にはならないことも事実です。つまり、そういう状況的な論拠をいくら積み上げてみても、『お母さんは犯人なんかじゃない』って断言することだって、完全に可能だということです」

ついさっきまでの、秀美の弁舌に圧倒されていた浅見からは想像もできないような、自信に満ちた口調で、言った。

秀美は気をのまれたように、口を小さく開けて、じっと浅見の顔を見つめた。暗闇の中に明かりを見たように、緊張しきっていた皮膚がみるみるうちに緩んで、大きな目から涙が溢《あふ》れ出た。

「ありがとうございます」

秀美は頭を下げた。

「嘘でも、そうおっしゃってくださると、希望が湧いてきます」

「いや、嘘じゃない、嘘じゃありませんよ」

浅見は困惑しながら、慌ててハンカチを出した。

第十一章　悲劇の演出者

1

高崎義則が出てくるのを、浅見はソアラのシートに身を沈めるようにして、じっと待ちつづけた。

駅へ向かって、門からは百メートルとは離れていないところだが、道がややカーブしているので、かりに門内から水上家の人が出てきたとしても、ここに浅見がいることに気付くおそれはなかった。

ずいぶん長く感じたが、実際には二十数分で老人が門から現れた。

水上和憲より一つ年下だそうだから、七十歳代に入ったばかりか。和憲のほうがいくぶん肥満体であっただけに、むしろ高崎老人のほうが老《ふ》けて見える。鶴のように姿勢の真っ直ぐな老人だ。歩く姿はゆったりとして、寸分の隙《すき》もない武芸の達人を髣髴《ほうふつ》させた。

この付近は表通りまで出なければタクシーは摑《つか》まらない。それに、もともと老人は車を利用する気がないのか、急ぐ気配のない足取りで、駅へつづく道をやって来る。

老人がほんの目の前に来た時、浅見は車を出て声をかけた。

「先程はどうも失礼しました」

「おう、これはこれは」

高崎はびっくりした顔だが、べつに浅見の待ち伏せに困惑した様子はなかった。

「もしよろしければ、お乗りになりませんか？」

「さようですな……」

老人はしばらく考えて、「では、お言葉に甘えましょうか」と、存外、あっさりと頷《うなず》いて、浅見が開けたドアの中に入った。

「いい車にお乗りですなあ」

しきりに中を見回して、世辞を言った。

「お住まいは田園調布《でんえんちょうふ》でしたね」

浅見は車を発進させながら言った。

「ほう、よくご存じですな」

「はあ、秀美さんにお聞きしました」

「なるほど……そうそう、秀美とはどういう？」

「友人です、ただの」

「ただの、ですか。それは残念ですなあ。あなたのような立派な方があの子の婿さんになってくださると、水上家も万々歳で、ありがたいのですがなあ」

「立派だなんて、とんでもありません。いまだに兄の家の居候で、嫁さんの来手もないのです」

「そうですか……いや、それはいい。人間、独りが何よりです。わしなど、かれこれ五十年近く、そう思い続けております」

「五十年近く……ですか？」

「さよう。つまり、女房をもらったとたん、そのことに気付いたわけですな。けだし、女というものは恐ろしい。戸隠山《とがくし》の鬼も道成寺の蛇《へび》もすべて女性の化身《けしん》ですからな。それに気付いたもんで、わしはすぐに独りになることに決めました」

真顔で言っているので、冗談なのか本気なのか分からない。むしろ、口ぶりには実感が込められていた。

「和鷹さんは菜津美夫人のお子さんじゃないのだそうですね」

浅見はさり気なく言った。

「ん？　ああ、ご存じでしたか。そのとおりです。もっとも、和春さんも菜津美さんと結婚したあとになってはじめて、相手のご婦人が妊娠していることを知ったようなわけですがな」

「その相手の女性は、その後、どうなったのでしょうか？」

「一切、関係を絶つということで、それなりのことはしました」

「いまも健在なのですか？」

「さあ……」

高崎は、その一線はどこまでもとぼけ通すつもりのようだ。浅見はそれを突き崩すように、言った。

「その人の名前ですが、長原さんでしたか、長原敏子さん」

「えっ……」

高崎はギョッとして、背凭《せもた》れから身を起こした。浅見は正面を向いたまま、高崎の驚愕《きようがく》ぶりに満足の笑《え》みを浮かべた。

「やっぱりそうでしたか。それでいろいろなことが分かってきました」

「浅見さん、あなた、どうしてそのことをご存じなのかな？」

高崎の質問には答えず、浅見はさらに言った。

「天河神社の五十鈴《いすず》は、長原敏子さんに渡されていたのですね？」

「…………」

「鈴を渡したのは何のためだったのか、僕なりに考えてみました。常識的に考えれば、和春さんの結婚に際して、長原さんとの問題に決着をつけるための道具として用いられた――ということになりそうですが、しかし、鈴は現実にはその後、九歳を過ぎた頃の秀美さんが玩具《おもちゃ》代わりにしていたという事実があります。だとすると、次なるチャンスは、和春さんが急死した時しかありません。つまり六年前です」

高崎はふたたび背凭れに深く沈み込み、浅見の言葉に対する反応をできるだけ抑える姿勢を作った。

「僕の勝手な推測なのですが、鈴を渡した理由は、長原さんの動きを封じ込めるためだったのではありませんか？」

「…………」

「和春さんが急死された時、おそらく、長原さんは死因に疑いを持ったと思います。もしかすると、和春さんの死は、和鷹さんの身分を失墜《しっつい》させるための謀略ではないか――ぐらいには思ったかもしれません。そう思い始めると、いわゆる疑心暗鬼というやつです。このまま見過ごせば、次に消されるのはわが子・和鷹だ――そう思うと、じっとしてはいられなくなるのも当然です。そして、わが子を守るために、水上家の平穏を覆しかねない強硬な言動を見せた。それを鎮めるための証《あかし》として、宗家はあの五十鈴を渡されたのだと思いましたが……どうでしょうか、違ってますか？」

高崎老人は目を瞑《つむ》って動かない。そのまま、サザエのように口を閉ざし通してしまうつもりなのだろうか。

「その鈴を、豊田市の川島さんという人が東京に持参して、新宿のホテルで何者かと会い、その直後、毒殺された……これまた不可解な事件です。僕の推論が間違っていなければ、その鈴は長原敏子さんから託されたもので、つまり、川島さんが長原さんのいわば代理人であることの証明だったと考えられます。上京の目的は、もちろん水上家の方と接触して、何かの話し合いをすることだったはずです。その川島さんが毒殺されたとなると、犯人は水上家ゆかりの人物である疑いが強いわけで、警察も当然、そのスジで捜査を進めていると思われます。現在、警察がキャッチしている事実は、新宿のホテルで川島さんと会っていた人物が男性の老人である——ということですが、いずれ水上家に対して捜査の手が伸びてくることは目に見えています」

「警察は……」

ふいに高崎老人が口を開いた。浅見がチラッと視線を走らせると、老人は目をいっぱいに見開き、例の阿古父尉《あこぶじよう》を思わせる顔に苦痛の色を浮かべていた。

「警察は長原敏子の存在には気がつきますまいな」

「いえ」

浅見は冷たく否定した。

「警察はそんなに甘くはありませんよ。今はまだ気付いていないとしても、いずれは探し出します」

「なるほど、そうですか……」

高崎はまた黙りこくった。

田園調布の街が近づいていた。浅見は車の速度を落としながら、訊《き》いた。

「長原敏子さんは、今どこにいるのですか？」

「ほう……」

高崎は意外そうな目を浅見に向けた。

「それはご存じなかったのですか」

「ええ、知りません。中京地区周辺ではないかと考えているのですが、違いますか？」

「さあ、どうでしょうかなあ」

とぼけた口調で言って、「あ、そこで下ろしてください」と街角を指差した。浅見は車を左に寄せて停め、サイドブレーキを引くと同時に、最後の質問をぶつけた。

「川島さんを殺したのは、高崎さん、あなたなのですか？」

「ん？……」

ドアロックのはずし方が分からず、戸惑いながら、高崎は浅見を振り返った。浅見の目と高崎の目がものの五十センチの距離で睨《にら》みあった。

「あははは、これはゴツいことを言われる。さあてねえ、わしかもしれませんぞ。それより、このドアの開け方が分からないのですがね。何とかしてくれませんかな」

「あ、失礼」

浅見は急いでロックをはずし、ドアを開けた。

「いや、どうもお世話になりましたな。それではお気をつけて」

高崎老人は訣別《けつべつ》とも受け取れるようなことを言って、去って行った。車を停めた場所が高崎家の前というわけではなかったらしい。ゆるやかな坂道を悠々たる足取りで行く、老人の痩《や》せた後ろ姿には、何の屈託もないようにさえ思えた。

2

それから数日は、少なくとも表面上は穏やかな時が流れた。

水上流宗家《そうけ》・水上和憲の本葬は青山《あおやま》葬儀所で盛大に執《と》り行われた。能楽界はもとより、政財界や各国大使館、宗教界、教育界、文化団体など、広範な人々が参会した。

マスコミ各社の取材陣が、カメラの放列を並べる中を、次々に到着する有名人たちが通って行った。

浅見は会場で瀬田部長刑事に出会った。

「このあいだのお通夜と密葬には、浅見さんは見えませんでしたな」

瀬田は挨拶《あいさつ》代わりのように、言った。

「ということは、瀬田さんは両方とも顔を出したのですね」

「え？　ああ、そういうことです。どういう顔触れが現れるものか、いちど見ておきたかったもんでしてね」

「それで、収穫はありましたか？」

「いや、何もありませんよ。まあ気休めみたいなものですからね。最初からあまり期待はしていないものです」

「じゃあ、今日も気休めですか」

「まあそうです。というより、気晴らしと言ったほうがいいかな……ここだけの話ですがね」

瀬田は周囲を見回して、「へへへ」と首を竦《すく》めた。

瀬田はそう言うが、気晴らしになるほどのいい陽気とは言えなかった。この時期としては異常に冷え込み、朝から重そうな雲がビッシリと垂れ込めていたが、文部大臣の代読が告別の辞を読み始める頃には、白いものがフワフワと舞い落ちてきた。

「吉野の捜査も目新しいものは何も出てこなかったようで、結局、水上和憲氏は自殺ということに落ち着きそうですなあ」

「新宿のオフィス街の事件はどうなったのですか？」

「うーん、あれもねえ、川島さんがホテルで会っていた男というのがです、年齢は川島さんよりは上らしいということが分かった程度で、人相着衣とも、今ひとつはっきりしないのですよ。まあ、むりやりこじつけて、水上和憲氏かなと仮定しても、証拠も説得力もありませんしねえ。何より、当のご本人が死んじまったのだから、確認のしようがないわけでして」

「となると、捜査は完全に行き詰まったというわけですか」

「ここだけの話ですがね」

瀬田はまた寒そうに首を竦めた。

浅見は複雑な気持ちだった。瀬田の言うとおりだとすると、警察は早くも終結宣言を出しそうな気配だ。メンツの上から、公式的にはそうしないまでも、早晩、捜査陣を縮小して、なしくずしに終結してゆくことは間違いない。

もしここで、浅見の持っているいくつかのデータを警察に教えてやれば、捜査が新たな方向に向けて展開するであろうことは目に見えている。五十鈴《いすず》の謎だって、長原敏子という女性のことだって、警察はまだ何も気付いていないのだ。そして、もっとも重大な秘密である、水上和憲さんが亡くなった時のアリバイについてですが」

「水上和憲さんが亡くなった時のアリバイについてですが」

浅見は気乗りのしない口調で言った。

「水上家の関係者のアリバイはお調べになったのですか？」

「もちろん調べましたよ」

瀬田は言下に答えた。

「吉野署からの依頼もありましてね、少なくとも水上家と利害関係のある人物については、すべて事情聴取を行い、ウラも取りました。結果は全員シロでした」

「和憲氏が殺されたものだとすると、新宿の事件と手口が似ているわけですが、その件についてはどう解釈されたのですか？」

「それはねえ、カプセルに入った毒物を飲んだというのは共通しているには違いないが、それだけでまったく同一犯人による犯行であるとは断定しがたいわけですよ。まあ、そういう手口というのは珍しくもありませんからなあ。それに……」

瀬田は声をひそめた。

「水上氏が新宿の事件の犯人であるならば、じつにすっきりと説明がつくわけで、われわれとしても大いに助かるのだが」

浅見は（不謹慎な――）という意志を込めて眉《まゆ》をひそめ、瀬田を見た。

「いや、これはここだけの話です。お兄上には内緒ですぞ」

瀬田は少し喋《しゃべ》りすぎたのを後悔したらしく、急に用件を思い出したような仕種《しぐさ》を見せて、浅見の傍を足早に離れて行った。

葬儀は滞りなく進行しつつあった。それにしても、じつに多くの人々が浅見の前を通過して行った。人混みの中には浅見の母親も三宅の顔もあった。能楽の世界などというのは、ごく一部の愛好者だけのものかと思っていたのだが、水上和憲ほどの人物となると別格らしい。

考えてみると、能楽は歌舞伎なんかよりはるかに昔から、日本の芸能の中に確固たる地位を占めていたのだ。潜在的なファンは想像以上に多いのかもしれない。

浅見は天河神社の薪能《たきぎのう》で、若い人たちの比率が高いのには驚かされた。ロックで大騒ぎするほうが似合いそうな若者が、動きの乏しい能の舞台に魅了され尽くしたように、じっと見入っていた。

三宅の説によると、現実に、能の観客に若い層が増えているのだそうだ。若い連中が発売を待っていたように、切符を買いに走るというのは、かつては見られなかった。かといって、能そのものが変化したわけでも、歌舞伎の玉三郎《たまさぶろう》のようなスターが出現したわけでもない。能の本質は六世紀のあいだ、ほとんど変わっていない。

「能は観客におもねらないからね」

三宅はそう言う。

「テレビドラマに象徴されるように、現代の演劇はあまりにも観客にオベッカを使いすぎるのだな。つまりそれは、観客を見下げた精神の現れでもあるわけだよ。この程度までレベルダウンをしなければ、理解されないだろう——などという思い上がりが、いつか自らを貶《おとし》めていることになる。感性の豊かな若者が、そういう欺瞞《ぎまん》にいつまでも気付かないはずがない。演劇ばかりでない。あらゆる文化や文明が、若者におもねる方向ばかりを模索しているうちに、賢明な若者は本質の純粋性が確かな能に魅了されてゆく」

浅見もなるほど——と思った。能はおもねるどころか、理解を拒絶しているのではないかとさえ思えるほど、表現を抑制した演劇である。本来なら豊かでなければならないはずの表情にしてから、「能面のごとく」と言われるように、まさに無表情そのものの面をつけて、内なる心の動きを秘めてしまう。動作にいたっては、場合によっては何十分間もじっと動かず、動かないことが芸の極致であるとさえされるのである。

その不可解な能が、いまはブームだという。なぜいま能か——という理由はともかくとして、目の前を通過する参列者の数を見ていると、それが実感できる。

「光彦君」

背後からの呼び声に振り向くと、三宅が立っていた。桜の木の陰に隠れるようにして、おいでおいでをした。

「今話していたのは刑事だね？」

三宅は瀬田の去った方角を指差して、言った。

「ええ、そうです。新宿署の瀬田という部長刑事です」

「新宿署？　というと、宗家の事件を調べているわけではないのかな？」

「はあ、吉野の事件は吉野署の扱いです。しかし、捜査協力という形で、彼なりに何かを調べていることはあるでしょう。それに、新宿の事件についても、あの鈴の出所が水上家である以上、二つの事件を関連づけて考えているに違いありません」

「なるほど……それで、どの程度まで事件を解明できたのかな？」

「思ったほどの進展はないようです。というより、警察の感触としては、和憲さんが犯人である可能性が強いと思っているのかもしれません。そのあげく自殺した……それで捜査が行き詰まっているという考え方です」

「あれはどうなのかな、和鷹さんの事件については」

「まったく関知していませんね」

「そうか、それは何よりだ」

「そうでしょうか？」

「ん？　いや、そりゃ道義的なことを言えば、感心した話ではないけどさ。しかし、それも和憲氏のしたことだし、自ら死によって贖罪《しょくざい》をしたと思えば、われわれはもって瞑《めい》すべしとしなきゃならないだろう」

「三宅さんは、まるで和憲さんが犯人だと特定しているようなことを言いますね」

「そうだよ。えっ？　じゃあ違うの？」

「僕には和憲さんが可愛い孫を殺すとは考えられませんが」

「しかし、きみだってそう言ったじゃないか。雨降らしの面に毒を塗ったと……」

「毒は塗ったと思いますが、和憲さんが塗ったかどうかまでは特定できません」

「そんなことを言って……あの面は和憲氏が封印し、和憲氏が封印を解いているのだろう？　それとも、ほかの人間にも毒を仕込むチャンスがあったとでも言うのかい？」

「いえ、それはありません。一般的には、面をつけるのは、楽屋から橋懸《はしがかり》に向かうあいだにある『鏡の間』だと聞いていたので、ひょっとすると、鏡の間に面があるあいだに、そういう細工ができるのではないかと思ったのですが、実際には無理だということが分かりました」

「ああ、そりゃそうだねえ、あれは『道成寺』の鐘の中に仕込んでおくのだから」

「そうなんですよね。しかし、それでも僕は、何かカラクリがあるような気がしてならないのです」

　浅見は強弁しながら、溜《た》め息《いき》をついた。

「とにかく、僕にはどうしても、宗家がお孫さんを殺害したという図式を認める気にはなれないのです」

「そりゃ、きみの感傷というものだろう。いや、正直を言えば、私だってそんなおぞましいことは考えたくないさ。しかしだね、きみの場合は別問題だ。名探偵たる者、そんな女々《めめ》しい感傷に流されてどうする」

「名探偵だなんて……僕は軟弱なノンポリの落ちこぼれ人間でしかありませんよ」

「ははは、ずいぶんダメ人間の要素を並べたな。そこまで自己分析ができていれば、何も言うことはない」

三宅は笑った。

「しかし、冗談でなく、ひょっとするとまさにそのとおり、きみの取り柄は、まともな人間なら考えないような、突飛なことを思いつくという、その異常性だけしかないのかもしれないな」

「その言い方はちょっとひどすぎます」

「ははは、いや、いい意味に解釈してもらいたいのだよ。たしかにきみは異常感覚の持ち主だ。そのきみがあえてカラクリがあると言い、和憲氏が犯人ではないと言うのだから、もしかするとそのとおりかもしれないな。私もなんだかそんな気になってきたから不思議だね。まあせいぜい、そのカラクリなるものの発見に勤《いそ》しんでみることだね」

三宅は突き放すような言い方をした。腹が立つほどのそっけなさだが、そういうのが三宅流の期待感の表現なのである。

「ところで、きみのほうはどうなっているんだね？」

「は？　それは、ですから、今言ったような状態です」

「何を言ってるんだ。そうじゃなくて、私の紹介した史蹟《しせき》めぐりのほうだよ」

「ああ、あれですか」

「あれですかはないだろう。頼むよ、出版社に対してもきみに対しても、私が無理矢理押しつけたようなものだけに、結果が悪いと困るからね」

「大丈夫です。三宅さんほどにはうまくありませんが、それなりに纏《まと》まっていると思いますから。あと五日ばかりで一応、原稿を渡せる状態です」

「そうか、それなら安心。じゃあ、まもなく事件のほうにも専心できるというわけだ。どっちも頑張ってくれたまえ」

言うだけ言うと、三宅はすっかり気楽そうな顔になって、行ってしまった。

浅見はぼんやりと三宅の後ろ姿を眺めながら、必ずカラクリの正体を見極めてやるぞ——と思った。

3

青山葬儀所で本葬のあった日から三日後に発売された週刊誌に、水上秀美の記事が大きく掲載された。

——能楽名流の総帥になった美女——

こういう見出しで、葬儀所で各界有名人を迎える際の秀美の白い貌《かお》が、かなりのアップで写っていた。

傍らに母親の菜津美と高崎老人を従え、まるで何かに反発するように、顔をキッと上げたポーズの彼女には、たしかに水上宗家《そうけ》の後継者たらんとする、強い意欲のようなものが感じられた。

「ほんとうに、こうして見ると、きれいなお嬢さんねえ」

雪江がつくづく感心したように言った。

「このお嬢さんを光彦にだなんて、三宅さんも酔狂なことをおっしゃるわねえ」

「は？」

浅見は自分の名前が出たので、思わずスープの中に顔を突っ込みそうになった。

「それは、どういう意味ですか？」

「あら、三宅さんお話しにならなかった？　あの方、あなたに秀美さんはどうかなんて、そんなことおっしゃってらしたのよ」

「はあ、悪い話ではありませんね」

「ばかおっしゃい。あなたと秀美さんとでは、文字どおり提灯《ちょうちん》に釣り鐘ですよ……あら、そうそう、あの時もそう言って、それで三宅さんが『道成寺』を思い出して……」

謹厳であるはずの雪江が、珍しく思い出し笑いをした。

「『道成寺』がどうかしたのですか？」

浅見は気味悪そうに訊《き》いた。母親もついにもうろくしてくれたか――という期待も、多少はあった。

「いえね、三宅さんがこのお話をなさった時も、『提灯に釣り鐘』って、そう申し上げたのよ。そしたら三宅さんは『道成寺』の鐘を連想なさって、追善能を観に行きませんかっておっしゃって……考えてみると、そのことから事件に巻き込まれたといっていいのかもしれないわね」

「はあ……」

浅見は深刻な顔で頷《うなず》いた。思えばひと月ばかりのあいだに、水上家では天地がひっくり返るような転変があったわけだ。

コーヒーを啜《すす》りながら、浅見は雪江が置いていった週刊誌を広げた。グラビアの秀美《ひでみ》の顔は美しいには違いないが、完全に意思を包み隠した無表情であるのが、なんとも遣《や》り切《き》れなかった。

何を想うのか、悲しいだけのはずの口許《くちもと》が、かすかに笑みを浮かべているように見えるのは、能の若女《わかおんな》の面を連想させる。もしかすると、この記事を書いた人間も、彼女のそういう不思議な表情に「能楽名流の総帥」を見たのかもしれない。

浅見は写真を眺めているうちに、水上秀美という女性が、じつは遠い存在であることを改めて思った。彼女はすでにこうしてマスコミに持て囃《はや》され、スターダムにのし上がった「時の人」なのだ。吉野の山道を、ソアラに乗せて走ったことなど、すべて、あれは幻であったような気がしてきた。

そう思った時、浅見はふと後頭部のあたりに小さく光るものを感じた。

——写真が雑誌に載ったことなんか、一度もありません。

秀美が妙に気張った口調で、そう言っていた、その時の情景が蘇《よみがえ》った。

興味本位の雑誌なんかに載るのは、泥に塗《まみ》れるようなものだ——とでも言いたそうな顔をしていた。

その時、浅見は秀美のそっけない口調に白けると同時に、（いいな——）と嬉《うれ》しくもなったものだ。このごろのマスコミの、芸能人に対するばか騒ぎぶりには呆《あき》れ返る。結婚したといっては大騒ぎ、赤ん坊が生まれたといっては大騒ぎ。朝のワイドショウみたいな時間に、各社いっせいにえんえんと放送する、あのくだらなさはなんとかならないものだろうか——と思っている。

秀美が芸能人と同一視されるのを拒絶するような反応を見せたことに、浅見はむしろ爽《さわ》やかなものを感じた。

その時はそう思った。それだけしか感じなかった。

いま、雑誌に掲載された写真を見て、その時、秀美が「載ったことがない」と強弁したことの持つ重大な意味に気づいた。

（ばかな——）

浅見は自分の頭の鈍さを罵《ののし》った。それから電話に向かった。

受話器を取ったが、思い直した。電話では逃げられる危険性があると思った。

身支度を整えると、急いで家を出た。ソアラを駆って田園調布へ向かう。デジタル時計の数字がどんどん変わる。

高崎家はこのあいだ高崎老人を下ろした場所から、さらに三百メートルも行ったところにあった。ことによると、高崎は自分の家を浅見に見せたくなかったのかもしれない。それほどに貧しげな佇《たたず》まいであった。これが水上流分家としては宗家に次ぐと謳《うた》われる名人の住まいか——と、何か索漠とした気持ちにさせた。

ブロックを積んだ塀はところどころが崩れかけ、危険なのでそうしたのだろう、全体を半分の低さに削ってある。

そのむこうに、庭とも呼べない、ちっぽけな植え込みがあった。

建物は木造モルタルの平屋。おそらく終戦直後に建てたような老朽家屋である。屋根の瓦《かわら》もあちこちが欠けていて、このぶんだと、夕立程度の雨でも雨漏りがしそうだ。濡《ぬ》れ縁《えん》のある、庭に面した側は雨戸が閉ざされていた。

(留守かな?——)

浅見は不吉な予感がした。

玄関はガラスの嵌《は》まった格子戸であった。今どき、こういう格子戸の家は下町へ行っても、そうザラには見つからない。表札の「高崎」の文字は消えかけている。

呼鈴を押したが応答はなかった。戸を引いてみたが、動かない。鍵《かぎ》がかかっているらしい。もっとも、鍵をかけてなくても、簡単には開きそうにないほど立て付けに歪《ゆが》みがきている。

五十年来の独身——と高崎が言っていたのを思い出した。内弟子のようなものがいるとも思えなかった。

浅見が考え込んでいると、隣家の主婦が出てきた。どこかへ買い物にでも出掛ける様子らしい。五十歳ぐらいの、口やかましそうなおばさんだ。

「高崎さんでしたら、あちらのお稽古場《けいこば》のほうじゃないかと思いますよ」

数軒先の路地を指差して言った。

「あ、稽古場があるのですか？」

「ええ、高崎さんは有名な能楽師さんですからね」

主婦は自分の身内を自慢するような顔をしている。

「ああ、そうですよねえ。ここでは稽古が出来ませんよねえ」

浅見は背後の建物を振り返って、思わず正直な気持ちを言ってしまった。

「高崎さんは清廉《せいれん》の方でいらっしゃいますからね、私財はすべてお弟子さんのためにお使いになっておいでですのよ」

おばさんはツンと顔を背けるようにして、立ち去った。

今どき、こんなにムキになって、隣人を褒めそやすのは聞いたことがない。高崎老人はよほど人望の篤《あつ》い人物のようだ。

浅見はおばさんが指差した路地を入った。路地の角の電柱に、「水上流能楽指南所」

と書かれた小さな看板が張りつけてあった。

短い袋小路の突き当たりが「稽古場」であった。いかめしい神殿づくりのような建物に、浅見は目をみはった。高崎の家とはえらい違いだ。隣家の主婦が言ったように、私財を投げうった結果の産物だろう。玄関を入るだけでも、身の引き締まるような思いがする。能を学ぶ者にとっては、そういう緊張感も必要なのかもしれない。

訪《おと》うと、頬の紅《あか》い、ちょっと見には少年のような男が出てきた。

「高崎先生はお留守ですが――」

声の様子も口のきき方も稚《おさな》い。やはりまだ少年なのかもしれない。

「お出かけですか？」

「はあ、ご旅行です」

「ご旅行……どちらへいらしたのですか？」

「分かりません。何もおっしゃっていませんでしたから」

「長いご旅行ですか？」

「さあ……分かりません」

浅見はいやな予感がしてきた。

「あの、浅見さん、ですか？」

少年はオズオズと訊いた。

「ああ、これは失礼、申し遅れました、そうです浅見といいます……しかし、どうして分かりました？」

「あの、浅見さんでしたら、お渡しするものがあるんです」

少年は「ちょっとお待ちください」といったん引っ込んで、まもなく現れた。手に封書を持っている。表に「浅見様」と書いてあった。

「高崎先生がこれをと」

浅見は受け取るとすぐに封を切った。中には便箋《びんせん》が一葉《よう》。

——すべては天河で終わります——

達者なペン字である。

「高崎さんは、天河へ行かれたのですか？」

浅見は少年に訊《き》いた。無意識に語気が強くなっていたらしい。少年は一瞬、怯《おび》えた目になった。

「天河ですか？　知りませんけど……」

天河へ行ったかどうかを知らないのか、それとも天河そのものを知らないのか、戸惑った答え方であった。

浅見は礼を言って稽古場を出た。

高崎が自分の訪問を予測していたことに、ショックを感じた。これから起こるであろう、さまざまな出来事も、あの老人には予測がついているのかもしれない——と思った。

——すべては天河で終わります——

その短い文章の意味する、もろもろの不吉な結果が、浅見を不安にさせた。

4

冬へと向かう街の風景そのままに、水上家には日毎に、冷え冷えとした気配が深まってゆくように、秀美には思えた。

シェークスピア劇のようなおぞましい悲劇が、この家を舞台にたしかに行われたのだ——と思うごとに、秀美はゾーッとした。

そして、毎日、朝から晩まで顔を合わせている母親が、じつは恐ろしい殺人犯なのかもしれない——という恐怖が、抑えても抑えても、頭を擡《もた》げてくるのだ。

和憲の死後、菜津美の面窶《おもやつ》れは少しずつ進行しているように見える。しかし、それにも拘《かかわ》らず、彼女の顔からは微笑が絶えることはなかった。痩《や》せたせいか、小さな皺《しわ》の目立つ頬に、かすかなえくぼが浮かぶのを見ると、秀美はそれが母親であることも忘れ、まるで暗闇でふいに増女《ぞうおんな》の面に出くわしたように、ゾッとするものを感じるのだった。

広い屋敷の中には隙間風が吹くような寂しさが漂っている。斉藤たち、一門の者たちも、ひっそりと声をひそめていることが多い。訪れる客も間遠になった。あの浅見光彦も、まったく顔をみせない。

母親に対しても、門弟たちに対しても、朝な夕な、顔を合わせれば、さりげなく、にこやかに挨拶《あいさつ》を交わすけれど、秀美はしだいに孤立感を深めていった。

和鷹が死に、和憲が死んで、水上家の中の肉親は、もはや母親以外には誰もいない。その最愛の人である母親が、もう一人の最愛の人である兄を殺した犯人であるかもしれないなんて――。

この恐怖の中で発狂せずにいるために、秀美にできることといえば、殻《から》の中に閉《と》じ籠《こ》もってしまうことぐらいなものである。

水上流宗家《そうけ》の葬儀風景を撮った週刊誌のグラビアは、そういう秀美の心理をみごとに捉《とら》えていた。しかし、複雑な彼女の内面を知らない者には、どこか昂然《こうぜん》とした白い貌《かお》が、不遜《ふそん》なほどの自信に満ちたものに見え、孤高のごとくに映ったに違いない。

しかし、秀美の心は揺れに揺れていた。

青山葬儀所での本葬が終わるまでは、何かと慌ただしく、緊張することが多かったので、気も紛れた。もろもろの跡片づけがすみ、人の訪れも間遠になって、母親と顔をつき合わせる時間が増すにつれて、秀美のカタルシスは我慢の限界に近づいていった。

秀美は母親から――というより、母親への疑惑から逃れるために、しばしば稽古場に出て仕舞《しまい》に没入した。

斉藤や友井に小鼓《こつづみ》を乱拍子《らんびょうし》に打たせ、時には面をつけて狂気のごとくに舞った。

面をつけた秀美は、知らずに見れば男性と見紛《みまが》うほどの迫力である。その力感を抑えぎみに女を演じることで、女性を演じる男性を演じているような、いわば二重構造の逆説的効果を生み出している。

二人の若者は、稽古能であることも忘れ、しばしば無我の境地で小鼓を打った。

古来、能は男性により創造され、演じられ、管理されてきた。能の登場人物のおよそ半分が女性だというのに、である。

同じように男性が女を演じるにしても、歌舞伎の女形《おやま》が、嫋々《じょうじょう》として、可能なかぎり女性の姿に近づこうと演技するのとは対照的に、能は男性が気迫に満ちた力の演技をすることによって、最高の女性美を表現しようとするのである。

能楽に女は無用――と誰もが言う。

そんなことはない――と秀美はひそかに、胸のうちで反論しつづけてきた。それを実証するために、切磋《せっさ》琢磨《たくま》もした。小品のツレを演じる時も、仕舞を舞う時も、秀美はつねに真剣勝負の気迫をもって立ち向かった。兄の和鷹ですら「かなわない」と舌を巻いたほど、秀美の能は男勝りだった。

和憲が「能をやれ」と命じた時には、尻込《しりご》みする気持ちもあった秀美が、いつかしら、和憲もタジタジとなるほどの打ち込みようだったし、ついには和憲の期待をはるかに凌駕《りょうが》した。

追善能《ついぜんのう》の舞台で『二人静』を演じたあと、和憲は楽屋で額の汗を拭《ぬぐ》いながら、「もう、技術的には、おまえに教えることは何もないかもしれんな」と、嘆息のように言った。

「あとはウカウカと演じることだ」

そう言って、力感のない笑い方をしたものである。

「ウカウカと演ずる」とは、古今のワキ方の名人・宝生新《ほうしょうあらた》の言った言葉で、虚心坦懐《きょしんたんかい》というような意味だ。

肩肘《かたひじ》張った「真剣勝負」の気持ちでは、とても「ウカウカと演ずる」至芸にはとどかない。さすがに和憲はそこを見抜いて、そう言ったのだろう。

しかし、それはたしかに褒め言葉には違いなかった。その言葉を聞いた時、秀美は晴れ舞台を終えたばかりの興奮もあって、有頂天になった。「男もすなる」能の世界に、思いきり羽ばたいてみせる――と思った。

「お祖父《じい》様のお墨付をいただいたのね」

楽屋の世話を焼いていた菜津美も、嬉《うれ》しそうに秀美の耳元で囁《ささや》いて、『道成寺』の開演を待つ観客席へ戻っていった。

「悲劇」が起きたのは、その直後である。

考えようによっては、自分の異常ともいえる能への打ち込みさえなければ、兄の悲劇は起こらなかったのかもしれない――と、秀美は思う。

たしかに、秀美が平凡な力量の持ち主であったなら、和鷹は水上流宗家のかけがえのない後継者だったのである。

菜津美がどれほど和鷹を憎んでいたとしても、大切な後継者を抹殺《まっさつ》するほど、血迷った真似はしなかっただろう。

（因果だ――）と秀美は震えるような想いがした。娘が原因をつくり、母親が結果を行ったのだ。

菜津美が驚くほど冷静でいる様子も、秀美にとっては耐えられないことであった。罪の意識などというものは微塵《みじん》もないらしい。

浅見は「違う」と否定していたが、思いきって母親の罪を暴くことを、秀美は何度考えたかしれない。

かりにそんなことをしてみたところで、「何をばかなことを」と一蹴《いっしゅう》されれば、それを覆す証拠は何もないのだ。秀美自身、この疑惑がばかげた思い過ごしであると思いたかった。

(ほんとうのところはどうなの?——)

秀美は、癌患者が事実を知りたい反面、癌の宣告を聞きたくないのと同じような、苛《いら》立《だ》つ気持ちでそう思った。

母以外で真相を知っている人物といえば、唯一、高崎老人だという気はしていた。しかしあの老人のことだ、たとえ真相を知っていても、金輪際、誰にも言わず、あの世にゆくまで胸に秘めたままでいるに違いない。

(でも、私だけは真相を知っておかなければ——)

と秀美は思った。自分にはその権利も、そして義務もあるのだ——と思った。

浅見光彦からの連絡は途絶えていた。

「僕が報告に来るまで、決してみだりに動かないでください。まだ犯人は捕まっていないのですからね」

浅見はそう言っていた。

――まだ犯人は捕まっていない。

そのとおりなんだわ――と秀美は思う。

その「犯人」がつい目と鼻の先にいる――という思いが、たえず秀美の胸に去来し、針のような痛みを伴って、心臓をチクチクと刺す。

（あの人、何をしているのかしら？――）

浅見とは葬儀の日、青山葬儀所でチラッと顔をみかけたきりである。電話ひとつ寄越《よこ》さない。きっと見えないところで動き回っているのだろうと思うけれど、そう思うだけでは心の安らぎにはならない。

手紙でも電話でもいいから、何かひと声かけてくれればいいのに――と、待ち侘《わ》びる想いがしだいに恨みがましい気持ちへと変化していった。

それにしても、秀美がこんなに人のおとずれを待ち侘びたことは、いまだかつてなかった。

大学が芸大の邦楽科という特殊なコースだったせいか、秀美には友人が極端に少ない。そうでなくても、「能楽師の娘」などというのは、一般的に言うと、とっつきにくい人間に思われがちなのかもしれない。

子供の頃から、秀美はクラスメートにさえ（敬遠されているな――）と感じることが多く、心を許せる友人が少なかった。

兄が死んで、そのことをいっそう痛感した。思えば、兄は秀美にとって友人であり、時には恋人のような役割を演じてくれていたのかもしれない。

それでも折ふし、水上家の訃報《ふほう》を聞いたといって、女子学院時代の友人が訪ねてくることがある。気晴らしに街に出ようと誘ってくれる。秀美も彼女たちの好意の前で、努めてはしゃいで見せようとする。

しかし、そういう努力は虚《むな》しいものだし、何の解決にもなりはしない。

街を歩けば、気の早い店からは、もうジングルベルの音楽が流れ出し、むやみに苛立ちをかき立てられる。

「悪いけど……」と、秀美は友人に謝って、逃げるように帰宅してしまう。

「どうしたの？　せっかく誘ってくださったのに」

菜津美が出迎えて、不満そうに言う。

「秀美、あなた少しおかしいわよ」

「何が？」

「何がって、自分でそう思わないの？　妙によそよそしかったり、そうかと思うと、へんに下品にはしゃいでみたり……そりゃ、いろいろあったし、気持ちが乱れていることは分かりますけどね。だからって、あなたは水上家の跡取りなのよ。もっと毅然《きぜん》としていなければいけないでしょう」

「いやよ、跡取りなんて！」

「…………」

秀美の剣幕を、菜津美は怒るより、心配そうに見つめるばかりだ。秀美もすぐに気づいて、口調を変えて言う。

「跡取りになる資格なんて、私にはありませんよ」

「どうして？　あなた以外にはもう、この家には誰もいないのよ」

「ええ、そうよね、お母様が望んだとおりになったのよね」

「何を言っているの？　どういう意味なの、それは？」

母親の顔が、まるで雨降らしの『蛇の面』のように恐ろしげに見えた。

秀美は逃れるように自室に戻って、ほんとうにベッドに潜り込む。

「ごめんなさい、変なことを言って……ちょっと頭が痛いの」

こんなことを繰り返していたら、自分も母も、それに水上家ばかりでなく、流派の一門が崩壊してしまうような気がする。

（たすけて……）

誰かに――たぶん神にむかって、秀美は心の底で叫んでいる。目を閉じると、脳裏に兄の面影が甦《よみがえ》り、それとオーバーラップするように、浅見青年の少し頼りなげな面差しが浮かんでくる。

思いきって、浅見に電話をかけてみた。

「あらまあ、水上様のお嬢様……」

浅見の母親が、大感激をもろに表現したような声を出した。

「光彦ですの？　まあ、わざわざお電話していただいて……申し訳ありませんけど、光彦は留守ですのよ……いつ戻りますことやら、ほんとうに鉄砲玉のような子でして。このあいだなどは、一週間も連絡ひとつ入れませんのよ……せっかくねえ、お電話をいただいたっていうのに。ほんとに運のない子ですわねえ……ええ、もちろん、必ずお電話をするように申しつけますわよ」

秀美はいても立ってもいられない気分になった。浅見が動いているのに、自分だけがじっとしているなんて――と、ほとんど本能的な競争心といってもいいような想いが、勃然《ぼつぜん》と湧いてきた。

ほんの近くまで出掛けるような素振りで、秀美は家を出た。表通りでタクシーを拾い、「田園調布へ」と告げた。

高崎の大叔父《おおおじ》は留守だった。

裏の稽古場《けいこば》へ行くと、若い門弟が現れ、秀美を見てびっくりした。

「あ、お嬢さん……」

幽霊でも見たような顔で、体を硬直させている。

化粧もろくにしていないのだから、ほんとうに幽霊みたいな顔をしているのかもしれない――と、秀美は苦笑した。

「高崎先生は？」

「先生はお出掛けです」

「どちらへ？」

「あの……よく分からないのですけど、天河へいらっしゃったのではないかと……」

「天河へ？」

「はあ、そうらしいです」

「天河へ、何しに？」

「さあ、分かりません。あの……私は天河のことも知らなかったのですが、さっき、浅見さんという人が見えて、私がことづかっていた先生からのお手紙を見て……そこに天河へ行くって書いてあったみたいなのです」

「浅見さんが見えたの？」

「はい」

叱りつけるような秀美の質問だったので、若者は脅《おび》えた目になった。

「それで、浅見さんはどうなさったの？」

「急いで出て行きました」

「じゃあ、浅見さんも天河へ？」

「さあ……」

若者は当惑げに首をひねっている。浅見が天河へ向かったかどうかなど、分かるはずがないのだ。

「浅見さんが見えたのはどれくらい前?」

「一時間ばかり前です」

「高崎先生がお出掛けになったのは?」

「けさの九時頃でした」

「そう……」

秀美は若者に礼を言って、玄関先から引き上げた。頭の中には、天河への道程が思い描かれつつあった。

*

秀美が帰って行くのを見すまして、若者はすぐに電話をかけている。

「今、お嬢さんが見えて、すぐにお帰りになりました……はあ、高崎先生のことも浅見さんのことも申し上げました……すみません、ついうっかり……はあ……いえ、はっきりとは分かりませんが、天河のことを申し上げた時の感じでは、たぶん、いらっしゃるのではないかと……はい……はい、分かりました、失礼します」

電話を切ったあとも、若者は不安そうな顔をして、置いた受話器を握ったまま、しばらくのあいだ、じっと立ちつくしていた。

第十二章　ひとり静《しずか》

1

吉野に入るころになって、とうとう雪が降りはじめた。積もる心配はなさそうだが、フロントガラスにベチャッという感じで、湿気の多い大きな牡丹雪《ぼたんゆき》が当たる。

それほどの降りではないので、ワイパーを間歇式《かんけつしき》に作動させてある。雪片が半透明の白い血痕《けっこん》のように、ペタッペタッとガラスに散って、しばらく経ってから、ワイパーが拭《ふ》き去る。それまでの数秒、視界が歪《ゆが》んで見えるのは鬱陶《うっとう》しかった。

吉野口で浅見は一瞬迷ったが、信号が変わるまでに腹を決め、吉野山へ登る道にハンドルを切った。

「桜花壇」の前に車を停めると、目敏《めざと》く例のおばさんが飛び出してきた。

「あら、また来てくれはったんでっか？　いやあ、嬉《うれ》しいわ」

こっちが恥ずかしくなるような、若やいだ声を出した。

「天河へ行く途中なんです。今夜は泊まらないかもしれない」

「そうでっかァ、そないなこと言わんと、泊まって行かはったらよろしいのに。雪も降ってますさかいに」

「この雪だと、天河へ行く道は危ないですかね？」

「いいえ、そんなことはない、思いますけど……でも、折角やし……」

おばさんはしきりに残念がる。

「ちょっと聞きたいのだけど、弁慶のママを知ってますか？」

「ええ、知ってますとも。吉野山は狭いさかい、どこの家とも付き合《お》うてますがな。弁慶のママやったら、ウチと同じでよそから入った人やし、よう話も合います。そやけど、なんぞ、弁慶さんに？……」

「あの人の友達で、学校の先生をしている女性がいますか？」

「ああ、聞いたことはありますわ。たしか、ママさんと同じで独身や言うてはったんと違うかしら？」

「そうです、独身の女性だそうです。その人の名前は知りませんね？」

「知りまへんなあ。弁慶さんに聞かはったらよろしい」

「そうですね、そうします。それで、ちょっと車を置かせてもらいたいのですけど」

「はいどうぞどうぞ、あとしばらく、年末まではお客さんもいてませんし……そうや、なるべく泊まって行ってくださいな」

「ええ、なるべくそうするつもりです」

浅見は桜花壇には上がらずに弁慶へ向かった。

吉野山の街は、この前よりもいっそう寒々として、桜花壇から弁慶の店まで、散策する観光客と行き合うこともなかった。

弁慶も閑散としていた。浅見が入ってゆくと、テレビを眺めていたママが、眠そうな目を振り向けた。

「いらっしゃい……あら？　お客さん、いつかの……」

「このあいだはどうも」

浅見は笑顔でペコリと頭を下げた。

「あらあら、いらっしゃい。そしたら、また来てくれはりましたの。嬉しいわァ」

桜花壇のおばさんと同じような反応で、歓迎してくれた。冬の吉野山は、人寂しい気分が満ちているのかもしれない。

「きょうはベッピンさんはいてはらしまへんの？」

「ああ、このあいだの彼女ですか？　彼女は来ません。しかし、ママは彼女のこと、見たことがあるって言ってましたよね」

「ええ、似た顔をたしかに見たことがありますねんよ」

「雑誌の写真で見たのでしたっけか？」

「いえ、写真は写真ですけど、雑誌やないんです……でも、あれは私の間違いやったかもしれまへん」

「間違い？　どうしてですか？」

「そうかて、違う言いますねんよ」

「違うって、誰が、ですか？」

「いえね、その写真を見たとこの人がですねんけど……私が、写真とそっくりの女の人、見た、言いましたら、それは絶対に違う、言わはるんです。その写真の人は死にはったんやそうです」

「死んだ？……」

「ええ、それでも、よう似てはったんやけど、言うて、もう一度、写真を見せてもらおう思ったんやけど、どないしても、見せてくれはらしまへんねん」

「どうしてでしょうかねえ？」

「さあ、分からしまへん。ふだんはええ人なんやけど、ちょっとこじれると、難しい人になってしまいますねん。私のほかともだちがいてへんいうのは、やっぱし、無理ないいうところもあるわねえ」

弁慶のママは「ともだち」のことを、気掛かりそうに、暗い顔をしてそう言った。

「そのともだちというのは、もしかして、長原さんていいませんか？　長原敏子さん」

「えっ……」

ママは驚いて、目を丸く、口をポカンと開けた。

「お客さん、敏子さんのこと、知ってはりますの？」

「いや、直接は知らないのだけど、ちょっとね、ある事情があって……その長原さんの住所、教えてもらえませんか」

「…………」

ママは明らかに警戒の色を見せた。

（まずかったかな――）

浅見は悔やんだ。少し性急にすぎたかもしれない。しかし、いったん踏み出した以上、今更後戻りはできない。

「じつは、あるご老人が吉野に来た時、体の具合が悪くなって、地元の女の人に親切にされたという話をしていましてね。ところが、その女性は『長原敏子』という名前を告げただけで、どうしても住所を言わないらしいんですね。しつこく訊《き》くと、笑って『吉野山です』ととぼけて……しかし、どうやら、小学校の先生らしいということだけは、会話の中で分かったのだそうですよ。このあいだ吉野に来て、ママから、学校の先生で独身の女性がいるという話を聞いていたでしょう。それで、ひょっとしたら――という話をしたら、今度、吉野へ行くついでに、ぜひ確かめて来てくれと頼まれましてね」

話していて、われながら下手な作り話だ――と、浅見はいや気がさした。それはママにも通じるのだろう。白けたような、薄笑いを浮かべた。

「何や、けったいな話ですなあ……しゃあけど、敏子さんの名前を知ってはるいうのは、ぜんぜん出鱈目《でたらめ》とも思えんし……」

「そうですよ。それに、その気になれば、この辺の小学校を全部調べればいいんですからね。だけど、僕にはそんなひまはないし、出来たら教えてもらえるとありがたいんだけれど……、もちろん、迷惑はかけませんよ」

浅見は、この男としては珍しく、熱意を込めて女性を口説いた。

「いい男に、そないに頼まれると、いや言うわけにいかなくなりますわ」

ママは笑った。

「そしたら教えて上げますけど、私に聞いたいうのは、黙っといてくださいよ」

「もちろんです」

浅見は大きく頷《うなず》いた。

ママはメモ用紙に住所と、簡単な地図を書いてくれた。

驚いたことに、長原敏子の家はこのすぐ近く、勝手神社から天河の方向へ行く道を、ほんの百メートルばかり行ったところにある一軒家であった。

あの日、勝手神社を去った水上和憲が、誰にも目撃されないまま、消えてしまった理由は、それで理解できた。あの道は、吉野山の町並みとは異なって、昼間でもほとんど人通りがない。

（和憲老人は、長原敏子を訪ねた……）

浅見の樹《た》てた仮説は、実証されたと思った。だが、老人は「親切」にはされなかったのである。その情景を想像すると、浅見は体が震えそうな、おぞましい思いに襲われた。

浅見は「弁慶」を出ると、その足で長原敏子の家を訪ねた。勝手神社の脇を、少し谷のほうへ下って行く道である。長原家はすぐに分かった。そう大きくも新しくもないが、東京辺りなら、並みのサラリーマンにはとても借りられそうにない一軒家である。

小さいながら、門から玄関までのあいだには、庭と呼んでもいい空き地がある。丈の低い山茶花《さざんか》の木があって、三つ四つ、可憐《かれん》な花を咲かせていた。

浅見は空き地を通って、玄関前に立ち、呼鈴を押した。

中からチャイムの音が聞こえた。可愛い音で、女性の住まいであることを思わせる。

応答はなかった。

(留守かな?——)

浅見は思い、一瞬、「弁慶」のママが電話で連絡したことを思った。だとすると、逃げたか、あるいは居留守を使っているのかもしれない。

しつこいくらい、何度も呼鈴を押した。なんとか摑《つか》まえて話を聞きたいという焦りもあったが、多少、意地にもなっていた。

(この寒空に、吉野くんだりまで来たんだから——)

夕暮れはそう遠くない。

見上げる空は、重い雲に覆われ、依然として、時折、雪を舞わせている。足下から山の寒気がしんしんと伝わってくる。

「長原さんやったら、お留守と違いますか」

声がした方角を見ると、道路に近所のおばさんらしい女性が立っていて、胡散臭《うさんくさ》い目をこっちに向けていた。

「あ、そうですか、まだ学校ですか？」

「いいえ、学校からは帰ってみえたけど、さっき出掛けて行きはりました。車、あらしまへんやろ？」

「さっき、ですか？……」

瞬間、やっぱり弁慶のママが報《し》らせたか——と思ったが、違った。

「はい、一時間ばかし前やったかしら。お客さんと一緒でしたがな」

「お客さんていうと、あの、ご老人じゃありませんでしたか？」

「はい、そうです。そしたら、お知り合いでっか？」

「ええ、まあ……」

浅見は愕然《がくぜん》とした。やはり高崎老人は長原敏子の所在を知っていたのだ。

そのことは予測していた。しかし、高崎が敏子を訪ねることも、誘い出すことも、浅見の予測にはまったくなかった。

当然、浅見は水上和憲のケースを連想しないわけにはいかなかった。

「あの、長原さんはどちらへ行くとか、そういうことは言ってませんでしたか？」

浅見は無駄と分かりながら、縋《すが》る想いで、隣家のおばさんに訊いた。

「さあ、何も言うてはりませんでしたよ」

おばさんは浅見の切実な表情に驚きながらも、少し気の毒そうに言った。

（天河か――）

浅見は直感的にそう思った。そう思うと同時に、歩きだした。

――すべては天河で終わります――

高崎老人の、達者な文字が瞼《まぶた》の裏に蘇《よみがえ》った。

2

天川郷を囲む峰々は、夕闇と、密度を増して降る雪に包まれていた。気温はかなり低くなっているに違いない。道路もすでに、薄く雪を敷いて、カーブではかすかなスリップが感じられた。

行き交う車も無かった。谷あいの道を抜けて、集落のある盆地に出ると、ほっとした。

浅見は真っ直ぐ、天河神社に福本を訪ねた。ちょうど帰り支度をしていた福本は、浅見の顔を見て目を丸くした。

「おや、またお見えでしたか」

大歓迎――というニュアンスには聞こえなかった。

「じつは、この前お聞きした、五年前に能面の展示をされた時のことで、ちょっとお聞きしたいことがあったものですから」

「はあ、何でしょうか？」

「その際にですね、展示された能面を、観客が手に取って見ることは可能だったのでしょうか？」

「は？　展示場で、ですか？」

「ええ、たとえば、能面をもっとよく見たいとか、裏はどうなっているのかとか……そういうことに興味を持って、です」

「なるほど、それはまあ、個人的にお見せする場合ならともかく、展示場でそういうことはありませんな。もっとも、会場にいつでも監視する人間がいるわけではないのですから、もし不心得な人がいれば、手を触れるようなこともあったかもしれませんがなあ。しかし、天河神社の信者の方々に、そういうけったいな人はおりませんでしょう」

福本は妙なことを言うな——と言いたそうに、苦笑している。

浅見は礼を言って辞去すると、いつかの民宿に行った。さすがにこの時期は、ガラガラに空いている様子だ。

「おやまあ……」

民宿のおばさんは、歓迎というより、むしろ呆《あき》れたような顔をして迎えた。

「まあまあ、雪の中をようまあ……」

しかし、若い男性客の訪れは嬉《うれ》しかったらしい。いそいそと部屋に案内してくれた。

「明後日《あさって》からは、女《おな》ごはんも大勢、来はりまっせ。賑《にぎ》やかになるさかい、それまでおってやってください」

お茶を入れながら、おばさんは花街の客引きのようなことを言った。

「いや、残念ながら、そんなにのんびりしていられませんよ」

浅見は笑った。

「ところで、きょうはほかにはぜんぜん、お客さんがいないのですか？」

「はい、お客さんお一人です。なんやったら、うちらと一緒にご飯、食べませんか？」

「はあ、それはいいのですが……」

高崎と敏子はどこへ行ったのか、それが気に掛かった。

「ここには、お宅のほかにも旅館だとか民宿だとかは、あるのでしょうね？」

「そら、ありますがな。けど、お宿やったら、うちが一番よろしいで。なんたって、おかみさんがべっぴんやさかいにな」

おばさんは言って、キャキャキャと、下品な笑い方をした。

ほかの宿を探すにしても、時間が時間だ。明日の朝を待つしかあるまい。浅見は観念して、浴衣《ゆかた》と丹前に着替えると、風呂《ふろ》に入った。広い浴槽《よくそう》に浸《つ》かっていると、天川谷の瀬音か峰を吹く風の音か、判然としないざわめきのような音が聞こえてくる。

千年の歴史を持つこの村の、さらに遠い歴史を、その音は奏でつづけているのだ――と思った。この谷をかつて、天皇を擁護する一行が通り、それを追う軍勢が通った。都を追われた観世元雅が、名誉回復の祈りとともに能面を捧げ、寂しく落ちて行った。

そういう歴史を刻んだ同じこの土地で、いま、こうして湯に浸かっていることが、浅見にはそら恐ろしいような不思議に思えた。

たとえ何十年生き延びようと、人間のいのちなど、儚《はかな》く、あわれである。だのに、その虚《むな》しさを知りながら、それでも人は精一杯、自己主張をし、幸福という名の幻想に向かって、一歩でも近づこうとする。しかし、結局は、人間の営みなど、一つところを堂々めぐりしているにすぎないのかもしれない。火が原子力に代わり、狼煙《のろし》が通信衛星に代わったからといって、とどのつまり、どれほどの進歩や変化があったというのだろう——。

なんだか、生きてゆくのが億劫《おっくう》になりそうな気持ちがしてきた。もしかすると、天河という場所は、人間をそういう退嬰的《たいえいてき》な気分にさせる、魔力のような気配に満ちているのかもしれない。

浅見は慌《あわ》てて、湯で顔を洗った。ともあれ、彼にはソアラのローンを支払う義務が、まだしばらくは続いているのだ。

翌朝、遠い太鼓の音で、浅見は目を覚ました。かすかに鈴の音も聞こえてくる。

時計は六時を回ったところだ。この寒さの中でも、朝の拝礼は行われているらしい。

（どうしようかな——）

浅見は起き出して、窓のカーテンの隙間から外を覗《のぞ》いた。

一面の雪であった。そう深くはなく、すでにやんではいるが、雪は雪だ。浅見は身震いをして、いそいで蒲団《ふとん》に潜り込んだ。

次におばさんの声で目が覚めたのは、九時過ぎであった。夢の中で須美子の声とごっちゃになっていたから、よほど熟睡していたに違いない。

「谷で人が死にはったそうでっせ」

おばさんは廊下の雨戸を開けながら、言った。浅見は、いっぺんに眠気がふっ飛んだ。

「えっ、死んだのですか？　誰ですか？　男、女？」

浅見は蒲団から廊下へ直行して、矢つぎ早に質問を浴びせた。

「女ごはんやそうです」

おばさんは、浅見の剣幕にびっくりして、答えた。

「誰ですか？　名前は？」

「知りまへんがな、まだそういう話を聞いたばっかしやもの。それよかあんた、そんな恰好《かっこう》でおったら、風邪ひきまっせ」

その言葉に誘われるように、浅見はブルブルと体を震わせた。

「ほら、見てみなはれ」

「いや、違うんだ、そうじゃないんですよ」

「なんや知らんけど、はよ起きて、御飯食べなはれや、いま味噌汁《みそしる》、温めますよって」

おばさんが行ってしまっても、浅見はしばらくそこに立っていた。それから急いで服に着替えた。

「駐在所はどこですか？」

食堂へ行くと、浅見のための食事の支度をしているおばさんに訊《き》いた。

「駐在さんやったら、川合やけど……あら、あんた、御飯はどないするんでっか?」

おばさんの声を背に、浅見は玄関へ向かって走った。

車は五センチばかりの雪を被《かぶ》っていたが、道路のほうはさほどのことはなかった。すでに何台もの車が通ったらしく、黒い条痕《じょうこん》が路上の雪を、ほとんど消していた。

川合の集落までは、ゆっくり走っても五分足らずの距離だった。駐在所の前では、巡査の夫人らしい女性が、長靴を履いて、せっせと周辺の雪掻《ゆきか》きをしていた。

「ちょっとお尋ねしますが」

浅見は車を下りて、丁寧にお辞儀をした。

「谷で女の人が亡くなったそうですね?」

「ええ、そうですけど」

「その女の人は、身元は分かったのでしょうか?」

「あの、どちらさんですか?」

駐在夫人は問い返した。さすがにしっかりしている。

「浅見という者です」

名刺を渡すと、しげしげと眺めて、建物の中に入った。浅見もつられるように、後に続いた。

「浅見さん……と」

夫人は日誌を広げて記入している。まったく、出来すぎたくらい、夫の職務に忠実な女性だ。

「どうなのでしょうか？　名前など、分かっていたら教えてください」

浅見はいらいらしながら、あくまでも低姿勢で訊いた。

「まだ分かってないのと違いますか」

「そうですか……それで、いくつぐらいの女性ですか？」

「そういうことは、答えてはいけない、いうことを言われて……」

その時、電話が鳴った。夫人は救われたように浅見の前から離れ、受話器を握った。

「はい駐在所です……はいそうです……お名前は？……はい……水上ですね？……はい、水上秀美さん……」

「えっ、水上秀美さんですって？……」

浅見は悲鳴のような声を発した。

「どうして……どうして彼女が死んだりしたんだ！……」

まるで秀美を殺したのが、駐在夫人でもあるかのように、彼女を睨《にら》みつけた。夫人は怯《おび》えて、受話器を盾に身構えた。

「何しますの？」

強い語調に、浅見は愕然《がくぜん》とわれに返った。

「あ、失礼……しかし、その、亡くなったのは、水上秀美さんに間違いないのですか？」

「何言うてますの、誰がそないなこと、言いました？　いま、電話で話している人が、水上秀美さんですがな」

「えっ、秀美さんからの電話ですか？　ちょっとすみません、代わってください」

夫人の手から受話器をひったくった。

「もしもし、秀美さんですか？　浅見です」

「えっ？　浅見さん……」

言ったきり、秀美は絶句した。

「もしもし、秀美さん、今どこです？　もしもし……どうしたんです？」

浅見は秀美がこの世の中から消えてしまいそうな不安にかられて、受話器の中に大声を吹き込んだ。

「……はい……すみません……」

秀美は涙声になっている。

「いま天河に来ているんです。昨日、遅くに吉野に着いて、桜花壇に泊まったんですけど。あのおばさんが、浅見さんが天河にいらしたって……それで、さっき天河に登ってきて、旅館で浅見さんのことを尋ねて……そしたら、天川谷で人が亡くなったって……女の人だっていうので……それで、駐在所に電話して……」

「えっ？　どうして？　なぜ電話なんかしたんですか？」

浅見には分からなかった。秀美が長原敏子の存在を知っているとは考えられなかったのである。

「あの、けさ、家に電話してみたら、私のあとを追うように、母も旅行に出たっていうんです。それで、もしかして……」

「ばかな！……」

浅見は思わず叱咤《しった》した。叱咤しながら、頭の中は混乱していた。秀美の危惧《きぐ》はいわれのないことではないのかもしれない――という想いが、頭を掠《かす》めた。

「とにかく会いましょう。いま天河のどこですか？」

「天河館という旅館です」

浅見は駐在夫人に「天河館」の場所を訊いた。川合の集落の中にあるという。

「すぐに行きますからね、そこを動かないように、いいですね」

くどく念を押した。それでも秀美がいなくなりそうな不安が、強くした。

3

「天河館」は古い小さな商人宿のような建物である。

かつて、天河神社が今ほどのブームに賑《にぎ》わっていない時代、そして、天川村の人口が今ほど過疎《かそ》傾向にない頃、村の中心・川合の集落にあった、唯一の旅館が「天河館」だった。

何度か建て替えたとしても、創業はおそらく江戸期か、ひょっとすると、もっと古い歴史があるのかもしれない。白っぽく風化した板壁や柱、黒光りする床板などに、天川郷そのもののような、古さを感じる。

水上秀美は、玄関の上がり框《かまち》に坐《すわ》り込んで、凍えたようにじっとしていた。いや、実際、そこの空気は凍えるほどの冷たさであった。旅館の嫁らしい女性が、心配して、「どうぞ、上がってお待ちなさい」と勧めるのに、秀美はかたくなに「ここでいいです」と言い張って、ただひたすら浅見の来るのを待ちつづけていた。

浅見が玄関に飛び込んできた時、秀美は人目を気にする余裕もなく、浅見の胸に縋《すが》りついた。

「浅見さん、母は……」

言ったきり、絶句した。

浅見は秀美の顔を見下ろして、微笑を浮かべた。内心の不安や恐怖をおし隠すすべを、自分がいつのまに身につけたのか、浅見自身、不思議な想いがした。

「ずいぶん冷たい手をしてますね」

浅見は両手で、胸元にすがっている秀美の手を、優しくつつんだ。

「何か温かい飲み物はありませんか？」

秀美の背後で、びっくりしてこちらを眺めている女性に、声をかけた。

「は、はい、あの、ココアがありますけど」

女性はドギマギして、答えた。

「ココアがあるんですか、いいですね、それ、二つください。それから、お部屋を一つお借りできますか？」

「ええ、どうぞ上がってください」

女性の先導で、二階の、いちばん上等そうな、床の間つきの部屋に入った。

「ここ、温めておきましたので」

秀美のために、すでにヒーターをつけ、電気炬燵《ごたつ》を用意してあったらしい。

「どうもすみません」

秀美は、その時になって、女性の好意を知り、頭を下げた。

女性は待つ間もなく、ココアを運んできた。もちろんインスタントだが、タイミングが絶妙な感じだった。

向き合って、炬燵に手を突っ込んでいる二人のあいだに、湯気を立てた、白い大きめのカップが二つ置かれた。

「いい人、ですね」

秀美は温かいココアをひと口啜《すす》って、ぽつりと言った。

「よかったな、落ち着いてくれて」

浅見は心の底から、安堵《あんど》の声を洩《も》らした。

「すみません、ご心配おかけして」

「いや、僕だって、正直なところ驚きましたよ。あなたが天河にいるなんて」

「あの、それで、どうなのですか？」

やはり、秀美はなによりも、そのことを確かめずにはいられない。

「お母さんのことですか？　何を言っているんです。お母さんがそういう……あなたもずいぶん、おかしな想像をするもんだなあ」

浅見は笑った。

「じゃあ、違ったんですか？　違う女の人だったんですか？」

「いや、まだ駐在所に連絡は入っていませんでしたけどね。奥さんしかいなかったから、おそらく、駐在巡査も現場に行っているのでしょう」

「だったら、まだ、亡くなったのが誰なのか、分かっていないのですね」

「だからって、どうしてそんなに短絡的に考えちゃうんですか？　秀美さんらしくないですよ」

「そんな……それは、浅見さんは第三者だから、そんなふうに落ち着いていられるんです。こんなに、次から次へと、いろいろなことが起きて、兄も祖父も亡くなって……それに、今度は高崎の大叔父《おおおじ》まで、天河へ行ったっていう……」

「え？　じゃあ、あなたは高崎さんのところへ行ったのですか？」

「ええ、行きました。それで、浅見さんも天河へいらしたらしいって分かって、無我夢中で追って来たんです」

「しかし、お母さんまでがこちらにいらっしゃるはずがないでしょう？」

「ええ、それは分かりませんけど、でも、きっと母もこっちへ向かったのだと思います。そういう……そうです、浅見さんがおっしゃってた『勘』で分かります」

「なるほど、勘ですか……」

浅見は苦笑した。

「しかし、いくら勘でも、亡くなった女性がお母さんだというのは、ちょっと飛躍しすぎましたね」

「ええ、浅見さんにお会いして、こうして落ち着いたら、自分でも滑稽《こっけい》な気がしてきましたけど、でも、あの時は……いいえ、今でも、ほんとは恐ろしいんです。ただ、ココアを飲んで、浅見さんの顔を見ていると、ヒステリーは起こさずにすみそうです」

「それは僕のせいですか？　それともココアのせい？」

「あら、それはもちろん……」

ムキになって言いかけて、秀美は後半分を、泣き笑いのような表情に隠してしまった。

「さて、それでは確かめてみましょうかね」

浅見はわざと悠長な言い方をして、のっそりと立ち上がった。

秀美の前では、精一杯、陽気なふりを装ってはいたものの、階下に下りてくると、とたんに浅見は、うろたえた行動に移った。電話帳で吉野警察署の番号を調べ、もどかしい手付きでダイヤルを回す。

「いやあ、どうもどうも、先日は……」

吉野警察署長の田中警視は、のっけから笑い声を交えて、怒鳴るように話した。えんえんと無駄な挨拶《あいさつ》がつづくのに、サッと割り込んで、浅見は訊《き》いた。

「けさ、天川村で女の人が死んだそうですね？」

「ああ、そのようですなあ」

「えっ？　署長さんはその事件のこと、あまりご存じではないのですか？」

「天川村は下市署の管轄ですのでねえ」

「あ、そうでしたか」

「その女の人が、どうかしたのでっか？　また浅見さん、名探偵ぶりを発揮しようというわけでっか？」

「いいえ、そうではないのです。これは本職のルポライターとしての仕事ですが、亡くなったのはどういう女性かと思いまして」

「それだったら、私のほうで下市署に聞いて上げましょうか？」

「え？　ほんとですか？　それはありがたい、ぜひお願いします、助かります」

「なんのなんの、刑事局長さんの弟さんの頼みとあれば、最高幹部の頼みと一緒ですのでなあ」

どうも、役人のジョークはひと言多いのが欠点だ。

七分後に、その返事が入った。それまで、浅見は二階に上がらず、ずっと電話の前で立ちん棒をしていた。

「ええと、死んだのは長原敏子いう、四十八歳になる女性ですな。住所は吉野町やけど、隣町の学校の先生をしてはるいうことやそうですが……」

「まさか……」

浅見は思わず呻《うめ》き声を発した。

「は？　なんぞ言いましたか？」

「は、いえ、学校の先生が、何でまた……」

「いわゆる、厭世《えんせい》自殺いうやつでんな。この人は天涯孤独でしてな。それで、前途を悲観して死ぬいう遺書があったそうです」

「ばかな……」

「いや、浅見さん、そないなこと言うたらあきまへん。それは、たしかに愚かしゅう見えるかもしれんが、本人にしてみれば、死ぬには死ぬだけの、他人には推《お》し量《はか》れん理由があったのと違いまっか？」

関東ではさりげなく使われる「ばか」という言葉は、関西ではカチンとくるニュアンスを秘めている。そのせいか、署長は口調をあらためて、若い浅見を窘《たしな》めた。

「失礼、そういう意味で言ったのではありません。僕はその、とても残念で……どうして死んだりしたのか、悲しくて……それで、つい……」

「ほう……そうでっか……浅見さんはその、ルポライターでしたか、そういう職業の人にしては、ちょっと変わってはりますな」

署長にも、浅見の気持ちが通じたらしい。

「それで、署長さん、現場は天川のどこなのでしょうか？」

「川合の集落からちょっと下った、天川谷の中やそうです。いまはすでに引き上げて、下市町の病院に収容したそうですがな」

「谷の中、ですか……」

「それがちょっと変わってましてね。死体のそばに能面が落ちてあったそうですねん」

「能面？」

「はい、それも、恐ろしげな般若《はんにゃ》の面やったそうです」

それは違う、蛇《じゃ》の面でしょう――と、浅見はもう少しで叫ぶところだった。

「もしかすると、その面は谷川の流れの中にあったのではありませんか？」

「さあ、どないでっかなあ。いま時分は谷の水は少ないさかい……しかし、浅見さんはなんでそないに思われるのです？」

「は？　いや、谷で亡くなったのなら、そういうことではないかと……」

「なるほど。まあ、それは常識的なことではありますかな」

うっすらと雪の積もった天川谷のせせらぎに、女が倒れ伏し、傍らには奇っ怪な蛇の面が天を睨《にら》んでいる――そういう構図を、浅見は思い描いた。

「ところで署長さん」と浅見は訊いた。

「その女の人は、独りで亡くなったのですか？」

「そうですよ。一人です、心中やおまへん。遺書にもそう書いてあったそうです。下市署の話によると、『静かに一人で行きます』とかいう文章があったそうです」

「静かに一人で……ですか？」

浅見は首をひねった。

「それはへんですねえ」

「何がです？」

「だって、その女性はもともと独りなのでしょう？　独りだから前途を儚《はかな》んで自殺したのでしょう？　それなのに、わざわざ『一人で行く』と書くのは、ほかにも誰かがいるけれど……というニュアンスを感じさせるような気がしますが」

「はあ……そういうものですかなあ？　私にはよう分かりまへんが……まあ、詳しいことをお聞きになるんやったら、下市署に電話しておきますさかい、直接、お話ししてみなはったらよろしい」

署長は、もう面倒見きれない——というように、言った。

受話器を置いて、浅見は「ほう……」と吐息をついた。猛烈な虚脱感が、全身を地の底に押し込みそうに重くのしかかってきた。

その重い体をひきずって、浅見は二階に上がった。

「やっぱり違いましたよ。亡くなったのは、吉野町の女の人だそうです」

浅見は笑顔を作って、部屋に入った。

「そうですか……」

秀美は緊張を解いたが、表情は固かった。

「その方、どうして亡くなったのですか?」

「病気か何かで、前途を悲観したとか、警察は言ってました」

秀美は黙って頷《うなず》いた。

浅見も炬燵《こたつ》に手を突っ込んで、しばらくおし黙った。

「いろいろな人生があるんですね」

秀美が、呟《つぶや》くように言った。

「そうです。いろいろな人生があるのです」

浅見も同じ口調で、言った。

4

それからまもなく、浅見は秀美を天河館に残して、下市署へ向かった。もっとも、秀美には「『能謡史蹟《しせき》めぐり』の取材に行きます」ということにしてある。

「ここで待機していてください、三時間ほどで戻って来ます。このあいだ、ちょっと取材不足があったものですから」

「すみません、祖父のことで、ご迷惑をおかけしたせいですね?」

「いや、違いますよ。まるっきり忘れていたところがあるのです。吉野山に登っていながら、『吉野静』をうっかりしていました。素人はこれだからこわいのです。出版社にどやされましたよ」

言い訳をする時は、浅見は一気に喋《しゃべ》るくせがある。しかし、秀美はそれを見破るほど、すれてはいない。

「たいへんなんですねえ」

気の毒そうに言った。

「その前に、桜花壇とお宅に、あなたがここにいることと、電話番号を教えておいたほうがいいでしょう」

「はい、そうします……あ、あの、お願いしてもいいでしょうか？」

「ええ、何ですか？」

「あの、もしどこかでお花を売っていたら、祖父が亡くなった場所に捧げていただきたいのですけど」

「ああ、そうですね、そうします。その代わり、あなたはここでじっとしていてください」

浅見はそう言い残して、山を下った。

下市警察署には、吉野署長からの連絡が入っていて、すぐに応接室に案内された。

ここの署長は定年間近の警視で、痩《や》せた温厚な人柄だった。その分、刑事課長が張り切り型で、浅見を賑《にぎ》やかに歓迎してくれた。

「名探偵だそうですなあ。まあ、刑事局長さんの弟さんであれば当然でありましょう。今後ともよろしくご指導ください」

浅見より三つ四つ年長らしいが、ざっくばらんで、気さくな男だった。

「何か、天川村の自殺者のことで、お聞きになりたいことがあるとか？」

「はあ、その女性が、妙な遺書を残したというのがですね、ちょっと興味を惹《ひ》いたものですから」

「そうそう、たしかに、けったいな遺書ではありましたなあ」

刑事課長は遺書の写しを見せた。

（あっ――）と、浅見は思った。

やはり、吉野署の署長が言っていたのとは、少し違う文面であった。

生きているということは、知らぬ間に罪を犯していることなのかもしれません。

私は少し長く生きすぎたようです。二十年、いえ、せめて十年早くこのいのちを絶つべきでした。それをしなかったのは、私の愚かさであり、おんなの悲しさというものでしょうか。

思えば、吉野山にひそむ、へびのような半生でした。すくいのない、おぞましいばかりの歳月でした。

生きることが死ぬことであるとは、思いもよらぬ宿縁でもありました。

もう行きましょう。ひとりぼっちで行きましょう。
静は一人で失《う》せるのが似合います。

「抽象的というのですかなあ。何のことか分からないところがあります。そりゃ、まあ、生きていることが罪作りだ――というような発想は、自殺を美化する者にありがちなことですが。しかし、吉野山のへびだとか、生きることが死ぬことだとかいうのは、さっぱり意味が分かりません。最後の静がどうしたとかいうのにいたっては、完全にお手上げですわ」

刑事課長は、言葉どおり、両手をバンザイしてみせた。

「静というのは、静御前のことでしょう」

浅見はしぜん、悲しそうな口調になっていた。

「なるほど、静御前ですか……しかし、それがどうだというのです？」

「自分のことを、『二人静』の前シテになぞらえたのですよ」

「は？……」

刑事課長には、何のことやらますます分からない。

「前シテは、静御前の亡霊なのです。亡霊は失せて、生ある者へその場所を譲ったのかもしれません」

浅見は相手が理解できないような喋り方をしている。この壮大な復讐劇《ふくしゅうげき》が、他人になど分かってたまるか——と、最前の吉野署長の言葉を借りて言いたいところだった。

刑事課長は、それこそ、亡霊でも見るような目付きになっていった。

「じつはですな、自殺した女性というのは、小学校の教師をしとったのですが、同僚の先生や、ともだちの話によると、ひと月前あたりから、若干、ノイローゼぎみのところがあったのだそうです。しかし、まさか自殺するとまでは思わなかったそうだが……昨日の午後、おじいさんが訪ねてきて、一緒に出て行ったのを、隣の奥さんが目撃しておりまして、その時、なんとなく沈み込んだ様子だとは思ったらしい。そのあと、若い男がやってきたりして、何かゴタゴタがあるのと違うか——思ったというのです。目下、その二人を特定して、事情聴取をしたいと思っているのですが、しかし、いずれにしても、遺書のあるれっきとした自殺ですからな、事件性はまったくありません」

名探偵の出番も、今回はありませんよ——と断言したい口振りだった。

下市署を出て、浅見は吉野山へ向かった。

見上げると、吉野奥山は花ならぬ、淡雪で薄化粧していた。浅見は麓《ふもと》の花屋で小さな花束を作ってもらい、助手席に置いた。

弁慶のママと隣家の奥さんの目につかないように、まっすぐ桜花壇へ行った。通りすがりに横目で見ると、勝手神社から曲がってゆく道に、警察官が何人か見えた。浅見は車の中で、首をすくめた。

桜花壇のおばさんは浮かぬ顔で出迎えた。やはり、吉野の人々は噂話に敏感だ。女教師の自殺は、この町の空気を雪よりも冷たくしてしまったらしい。

「あの、先程、水上さんのお母さんから電話がありまして、それで天川村の天河館いうのに、お嬢さんがいてはるいうのを教えて差し上げました。そしたら、そちらへ行かはるとか言うてましたけど」

「そうですか、それはよかった」

浅見は、おばさんと対照的に、明るい声を発した。これで一つ、懸念は消えた。

「それで安心しました。僕もこれから天河へ行くことにします」

浅見はふたたびソアラに乗った。

吉野奥山へ向かう道の両側は、進むほどに少しずつ、雪の量が多くなってゆくように思える。

水上和憲が死んだ現場に、一人の老人の姿があった。車が接近しても、ひそとも動かずに佇《たたず》んでいる。

浅見は花束を抱き、車を出て行った。

「髙崎さん」

浅見が呼ぶと、老人はようやく振り向いて笑顔を見せた。

「やあ、浅見さん、こんにちは」

「こんなところで、お寒いでしょう」

「なんのなんの、心頭滅却すればですな」

浅見は老人と並んで立ち、崖縁《がけぶち》に花束を供えて、長いこと祈りを捧げた。

「よく来てくださった、ありがとうございました」

高崎老人は祈りを終えた浅見に、深ぶかとお辞儀をした。

「やはり寒いですよ、車にお入りになりませんか」

「そうですな……」

高崎は少し思案して、浅見に従った。

運転席と助手席に並んで坐り、二人はしばらく正面の森の奥を眺めた。車内には、花の残り香がわずかに漂っていた。

「昨日、長原さんをお訪ねになりましたね。僕は少し間に合わなかった」

「そうでしょうなあ。あんたが来ると、話がややこしくなると思って、ひと足お先に失礼しましたよ」

「その結果なのですか？　彼女が亡くなったのは」

「そうとも言えるが……まあ、いずれはそういう結末になるしか、仕方のないことだったのでしょう」

「しかし、無残なことです」

「さよう、無残なことです……老人を責めないでください。これでも、わしにも人並みなこころはあるのです」

「ああいう方法を選ばせたのは、高崎さんなのですか？」

「いいや、すべてはあの人の選んだ道ですよ。悲しいが、立派な人でした」

「和春さんが愛した人だけのことはある――とおっしゃりたいのですか？」

「さあ、愛したかどうか……あれは、愛と呼べるものではなかったかもしれません。天河の気の中では、自分でも思いもよらぬ所業に走ることがあるものなのです」

「……」

浅見は天河神社の薪能《たきぎのう》の夜、川島智春と二人だけの、あの長い「瞬間」のことを思い出していた。あの時、浅見はたしかに、智春の「愛してます」という言葉を聞いた。声ではなく、心で聞いた。浅見自身、あやうくその心の声にこだましそうな精神の震えを感じたのだ。それに耐えたのは、自制心の強さというより、臆病《おくびょう》のせいだ――と、浅見はむしろ恥じている。

「しかし、長原敏子さんは、心の底から和春さんを愛してしまった。そして和春さんの子を宿してしまった。それが悲劇の始まりなのですね」

「たしかに……」

高崎老人は目を閉じて、頷《うなず》いた。

「そのとおりですが、そのことは誰が悪いのでもない。だから、生まれた子――和鷹を引き取ることによって、長原さんとの関係は消えるはずだったのです。長原さんにはそれなりのことをしました。ただし、一つだけ、約束したことがありましてな」

「それは、和鷹さんの行く末について、ですね？」

「ほう……」

高崎は感嘆の声を上げて、浅見を見た。

「あなたはどういう頭脳をしておられるのですかなあ……その分だと、今度の出来事のすべてをお見通しなのかもしれませんな。いかがです？」

「ええ、たぶん……じつを言うと、和鷹さんの出生の秘密を知るまでは、謎だらけだったのです。しかし、そのことを知ってからは、謎だった部分が、次々に消えていったと言ってもいいでしょう」

「ではお聞きするが、和鷹の死は？」

「もちろん毒殺です。雨降らしの面に塗られた毒で亡くなったのです」

「では、宗家の死は？」

「自殺です」

「ほほう、あなたは、宗家は自殺などという、不名誉なことはしないと言われていたのではありませんかな？」

「ええ、あれは水上家……ことに秀美さんへの配慮からそう言いました。真相は、宗家は自殺された……それも、あたかも殺されたように見せ掛けて……つまり、不名誉を避けるために、そうされたのです」

「なるほど……」

「一つだけ、どうもはっきりしないのが、川島氏を殺害した事件です。あの人をなぜ殺さなければならなかったのか、それは高崎さんにお訊《き》きしたいですね」

「やりすぎだと言われるか？」

「ええ、そう思います」

「たしかに、今ならそう思うでしょうが、あの時は、相手の素性がまったく分からなかった。単なる恐喝者にしか見えなかったのですよ」

「川島さんは、いったい何が目的で、どういう現れ方をしたのですか？」

「とつぜん、ですな。とつぜん宗家《そうけ》のところに電話をかけてよこして、長原敏子さんの代理として会いたいと言ったのだそうです」

「ずいぶん唐突ですね」

「さよう、唐突だが……じつは、それ以前に長原さんのほうから再三再四、電話はあったらしい。水上流宗家の継承問題について、とかくの噂があるが、ほんとうかどうかという詰問だったようです。その頃、エセ消息通のあいだで、宗家を和鷹ではなく秀美に継がせるというデマが流れていたことは事実なのです。それを長原さんは恐れた。昨日会ったとき、長原さんは『もし和鷹をないがしろにするようなことがあれば、過去のスキャンダルを洗いざらいぶちまけるつもりだった』と言ってました。それに対して宗家は『そんなことはない』と言うしかなかったのだが、それを長原さんは、女と侮って、軽くあしらわれたような受け止め方をしたのでしょうかな。そして、川島さんに五十鈴《いすず》を託して、東京に乗り込んでもらったというのが真相です」

「それを……それだけのことなのに、川島さんは殺されたのですか」

「むごいことをしたとおっしゃるのは当然です。結果だけを見ればそのとおりなのだが、わしとしては精一杯のことをしたつもりでしたよ。さっきも言ったとおり、川島さんのことは、単なる恐喝者としか思えなかった。長原さんがあの男に五十鈴を託して、水上流を恐喝しようとしているようにしか思えなかったのですな。もっとも、長原さんの話によると、川島さん自身は詳しい事情は知らなかったようですがね」

「しかし、もしそれが事実だとすると、川島さんが長原さんの使者の役を引き受けたのは、なぜなのでしょうか？」

「そのへんの細かい事情は、わしにもよく分かりません。長原さんの話によれば、あの数日前、長原さんは大阪で偶然、川島さんに会って、その瞬間、川島さんに使いの役を引き受けてもらうことを思いついたのだそうですよ。なんでも、あの二人は子供時代にきわめて親しかったらしい。その関係なのか、川島さんは長原さんの頼みを二つ返事で引き受けたということでした」

「そんな思いつきのようなことで……」

浅見はその結果の無残さを思って、眉《まゆ》をひそめた。昔の淡い恋心が作用したかどうかはともかくとして、川島にしてみれば、おそらく、子供のころのいたずらにも似た軽い気持ちで、その重大な任務を引き受けたに違いない。いや、長原敏子にしたって、よもやあのような悲劇が待ち受けているとは考えもしなかっただろう。

「あの日……」と、高崎老人は平板な口調で言った。

「川島さんは大阪での商用をすませたあと、長原さんと落ち合い、五十鈴を受け取って東京へ向かったのです。長原さんは宗家に電話で、代理人を向かわせたことを言い、会見場所として、一方的に新宿のホテルと時刻を指示した。宗家は驚き、当惑したでしょうな。宗家に相談されて、わしが宗家の代わりにその男と会うことを決めた。いや、どう対処するかも、そのとき瞬時に決めましたよ。水上流一門の名誉を守り、崩壊を防ぐためには、寸時たりとも、恐喝者の跳梁《ちょうりょう》を許しておくわけにいかない――と、ただそのことだけを一途《いちず》に思いました」

高崎老人は、その時の憎悪と恐怖を思い出したのだろう。悲しい中にもいくぶん穏和さのある阿古父尉《あこぶじょう》の顔が、救う余地のない悪尉《あくじょう》の顔になった。

「ホテルで会うやいなや、あの男、五十鈴をチラつかせて、『分かっていますね』と言いおったのです」

「分かっていますね――とは、何を分かっていると？……」

「いや、それは言わずに、ただ『分かっていますね』と言うばかりで、わしは憤怒《ふんぬ》で体が震えました。しかし、うわべはしごく友好的に振る舞って、さり気なく世間話のようなことを話し、そうして、別れる少し前に、栄養剤のカプセルを飲み、川島さんにも勧めたのですよ。川島さんはなんの疑いもなく、わしの与えたカプセルを飲み下しました」

「なんということを……」

浅見は絶句して、顔を背け、フロントガラスの向こうの、淡雪に覆われた吉野の山々に視線を向けた。老人の悲痛な表情を見るにしのびなかった。

川島本人には何の悪意もなかったのだ。川島は長原敏子の「代理人」として、意味もよく知らずに、結果として、水上家を脅す役割を担ったにすぎない。「分かっていますね」とは、長原敏子にそう言うようにと指示されたとおりの台詞《せりふ》だったのだろう。死が訪れる瞬間まで、川島は自分がなぜ死ななければならないのか、まったく理解できなかったに違いない。

そのことは、川島が死んだあと、しだいに事実関係が明らかになるにつれ、高崎老人にも分かったはずだし、長原敏子もまた、思いがけない成り行きに仰天したことだろう。高崎はもちろん、長原敏子もまた、自分の犯した取り返しのつかない愚行を悔いたに違いない。だが、いくら悔いても、失われた人のいのちは償うすべもない。

長い時間が流れた。鳥も飛ばず、風もなく、無粋なエンジン音だけが、吉野山の静謐《せいひつ》をかき乱していた。

「さて、温まらせていただきました。そろそろ失礼しなければなりますまい」

高崎は懐中から、カプセル製剤の入った小ビンを取り出した。

「そうそう、念のため、もう一つだけ、浅見さんに質問しておきましょうかな」

ビンの中から、カプセルを二個、掌《てのひら》の上に転がして、言った。

「宗家が、可愛いお孫さんである和鷹を殺すわけがないと思うが、それをどう説明なさる？」

「宗家は和鷹さんを殺していませんよ」

浅見は即座に答えた。

「ほう……しからば、何者が殺しました？」

「長原敏子さんです」

高崎老人は、ギョッとして、穴のあくほど浅見を見つめた。

「実のわが子を殺しましたか」

「そうですね、結果的にはそうなりました。しかし、長原さんが殺そうとしたのは、和憲さん、宗家だったのでしょう。和春さんが急逝《きゅうせい》した時、長原さんはてっきり、殺されたものと思い込んだのですね。おそらく、世阿弥と元雅の悲劇が頭をよぎったに違いありません。いずれはわが子までが……と思い込んで、そうなる前に宗家を殺そうと思ったのです。宗家が死ねばわが子は水上流一門の総帥です。そうして、天河神社の薪能《たきぎのう》に、水上宗家が雨降らしの面を使うと聞いて、展示中の面に毒を塗った。だが、雨降らしの面は、その時には使われず、なんと、五年の歳月を越えて、わが子、和鷹さんが宗家の座を譲り受けるべき、『道成寺』の晴れ舞台で使われたのです。そして長原さんは、その雨降らしの面を抱いて、死んだ。谷川の中に面を置いたのは、毒と一緒に、すべての過去を流し去るためとしか考えられません」

高崎老人は俯《うつむ》いていた。浅見が話し終えても、その姿勢を続けている。

やがて、「くっくっ……」という含み笑いのような声を出して、顔を上げた。声は笑っているのに、顔は引きつっていた。

浅見は一瞬、高崎が毒を飲んだ——と思った。

エピローグ

「まさに浅見さん、あなたの言われたとおりですな」

老人は、いっぺんで、さらに老け込んだように、嗄《しわが》れた声を出した。

「和鷹が倒れた時、宗家も私も、何が起こったのか、すぐに分かりましたよ。あの女……長原敏子さんは、われとわが手で、大事な息子さんを殺してしまった。だが、そのまま放置しておけば、そのことすら、宗家の仕業だと思い込んで、今度こそ、夜叉《やしゃ》のごとくに狂うであろうと思われました。宗家はそれを惧《おそ》れ、雨降らしの面を持って吉野に長原さんを訪ねたのです」

老人の声は、ついにか細く、消え入らんばかりになった。

「宗家は長原敏子の罪を責め、その上で自らの罪を処断されました」

そう言い切ると、もはやいのちそのものが燃え尽きたとでも言わんばかりに、高崎老人は語り終えた。

物憂く動いて、高崎はドアを開け、外へ出た。

浅見もつられるように、反対のドアを開けた。

「浅見さん、あなたもお一つ、いかがですかな?」

高崎は茶目っけのある目で浅見を見て、カプセルを一つつまみ、差し出した。

「こんなものでも、なかなか、体によろしいようですぞ」

浅見は近づいて、カプセルを掌《てのひら》に受けた。見た印象では、栄養剤か風邪薬のような、何の変哲もないカプセルであった。

高崎は、口の中にカプセルを放り込むと、枯れ草の上に積もった雪を、手で掬《すく》い取って美味《うま》そうに食べた。

「いかがです?」

高崎は興味深い目で、試すように浅見を見つめた。

浅見は心臓が高鳴った。

新宿で死んだ川島も、まさしく、こうしてカプセルを飲んだのだ。

「頂戴《ちょうだい》します」

浅見は高崎を真似て、雪でカプセルを飲み下した。喉《のど》から食道を、冷たい感触が流れ落ちてゆくのを感じた。

「うんうん……」

高崎は満足そうに頷《うなず》いた。

「秀美のこと、よろしく頼みました」

それから、時計に視線を落とし、「あと、十四分か……」と呟《つぶや》くと、肩をそびやかすように歩きだした。

「吉野山、雪の旅路の、末を見むと、ひとり静かに、失《う》せにけり、ひとり静かに、失せにけり……」

謡の一節なのか、それともアドリブなのかは、浅見は知らない。それにしても、疲労困憊《こんぱい》しきったようにみえる高崎の、どこにそれほどのエネルギーが残っているのか——と思わせる、驚くべき大音声《だいおんじょう》であった。

桜の枯れ枝に載っている雪を、ハラハラと散らせるほどのひびきが、吉野全山に朗々とこだました。

自作解説にかえて
天川谷は神域か魔界か

内田康夫

※本解説は一部ラストシーンにふれている箇所があります。本編を未読の方は読了後お読みになることをおすすめします。

天川にはもう何度も訪れているが、天候が定まった例《ため》しがないような気がする。晴れていても、たちまち霧に包まれ、雨が降りだしたりする。雪の日もあった。『天河伝説殺人事件』のラストシーンで、浅見と別れた高崎老人が去って行く吉野山にも、霏々《ひひ》として雪が舞っていたが、それは取材の日に遭遇した現実の風景を描写したものだ。

デビューして間もない三作目に『後鳥羽伝説殺人事件』を書いたように、僕にはそれ以前から伝説や歴史物への思い入れがあった。僕自身もそうだが、ミステリーファンは伝説がお好き――という先入観である。五作目に『平家伝説殺人事件』、第七作『戸隠伝説殺人事件』、第九作『赤い雲伝説殺人事件』と立て続けに「伝説物」を発表したことから見ても、その偏向（？）ぶりが明らかだ。

そして『天河伝説殺人事件』がその一つの到達点だったと思っている。『天河』は作品番号風に言うとちょうど四十作目に当たる。当時はそんな意識もなく、もちろん気負いもなかったが、いまにして思うと「伝説物」が題材なら、どういう書き出しにしようと、自由奔放に書いていけば、自然に事件と伝説の融合した作品が生まれそうな、自信みたいなものが備わってきた頃かもしれない。

ことに『天河』の場合、背景となる天河神社の由緒や、南北朝時代を中心とする天川谷の歴史の重さ、それに謡曲の世界の奥深さなど、きわめて多岐にわたる材料に恵まれた。ただし、情けないことに、取材の直前まで、じつは僕は天川も天河神社のこともまったく知らなかった。それればかりでなく、能楽の知識もまったくなかったのである。

「天河神社へ行ってみませんか」と勧めたのは、当時、角川書店の役員をしておられた佐藤吉之輔氏である。吉野の奥にそういう神社があって、弁天様を祀《まつ》っている。芸能人、タレント、演劇関係の人々にとってはメッカのようなものらしい。

元来が無宗教、不信心の僕は、その手の信仰については懐疑的だったが、「吉野」には興味があった。吉野の老舗《しにせ》旅館「櫻花壇《さくらかだん》」に宿をとってくれるというのも魅力で、あまり深くは考えずに出掛けることにした。ともあれ、この佐藤氏との出会いがなければ、『天河伝説殺人事件』の誕生もなかったわけだ。

一九八七年十月三十一日。僕は一人で車を駆って、晩秋の大和路を越えて行った。いまでこそ、老体を気づかうスタッフや編集者が同行するけれど、その頃の僕はけっこう単独行が多かった。桜花壇のことを、作中では次のように書いている。

〔話に聞いたとおり、桜花壇はまったくいい宿であった。玄関を入った辺りはいかにも古びた印象だが、部屋の設備は、バス、トイレから空調施設まで、近代的な和風旅館の条件を備えている。それでいて、風雅な趣は損なわれていない。

障子を開けると、広々としたガラス窓のむこうに、桜の山が屛風絵《びょうぶえ》のように展開する。ただし、いまはもちろん桜はすべて枯木である。ところどころに常緑樹がくすんだ色を残しているのが、かえって侘《わび》しいような、冬の風景だ。〕

佐藤氏とは櫻花壇で落ち合って、名物の吉野葛鍋《くずなべ》をつついた。お給仕の仲居さんのことを〔巴御前を老けさせたような、見るからに頑丈そうな女で、笑顔を絶やさない代わりに、次から次へと、話題も絶えない賑《にぎ》やかな性格らしい。〕などと、ひどいことを書いた。後年、櫻花壇に泊まった時その巴御前と会った。僕のほうは例によって、作品の中でモデルにしたことなどすっかり失念していたが、彼女はしっかり憶《おぼ》えていて、笑いながらチクリとクレームをつけた。

佐藤氏は所用で引き揚げ、入れ代わりに担当編集者の大和正隆氏（現中央公論新社）が宿に入り、翌日の取材に同行した。

吉野から天川への道は隘路《あいろ》で、車がすれ違うのに苦労するほどだった。現在ある二本のトンネルはまだ工事中。峠路を越えて行くのにかなり時間もかかった。おまけに、天川谷に入った頃からみぞれが降り始め、天河神社に着いた時には本格的な雪になった。まるで俗人の侵入を阻むような「歓迎」ぶりだ。

そういう意味からも、天河神社の第一印象には秘境の雰囲気が備わっていた。須佐千代栄が水上流御曹司《おんぞうし》の和鷹と、夜の神楽殿《かぐらでん》で結ばれるシーンなど、作品中の妖《あや》しげな情景は、その印象から派生した妄想によって書いたものと言える。

これまであまりおおっぴらに吹聴《ふいちょう》することをしてこなかったが、じつはその「御曹司」にまつわる不気味な「秘話」がある。ここで初めてそれを公開する。なぜいま頃になってかというと、『天河伝説殺人事件』が刊行されてから、すでに十七年を経て、殺人事件の時効が成立しているからである。いや、冗談でなく、真面目《まじめ》にそれを気にするほど不気味な話なのだ。

前述したように、そもそも、僕は能楽の知識などまるでなかった男だ。『天河』を執筆するにあたって、付け焼き刃的に知識を仕込んだ。知人に渋谷の観世能楽堂に案内してもらったのが、能楽鑑賞の初体験で、その時、演じられたのがたまたま「道成寺」だったことから、『天河伝説殺人事件』の一つのクライマックスシーンが決定した。

水上流宗家《そうけ》の御曹司・水上和鷹が、「道成寺」を演じている最中、鐘の中で殺害される――というのがそのシーンだ。犯行のトリックとして優れたものであるのかどうか、僕にはよく分からない。ミステリーを書いているくせにと思われるかもしれないが、僕はトリックなどどうでもよく（というのは言い過ぎだが）、それよりもストーリーを重視するタイプの作家に属す。この文章を読んでいる人の多くは、おそらくすでに『天河伝説殺人事件』もお読みになっていると思う。著者本人が言うのもおかしいけれど、その場面はまさにクライマックスと言っても差し支えがないほど、臨場感があり、迫力に満ちていたのではないだろうか。

とは言っても、この殺人事件自体もかなりよく出来た「完全犯罪」だった。物理的なことよりも、むしろストーリー全体にかかる複雑な人間関係を絡めた、情緒的な動機や必然性が面白い。浅見光彦の「巻き込まれ」方もドラマティックで、よく出来た話だと思う。

それはともかく、問題は鐘の中で殺された御曹司のことである。

水上和鷹は妹の秀美よりも少し年長という設定だから、たぶん二十五、六歳ではなかったかと思う。僕は能楽の世界などさっぱり不案内だから、手当たり次第、資料を漁《あさ》ってにわか勉強をした。テレビの能楽関係の番組があれば必ず視聴した。そのテレビ番組の中で魅力的な人物に出会い、それを水上和鷹のモデルに据えた。

そのモデルとなった人物とは、現実にある某宗家の御曹司で、容姿端麗にして、立ち居振る舞いもまさに御曹司と称《よ》ぶに相応《ふさわ》しい、流派一門の希望の星であった。

『天河伝説殺人事件』が刊行されてから間もなく――数年か、それとも数ヵ月か、じつのところ、僕ははっきり憶えていない。あえて記憶の埒外《らちがい》に置いて、見て見ないふり、聞いて聞かないふりをしたのかもしれない。僕にとって、そのことに触れたり、他人に喋《しゃべ》ったりするのはタブーだった。それほどに、その出来事は衝撃的であり、不気味だった。

その出来事とは、某宗家御曹司の急死である。某宗家の「某」の実名は、当時のニュースを繙《ひもと》けばすぐに分かるはずだ。『天河伝説殺人事件』を読んでからニュースを知れば、あるいはその逆でも、御曹司と水上和鷹には、年齢といいイメージといい、あまりにも共通性があることに驚くと思う。僕はその時、誇張でなく慄然《りつぜん》とした。

もちろん現実の「御曹司」は病死で、事件性はまったくないのだが、著者である僕としては、何か自分が彼の死に係《かか》わっていたような寝覚めの悪さを感じた。テレビの画面で見ただけで、会ったことも、舞台を見たこともないにもかかわらず、「道成寺」の鐘の中で死んだ仮想の「御曹司」とダブッて思えてならない。

こんなことはただの偶然と思い捨てるべきかもしれないが、天川谷の妖しい気配に触れた者としては、神秘的な超常現象の存在を信じてもいいような気がしてくるものだ。

一九九五年に角川春樹事務所から出した「完全版・『天河伝説殺人事件』」の自作解説で、僕は次のように書いている。

〔境内に一歩足を踏み入れた瞬間から、言いしれぬ「気」のようなものが漂っているのを感じた。古来、人々が神域だとか神籬《ひもろぎ》だとかいう空間を特定する際には、ただやみくもに適当な立地場所を定めたとは考えられない。（中略）その重要な条件の一つに、この「気」があったのではないだろうか。」

そんな「気」など、それこそ気のせいだと笑われそうだが、天川谷を訪れて、何かを体感したことが、この無知な作家にあえて「壮大」と豪語して憚《はばか》らないような作品を書くきっかけとエネルギーを与えたことは、まぎれもない事実なのである。

天河神社が神聖な神域であることは疑いもないことだが、天川谷全体が神域なのか霊域なのか、不信心の僕には分からない。ひょっとすると魔界ではないかとすら思う。天川谷にUFOが舞い降りるのを見たという話も聞いたが、そういう妄想を抱かせるような、妖しげで魅力的な空間がそこにはある。

解説

山前《やままえ》 譲《ゆずる》

数多い内田《うちだ》康夫《やすお》作品のなかに「伝説」とタイトルに謳《うた》われた一連の長編があるのはよく知られているだろう。その最初は『後鳥羽《ごとば》伝説殺人事件』（一九八二）で、名探偵・浅見《あさみ》光彦《みつひこ》が初めてミステリー界に登場した記念すべき作品だった。この『天河《てんかわ》伝説殺人事件』もやはり浅見光彦シリーズの一作で、一九八八年四月に上巻が、同年七月に下巻がカドカワノベルズとして刊行された。内田作品としては初めての上下本になった大作だが、それから三十年という節目にあたって、一巻本として装いを新たにしたのが本書である。

東京新宿《しんじゅく》の高層ビルの前、衆人環視の中でその男は死を迎えた。ビルから出て階段を下りようとしたとき、ふいに立ち止まり、そして階段を転がり落ちていく。鳴り響く「リリーン　リリーン」という美しい音。死因は青酸性の毒物だった。身元は愛知県豊《とよ》田《た》市の会社員・川島孝司《かわしまたかし》と分かるが、その日は大阪に出張していたはずだった。東京に駆けつけた娘の智春《ちはる》に、父が殺される理由は思い当たらない。そして現場に落ちていた不思議な形の鈴……。

東京渋谷《しぶや》南平台《なんぺいだい》の能楽堂ではその日、水上流《すいじょう》の宗家の水上和春《みずかみかずはる》の七回忌の追善能が催されていた。和春の長女の秀美《ひでみ》が祖父の和憲《かずのり》とともに『二人静《ふたりしずか》』を舞ったあと、長男の和鷹《かずたか》が難曲中の難曲といわれる『道成寺《どうじょうじ》』を舞う。その最大の見せ場が、落ちた鐘の中での変身だったが、水上宗家の「秘宝」ともいうべき「雨降らしの面」を着けた和鷹は、鐘が上がったときに息絶えていた。目撃者となった観客の中に、浅見光彦の母の雪江《ゆきえ》が……。

このふたつの事件が絡み合って謎解きの興味をそそっていくが、浅見光彦の探偵行のそもそも発端は、亡き父の親友だった三宅譲典《みやけじょうすけ》からの仕事の依頼である。旅行関係の出版社が、謡曲、すなわち能の台本の舞台になっている史蹟《しせき》めぐりの本を出したいと三宅に言ってきた。それを代わりにお願いしたいというのである。謡曲についてはあまり詳しくないが、愛車ソアラのローンを抱えている浅見光彦に断る理由はない。

作者もまた能については、執筆前、一般的な知識しかなかったという。しかし、だからこそ、簡単にはイメージできない古典芸能の世界が、簡潔かつ的確に描かれているのだ。

『天河伝説殺人事件』のそこかしこで感じられるのは、「ナチュラル（natural）」である。『日蓮《にちれん》伝説殺人事件』での山梨県での宝石業界など、あまり知られていない世界が事件の背景になっていることが浅見光彦シリーズではよくあった。ただ、それが知識の羅列であっては、小説としての味わいがない。しかし浅見光彦と一緒ならば、ここでの能のように、未知の世界に足を自然に踏み入れることができたのである。

作品の舞台も同様だ。内田作品の基本となる三要素は「旅」と「人間」と「事件」である。〝日本中を旅していると、興味深い風景や人々の生活、明日の日本への希望と不安、ふと涙ぐみたくなるような、別れや再会に出会うものである。そういうものを皆さんに伝えたい、お見せしたい、語りたい——と、いつも思っている〟と、カドカワノベルズ版の「あとがき」で述べていたが、その飾ることのない素直な視線が読者の心に響いていく内田作品である。

謡曲を取材する旅も終盤、浅見光彦は奈良県吉野《よしの》へと入った。有名な旅館に泊まってのんびりしているが、南朝《なんちょう》時代など、その地の歴史もまた名探偵の興味をそそっている。そこで、突然姿を消した祖父を追ってきた水上秀美と、そして父の持っていた五十鈴《いすず》の謎を解こうと天河神社を訪れていた川島智春と出会うのだった。

新たな事件の舞台は吉野や天河神社である。その地もまた、浅見光彦と同様に、作者にとっては未知の場所だった。あらかじめプロットを考えないという創作手法だけに、取材で得たイメージは重要だ。悠久の歴史や天河神社の独特の「気」が、能楽の過去と現在と重なりつつ、自然にストーリーに溶け込んでいく。先入観のない浅見光彦の自然な印象によって、まだ訪れたことのない人でも舞台を鮮やかに思い浮かべることができるだろう。

その浅見光彦のナチュラルな、すなわち気取らないキャラクターはもちろんシリーズの大きな魅力である。だからこそ、ヒロインたちは彼に惹《ひ》かれていくのだ。けっして爽《さわ》やかな容姿だけに惹かれているわけではない。そしてなんと『天河伝説殺人事件』は、兄を亡くした秀美と父を亡くした智春のダブル・ヒロインである。他に『ユタが愛した探偵』のような例もあるけれど、シリーズの中では珍しい設定だ。

ただ、ヒロインに関しては浅見光彦はナチュラルではない。彼女たちの好意をはっきりと感じながらも、まったくヒロインたちとは恋愛関係に発展しないのである（『平家《へいけ》伝説殺人事件』の稲田《いなだ》佐和《さわ》という例外がひとりあるけれど）。男としてだらしない——いやこれは、永遠の三十三歳という設定とともに（これまた一作例外があるけれど）、シリーズ・キャラクターの宿命なのである。

そして浅見光彦は名探偵としてナチュラルな、つまり論理的にもっともな真相を導き出していく。その姿はまさに自然体である。推理力をこれ見よがしに自慢することはないし、声高に犯人を指摘することもめったにない。これまた気取らないキャラクターなのだ。もちろん殺人などの犯罪は許されるものではない。そして浅見光彦はいつも正義を求めている。けれど同時に、人としての自然な感情も理解している。なぜそんな行為に至ったのかを慮《おもんぱか》って推理し、その心理を理解しての真相に辿《たど》りつけば、彼の名探偵としての好奇心は満たされるのだ。

『天河伝説殺人事件』の謎解きでは伏線が自然である。じつにさりげなく真相への道筋が示されている。浅見光彦が水上流宗家の世襲問題を知るのは、じつはかなり後になってからである。そして、能や天河神社に関する知識も最初から得ているわけではない。だから、読者のほうが先にその伏線に気付くはずなのだが……。

その能は表現を極端に抑制した演劇である。能面は演者自身の表現力の一部を拒否しているだろう。その意味では一見、ナチュラルではないかもしれない。だが、三宅譲典は浅見光彦にこう私見を語るのだ。

「テレビドラマに象徴されるように、現代の演劇はあまりにも観客にオベッカを使いすぎるのだな。つまりそれは、観客を見下げた精神の現れでもあるわけだよ。この程度までレベルダウンをしなければ、理解されないだろう——などという思い上がりが、いつか自らを貶《おとし》めていることになる。感性の豊かな若者が、そういう欺瞞《ぎまん》にいつまでも気付かないはずがない。演劇ばかりでない。あらゆる文化や文明が、若者におもねる方向ばかりを模索しているうちに、賢明な若者は本質の純粋性が確かな能に魅了されてゆく」

能もまたナチュラルな、すなわち道理にかなった表現方法なのである。そして三宅は、浅見光彦の父である秀一《しゅういち》と能との縁も語るのだった。戦後の一時期、それまでパトロンであった華族や財閥が解体されて苦しんでいる能楽界を見て、「能は本来、日本人の情緒的な特性を表現したものです。つまり、能楽の神髄は日本人特有の諦観《ていかん》であり優しさなのです」と熱弁をふるったという。当時秀一は、大蔵省（現・財務省）の局長だったが、権力や忖度《そんたく》などに目もくれなかった官僚の矜持《きょうじ》が浅見光彦シリーズでは語られている。

『天河伝説殺人事件』の刊行後、一九九〇年代前半から篝火《かがりび》をたいた中で行う薪能が人気となったという。だが、能楽堂がそこかしこにあるわけではない。他ジャンルとのコラボレーションに活路を見いだしてもいるようだが、パトロンに頼るというシステムが現代日本ではたして成立するのかなど、課題も多いようだ。そんな能への興味は、本書を読み終えたならきっと自然に高まっていくはずだ。そういえば、浅見光彦が取材した本はちゃんと刊行されたのだろうか……。

名詞としての「ナチュラル（natural）」には生来の達人という意味もあるようだ。ならば浅見光彦は推理界のまさにミスター・ナチュラルである。この『天河伝説殺人事件』は彼にとって二十一冊目の事件簿で、一九九一年三月には浅見光彦シリーズ初の、そして唯一の映画作品として公開されている。浅見光彦を演じていたのは榎木孝明《えのきたかあき》氏だったが、その姿を見て内田作品のファンになった人も多いと聞く。

そして、浅見光彦の事件簿は本書のあとも着々と数を増していく。彼の人気の高まりからすれば、それもまた自然なことだった。とりわけ「伝説」シリーズには大作が多く、『隠岐伝説殺人事件』や『日蓮伝説殺人事件』も上下本として刊行されている。その事件簿に二〇一七年五月刊の『孤道』でピリオドが打たれてしまったが、この『天河伝説殺人事件』はもちろんのこと、内田康夫氏のオリジナリティ溢《あふ》れる作品世界は、これからもいろいろな視点から楽しむことができるだろう。

初出
一九八八年四月／七月（カドカワノベルズ）刊
本書は、二〇〇八年七月に刊行された角川文庫版（改版）を底本に、上下巻を合本にしたものです。

本書はフィクションであり、実在のいかなる団体・個人ともいっさい関係ありません。また本作品は八〇年代に執筆されたものであり、社会状況など、現在と異なる部分もあります。

天《てん》河《かわ》伝《でん》説《せつ》殺《さつ》人《じん》事《じ》件《けん》

内《うち》田《だ》康《やす》夫《お》

平成30年 4月25日　初版発行
令和7年 6月5日　9版発行

発行者●山下直久

発行●株式会社KADOKAWA
〒102-8177　東京都千代田区富士見2-13-3
電話　0570-002-301（ナビダイヤル）

角川文庫 20890

印刷所●株式会社KADOKAWA
製本所●株式会社KADOKAWA

表紙画●和田三造

ISBN978-4-04-106803-8　C0193

◆◆◆

角川文庫発刊に際して

角川源義

第二次世界大戦の敗北は、軍事力の敗北であった以上に、私たちの若い文化力の敗退であった。私たちの文化が戦争に対して如何に無力であり、単なるあだ花に過ぎなかったかを、私たちは身を以て体験し痛感した。西洋近代文化の摂取にとって、明治以後八十年の歳月は決して短かすぎたとは言えない。にもかかわらず、近代文化の伝統を確立し、自由な批判と柔軟な良識に富む文化層として自らを形成することに私たちは失敗して来た。そしてこれは、各層への文化の普及滲透を任務とする出版人の責任でもあった。

一九四五年以来、私たちは再び振出しに戻り、第一歩から踏み出すことを余儀なくされた。これは大きな不幸ではあるが、反面、これまでの混沌・未熟・歪曲の中にあった我が国の文化に秩序と確たる基礎を齎らすためには絶好の機会でもある。角川書店は、このような祖国の文化的危機にあたり、微力をも顧みず再建の礎石たるべき抱負と決意とをもって出発したが、ここに創立以来の念願を果すべく角川文庫を発刊する。これまで刊行されたあらゆる全集叢書文庫類の長所と短所とを検討し、古今東西の不朽の典籍を、良心的編集のもとに、廉価に、そして書架にふさわしい美本として、多くのひとびとに提供しようとする。しかし私たちは徒らに百科全書的な知識のジレッタントを作ることを目的とせず、あくまで祖国の文化に秩序と再建への道を示し、この文庫を角川書店の栄ある事業として、今後永久に継続発展せしめ、学芸と教養との殿堂として大成せんことを期したい。多くの読書子の愛情ある忠言と支持とによって、この希望と抱負とを完遂せしめられんことを願う。

一九四九年五月三日

角川文庫ベストセラー

後鳥羽伝説殺人事件　内田康夫

一人旅の女性が古書店で見つけた一冊の本。彼女がその本を手にした時、後鳥羽伝説の地を舞台にした殺人劇の幕は切って落とされた！　浮かび上がった意外な犯人とは。名探偵・浅見光彦の初登場作！

本因坊殺人事件　内田康夫

宮城県鳴子温泉で高村本因坊と若手浦上八段との間で争われた天棋戦。高村はタイトルを失い、翌日、荒雄湖で水死体で発見された。観戦記者・近江と天才棋士・浦上が謎の殺人に挑む。

平家伝説殺人事件　内田康夫

銀座のホステス萌子は、三年間で一億五千万になる仕事という言葉に誘われ、偽装結婚をするが、周囲の男たちが次々と不審死を遂げ……シリーズ一のヒロイン、佐和が登場する代表作。

佐渡伝説殺人事件　内田康夫

佐渡の願という地名に由来する奇妙な連続殺人。「願の少女」の正体は？　事件の根は三十数年前に佐渡で起こった出来事にあった！　名探偵・浅見光彦が大活躍する本格伝奇ミステリ。

高千穂伝説殺人事件　内田康夫

美貌のヴァイオリニスト・千恵子の父が謎のことばを残し、突然失踪した。千恵子は私立探偵・浅見の助けを借り、神話と伝説の国・高千穂へと向かう。そこに隠された巨大な秘密とは。サスペンス・ミステリ。

角川文庫ベストセラー

軽井沢殺人事件
内田康夫

金売買のインチキ商法で世間を騒がせた会社幹部が交通事故死した。「ホトケのオデコ」という妙な言葉と名刺を残して……霧の軽井沢を舞台に、信濃のコロンボ竹村警部と名探偵浅見が初めて競演した記念作。

浅見光彦殺人事件
内田康夫

詩織の母は「トランプの本」と言い残して病死。父も「トランプの本を見つけた」というダイイング・メッセージを残して非業の死を遂げた。途方にくれた詩織は浅見を頼るが、そこにも死の影が迫り……！

歌枕殺人事件
内田康夫

浅見家恒例のカルタ会で出会った美女、朝倉理絵。彼女の父親が三年前に殺された事件は未だ未解決。浅見光彦は手帳に残された謎の文字を頼りに真相を追い求めて宮城へ……古歌に封印されていた謎とは⁉

竹人形殺人事件
内田康夫

刑事局長である浅見の兄は昔、父が馴染みの女性に贈った竹人形を前に越前大観音の不正を揉み消すよう圧力をかけられる。そんな窮地を救うため北陸へ旅立った弟の光彦に竹細工師殺害事件の容疑がかけられ……。

長崎殺人事件
内田康夫

「殺人容疑をかけられた父を助けてほしい」。作家の内田康夫のもとに長崎から浅見光彦宛の手紙が届いた。早速、浅見に連絡をとると、彼は偶然、長崎に。名探偵・浅見さえも翻弄する意外な真相とは。

角川文庫ベストセラー

贄門島（上）（下）　内田康夫

11年前、浅見光彦の父・秀一は房総の海に投げ出され、地元の漁師に助けられた。生死の境をさまよう中、奇妙な声を聞いたという父は、翌年、心臓発作で落命した。その死の謎に興味を抱く浅見は美瀬島を訪れる。

「須磨明石」殺人事件　内田康夫

大阪の新聞社に勤める新人記者・前田淳子が失踪。依頼を受け、神戸に飛んだ浅見光彦は、淳子と最後に会った女子大の後輩・崎上由香里と捜索を始める。明石原人を取材中だった淳子を付け狙う謎の男の正体は。

長野殺人事件　内田康夫

品川区役所で働く直子は「長野県人だから」という不思議な理由で、岡根という男から書類を預かる。その後岡根の死体が長野県で発見され怯える直子から相談を受けた浅見は、県知事選に揺れる長野に乗り込む！

姫島殺人事件　内田康夫

大分県国東半島の先に浮かぶ姫島で起きた殺人事件。取材で滞在していた浅見光彦は、惨殺された長の息子と彼を取り巻く島の人々の微妙な空気に気づく。島の人々が守りたいものとは、なんだったのか――。

遺譜　浅見光彦最後の事件（上）（下）　内田康夫

知らない間に企画された34歳の誕生日会に際し、ドイツ出身の美人ヴァイオリニストに頼まれともに丹波篠山へ赴いた浅見光彦。祖母が託した「遺譜」はどこにあるのか――。史上最大級の難事件！